寓言

Chinese
Fable

楊琇惠——編著

學華語／加強閱讀，
從「寓言」開始。

序

　　本團隊的華語教科書，一向秉持著求新求變，實用有趣的原則。所以如此，乃是希望踏入華語學習之門的學生，能學得快樂，學得開心，在愉快的氛圍之下，日益增進華語聽、說、讀、寫的能力。

　　此《寓言》一書，乃是為了讓學生透過中國古典文學來認識中國文化及思維的系列套書之一。這一系列文化相關的延伸閱讀，本編輯團隊擬出《寓言》、《俚語》及《志怪神話》三本書。第一本書《寓言》以輕鬆活潑的文筆，改寫了著名的寓言故事，諸如：〈杯弓蛇影〉、〈井底之蛙〉、〈塞翁失馬〉、〈愚公移山〉、〈庖丁解牛〉、〈宋定伯賣鬼〉、〈無用之用〉、〈顧此失彼〉、〈三人成虎〉等等，篇篇都是膾炙人口的好文章，希望藉由這些寓言名篇，能讓同學看見中國人的智慧。待讀學生細細品味完以後，本團隊更於文末附上能增進師生互動的問答題，希望藉由這些精彩的問題，炒熱課堂的氣氛，讓學生能開口討論，欲罷不能。

　　其實，此書能有如此完美之呈現，實應感謝此次的編輯伙伴：郭薈萱、郭羿霖兩位們助理的協助。若沒有她們兩位，此書斷然不可能出版，是以筆者對她們由衷感謝。雖然羿霖轉了跑道，不再從事華語教學，但是在中學教國文的她，依然在為傳承中華文化努力著，相當值得肯定。至於薈萱，則是在緣份的牽引下，進入了北科華語文中心，正式成為中心正式的工作伙伴，繼續和我們一起堅守在華語教學的崗位上。

　　走在研發華語教材的路上，筆者誠然發現，這就好像一場看不到盡頭的長跑，過程中，需要持久的體力、耐力及智力，真不是件

一蹴可得的事。然而，一想到能為華語教材盡些棉薄的心力，一切的辛苦就值得了。是以本華語文中心定當再接再厲，以跑馬拉松的精神，一步一腳印，跑出最實在的未來。

楊琇惠

國立臺北科技大學

華語文中心主任

民國一〇四年八月三日

CONTENTS 目錄

CONTENTS 目錄

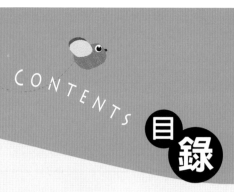

C O N T E N T S 目錄

一、人可怕還是鬼可怕

（一）文章

　　從前 ，有個叫 宋定伯的人， 天生 膽大，
　　cóngqián ， yǒuge jiào Sòngdìngbó de rén ， tiānshēng dǎndà ，

什麼 都不怕。一天， 宋定伯要去宛市 做生意，
shénme dōu bú pà 。 yìtiān ， Sòngdìngbóyào qù Wǎnshì zuòshēngyì ，

因爲太晚出門，只好利用 晚上 的時間趕路，
yīnwèi tàiwǎn chūmén ， zhǐhǎo lìyòng wǎnshàng de shíjiān gǎnlù ，

希望可以在天亮之前抵達宛市。
xīwàng kěyǐ zài tiānliàngzhīqián dǐdá Wǎnshì。

他走著走著，走到了一條沒什麼燈光
tā zǒuzhe zǒuzhe，zǒudào le yìtiáo méishénme dēngguāng

的小路，只模模糊糊看到遠處有一些房子。
de xiǎolù，zhǐ mómóhúhú kàndào yuǎnchù yǒu yìxiē fángzi。

宋定伯想著要快點走完這條小路，沒注意到
Sòngdìngbó xiǎngzhe yào kuàidiǎn zǒuwán zhètiáo xiǎolù，méizhùyìdào

路邊有一個陰影在動，突然，陰影竄到
lùbiān yǒu yíge yīnyǐng zài dòng，tūrán，yīnyǐng cuàndào

路中間，擋住宋定伯的去路。一片昏暗中，
lùzhōngjiān，dǎngzhù Sòngdìngbó de qùlù。yípiàn hūnàn zhōng，

他看不清陰影的真面目，只好開口問：「你
tā kànbùqīng yīyǐng de zhēnmiànmù，zhǐhǎo kāikǒu wèn：「nǐ

是誰？」陰影回答：「我是鬼。你又是誰？」
shì shuí？」yīnyǐng huídá：「wǒ shì guǐ。nǐ yòu shì shuí？」

天不怕，地不怕的宋定伯，聽到對方是鬼，也
tiān búpà，dì búpà de Sòngdìngbó，tīngdào duìfāng shì guǐ，yě

嚇了好大一跳。鎮定後，宋定伯心生一計，騙
xiàle hǎodà yítiào。zhèndìnghòu，Sòngdìngbó xīnshēngyíjì，piàn

鬼說：「我也是鬼。」鬼哈哈大笑：「這麼巧！
guǐshuō：「wǒ yě shì guǐ。」guǐ hāhādàxiào：「zhème qiǎo！

那你要去哪裡？」宋定伯說：「我要到宛市
nà nǐ yào qù nǎlǐ？」Sòngdìngbó shuō：「wǒ yào dào Wǎnshì

去。」鬼開心地說：「真是太巧了，我也要到
qù。」guǐ kāixīn de shuō：「zhēnshì tài qiǎo le，wǒ yě yào dào

那裡，我們就一起走吧！」於是一人一鬼就一起
nàlǐ，wǒmen jiù yìqǐ zǒu ba！」yúshì yìrén yìguǐ jiù yìqǐ

結伴走了。
jiébàn zǒu le。

走了幾公里後，鬼突然說：「這麼個
zǒule jǐ gōnglǐ hòu，guǐ túrán shuō：「 zhème ge

走法有點無趣，不如我們輪流背對方走，
zǒufǎ yǒudiǎn wúqù， bùrú wǒmen lúnliú bēi duìfāng zǒu，

怎麼樣？」宋定伯不敢拒絕，便先讓鬼背著
zěnmeyàng？」Sòngdìngbó bùgǎn jùjué， biàn xiān ràng guǐ bēizhe

走了幾公里，鬼氣喘吁吁地說：「你怎麼這麼
zǒule jǐ gōnglǐ，guǐ qìchuǎnxūxū de shuō：「 nǐ zěnme zhème

重啊？鬼是不可能這麼重的，你到底是人是
zhòng a？guǐ shì bùkěnéng zhème zhòng de， nǐ dàodǐ shì rén shì

鬼？」宋定伯冷靜地回答：「不好意思，因爲
guǐ？」Sòngdìngbó lěngjìng de huídá：「 bùhǎoyìsi， yīnwèi

我才剛死不久，所以身體還很重。那換我背
wǒ cái gāng sǐ bùjiǔ， suǒyǐ shēntǐ hái hěnzhòng。 nà huàn wǒ bēi

你吧！」於是鬼爬上宋定伯的背，他們繼續
nǐ ba！」yúshì guǐ páshàng Sòngdìngbó de bèi， tāmen jìxù

前進。正如鬼說的，鬼一點重量也沒有，
qiánjìn。zhèngrú guǐ shuō de， guǐ yìdiǎn zhòngliàng yě méiyǒu，

宋定伯背鬼既不重也不累。
Sòngdìngbó bēi guǐ jì búzhòng yě búlèi。

途中，宋定伯覺得這樣下去，遲早會被鬼
túzhōng，Sòngdìngbó juéde zhèyàngxiàqù， chízǎo huì bèi guǐ

發現他說謊，一定要先知道鬼的弱點才行。
fāxiàn tā shuōhuǎng， yídìng yào xiān zhīdào guǐ de ruòdiǎn cáixíng。

就和鬼聊天：「大哥，我是新鬼，想請教
jiù hàn guǐ liáotiān：「 dàgē， wǒ shì xīn guǐ， xiǎng qǐngjiào

一下，不知道我們鬼最害怕什麼，我有什麼要
yíxià， bùzhīdào wǒmen guǐ zuì hàipà shénme， wǒ yǒu shénme yào

注意的啊？」鬼說：「唉呀！你這問題問得可
zhùyì de a？」guǐ shuō：「 āiya！ nǐ zhè wèntí wènde kě

真好！你要聽仔細了，我們鬼啊，千萬不可以
zhēnhǎo！nǐ yàotīng zǐxì le，wǒmen guǐ a，qiānwàn bùkěyǐ

碰到 人類的口水！也不可以被 陽光 照到，
pèngdào rénlèi de kǒushuǐ！yě bùkěyǐ bèi yángguāng zhàodào，

否則啊，我們就會 變成 動物的模樣。」
fǒuzé a，wǒmen jiù huì biànchéng dòngwù de móyàng。」

宋定伯 問完後心裡踏實多了。
Sòngdìngbó wènwánhòu xīnlǐ tàshí duō le。

4

邊聊邊走，他們不知不覺來到了河邊，
biān liáo biān zǒu，tāmen bùzhībùjué láidào le hébiān，

宋定伯 讓鬼先渡過去，以免自己又露出什麼
Sòngdìngbó ràng guǐ xiān dùguòqù，yǐmiǎn zìjǐ yòu lòuchū shénme

破綻。聽鬼渡河，一點 聲音也沒發出來，
pòzhàn。tīng guǐ dùhé，yìdiǎn shēngyīn yě méi fāchūlái，

換 宋定伯渡河時，嘩啦嘩啦的 水聲 一刻也
huàn Sòngdìngbó dùhé shí，huālāhuālā de shuǐshēng yíkè yě

沒停過。鬼起疑地說：「你過河怎麼 弄出 這麼
méitíngguò。guǐ qǐyí de shuō：「nǐ guòhé zěnme nòngchū zhème

大的 聲音？」宋定伯 淡淡地回答：「因爲我是
dà de shēngyīn？」Sòngdìngbó dàndàn de huídá：「yīnwèi wǒ shì

新鬼嘛，還沒有學會過河的技巧，您就別責怪我
xīnguǐ ma，hái méiyǒu xuéhuì guò hé de jìqiǎo，nín jiù bié zéguài wǒ

了。」這時，他心裡早已偷偷想好了一個計策。
le。」zhèshí，tā xīnlǐ zǎo yǐ tōutōu xiǎnghǎole yíge jìcè。

就在他們要走進宛市時，宋定伯 忽然把
jiù zài tāmen yào zǒujìn Wǎnshì shí，Sòngdìngbó hūrán bǎ

鬼扛到 肩上，並緊緊抓住，不讓鬼下來。
guǐ kángdào jiānshàng，bìng jǐnjǐn zhuāzhù，bú ràng guǐ xiàlái。

鬼嚇了一大跳，開始 大聲 喊叫，但 宋定伯
guǐ xiàle yídàtiào，kāishǐ dàshēng hǎnjiào，dàn Sòngdìngbó

理也不理，只顧著 往前 跑，一直跑到了 市中心
lǐyěbùlǐ ， zhǐ gùzhe wǎngqiánpǎo ， yì zhí pǎodàole shìzhōngxīn

才把鬼放下來。這時 正好 天亮了，鬼一 照到
cái bǎ guǐ fàngxiàlái 。 zhèshí zhènghǎo tiānliàngle ， guǐ yí zhàodào

陽光 就 變成了一隻羊，宋定伯怕鬼會 變回
yángguāng jiù biànchéngle yìzhī yáng ， Sòngdìngbó pà guǐ huì biànhuí

原形 ，便朝羊 身上 吐了幾口口水。吐完了
yuánxíng ， biàn cháo yáng shēnshàng tǔle jǐkǒu kǒushuǐ 。 tǔwánle

口水，宋定伯直接牽著羊到市場去賣，
kǒushuǐ ， Sòngdìngbó zhíjiē qiānzhe yáng dào shìchǎng qù mài ，

聽說 還賣了個好價錢呢！宋定伯拿了錢，就
tīngshuō hái màile ge hǎo jiàqián ne ! Sòngdìngbó nále qián ， jiù

高高興興 地回家去了！
gāogāoxìngxìng de huíjiā qù le ！

(二)選擇題

_____ 1. 下列 何者 是鬼的 特徵 ？
xiàliè hézhě shìguǐde tèzhēng ？

(A)身體很重

(B)不怕口水

(C)體力很好

(D)渡河不發出聲音

_____ 2. 宋定伯 用 什麼 理由 讓 鬼 不要 懷疑他是人？
Sòngdìngbó yòng shénme lǐyóu ràng guǐ búyào huáiyí tā shìrén ？

(A)假裝體重很輕

(B)說自己剛死不久

(C)渡河時小心不發出聲音

(D)說自己也怕口水

_____ 3. 哪個 順序 是 對的？
　　　　　nǎge shùnxù shì duì de？

　　　(A)渡河→鬼變羊→背鬼→遇到鬼

　　　(B)賣鬼→渡河→遇到鬼→背鬼

　　　(C)遇到鬼→背鬼→渡河→鬼變羊

　　　(D)遇到鬼→渡河→背鬼→賣鬼

_____ 4. 為什麼　宋定伯　要　讓　鬼　先　渡河？
　　　　　wèishénme Sòngdìngbó yào ràng guǐ xiān dùhé ？

　　　(A)他怕鬼又以為他是人

　　　(B)他不會游泳

　　　(C)他走得很累，想先休息

　　　(D)讓鬼看看水深不深

_____ 5. 文章　最後　的結局是　什麼？
　　　　　wénzhāng zuìhòu de jiéjú shì shénme ？

　　　(A)鬼把宋定伯賣掉了

　　　(B)鬼變成的羊被宋定伯賣了

　　　(C)鬼把宋定伯吃了

　　　(D)鬼變成的羊跑走了

_____ 6. 「輪流」　不能　放入　下列哪個句子？
　　　　　「lúnliú」 bùnéng fàngrù xiàliè nǎge jùzi ？

　　　(A)我和妹妹□□洗碗

　　　(B)他們□□上場打球

　　　(C)同學們每天□□打掃

　　　(D)今天□□我上台報告

(三)思考題

1. 有人說宋定伯很機靈，但也有人說他很奸詐，你覺得宋定
　　伯是一個怎麼樣的人呢？

2. 中華文化中，人是怕鬼的。看完文章後，你認為到底是人可怕，還是鬼可怕呢？請想想看。
3. 宋定伯用冷靜的態度面對害怕的事物，你有類似的經驗嗎？請說說看。
4. 你的國家也有這種人和鬼互動的故事嗎？請和大家分享。

四 名詞解釋

	生詞	漢語拼音	解釋
1	抵達	dǐdá	arrive
2	模模糊糊	mómóhúhú	foggy, blurred
3	竄	cuàn	to flee
4	真面目	zhēnmiànmù	true colors, true identity
5	鎮定	zhèndìng	calm, unperturbed
6	輪流	lúnliú	take turns
7	氣喘吁吁	qìchuǎnxūxū	breathless
8	遲早	chízǎo	sooner or later
9	弱點	ruòdiǎn	weakness
10	踏實	tàshí	down-to-earth(here is like feeling relieved)
11	破綻	pòzhàn	weak point
12	嘩啦嘩啦	huālāhuālā	a description of the sound of running water
13	技巧	jìqiǎo	skill, technique
14	責怪	zéguài	blame
15	計策	jìcè	plan
16	特徵	tèzhēng	feature, characteristic

17	懷疑	huáiyí	doubt, suspect
18	禁忌	jìnjì	taboo
19	機靈	jīlíng	clever, intelligent
20	奸詐	jiānzhà	devious
21	互動	hùdòng	interact

(五)原文

8

南陽　宋定伯，年少時，夜行逢鬼。問之，
Nányáng Sòngdìngbó， niánshào shí， yè xíng féng guǐ。 wèn zhī，

鬼曰：「我是鬼。」鬼問：「汝復誰？」定伯　誑
guǐ yuē：「wǒ shì guǐ。」guǐ wèn：「rǔ fù shéi？」Dìngbó kuáng

之，言：「我亦鬼。」鬼問：「欲至何所？」答
zhī， yán：「wǒ yì guǐ。」guǐ wèn：「yù zhì hésuǒ？」 dá

曰：「欲至宛市。」鬼言：「我亦欲至宛市。」
yuē：「yù zhì Wǎnshì。」guǐ yán：「wǒ yì yù zhì Wǎnshì。」

遂行數里。鬼言：「步行太遲，可共遞相擔，
suì xíng shù lǐ。guǐ yán：「bùxíng tài chí， kě gòng dì xiāng dān，

何如？」定伯曰：「大善。」鬼便先擔定伯數
hé rú？」Dìngbó yuē：「dà shàn。」guǐ biàn xiān dān Dìngbó shù

里。鬼言：「卿太重，將非鬼也？」定伯言：
lǐ。guǐ yán：「qīng tài zhòng， jiāng fēi guǐ yě？」Dìngbó yán：

「我新鬼，故身重耳。」定伯因復擔鬼，鬼略無
「wǒ xīnguǐ， gù shēnzhòng ěr。」Dìngbó yīn fù dān guǐ， guǐ luè wú

重。如是再三。定伯復言：「我新鬼，不知有何所
zhòng。rú shì zàisān。Dìngbó fù yán：「wǒ xīnguǐ， bùzhī yǒu hé suǒ

畏忌？」鬼答言：「惟不喜人唾。」於是共行，道
wèijì？」guǐ dá yán：「wéi bùxǐ rén tuò。」yúshì gòngxíng， dào

遇水，定伯令鬼先渡，聽之，了然無聲音。定伯
yù shuǐ， Dìngbó lìng guǐ xiān dù， tīng zhī， liǎorán wú shēngyīn。 Dìngbó

自渡，漕漼作聲。鬼復言：「何以有聲？」定伯
zì dù， cáocuī zuòshēng。guǐ fù yán：「hé yǐ yǒushēng？」 Dìngbó

曰：「新死，不習渡水故耳，勿怪吾也。」
yuē：「xīn sǐ ， bùxí dùshuǐ gù ěr ， wùguài wú yě 。」

行 欲 至 宛市 ， 定伯 便 擔 鬼 著 肩上 ， 急 執
xíng yù zhì Wǎnshì ， Dìngbó biàn dān guǐ zhuó jiānshàng ， jí zhí

之 ，鬼 大呼 ， 聲 咋咋然 ， 索下 ， 不復 聽之 。 逕 至
zhī ， guǐ dàhū ， shēng zhàzhàrán ， suǒ xià ， búfù tīng zhī 。 jìng zhì

宛市 中 ， 下 著地 ， 化爲 一羊 ， 便 賣之 。 恐 其
Wǎnshì zhōng ， xià zhuó dì ， huàwéi yìyáng ， biàn mài zhī 。 kǒng qí

變化 ，唾之 。 得 錢 千 五百 乃 去 。 當時 石崇 有
biànhuà ， tuò zhī 。 dé qián qiān wǔbǎi nǎi qù 。 dāngshí Shíchóng yǒu

言：「定伯 賣鬼 ， 得 錢 千五 。」
yán：「Dìngbó mài guǐ ， dé qián qiān wǔ 。」

二、人生就像一場夢

㈠文章

在很久很久以前的 中國 ，有一位處境十分
zài hěnjiǔ hěnjiǔ yǐqiánde Zhōngguó ，yǒu yíwèi chǔjìng shífēn

坎坷的 書生 ，叫做盧萃之。這位 書生 參加
kǎnkě de shūshēng ，jiàozuò Lúcuìzhī 。 zhèwèi shūshēng cānjiā

國家舉辦的考試總是失利，無法順利在政府機關
guójiā jǔbàn de kǎoshì zǒngshì shīlì ， wúfǎ shùnlì zài zhèngfǔjīguān

中 謀得職位，也因此沒有固定的收入可以維持
zhōng móudé zhíwèi ， yě yīncǐ méiyǒu gùdìngde shōurù kěyǐ wéichí

生計，生活 十分 窮困 。
shēngjì ， shēnghuó shífēn qióngkùn 。

有一年，萃之一如往常地，準備到首都參加
yǒuyìnián ， Cuìzhī yìrúwǎngchángde ， zhǔnbèi dàoshǒudū cānjiā

國家考試，但是因爲萃之的 家鄉 離首都實在太
guójiākǎoshì ， dànshì yīnwèi Cuìzhī de jiāxiāng lí shǒudū shízài tài

遙遠 了，所以萃之要走好幾天的路，才能到達
yáoyuǎn le ， suǒyǐ Cuìzhī yàozǒu hǎojǐtiān de lù ， cáinéng dàodá

目的地。在 漫長 的路途中 ，又累又餓的萃之
mùdìdì 。 zài màncháng de lùtú zhōng ， yòulèiyòuè de Cuìzhī

眞的受不住了，於是他決定住進旅館，好好地
zhēnde shòubúzhù le ， yúshì tā juédìng zhùjìn lǚguǎn ， hǎohǎo de

吃飯、休息，這樣才能 養足精神 參加考試。
chīfàn 、 xiūxí ， zhèyàng cáinéng yǎngzújīngshén cānjiā kǎoshì 。

於是，當他行經一個 小村莊 時，便毫不猶豫
yúshì ， dāng tā xíngjīng yíge xiǎocūnzhuāng shí ， biàn háobùyóuyù

地找了一家旅館，住了進去。
de zhǎole yìjiā lǚguǎn， zhùle jìnqù。

旅館主人看見萃之走了進來，便熱情地招待
lǚguǎn zhǔrén kànjiàn Cuìzhī zǒule jìnlái， biàn rèqíng de zhāodài

他，除了幫他張羅供他休息的房間之外，
tā， chúle bāng tā zhāngluó gōng tā xiūxí de fángjiān zhīwài，

還帶他去認識同樣住在旅館裡的另一位旅人。
hái dài tā qù rènshì tóngyàng zhùzài lǚguǎn lǐ de lìngyíwèi lǚrén。

這位旅人是一位白髮蒼蒼的道士，看起來非常
zhèwèi lǚrén shì yíwèi báifǎcāngcāngde dàoshì， kànqǐlái fēicháng

和藹可親。萃之與道士一見如故，聊天聊得
héǎikěqīn。 Cuìzhī yǔ dàoshì yíjiànrúgù， liáotiānliáode

十分愉快，老闆看到兩人相處融洽，便先
shífēn yúkuài， lǎobǎn kàndào liǎngrén xiāngchǔ róngqià， biàn xiān

離開了。房間裡就只剩下道士與萃之兩個人，
líkāi le。 fángjiānlǐ jiù zhǐ shèngxià dàoshì yǔ Cuìzhī liǎnggerén，

二人聊著聊著，萃之忍不住向道士抱怨自己
èrrén liáozheliáozhe， Cuìzhī rěnbúzhù xiàng dàoshì bàoyuàn zìjǐ

不順遂的人生。道士聽到萃之的牢騷，什麼話
búshùnsuì de rénshēng。 dàoshì tīngdào Cuìzhī de láosāo， shénmehuà

都沒有說，只是靜靜地聽著。直到萃之發洩得
dōu méiyǒushuō， zhǐshì jìngjìngde tīngzhe。 zhídào Cuìzhī fāxiè de

差不多了之後，道士才拿出一個小枕頭，並
chābùduō le zhīhòu， dàoshì cái náchū yíge xiǎozhěntóu， bìng

告訴他：「孩子，你先好好睡個覺吧！等晚飯
gàosù tā：「 háizi， nǐ xiān hǎohǎo shuìgejiào ba！ děng wǎnfàn

準備好了，我再叫醒你。」萃之聽到這一番話，
zhǔnbèi hǎole， wǒ zài jiàoxǐng nǐ。」 Cuìzhī tīngdàozhè yìfānhuà，

突然也覺得好累好睏，便躺在道士給的枕頭上
túrán yě juéde hǎolèi hǎokùn， biàntǎngzài dàoshì gěi de zhěntóushàng

漸漸地 睡著 了。
jiànjiànde shuìzháo le。

睡夢 中 ， 萃之隱隱約約聽到有 兩個
shuìmèng zhōng ， Cuìzhī yǐnyǐnyuēyuē tīngdào yǒu liǎngge

陌生人 在呼喚他的名字，他意識模糊地坐了
mòshēngrén zài hūhuàn tā de míngzì ， tā yìshìmóhú de zuòle

起來， 想 聽清楚 他們 說些 什麼。原來， 這
qǐlái ， xiǎng tīngqīngchǔ tāmen shuōxiē shénme。 yuánlái ， zhè

兩人是政府派來的 官員 ， 特別 找到 萃之住的
liǎngrén shì zhèngfǔ pàilái de guānyuán ， tèbié zhǎodào Cuìzhī zhù de

旅館， 想 盡快告訴他，他以優異的成績 通過
lǚguǎn ， xiǎng jìnkuài gàosù tā ， tā yǐ yōuyì de chéngjī tōngguò

國家考試了，不僅如此， 皇帝還想要 親自封他
guójiākǎoshì le ， bùjǐnrúcǐ ， huángdì hái xiǎngyào qīnzì fēng tā

官爵，以作為 嘉獎。
guānjué， yǐ zuòwéi jiājiǎng。

聽到 這些話，萃之興奮得連行李也顧不得，
tīngdào zhèxiēhuà ， Cuìzhī xīngfènde lián xínglǐ yě gùbùdé ，

立刻駕著馬， 往 首都奔去。到了 都城之後，
lìkè jiàzhe mǎ ， wǎng shǒudū bēnqù。 dàole dūchéng zhīhòu ，

皇帝 見到萃之， 非常地喜歡他， 對他滿是
huángdì jiàndào Cuìzhī ， fēicháng de xǐhuān tā ， duì tā mǎnshì

讚賞 。除了封他為 將軍之外，還 將 自己的
zànshǎng。 chúle fēng tā wéi jiāngjūn zhīwài ， hái jiāng zìjǐ de

女兒許配給他。
nǚér xǔpèi gěi tā。

就 這樣 ，萃之在一天之內，不但 當上了
jiù zhèyàng ， Cuìzhī zài yìtiān zhīnèi ， búdàn dāngshàngle

將軍 ，也迎娶了公主。有了 名望 與職位
jiāngjūn ， yě yíngqǔle gōngzhǔ。 yǒule míngwàng yǔ zhíwèi

之後，萃之的 命運 更加 平步青雲，每次 出兵
zhīhòu， Cuìzhī de mìngyùn gèngjiā píngbùqīngyún， měicì chūbīng

打仗 都 能 獲得 勝利，十分 受到 皇帝的 賞識；
dǎzhàng dōu néng huòdé shènglì， shífēn shòudào huángdì de shǎngshì；

而 與 妻子的 感情 也 非常 融洽，兩人 陸陸續續
ér yǔ qīzi de gǎnqíng yě fēicháng róngqià， liǎngrén lùlùxùxù

生了 五個 可愛的 兒子。
shēngle wǔge kěài de érzi 。

　　他那五個兒子個個 聰明 、 健康，長大後 也
　　tā nà wǔge érzi gègè cōngmíng、 jiànkāng， zhǎngdàhòu yě

都 順利地 通過 國家考試，在 政府機關 擔任 重要
dōu shùnlì de tōngguò guójiākǎoshì， zài zhèngfǔjīguān dānrèn zhòngyào

的 職位。後來萃之年事漸高，身體 大不如前，
de zhíwèi。 hòulái Cuìzhī niánshìjiàngāo， shēntǐ dàbùrúqián，

幸好 兒子們 對他孝順有加，照顧得 無微不至。
xìnghǎo érzimen duì tā xiàoshùnyǒujiā， zhàogùde wúwéibúzhì。

如此 和樂、 幸福 又 富裕 的 家庭，眞是 令人 欣羨
rúcǐ hélè、 xìngfú yòu fùyù de jiātíng， zhēnshì lìngrén xīnxiàn

不已。萃之就這樣 開開心心地 活到了 八十多歲，
bùyǐ。 Cuìzhī jiùzhèyàng kāikāixīnxīn de huódàole bāshíduōsuì，

才在 沉沉的 睡夢 中 安詳地過世了。
cáizài chénchénde shuìmèng zhōng ānxiáng de guòshì le 。

　　再次 睜開眼 時，萃之驚訝地發現自己還躺在
　　zàicì zhēngkāiyǎn shí， Cuìzhī jīngyà de fāxiàn zìjǐ hái tǎngzài

小村落的 旅館 中 ，四周還 傳來 黃粱飯 淡淡的
xiǎocūnluò de lǚguǎn zhōng， sìzhōu hái chuánlái huángliángfàn dàndàn de

香味 ，他起身疑惑地詢問坐在 身旁 的道士：
xiāngwèi， tā qǐshēn yíhuò de xúnwèn zuòzài shēnpáng de dàoshì：

「難道 剛剛 經歷的一切都不是眞的嗎？」只見
「nándào gānggāng jīnglì de yíqiè dōu búshì zhēnde ma？」 zhǐjiàn

13

道士微笑地説：「孩子啊！人生 本來就是 一場
dàoshì wéixiào de shuō：「 háizi a ！ rénshēng běnlái jiùshì yìchǎng

夢 。 」
mèng 。 」

(二)選擇題

_____ 1. 下面 哪個 選項 最符合 本文 的 主旨 ？
xiàmiàn nǎge xuǎnxiàng zuì fúhé běnwén de zhǔzhǐ ？

(A)生活不順遂的人應該常常睡覺，如此一來便能一直作
夢

(B)一個男人應該以娶到公主為目標，因為只要有公主就
不須工作

(C)成功或不成功之於人的一生並沒有我們想像中重要

(D)道士給萃之枕頭並讓他作夢是為了嘲笑他的不切實際

_____ 2. 如果你是 萃之 的 朋友 ， 知道 萃之 即將 迎娶
rúguǒ nǐ shì Cuìzhī de péngyǒu， zhīdào Cuìzhī jíjiāng yíngqǔ

公主 ， 那麼你 應該 用 下列哪一句 成語 來祝福
gōngzhǔ， nàme nǐ yīnggāi yòng xiàliè nǎyíjù chéngyǔ lái zhùfú

萃之 的 婚姻 呢 ？
Cuìzhī de hūnyīn ne ？

(A)春暖花開

(B)光宗耀祖

(C)恭賀新禧

(D)百年好合

_____ 3.「還 將 自己 的 女兒 許配給他」 請問 句子 中 的
「hái jiāng zìjǐ de nǚér xǔpèi gěi tā」 qǐngwèn jùzi zhōng de

自己 是 指 下列哪一位 人物 ？
zìjǐ shì zhǐ xiàliè nǎyíwèi rénwù ？

(A)皇帝

(B)老闆

(C)萃之

(D)道士

——— 4. 文中 出現了 許多「動詞＋名詞」 構成 的
wénzhōng chūxiànle xǔduō「dòngcí + míngcí」gòuchéng de

詞語， 請問 下列哪個 選項 不是以「動詞＋
cíyǔ ， qǐngwèn xiàliè nǎge xuǎnxiàng búshì yǐ「dòngcí +

名詞」的 形式 組成 ？
míngcí」 de xíngshì zǔchéng ？

(A)寫字

(B)出國

(C)花錢

(D)呼喚

——— 5. 下面 哪一個 選項 中 不可以 放入「本來」？
xiàmiàn nǎyíge xuǎnxiàng zhōng bùkěyǐ fàngrù「běnlái」？

(A)○○只想起床喝杯水，卻看著窗外的星星到天亮

(B)○○不想讓爸媽擔心，所以哥哥從來不做危險的事

(C)他○○不想參加這場會議，但是看在你的面子上，他
還是來了

(D)○○我已經寫完作業了，沒想到老師竟然又出了更多
作業

——— 6. 中文 常常 出現 由 兩個 相同 的 名詞
Zhōngwén chángcháng chūxiàn yóu liǎngge xiāngtóng de míngcí

相疊而成 的詞語，例如 文中 的「個個」，
xiāngdiéérchéng de cíyǔ ， lìrú wénzhōng de「gègè」，

請問 下列哪一個 選項 最接近「個個」的意思？
qǐngwèn xiàliè nǎyíge xuǎnxiàng zuìjiējìn「gègè」de yìsi ？

(A)最後一個

(B)任何一個

(C)每一個

(D)第一個

🔲三 思考題

1. 你是否也像道士一樣認爲人生本來就像一場夢呢？或者你認爲人生像什麼呢？是一首歌？是一齣戲？還是一篇文章？

2. 你曾經與陌生人有過一見如故的感覺嗎？是在什麼情況下遇到對方呢？後來你們是否變成好友了呢？

3. 你曾作過哪些特別的夢？你在夢中經歷了什麼奇妙的境遇呢？

4. 你覺得盧萃之爲什麼會做這樣的夢呢？夢境和現實有什麼關係嗎？

🔲四 名詞解釋

	生詞	漢語拼音	解釋
1	處境	chǔjìng	situation
2	坎坷	kǎnkě	full of frustrations
3	書生	shūshēng	intellectual
4	失利	shīlì	suffer a setback
5	政府機關	zhèngfǔjīguān	government organizations
6	一如往常	yìrúwǎngcháng	as usual
7	毫不猶豫	háobùyóuyù	without the least hesitation
8	張羅	zhāngluó	get busy about
9	白髮蒼蒼	báifǎcāngcāng	grey-headed
10	道士	dàoshì	Taoist priest
11	和藹可親	héǎikěqīn	affable

12	一見如故	yíjiànrúgù	feel like old friends at the first meeting
13	融洽	róngqià	harmonious
14	順遂	shùnsuì	go well, go smoothly
15	牢騷	láosāo	complaint
16	發洩	fāxiè	give vent to
17	枕頭	zhěntóu	pillow
18	睏	kùn	feel sleepy
19	隱隱約約	yǐnyǐnyuēyuē	indistinct
20	陌生人	mòshēngrén	stranger
21	意識模糊	yìshìmóhú	clouding of consciousness
22	皇帝	huángdì	emperor
23	親自	qīnzì	in person
24	名望	míngwàng	fame and prestige
25	平步青雲	píngbùqīngyún	rapidly go up in the world
26	年事漸高	niánshìjiàngāo	advancing in year age
27	大不如前	dàbùrúqián	worse off
28	無微不至	wúwéibúzhì	meticulously
29	欣羨	xīnxiàn	admire

(五)原文

開元 七年，道士有呂翁者，得 神仙術， 行
Kāiyuán qīnián ， dàoshì yǒu Lǚwēng zhě ， dé shénxiānshù ， xíng
邯鄲 道中 ，息邸舍，攝帽弛帶， 隱囊而坐。俄
Hándān dàozhōng ， xí dǐshè ， shèmào chídài ， yǐnnáng ér zuò 。 é
見 旅中 少年，乃盧生也。衣短褐， 乘 青駒，
jiàn lǚzhōng shàonián ， nǎi Lúshēng yě 。 yì duǎnhè ， chéng qīngjū ，

將 適 於 田，亦 止 於 邸 中 ，與 翁 共 席 而 坐， 言 笑
jiāng shìyú tián ， yì zhǐyú dǐzhōng ， yǔ wēng gòngxí érzuò ， yánxiào

殊 暢 。久 之，盧 生 顧 其 衣 裝 敝 褻 ，乃 長 歎 息
shū chàng 。 jiǔzhī ， Lúshēng gùqí yīzhuāng bìxiè ， nǎi chángtànxí

曰：「大 丈 夫 生 世 不 諧，困 如 是 也！」 翁 曰：
yuē ： 「 dàzhàngfū shēngshì bùxié ， kùn rúshì yě ！ 」 wēng yuē ：

「 觀 子 形 體，無 苦 無 恙，談 諧 方 適，而 歎 其 困 者，
「 guān zǐ xíngtǐ ， wúkǔwúyàng ， tán xié fāngshì ， ér tàn qí kùnzhě ，

何 也？」 生 曰：「吾 此 苟 生 耳。何 適 之 謂？」
héyě ？ 」 sheng yuē ： 「 wú cǐ gǒushēng ěr 。 héshìzhīwèi ？ 」

翁 曰：「此 不 謂 適，而 何 謂 適？」 答 曰：「 士 之
wēng yuē ： 「 cǐ búwèi shì ， ér héwèi shì ？ 」 dáyuē ： 「 shìzhī

生 世 ， 當 建 功 樹 名 ， 出 將 入 相 ，列 鼎 而 食 ，
shēngshì ， dāng jiàngōngshùmíng ， chūjiàngrùxiàng ， lièdǐngérshí ，

選 聲 而 聽 ，使 族 益 昌 而 家 益 肥，然 後 可 以 言 適 乎。
xuǎnshēngértīng ， shǐ zúyìchāng ér jiāyìféi ， ránhòu kěyǐ yán shì hū 。

吾 嘗 志 於 學，富 於 遊 藝，自 惟 當 年 青 紫 可 拾。
wú cháng zhìyúxué ， fùyú yóuyì ， zì wéi dāngnián qīngzǐkěshí 。

今 已 適 壯 ， 猶 勤 畎 畝 ， 非 困 而 何？」 言 訖 ，
jīn yǐ shìzhuàng ， yóu qín quǎnmǔ ， fēi kùn érhé ？ 」 yánqì ，

而 目 昏 思 寐 。時 主 人 方 蒸 黍 。 翁 乃 探 囊 中
ér mùhūn sīmèi 。 shí zhǔrén fāng zhēngshǔ 。 wēng nǎi tàn nángzhōng

枕 以 授 之，曰：「 子 枕 吾 枕 ， 當 令 子 榮 適
zhěn yǐ shòuzhī ， yuē ： 「 zǐ zhènwúzhěn ， dāng lìng zǐ róngshì

如 志。」 其 枕 青 瓷，而 竅 其 兩 端 。 生 俛 首 就 之，
rúzhì 。 」 qí zhěn qīngcí ， ér qiàoqí liǎngduān 。 shēng fǔshǒujiùzhī ，

見 其 竅 漸 大， 明 朗 。 乃 舉 身 而 入，遂 至 其 家。
jiàn qíqiào jiàndà ， mínglǎng 。 nǎi jǔshēn érrù ， suì zhì qíjiā 。

數 月，娶 清 河 崔 氏 女。 明 年 ，舉 進 士，登 第；釋 褐
shùyuè ， qǔ Qīnghé Cuīshìnǚ 。 míngnián ， jǔ jìnshì ， dēngdì ； shìhè

秘 校；應 制， 轉 渭 南 尉；俄 遷 監 察 御 史； 轉 起
mìxiào ； yīngzhì ， zhuǎn Wèinánwèi ； é qiān jiāncháyùshǐ ； zhuǎn qǐ

居 舍 人， 知 制 誥。三 載， 出 典 同 州 ， 遷 陝 牧 。
jūshèrén ， zhī zhì gào 。 sānzǎi ， chūdiǎn Tóngzhōu ， qiān Shǎnmù 。

出入 中外 ， 徊翔 臺閣，五十餘年， 崇盛 赫奕。
chūrù zhōngwài， huáixiáng táigé ， wǔshíyúnián ， chóngshèng hèyì 。

性 頗 奢蕩， 甚 好 佚樂， 後庭 聲色， 皆 第一 綺麗 。
xìng pǒ shēdàng， shènhào yìlè ， hòutíng shēngsè， jiē dìyī qǐlì 。

前後 賜 良田 、甲第、佳人、 名馬，不可 勝數。後
qiánhòu cì liángtián 、 jiǎdì 、 jiārén 、 míngmǎ， bùkěshēngshǔ 、 hòu

年漸 衰邁，屢乞骸骨，不許。是夕， 薨。 盧生
niánjiàn shuāimài， lǚqǐ háigǔ， bùxǔ 。 shìxì， hōng。Lúshēng

欠伸 而悟，見其 身方 偃於 邸舍，呂翁 坐其傍，
qiànshēn érwù， jiàn qí shēnfāng yǎnyú dǐshè， Lǚwēng zuòqíbàng，

主人 蒸黍 未熟，觸類如故。 生 蹶然而興，曰：
zhǔrén zhēngshǔ wèishú ， chùlèi rúgù 。 shēng juérán érxīng， yuē：

「豈其 夢寐也？」翁 謂 生 曰：「人生之適，亦
「 qǐ qí mèngmèi yě ？ 」 wēngwèishēng yuē ：「 rénshēng zhīshì ， yì

如是矣。」
rúshì yǐ 。 」

三、下錢了

(一)文章

　　在 濱州 這個 地方 ，有 一個 生活 窮困 但很
　　zài Bīnzhōu zhège dìfāng ， yǒu yíge shēnghuó qióngkùn dànhěn

有學問 的 書生 ，儘管 不 富裕 ，卻不 影響 他
yǒuxuéwèn de shūshēng ， jǐnguǎn bú fùyù ， què bù yǐngxiǎng tā

讀書的 樂趣 。 每次 只要 他 一 有錢 ，一定 馬上 就
dúshū de lèqù 。 měicì zhǐyào tā yì yǒuqián ， yídìng mǎshàng jiù

拿去買書；如此 用功 向學 的態度， 眾人 看
náqù mǎishū ： rúcǐ yònggōng xiàngxué de tàidù ， zhòngrén kàn

在眼裡， 總是 讚不絕口。 有一天， 當他在 書房
zài yǎnlǐ ， zǒngshì zànbùjuékǒu 。 yǒuyìtiān ， dāng tā zài shūfáng

念書 時， 聽到外頭有人敲門， 書生 很好奇是誰
niànshū shí ， tīngdào wàitóu yǒurén qiāomén ， shūshēng hěn hàoqí shì shuí

來找他。 開門一看， 只見一個 穿著 打扮都很
lái zhǎo tā 。 kāimén yíkàn ， zhǐ jiàn yíge chuānzhuó dǎbàn dōu hěn

古老的老人， 書生 並不認識他，但基於禮貌，
gǔlǎo de lǎorén ， shūshēng bìng bú rènshì tā ， dàn jīyú lǐmào ，

書生 還是 請老人進來坐。 老人進到客廳後，
shūshēng háishì qǐng lǎorén jìnlái zuò 。 lǎorén jìndào kètīng hòu ，

也不多 寒暄， 直接就 說明 自己是 正在 修煉的
yě bù duō hánxuān ， zhíjiē jiù shuōmíng zìjǐ shì zhèngzài xiūliàn de

狐仙， 因爲聽說 書生 的品性 高尚， 學問又
húxiān ， yīnwèi tīngshuō shūshēng de pǐnxìng gāoshàng ， xuéwèn yòu

好， 特地前來和他交流。 書生聽了也不害怕，
hǎo ， tèdì qiánlái hàn tā jiāoliú 。 shūshēng tīngle yě bú hàipà ，

反而很 高興有人和自己作伴， 尤其和老人多聊
fǎnér hěn gāoxìng yǒurén hàn zìjǐ zuòbàn ， yóuqí hàn lǎorén duō liáo

幾句後， 發現他學問淵博， 什麼事都知道， 佩服
jǐjù hòu ， fāxiàn tā xuéwèn yuānbó ， shénme shì dōu zhīdào ， pèifú

之餘， 便把老人留在書房裡 朝夕相處。
zhīyú ， biàn bǎ lǎorén liúzài shūfáng lǐ zhāoxì xiāngchǔ 。

日子久了， 書生 漸漸負擔不了兩個人的
rìzi jiǔle ， shūshēng jiànjiàn fùdānbùliǎo liǎnggerén de

生活 ， 忍不住開口要求老人說：「老朋友， 你
shēnghuó ， rěnbúzhù kāikǒu yāoqiú lǎorén shuō ： 「 lǎopéngyǒu ， nǐ

也知道我 沒什麼錢， 要負擔我們兩個人的開銷，
yě zhīdào wǒ méishénmeqián ， yào fùdān wǒmen liǎnggerén de kāixiāo ，

實在有些辛苦。你不是狐仙嗎？應該會一些可以
shízài yǒuxiē xīnkǔ 。 nǐ búshì húxiān ma ？ yīnggāi huì yìxiē kěyǐ

變出 錢 的 法術 吧？可不可以 變 錢 給 我？」老人
biànchū qián de fǎshù ba ？ kěbùkěyǐ biànqián gěi wǒ ？」 lǎorén

沉默 了 一下，微微一笑：「這也不是什麼難事，
chénmò le yíxià ， wéiwéi yíxiào ：「 zhè yě búshì shénme nánshì ，

但我需要一百元當本金。」書生趕緊向鄰居
dàn wǒ xūyào yìbǎiyuán dāng běnjīn 。」 shūshēng gǎnjǐn xiàng línjū

借了錢，和老人一起到家裡的 小房間 ， 等著
jièle qián ， hàn lǎorén yìqǐ dào jiālǐ de xiǎofángjiān ， děngzhe

拿 更多 的 錢。只見老人一邊繞著房間走，一邊
ná gèngduō de qián 。 zhǐjiàn lǎorén yìbiān ràozhe fángjiān zǒu ， yìbiān

唸唸有詞，不一會兒， 成千上萬 的 錢 開始 從
niànniànyǒucí ， búyìhuǐér ， chéngqiānshàngwàn de qián kāishǐ cóng

天花板 上 掉下來！ 就 像 下雨一樣， 瞬間 淹沒
tiānhuābǎn shàng diàoxiàlái ！ jiù xiàng xiàyǔ yíyàng ， shùnjiān yānmò

了 書生 的 腳踝， 再 沒 幾 分鐘 ， 錢 多 得 堆到
le shūshēng de jiǎohuái ， zài méi jǐ fēnzhōng ， qián duō de duīdào

膝蓋了！ 書生 看著這麼多錢， 高興 地 喊道：
xīgài le ！ shūshēng kànzhe zhème duō qián ， gāoxìng de hǎn dào ：

「太好了！這樣我書錢有了，還可以住豪宅、
「 tàihǎole ！ zhèyàng wǒ shūqián yǒule ， hái kěyǐ zhù háozhái 、

吃美食，太好了！」老人聽了也沒說什麼，只
chī měishí ， tàihǎole ！」 lǎorén tīngle yě méishuō shénme ， zhǐ

是問他：「這樣你滿意了嗎？」書生 回答：
shì wèn tā ：「 zhèyàng nǐ mǎnyì le ma ？」 shūshēng huídá ：

「夠了夠了！這樣我已經是大富翁，一輩子
「 gòule gòule ！ zhèyàng wǒ yǐjīng shì dàfùwēng ， yíbèizi

不愁 吃穿 了！」所以老人就揮揮手，錢便不再
bùchóu chīchuān le ！」 suǒyǐ lǎorén jiù huīhuīshǒu ， qiánbiàn búzài

掉下來，兩人走出房間把門鎖上，而書生
diàoxiàlái ， liǎngrén zǒuchū fángjiān bǎ mén suǒshàng ， ér shūshēng

還在暗自高興，自己一下子就變得好有錢。
háizài ànzì gāoxìng ， zìjǐ yíxiàzi jiù biànde hǎoyǒuqián 。

　　過沒幾天，書生想進房間拿錢去
guò méi jǐtiān ， shūshēng xiǎng jìn fángjiān ná qián qù

逛街，門一開，發現整個房間的錢都不見
guàngjiē ， mén yì kāi ， fāxiàn zhěngge fángjiān de qián dōu bújiàn

了，只剩下當初拿來當本金的一百元！他
le ， zhǐ shèngxià dāngchū nálái dāng běnjīn de yìbǎiyuán ！ tā

好驚訝好難過，就對老人發脾氣，說他騙了
hǎo jīngyà hǎo nánguò ， jiù duì lǎorén fāpíqì ， shuō tā piànle

自己，結果，老人更生氣地回答他：「我來
zìjǐ ， jiéguǒ lǎorén gèng shēngqì de huídá tā ： 「 wǒ lái

找你，是因為仰慕你的品性，但沒想到，
zhǎo nǐ ， shì yīnwèi yǎngmù nǐ de pǐnxìng ， dàn méixiǎngdào ，

你現在卻滿腦子都是錢。依我看，現在的
nǐ xiànzài què mǎnnǎozi dōu shì qián 。 yī wǒ kàn ， xiànzài de

你只適合跟小偷做朋友！」說完，就一個
nǐ zhǐ shìhé gēn xiǎotōu zuò péngyǒu ！ 」 shuōwán ， jiù yíge

轉身走了，留下書生一個人，獨自在
zhuǎnshēn zǒu le ， liúxià shūshēng yígerén ， dúzì zài

空盪盪的房間中懊惱。
kōngdàngdàng de fángjiānzhōng àonǎo 。

(二)選擇題

———— 1. 根據 文章 第一段，書生 是一個 怎麼樣 的人？
gēnjù wénzhāng dìyīduàn，shūshēng shì yíge zěnmeyàng de rén？

　　(A)好吃懶做

　　(B)勤奮好學

　　(C)見錢眼開

　　(D)貪小便宜

———— 2. 「讚不絕口」可以 換成 ？
「zànbùjuékǒu」 kěyǐ huànchéng？

　　(A)不會讚美

　　(B)不停讚美

　　(C)很少讚美

　　(D)絕不讚美

———— 3. 書生 把老人 留下來的 原因 是？
shūshēng bǎ lǎorén liúxiàlái de yuányīn shì？

　　(A)老人知識豐富

　　(B)老人會變錢

　　(C)老人沒地方住

　　(D)老人要求留下來

———— 4. 書生 為什麼 開口 跟 老人 要 錢？
shūshēng wèishénme kāikǒu gēn lǎorén yàoqián？

　　(A)因為老人很有錢

　　(B)因為他想做生意

　　(C)因為他要報名考試

　　(D)因為他快沒錢了

　　　　　5.「不愁吃穿」是指？
　　　　　　「bùchóuchīchuān」shìzhǐ？

　　　　　　⑷很煩惱食物和衣服

　　　　　　⑻很擔心沒錢買書

　　　　　　⑶不擔心買書的錢

　　　　　　⑷不必煩惱食物和衣服

　　　　　6.老人為什麼很生氣？
　　　　　　lǎorén wèishénme hěnshēngqì？

　　　　　　⑷書生對他很兇

　　　　　　⑻書生買太多書

　　　　　　⑶書生變得只重視錢

　　　　　　⑷書生不感激他

㈢思考題

1. 你身邊有沒有品性好到讓你佩服的同學？若有，請你描述一下他的人品。

2. 你現在最想要的東西是什麼？你覺得有了它，你的生活會有什麼改變嗎？你會變得比較快樂嗎？

3. 俗話說，從一個人所交往的朋友，就可以看出這個人的品性？你認同嗎？為什麼？另外，請你說說你身邊的朋友，他們有沒有什麼共同的特質？

4. 老人考驗書生品行的方式，是將變出來的錢又不見，你認為還有哪些方法，能夠用來考驗一個人的品行？

寓言

	生詞	漢語拼音	解釋
1	有學問	yǒuxuéwèn	learned
2	儘管	jǐnguǎn	although
3	富裕	fùyù	wealthy
4	用功向學	yònggōngxiàngxué	study hard
5	穿著	chuānzhuó	dressing
6	打扮	dǎbàn	Manner of dressing
7	基於	jīyú	based on
8	寒暄	hánxuān	greetings
9	修煉	xiūliàn	practice
10	狐仙	húxiān	fox immortal
11	品性	pǐnxìng	moral character
12	高尚	gāoshàng	noble
13	交流	jiāoliú	interflow, alternate
14	作伴	zuòbàn	accompany
15	淵博	yuānbó	erudite, broad and profound
16	開銷	kāixiāo	spending
17	本金	běnjīn	principal, capital
18	唸唸有詞	niànniànyǒucí	mumble
19	成千上萬	chéngqiānshàngwàn	numerous
20	瞬間	shùnjiān	immediately, in the twinkling of an eye
21	淹沒	yānmò	submerge
22	富翁	fùwēng	moneybags, rich people
23	暗自	ànzì	secretly

24	發脾氣	fāpíqì	Loose the temper
25	仰慕	yǎngmù	admire
26	懊惱	àonǎo	upset and annoyed
27	佔據	zhànjù	occupy

(五)原文

濱州 一秀才讀書齋 中 ，有 款門 者，啓視，
Bīnzhōu yí xiùcái dúshū zhāi zhōng ， yǒu kuǎnmén zhě ， qǐ shì ，

則皤然一翁， 形貌 甚古。延之入， 請問 姓氏，
zé pórán yìwēng ， xíngmào shèn gǔ 。 yán zhī rù ， qǐngwèn xìngshì ，

翁 自言：「養眞， 姓胡，實狐仙。慕君高雅， 願
wēng zìyán ： 「 yǎngzhēn ， xìng Hú ， shí húxiān 。 mù jūn gāoyǎ ， yuàn

共 晨夕。」秀才故曠達， 亦不爲怪。 相 與評駁
gòng chénxì 。 」 xiùcái gù kuàngdá ， yì bù wéi guài 。 xiāng yǔ píngbó

今古， 翁 殊博洽，鏤花雕繪，粲於牙齒， 時 抽
jīngǔ ， wēng shū bóqià ， lòuhuā diāohuì ， càn yú yáchǐ ， shí chōu

經義，則名理 湛深 ，尤覺非意所及。秀才驚服，留
jīngyì ， zé mínglǐ zhànshēn ， yóu jué fēi yì suǒ jí 。 xiùcái jīngfú ， liú

之甚久。
zhī shèn jiǔ 。

一日密祈翁曰：「君愛我 良厚。顧我貧若此，
yírì mì qí wēng yuē ： 「 jūn ài wǒ liánghòu 。 gù wǒ pín ruò cǐ ，

君但一舉手，金錢自可立致，何不小周給？」 翁
jūn dàn yì jǔshǒu ， jīnqián zì kě lì zhì ， hé bù xiǎo zhōu jǐ ？ 」 wēng

默然， 似不以爲可。 少間， 笑曰：「此大易事。
mòrán ， sì bùyǐwéi kě 。 shǎojiān ， xiào yuē ： 「 cǐ dà yì shì 。

但須得十數錢作母。」秀才如其請。 翁乃與共入
dàn xū dé shíshùqián zuò mǔ 。 」 xiùcái rú qí qǐng 。 wēng nǎi yǔ gòng rù

密室 中 ，禹步作咒。俄頃，錢有數十百萬， 從
mìshì zhōng ， yǔbù zuòzhòu 。 éqǐng ， qián yǒu shùshíbǎiwàn ， cóng

梁間 鏘鏘 而下，勢如驟雨， 轉瞬 沒膝，拔足而
liángjiān qiāngqiāng ér xià ， shì rú zhòuyǔ ， zhuǎnshùn mò xī ， bá zú ér

立，又沒踝。
lì ， yòumòhuái 。

　　廣丈 之舍，約深三四尺已來。乃顧語秀才：
guǎngzhàng zhī shè ， yuēshēn sānsìchǐ yǐlái 。 nǎi gù yù xiùcái ：

「頗厭君意否？」曰：「足矣。」翁一揮，錢畫然
「 pǒyànjūn yì fǒu ？」 yuē ：「 zú yǐ 。」 wēng yì huī ， qiánhuárán

而止，乃 相 與扃戶出。秀才竊喜，自謂暴富。
ér zhǐ ， nǎixiāng yǔ jiōnghùchū 。 xiùcái qièxǐ ， zìwèi bàofù 。

　　頃之 ，入室取用，則滿室阿堵物皆化爲烏有，
qǐngzhī ， rù shì qǔyòng ， zé mǎnshì ādǔwù jiē huàwéiwūyǒu ，

惟母錢十餘枚，寥寥 尚在。秀才失望，盛氣 向
wéimǔqián shíyúméi ， liáoliáo shàng zài 。 xiùcái shīwàng ， shèngqì xiàng

翁 ，頗懟其誑。翁怒曰：「我本與君文字交，
wēng ， pǒ duì qí kuáng 。 wēng nù yuē ：「 wǒ běn yǔ jūn wénzì jiāo ，

不謀與君作賊！便如秀才意，只合尋 梁上君 交好
bù móu yǔ jūn zuòzéi ！ biàn rú xiùcái yì ， zhǐ hé xún liángshàngjūn jiāohǎo

得，老夫不能 承命 ！」遂拂衣去。
dé ， lǎofū bùnéng chéngmìng ！」 suì fúyī qù 。

四、千里馬長怎樣

㈠文章

春秋 時代時，秦國的 秦穆公 非常 喜愛
Chūnqiū shídài shí，Qínguó de Qínmùgōng fēicháng xǐài

馬，在他的馬廄裡， 豢養 著好幾匹難得一見的
mǎ，zài tā de mǎjiù lǐ，huànyǎng zhe hǎojǐpī nándéyíjiàn de

好馬，而這些稀有的馬都是他的臣子伯樂 從不同
hǎomǎ，ér zhèxiē xīyǒu de mǎ dōushì tā de chénzǐ Bólè cóngbùtóng

的地方找來的。但是，懂馬的伯樂年紀漸漸
de dìfāng zhǎolái de。dànshì，dǒng mǎ de Bólè niánjì jiànjiàn

大了，再也沒辦法四處為 秦穆公 探尋 良馬。
dà le，zài yě méibànfǎ sìchù wèi Qínmùgōng tànxún liángmǎ。

因此，秦穆公 擔心地問他：「伯樂啊，就你看，
yīncǐ，Qínmùgōngdānxīn de wèn tā：「 Bólè a，jiù nǐ kàn，

你那些孩子誰 能和你一樣為我尋覓良馬呢？」
nǐ nàxiē háizi shuínénghàn nǐ yíyàng wèi wǒ xúnmì liángmǎ ne ？」

伯樂 想了想，回答：「我知道您雖然有了這麼
Bólè xiǎng le xiǎng， huídá ：「 wǒ zhīdào nín suīrán yǒu le zhème

多好馬，但最期待的還是千里馬。不瞞您說，
duō hǎomǎ， dàn zuì qídài de háishì qiānlǐmǎ。bùmán nín shuō，

一般的馬，從骨骼、高度 等等 外觀就 能 看出
yìbān de mǎ，cóng gǔgé 、 gāodù děngděngwàiguān jiù néngkànchū

好壞，但是，千里馬卻無法從 外表來判斷，若
hǎohuài，dànshì， qiānlǐmǎ què wúfǎ cóngwàibiǎo lái pànduàn，ruò

不是親眼見到牠奔跑時，腳步 輕快 到看不見飛起
búshì qīnyǎnjiàndào tā bēnpǎo shí，jiǎobù qīngkuàidào kànbújiàn fēiqǐ

的塵土和踩過的蹄印，還真是沒能看出牠的
de chéntǔ hàn cǎiguò de tíyìn ， hái zhēnshì méi néng kànchū tā de

能耐。無奈啊，我的孩子都不夠優秀，他們頂多
néngnài。 wúnài a ， wǒ de háizi dōu búgòu yōuxiù， tāmen dǐngduō

只能分辨出良馬和劣馬，但無法看出獨一無二
zhǐnéng fēnbiàn chū liángmǎ hàn lièmǎ， dàn wúfǎ kànchū dúyīwúèr

的千里馬。」
de qiānlǐmǎ

秦穆公聽了好失望，但伯樂接著說：
Qínmùgōng tīngle hǎo shīwàng， dàn Bólè jiēzhe shuō：

「不過，我知道有一個叫九方皋的人，他識馬的
「 búguò， wǒ zhīdào yǒu yíge jiào Jiǔfānggāo de rén， tā shì mǎ de

能力和我差不多，您可以接見他。」
nénglì hàn wǒ chābùduō， nín kěyǐ jiējiàn tā。」

秦穆公連忙找來九方皋，派他去尋找
Qínmùgōng liánmáng zhǎolái Jiǔfānggāo， pài tā qù xúnzhǎo

千里馬。過了三個月，九方皋回來報告秦穆公：
qiānlǐmǎ。 guòle sāngeyuè， Jiǔfānggāo huílái bàogàoQínmùgōng：

「我找到千里馬了，在南方的一個沙丘上。」
「 wǒ zhǎodào Qiānlǐmǎ le， zài nánfāng de yíge shāqiū shàng。」

秦穆公喜出望外，趕緊問他：「是匹怎麼樣的
Qínmùgōng xǐchūwàngwài， gǎnjǐn wèn tā：「 shì pī zěnmeyàng de

馬呢？」九方皋回答：「是匹母馬，毛色是黃
mǎ ne？」Jiǔfānggāo huídá：「 shì pī mǔmǎ， máosè shì huáng

的。」秦穆公馬上派人去把馬帶回來，可是
de。」 Qínmùgōng mǎshàng pài rén qù bǎ mǎ dàihuílái， kěshì

看見的卻是一匹黑色的公馬！他非常不高興，
kànjiàn de quèshì yìpī hēisè de gōngmǎ！ tā fēicháng bù gāoxìng，

找來伯樂質問：「太糟糕了！你推薦的九方皋，
zhǎolái Bólè zhíwèn：「 tài zāogāo le！ nǐ tuījiàn de Jiǔfānggāo，

連馬的顏色和性別都分不清楚，哪能 找到
lián mǎ de yánsè hàn xìngbié dōu fēnbùqīngchǔ ， nǎ néng zhǎodào

千里馬呢？」
qiānlǐmǎ ne ？」

伯樂歎了口氣，緩緩 地說：「啊！ 沒想到
Bólè tànle kǒu qì ， huǎnhuǎn de shuō ：「 a ！ méixiǎngdào

他已經到了 這種 境界，甚至 超越了我！現在，
tā yǐjīng dàole zhèzhǒng jìngjiè ， shèzhì chāoyuè le wǒ ！ xiànzài ，

他 觀察 馬，已不再是看牠外在的 模樣，而是
tā guānchá mǎ ， yǐ búzài shì kàn tā wàizài de móyàng ， érshì

用心 體會那匹馬内在的本質，也就是說，他已經
yòngxīn tǐhuì nàpī mǎ nèizài de běnzhí ， yě jiù shì shuō ， tā yǐjīng

達到了不受 表面 特徵 影響 判斷 的境界了。
dádàole búshòu biǎomiàn tèzhēng yǐngxiǎng pànduàn de jìngjiè le 。

像 他這樣識馬，已經 遠遠 超過任何一個識馬
xiàng tā zhèyàng shì mǎ ， yǐjīng yuǎnyuǎn chāoguò rènhé yíge shìmǎ

人的能力了。您可以讓那匹馬跑跑看，就會知道
rén de nénglì le 。 nín kěyǐ ràng nàpī mǎ pǎopǎokàn ， jiù huì zhīdào

九方皋到底 懂不懂 馬了。」 秦穆公 半信半疑
Jiǔfānggāo dàodǐ dǒngbùdǒng mǎ le 。」 Qínmùgōng bànxìnbànyí

地把那匹馬放出來，果然，不出 十秒鐘，馬
de bǎ nàpī mǎ fàngchūlái ， guǒrán ， bùchū shímiǎozhōng ， mǎ

就跑出 皇宮 的圍牆，成了 遠方 的一個小黑
jiù pǎochū huánggōng de wéiqiáng ， chéngle yuǎnfāng de yíge xiǎo hēi

點 。
diǎn 。

(二)選擇題

_____ 1. 文章　中「難得一見」可以　換成　？
wénzhāng zhōng「nándéyíjiàn」 kěyǐ huànchéng ？

　　(A)很少見到

　　(B)很容易見到

　　(C)常常見到

　　(D)不能見到

_____ 2.「能耐」可以　放入　下列哪個句子？
「néngnài」 kěyǐ fàngrù xiàliè nǎge jùzi ？

　　(A)他不能□□，只好先工作賺錢

　　(B)一個人只要□□，沒有做不到的事

　　(C)他有多少□□，考完試就知道

　　(D)就算再困難，很□□也可以達成

_____ 3. 為什麼　秦穆公　看到　千里馬　後　很　生氣　？
wèishénme Qínmùgōng kàndào qiānlǐmǎ hòu hěnshēngqì ？

　　(A)因為那只是一匹普通的馬

　　(B)因為不是九方皋形容的樣子

　　(C)因為牠跑得一點也不快

　　(D)因為牠長得不夠高大

_____ 4.伯樂對　九方皋　識馬　的　態度是？
Bólè duì Jiǔfānggāo shìmǎ de tàidù shì ？

　　(A)非常懷疑

　　(B)不太相信

　　(C)有點信任

　　(D)十分信任

_____ 5. 秦穆公 「半信半疑」 表示 ？
Qínmùgōng「bànxìnbànyí」biǎoshì ？

　　(A)十分懷疑

　　(B)有點懷疑

　　(C)完全相信

　　(D)十分相信

_____ 6.「不出　十秒鐘　」 代表 千里馬 ？
「bùchū shímiǎozhōng」dàibiǎo qiānlǐmǎ ？

　　(A)跑得很慢

　　(B)速度普通

　　(C)真的跑很快

　　(D)跑得有點快

(三)思考題

1. 你在判斷一個人時，會不會受到外表的影響呢？

2. 佛教說，相由心生！指一個人外在的樣子與他內在的性格或想法是相關聯的，你覺得呢？外表能不能完全展現眞實的個性？爲什麼？

3. 請問，你有沒有遇過外表和內心完全不同的人。請詳細說明那個人的樣子與爲人。

4. 請問，當一個人擁有好的本質，要如何才能被看見？

(四)名詞解釋

	生詞	漢語拼音	解釋
1	馬廄	mǎjiù	stable
2	豢養	huànyǎng	feed
3	稀有	xīyǒu	rare
4	探尋	tànxún	seek, search
5	尋覓	xúnmì	look for, search
6	骨骼	gǔgé	skeleton
7	外觀	wàiguān	exterior, outward
8	判斷	pànduàn	judge
9	輕快	qīngkuài	brisk, lively
10	塵土	chéntǔ	dust
11	蹄印	tíyìn	hoof prints
12	無奈	wúnài	helpless
13	頂多	dǐngduō	at most
14	連忙	liánmáng	at once
15	沙丘	shāqiū	dune
16	喜出望外	xǐchūwàngwài	overjoyed at unexpected good news
17	質問	zhíwèn	inquire
18	糟糕	zāogāo	terrible
19	推薦	tuījiàn	recommend
20	本質	běnzhí	nature, essence
21	特徵	tèzhēng	feature
22	懷疑	huáiyí	doubt, suspect

(五)原文

秦穆公 謂伯樂曰：「子之 年長 矣， 子姓有
Qínmùgōng wèi Bólè yuē ： 「 zǐ zhī niánzhǎng yǐ ， zǐ xìng yǒu

可 使 求 馬者乎？」伯樂 對曰：「 良馬可 形容 筋骨
kě shǐ qiú mǎ zhě hū ？ 」 Bólè duì yuē ： 「 liángmǎ kě xíngróng jīngǔ

相 也。 天下之馬者， 若 滅若 沒， 若 亡若 失。 若
xiàng yě 。 tiānxià zhī mǎ zhě ， ruò miè ruò mò ， ruò wáng ruò shī 。 ruò

此者絕塵弭轍。 臣之子皆下才也，可告以 良馬，
cǐ zhě juéchén mǐchè 。 chén zhī zǐ jiē xiàcái yě ， kě gào yǐ liángmǎ ，

不可告以天下之馬也。 臣有所與共 擔 緥薪采者， 有
bùkě gào yǐ tiānxià zhī mǎ yě 。 chényǒusuǒ yǔ gòng dānmòxīncǎi zhě ， yǒu

九方皋， 此其於馬非臣之下也。 請見之。」 穆公
Jiǔfānggāo ， cǐ qí yú mǎ fēi chén zhī xià yě 。 qǐngjiàn zhī 。 」 Mùgōng

見之， 使 行 求 馬。 三月而反。 報曰：「已 得之矣，
jiàn zhī ， shǐ xíng qiú mǎ 。 sānyuè ér fǎn 。 bàoyuē ： 「 yǐ dé zhī yǐ ，

在沙丘。」 穆公曰：「何馬也？」 對曰：「牝而
zài shāqiū 。 」 Mùgōng yuē ： 「 hé mǎ yě ？ 」 duì yuē ： 「 pìn ér

黃 。」 使人 往 取之， 牡而驪。 穆公 不說。 召伯樂
huáng 。 」 shǐ rénwǎng qǔ zhī ， mǔ ér lí 。 Mùgōng búyuè 。 zhào Bólè

而謂之曰：「敗矣！ 子所使求馬者， 色物牝牡 尚 弗
ér wèi zhī yuē ： 「 bài yǐ ！ zǐ suǒ shǐ qiú mǎ zhě ， sè wù pìnmǔ shàng fú

能 知， 又何馬之 能 知也？」伯樂喟然太息曰：「一
néng zhī ， yòu hé mǎ zhī néng zhī yě ？ 」 Bólè kuìrán tàixí yuē ： 「 yī

至於此乎？是 乃 其所以 千萬 臣 而無數者也。 若皋
zhì yú cǐ hū ？ shì nǎi qí suǒyǐ qiānwàn chén ér wúshù zhě yě 。 ruò Gāo

之所 觀 天機也， 得其精而忘其麤， 在其內而忘其
zhī suǒguān tiānjī yě ， dé qí jīng ér wàng qí cū ， zài qí nèi ér wàng qí

外； 見其所見， 不見其所不見； 視其所視， 而遺其
wài ； jiàn qí suǒjiàn ， bú jiàn qí suǒ bú jiàn ； shì qí suǒ shì ， ér yí qí

所不視。 若皋之 相 者， 乃有貴乎馬者也。」馬至，
suǒ bú shì 。 ruò Gāo zhī xiàngzhě ， nǎi yǒu guì hū mǎ zhě yě 。 」 mǎ zhì ，

果 天下之馬也。
guǒ tiānxià zhī mǎ yě 。

五、大鵬鳥和小麻雀

（一）文章

　　從前 ，北海有一隻叫鯤的大魚，牠的身軀
　　cóngqián ， Běihǎi yǒu yìzhī jiào Kūn de dàyú ， tā de shēnqū

十分龐大，從頭到尾大概就有三個台灣 長 。鯤
shífēn pángdà， cóngtóudàowěi dàgài jiù yǒu sānge Táiwāncháng。 Kūn

想 到南海去，所以每天都勤奮地游泳、認真
xiǎng dào Nánhǎi qù， suǒyǐ měitiān dōu qínfèn de yóuyǒng、 rènzhēn

地獵食，把自己鍛鍊得非常 強壯 。每 當
de lièshí ， bǎ zìjǐ duànliàn de fēicháng qiángzhuàng 。 měi dāng

牠躍出 水面 ， 往往 就 能 激起十幾層樓高的
tā yuèchū shuǐmiàn ， wǎngwǎng jiù néng jīqǐ shíjǐcénglóu gāo de

浪花 。
lànghuā 。

由於牠不斷地訓練自己，因此每次跳出
yóuyú tā búduàn de xùnliàn zìjǐ ， yīncǐ měicì tiàochū

水面 後，停在 空中 的時間就一次比一次 長 。
shuǐmiànhòu ， tíngzài kōngzhōng de shíjiān jiù yícì bǐ yícì cháng 。

有一天 ，鯤 跳起來後，竟發現自己在 空中
yǒuyì tiān ， Kūn tiàoqǐlái hòu ， jìng fāxiàn zìjǐ zài kōngzhōng

停了好久都沒有掉回水裡。於是牠試著拍動牠
tíngle hǎojiǔ dōu méiyǒu diàohuí shuǐlǐ 。 yúshì tā shìzhe pāidòng tā

的鰭， 沒想到 ，鰭 上面 竟然長滿了羽毛，
de qí ， méixiǎngdào ， qí shàngmiàn jìngrán zhǎngmǎnle yǔmáo ，

牠們 變成 翅膀了！牠一展開那寬闊的翅膀，
tāmen biànchéng chìbǎng le ！ tā yì zhǎnkāi nà kuānkuò de chìbǎng ，

就 籠罩 了整個亞洲，但牠顧不了這些，牠只
jiù lóngzhào le zhěngge Yàzhōu ， dàn tā gùbùliǎo zhèxiē ， tā zhǐ

知道順勢用力地拍動 翅膀，由於力道過大， 竟
zhīdào shùnshì yònglì de pāidòng chìbǎng ， yóuyú lìdào guòdà ， jìng

激起了二十層樓高的海浪！這時， 笨重 的身體
jīqǐ le èrshícénglóu gāo de hǎilàng ！ zhèshí ， bènzhòng de shēntǐ

也變得好輕 好輕，隨著 強烈的海風，哇，牠
yě biànde hǎoqīng hǎoqīng ， suízhe qiángliè de hǎifēng ， wa ， tā

成功 地飛起來了！牠能 像 鳥一般自在地在
chénggōng de fēiqǐlái le ！ tā néng xiàng niǎo yìbān zìzài de zài

空中 飛翔了，而且這一飛竟然就飛到了九萬
kōngzhōng fēixiáng le ， érqiě zhè yì fēi jìngrán jiù fēi dào le jiǔ wàn

公里的 高空 。
gōnglǐ de gāokōng 。

原來，鯤真的 變成 了一隻大鳥，人們 叫
yuánlái ， Kūn zhēnde biànchéng le yìzhī dàniǎo ， rénmen jiào

這隻大鳥為鵬。巨大無比的 鵬 飛在青天 上 ，
zhèzhī dàniǎo wéi Péng 。 jùdàwúbǐ de Péng fēizài qīngtiān shàng ，

牠不停歇地一直 往 南海的 方向 飛去，飛了
tā bùtíngxiē de yìzhí wǎng Nánhǎi de fāngxiàng fēiqù ， fēile

整整 六個月才落到地面休息。
zhěngzhěng liùgeyuè cái luòdào dìmiàn xiū xí

有一隻 小麻雀看到 大鵬鳥 從 天上 飛過，
yǒuyìzhī xiǎomáquè kàndào dàpéngniǎo cóng tiānshàng fēiguò ，

忍不住笑著 說：「牠花這麼大的力氣，是要飛去
rěnbúzhù xiàozheshuō ： 「 tā huā zhème dà de lìqì ， shì yào fēiqù

哪啊？我跳起來，雖然高度不過八九十公分，但
nǎ a ？ wǒ tiàoqǐlái ， suīrán gāodù búguò bā jiǔ shí gōngfēn ， dàn

我卻 能 快樂地在 樹叢 間飛來飛去， 像 這樣的
wǒ quènéng kuàilè de zài shùcóng jiān fēiláifēiqù ， xiàng zhèyàng de

生活 不也是很愜意嗎？何必一定要 像 牠一樣，
shēnghuó bùyěshì hěn qièyì ma ？ hébì yídìng yàoxiàng tā yíyàng ，

費這麼大的力氣，飛到那麼 遠 的地方呢？」
fèi zhème dà de lìqì ， fēidào nàme yuǎn de dìfāng ne ？ 」

一位 名叫 莊子 的人聽到小麻雀 說的話，
yíwèi míngjiào Zhuāngzǐ de rén tīngdào xiǎomáquè shuō de huà ，

不禁搖頭說 ：「大鵬鳥的遠大目標，哪是麻雀
bùjīn yáotóu shuō ： 「 dàpéngniǎo de yuǎndà mùbiāo ， nǎshì máquè

這種 小鳥 所能理解的呢？」
zhèzhǒng xiǎoniǎo suǒnéng lǐjiě de ne ？ 」

38

(二)選擇題

_____ 1. 鯤　為什麼　這麼　認真　訓練 自己？
Kūn wèishénme zhème rènzhēn xùnliàn zìjǐ ？

(A)怕被別的魚吃掉

(B)不想被鵬抓到

(C)為了證明小麻雀是錯的

(D)想要達到自己的目標

_____ 2. 小麻雀　覺得　鵬 的 飛行　怎麼樣 ？
xiǎomáquè juéde Péng de fēixíng zěnmeyàng？

(A)很無聊，沒有意義

(B)非常厲害

(C)比不上小麻雀自己快樂

(D)沒有小麻雀厲害

_____ 3. 莊子　認為　小麻雀 的 想法　怎麼樣 ？
Zhuāngzǐ rènwéi xiǎomáquè de xiǎngfǎ zěnmeyàng？

(A)積極樂觀

(B)不可效法

(C)值得鼓勵

(D)過於自卑

_____ 4. 我們 可以 怎麼　形容　鯤 ？
wǒmen kěyǐ zěnme xíngróng Kūn？

(A)不懂反省

(B)努力向上

(C)過於驕傲

(D)滿足現況

_____ 5.「 原來 」 不能 放入 下列哪個句子 ？
「yuánlái」bùnéng fàngrù xiàliè nǎge jùzi ？

　　(A)□□是你打掃好教室的，難怪這麼乾淨

　　(B)這些筆記本□□是他的，記得還回去

　　(C)因為下雨，□□他決定不去運動

　　(D)他□□是你哥哥啊！真是巧！

_____ 6.這個 故事 告訴 我們 什麼 ？
zhège gùshì gàosù wǒmen shénme ？

　　(A)魚不可能變成鳥

　　(B)小麻雀也想和鵬一樣飛行

　　(C)不要用自己狹隘的想法看待別人

　　(D)莊子欣賞小麻雀的想法

(三)思考題

1. 你認為，鯤為什麼會變成鵬呢？請想想看，和老師及同學討論。

2. 莊子為什麼會說麻雀不了解鵬的志向呢？請說說看。

3. 你比較認同鯤的努力，還是小麻雀對自己能力的滿足呢？為什麼？

4. 這個出自《莊子》的故事，主要在鼓勵人提升自己的視野，不要被自身能力限制了。除此之外，你還發現它有什麼其他意思呢？

㈣名詞解釋

	生詞	漢語拼音	解釋
1	身軀	shēnqū	body
2	龐大	pángdà	huge, enormous
3	勤奮	qínfèn	diligent
4	認真	rènzhēn	serious, earnest
5	獵食	lièshí	hunt
6	鍛鍊	duànliàn	to work out
7	浪花	lànghuā	spray
8	拍動	pāidòng	flap
9	鰭	qí	fin
10	沒想到	méixiǎngdào	unexpected
11	羽毛	yǔmáo	feather
12	寬闊	kuānkuò	wide, broad
13	籠罩	lóngzhào	to shroud, to envelop
14	笨重	bènzhòng	heavy, cumbersome
15	強烈	qiángliè	strong, intense
16	樹叢	shùcóng	thicket
17	自在	zìzài	free, comfortable
18	停歇	tíngxiē	stop for a rest
19	忍不住	rěnbúzhù	cannot help but
20	愜意	qièyì	cozy
21	效法	xiàofǎ	imitate, follow
22	自卑	zìbēi	self-abased
23	狹隘	xiáài	narrow
24	志向	zhìxiàng	ambition

(五)原文

北冥 有魚，其名為鯤。鯤之大，不知其
Běimíng yǒu yú ， qí míng wéi Kūn 。 Kūn zhī dà ， bùzhī qí

幾千里也。化而為鳥，其名為鵬。鵬之背不知
jǐqiānlǐ yě 。 huà ér wéi niǎo ， qí míng wéi Péng 。 Péng zhī bèi bùzhī

其幾千里也。怒而飛，其翼若垂天之雲。是鳥也，
qí jǐqiānlǐ yě 。 nù ér fēi ， qí yì ruò chuítiān zhī yún 。 shì niǎo yě ，

海運則將徙於南冥。南冥者，天池也。鵬之徙
hǎiyùn zé jiāng xǐ yú Nánmíng 。 Nánmíng zhě ， Tiānchí yě 。 Péng zhī xǐ

於南冥也，水擊三千里，摶扶搖而上者九萬里，
yú Nánmíng yě ， shuǐ jí sānqiānlǐ ， tuán fúyáo ér shàngzhě jiǔwànlǐ ，

去以六月息者也。
qù yǐ liùyuè xí zhě yě 。

斥鴳笑之曰：「彼且奚適也？我騰躍而上，
Chìyàn xiào zhī yuē ： 「 bǐ qiě xī shì yě ？ wǒ téngyuè ér shàng ，

不過數仞而下，翱翔蓬蒿之間，此亦飛之至也，而
búguò shùrèn ér xià ， áoxiáng pénghāo zhījiān ， cǐ yì fēi zhī zhì yě ， ér

彼且奚適也？」
bǐ qiě xī shì yě ？ 」

六、小青蛙的天堂

(一)文章

在一個破敗的淺井裡，住著一隻快樂的
zài yíge pòbài de qiǎnjǐng lǐ ， zhùzhe yìzhī kuàilè de

小青蛙。牠有時大聲地唱著歌，有時跳出
xiǎoqīngwā 。 tā yǒushí dàshēng de chàngzhe gē ， yǒushí tiàochū

水井 享受 陽光 。日子就這樣一天天過去，
shuǐjǐng xiǎngshòu yángguāng 。 rìzi jiù zhèyàng yìtiāntiān guòqù ，

牠覺得每天都很開心、很 充實！有一天， 當
tā juéde měitiān dōu hěn kāixīn 、 hěn chōngshí ！ yǒuyìtiān ， dāng

小青蛙 正在 曬太陽時，一個龐大的 身影 遮住
xiǎoqīngwā zhèngzài shàitàiyáng shí ， yíge pángdà de shēnyǐng zhēzhù

了 光線 ， 讓牠好奇地爬了起來， 想 看看到底
le guāngxiàn ， ràng tā hàoqí de pále qǐlái ， xiǎng kànkàn dàodǐ

是誰擋住了牠的 陽光 。這一看才知道，原來
shì shuí dǎngzhù le tā de yángguāng 。 zhè yíkàn cái zhīdào ， yuánlái

是遠從 東海來的大鱉，大鱉 正要 去拜訪住在
shì yuǎncóng Dōnghǎi lái de dàbiē ， dàbiē zhèngyào qù bàifǎng zhùzài

西邊森林裡的 朋友 。 由於走了好幾天的路，
xībiān sēnlín lǐ de péngyǒu 。 yóuyú zǒule hǎojǐtiān de lù ，

所以 想 坐下來休息，於是大鱉就跟 小青蛙聊了
suǒyǐ xiǎng zuòxiàlái xiūxí ， yúshì dàbiē jiù gēn xiǎoqīngwā liáole

起來。
qǐlái 。

小青蛙 很 高興 能遇到新 朋友 ，便開心地
xiǎoqīngwā hěn gāoxìng néng yùdào xīn péngyǒu ， biàn kāixīn de

分享 自己的 生活 ：「我每天 都 過得 好 快樂 啊！
fēnxiǎng zìjǐ de shēnghuó ： 「 wǒ měitiān dōu guòde hǎo kuàilè a ！

我跟你 說，你 眼前 的 這口井 就 是 我家，這 整個
wǒ gēn nǐ shuō， nǐ yǎnqián de zhèkǒujǐng jiù shì wǒ jiā ， zhè zhěngge

井 都是 我 一個人 的，住在 這個 井裡，實在 是 既
jǐng dōushì wǒ yígerén de ， zhù zài zhège jǐnglǐ ， shízài shì jì

方便 又 舒適！在井裡，我可以 游泳，可以 泡泡
fāngbiàn yòu shūshì！ zài jǐnglǐ ， wǒ kěyǐ yóuyǒng ， kěyǐ pàopào

泥巴浴； 想 出門 看看世界時，一跳 就 跳出來
níbā yù ； xiǎng chūmén kànkàn shìjiè shí ， yítiào jiù tiàochūlái

了，便利極了！森林裡可以 說 沒有人 比我 過得
le ， biànlì jí le！ sēnlín lǐ kěyǐ shuō méiyǒurén bǐ wǒ guòde

更 惬意了！今天您 遠道而來，我就帶您 參觀
gèng qièyì le！ jīntiān nín yuǎndàoérlái ， wǒ jiù dài nín cānguān

參觀 我住的天堂吧！」大鱉欣然同意，立刻
cānguān wǒ zhù de tiāntáng ba！ 」 dàbiē xīnrán tóngyì ， lìkè

把腳跨進了小青蛙的家，但牠的左腳還沒踏進
bǎ jiǎo kuàjìn le xiǎoqīngwā de jiā ， dàn tā de zuǒjiǎo háiméi tàjìn

井裡，右腳就被井底的泥巴卡住了，最後只好
jǐnglǐ ， yòujiǎo jiù bèi jǐngdǐ de níbā kǎzhù le ， zuìhòu zhǐhǎo

失望 地抽回 右腳。小青蛙 難過極了，大鱉爲了
shīwàng de chōuhuí yòujiǎo。 xiǎoqīngwā nánguò jí le ， dàbiē wèile

安慰牠，便和牠分享 自己住的 東海：「這海
ānwèi tā ， biàn hàn tā fēnxiǎng zìjǐ zhù de Dōnghǎi ： 「 zhè hǎi

啊，一眼望 過去，根本就看不到邊際，我估計那
a ， yìyǎn wàngguòqù ， gēnběn jiù kànbúdào biānjì ， wǒ gūjì nà

海的寬度也許超過一千公里吧！至於深度呢，
hǎi de kuāndù yěxǔ chāoguò yìqiān gōnglǐ ba！ zhìyú shēndù ne ，

我想 就算把喜馬拉雅山放下去也是 綽綽有餘
wǒ xiǎng jiùsuàn bǎ Xǐmǎlāyǎshān fàngxiàqù yěshì chuòchuòyǒuyú

44

的。我還觀察到了一個 現象 ，就是啊，不管
de 。 wǒ hái guānchá dào le yíge xiànxiàng ， jiù shì a ， bùguǎn

陸地上發生了旱災或是水災，那海的水也都絲毫
lùdìshàng fāshēng le hànzāi huòshì shuǐzāi ， nà hǎi de shuǐ yě dōu sīháo

不受 影響 ；年年歲歲都是這樣，既不增加也
búshòu yǐngxiǎng ； niánniánsuìsuì dōu shì zhèyàng ， jì bù zēngjiā yě

不 減少，你 說，神不神奇？我啊，每天就 望著
bù jiǎnshǎo， nǐ shuō， shénbùshénqí？ wǒ a ， měitiān jiù wàngzhe

日升，又看著日落，美景 當前 ，真是 非常 地
rìshēng， yòu kànzhe rìluò， měijǐng dāngqián， zhēnshì fēicháng de

滿足啊！」 說完， 大鱉就一臉陶醉地開始打起了
mǎnzú a！」 shuōwán， dàbiē jiù yìliǎn táozuì de kāishǐ dǎqǐ le

盹，而 小青蛙 則是聽得目瞪口呆，對這些從來
dǔn， ér xiǎoqīngwā zéshì tīngde mùdèngkǒudāi， duì zhèxiē cónglái

沒見過的 景象 ，一句話也 說不上來。
méijiànguò de jǐngxiàng， yíjùhuà yě shuōbúshànglái。

(二) 選擇題

_____ 1. 小青蛙 為什麼 每天 都 覺得 很 快樂 呢？
xiǎoqīngwā wèishénme měitiān dōu juéde hěn kuàilè ne？

(A)因為大鱉來拜訪牠

(B)因為牠可以看見海

(C)因為牠有很多朋友

(D)因為牠擁有整個水井

_____ 2. 為什麼 大鱉 沒有 辦法 參觀 小青蛙 的 家？
wèishénme dàbiē méiyǒu bànfǎ cānguān xiǎoqīngwā de jiā？

(A)因為有人在裡面

(B)因為水井的水滿出來

(C)因為水井太小太淺

(D)因為水井乾涸了

_____ 3. 大鱉　描述　的海是　什麼　樣子？
dàbiē miáoshù de hǎishì shénme yàngzi？

(A)可以計算實際的大小

(B)無法測量到底多大多深

(C)大概比水井大一千倍

(D)比喜馬拉雅山再矮一點

_____ 4. 大鱉的　生活　過得　怎麼樣？
dàbiē de shēnghuó guòde zěnmeyàng？

(A)悶悶不樂

(B)平淡無奇

(C)心滿意足

(D)尋歡作樂

_____ 5. 小青蛙　為什麼　說不出　話來？
xiǎoqīngwā wèishénme shuōbùchū huàlái？

(A)對大鱉描述的景象感到震驚

(B)因為牠覺得沒什麼好說的

(C)牠還在想應該要說什麼

(D)因為牠不想打擾大鱉休息

_____ 6. 在　文章　裡，「　神　不　神奇」的意思是？
zài wénzhāng lǐ，「shénbùshénqí」 de yìsi shì？

(A)完全不神奇

(B)非常神奇

(C)不太神奇

(D)有點神奇

(三)思考題

1. 你覺得小青蛙和大鱉誰比較快樂呢？爲什麼？

2. 你覺得小青蛙說不出話來的原因是什麼？請想想看。

3. 這個故事叫「埳井之蛙」，也是成語「井底之蛙」的由來。它用來形容見識淺薄而且以此自豪的人，你可以想到什麼例子用上這個成語呢？

4. 你認為這個故事還有什麼其他意思嗎？請說說看。

(四) 名詞解釋

	生詞	漢語拼音	解釋
1	破敗	pòbài	ruined
2	充實	chōngshí	fulfilling
3	鱉	biē	turtle
4	方便	fāngbiàn	convenient
5	舒適	shūshì	cozy, comfortable
6	泥巴	níbā	mud
7	便利	biànlì	convenient, handy
8	愜意	qièyì	cozy
9	天堂	tiāntáng	paradise
10	欣然	xīnrán	happily
11	安慰	ānwèi	console
12	邊際	biānjì	border, boundary
13	估計	gūjì	estimate
14	綽綽有餘	chuòchuòyǒuyú	more than enough
15	現象	xiànxiàng	phenomenon
16	旱災	hànzāi	drought
17	水災	shuǐzāi	flood
18	陶醉	táozuì	revel

19	打盹	dǎdǔn	doze
20	乾涸	gānhé	dry up
21	震驚	zhènjīng	shock, astonish

(五)原文

埳井之蛙謂 東海 之鱉曰：「 吾樂與！ 出跳
kǎnjǐng zhī wā wèi Dōnghǎi zhī biē yuē： 「 wú lè yú ！ chū tiào

梁 乎井幹之 上 ， 入休乎 缺甃之崖 ； 赴水則 接腋
liáng hū jǐnghán zhī shàng ， rù xiū hū quēzhòu zhī yái ； fù shuǐ zé jiēyì

持頤 ， 蹶泥則 沒足滅跗 。 還虷蟹與科斗，莫吾 能
chíyí ， juéní zé mòzú mièfū 。 huánhán xiè yǔ kēdǒu ， mò wú néng

若也。 且夫擅一壑之水， 而跨跱埳井之樂， 此亦至
ruò yě 。 qiě fú shàn yíhuò zhī shuǐ ， ér kuàzhì kǎnjǐng zhī lè ， cǐ yì zhì

矣。 夫子奚不時來入 觀乎？」
yǐ 。 fūzi xī bùshí lái rù guān hū ？ 」

東海 之鱉左足未入，而右膝已縶矣。 於是逡巡
Dōnghǎi zhī biē zuǒzú wèirù ， ér yòuxī yǐ zhí yǐ 。 yúshì qūnxún

而卻，告之海曰：「 夫千里之 遠， 不足以舉其大；
ér què ， gào zhī hǎi yuē： 「 fú qiānlǐ zhī yuǎn ， bùzúyǐ jǔ qí dà ；

千仞之高，不足以極其深。禹之時十年九潦， 而
qiānrèn zhī gāo ， bùzúyǐ jí qí shēn 。 Yǔ zhī shí shínián jiǔlào ， ér

水弗爲加益；湯之時八年七旱，而崖不爲加損。 夫
shuǐ fú wèi jiā yì ； Tāng zhī shí bānián qīhàn ， ér yái búwèi jiāsǔn 。 fú

不爲頃久推移，不以多少進退者，此亦 東海 之大樂
búwèi qǐngjiǔ tuīyí ， bùyǐ duōshǎo jìntuì zhě ， cǐ yì Dōnghǎi zhī dàlè

也。」 於是埳井之蛙聞之， 適適然驚， 規規然自失
yě 。 」 yúshì kǎnjǐng zhī wā wén zhī ， shìshìrán jīng ， guīguīrán zìshī

也。
yě 。

七、不吵不相識

㈠文章

　　兩千　兩百　多年前，　中國　正處於
　　liǎngqiān liǎngbǎi duō nián qián， Zhōngguó zhèng chǔyú

戰國時期，那個時候的　中國　由七個小國所
Zhànguóshíqī， nàge shíhòu de Zhōngguó yóu qīge xiǎoguó suǒ

組成：齊國、楚國、秦國、燕國、韓國、
zǔchéng： Qíguó、 Chǔguó、 Qínguó、 Yànguó、 Hánguó、

趙國 和 魏國。這七個小國 相互 競爭 ，彼此
Zhàoguó hàn Wèiguó 。 zhè qīge xiǎoguó xiānghù jìngzhēng ， bǐcǐ

對立，因為各國的 君王 都 想 統一 中國 。在
duìlì ， yīnwèi gèguó de jūnwáng dōu xiǎng tǒngyī Zhōngguó 。 zài

這些國家中，秦國最 強盛 ，它總是不斷地
zhèxiē guójiā zhōng ， Qínguó zuì qiángshèng ， tā zǒngshì búduàn de

攻打其他的國家， 想要 擴張 自己的領土。
gōngdǎ qítā de guójiā ， xiǎngyào kuòzhāng zìjǐ de lǐngtǔ 。

有一次，秦國去打 趙國 ， 趙國 因為 勢力
yǒuyícì ， Qínguó qù dǎ Zhàoguó ， Zhàoguó yīnwèi shìlì

較弱，所以被 強大的秦國打得落花流水。 趙國
jiàoruò ， suǒyǐ bèi qiángdà de Qínguó dǎde luòhuāliúshuǐ 。 Zhàoguó

的 皇帝在無可奈何之下， 只好派出最優秀的
de huángdì zài wúkěnàihé zhīxià ， zhǐhǎo pàichū zuì yōuxiù de

官員 —— 藺相如， 前往 秦國 商討 賠償
guānyuán —— Lìnxiàngrú ， qiánwǎng Qínguó shāngtǎo péicháng

問題。 沒想到在談判的 過程 中， 藺相如的
wèntí 。 méixiǎngdào zài tánpàn de guòchéng zhōng ， Lìnxiàngrú de

聰明才智 讓 秦王 印象 深刻， 秦王 不但對他
cōngmíngcáizhì ràng Qínwáng yìnxiàng shēnkè ， Qínwáng búdàn duì tā

讚譽有加，還十分禮遇他。
zànyùyǒujiā ， hái shífēn lǐyù tā 。

這個消息傳回 趙國之後， 趙王 非常地
zhège xiāoxí chuánhuí Zhàoguó zhīhòu ， Zhàowáng fēicháng de

開心，也 非常 地欽佩藺相如， 逢人便 稱讚
kāixīn ， yě fēicháng de qīnpèi Lìnxiàngrú ， féngrén biàn chēngzàn

他的外交能力。聽了皇帝的讚美， 有人 點頭
tāde wàijiāo nénglì 。 tīngle huángdì de zànměi ， yǒurén diǎntóu

認同 ，但也有人 心 生不滿， 地位與藺相如
rèntóng ， dàn yě yǒurén xīnshēngbùmǎn ， dìwèi yǔ Lìnxiàngrú

不相上下 的廉頗就 相當 不服氣。只要他聽到
bùxiāngshàngxià de Liánpǒ jiù xiāngdāng bùfúqì 。 zhǐyào tā tīngdào

君王 提起藺相如，就不以爲然地對 朋友們 說：
jūnwáng tíqǐ Lìnxiàngrú， jiù bùyǐwéirán de duì péngyǒumenshuō：

「藺相如只是口才好罷了，他懂得 帶兵 打仗
「Lìnxiàngrú zhǐshì kǒucái hǎo bàle ， tā dǒngde dàibīng dǎzhàng

嗎？這樣的人有什麼 好 崇拜 的！」
ma？zhèyàngderén yǒushénme hǎo chóngbài de ！」

有個人聽了廉頗的言論，非常 生氣， 等
yǒugerén tīngle Liánpǒ de yánlùn， fēicháng shēngqì， děng

藺相如 回國後，便立刻跑去跟他說廉頗的
Lìnxiàngrú huíguó hòu， biàn lìkè pǎoqù gēn tā shuō Liánpǒde

不是。這個人原以爲藺相如聽到後，會氣得
búshì。 zhègerén yuán yǐwéi Lìnxiàngrú tīngdào hòu， huì qìde

火冒三丈 ，但奇怪的是，藺相如只是笑了笑，
huǒmàosānzhàng， dàn qíguàide shì， Lìnxiàngrú zhǐshì xiàolexiào，

並 沒有露出任何不悅的 表情。
bìngméiyǒulòuchū rènhé búyuè de biǎoqíng。

那個人覺得十分疑惑，便問藺相如爲何
nàge rén juéde shífēn yíhuò， biàn wèn Lìnxiàngrú wèihé

不生氣？藺相如心平氣和地回答：「廉頗是 趙國
bùshēngqì？Lìnxiàngrú xīnpíngqìhé de huídá：「Liánpǒ shì Zhàoguó

最 聰明 、最 勇猛 的將軍，他的才能 遠在我
zuì cōngmíng、 zuì yǒngměng de jiāngjūn， tāde cáinéng yuǎnzài wǒ

之上 ，他會不服氣是應該的。現在我們的 情勢
zhīshàng， tā huì bùfúqì shì yīnggāide。xiànzài wǒmende qíngshì

相當 危急， 全國 上下一定要團結。如果我
xiāngdāng wéijí， quánguó shàngxià yídìng yào tuánjié。 rúguǒ wǒ

和 廉將軍 現在吵起架來，不就等於給別人攻打
hàn Liánjiāngjūn xiànzài chǎoqǐjià lái， bújiù děngyú gěi biérén gōngdǎ

趙國 的好機會嗎？」
Zhàoguó de hǎojīhuì ma ？」

那人聽了藺相如的話， 深受 感動 ，於是在
nàrén tīngle Lìnxiàngrú de huà ， shēnshòu gǎndòng ， yúshì zài

離開藺相如的家之後，他便直接去拜訪廉頗，
líkāi Lìnxiàngrú de jiā zhīhòu ， tā biàn zhíjiē qù bàifǎng Liánpǒ ，

並且把 剛剛 藺相如說的話，一五一十地告訴了
bìngqiě bǎ gānggāng Lìnxiàngrú shuōde huà ， yīwǔyīshí de gàosù le

廉頗。廉頗聽了以後，感到既愧疚又佩服，於是
Liánpǒ 。 Liánpǒ tīngle yǐhòu ， gǎndào jì kuìjiù yòu pèifú ， yúshì

他就帶著家裡的藤條，毫不猶豫地 前往 藺相如
tā jiù dàizhe jiālǐ de téngtiáo， háobùyóuyùde qiánwǎng Lìnxiàngrú

家， 想要 親自 向 藺相如 道歉。
jiā， xiǎngyào qīnzì xiàng Lìnxiàngrú dàoqiàn 。

廉頗到藺相如家後， 便脫去 身上的 衣服 ，
Liánpǒ dào Lìnxiàngrú jiāhòu ， biàn tuōqù shēnshàngde yīfú ，

並 恭敬 地將 藤條交給藺相如， 然後跪在 地上
bìng gōngjìng de jiāng téngtiáo jiāogěi Lìnxiàngrú ， ránhòu guìzài dìshàng

說 ：「對不起，之前由於我不了解您對國家的
shuō ：「 duìbùqǐ ， zhīqián yóuyú wǒ bùliǎojiě nín duì guójiā de

用心 ， 自己器量又小，所以才會說您的壞話。
yòngxīn ， zìjǐ qìliàng yòuxiǎo， suǒyǐ cáihuì shuō nínde huàihuà 。

現在我知道您是位有智慧又有度量的人，因此
xiànzài wǒ zhīdào nín shì wèi yǒu zhìhuì yòu yǒu dùliàngde rén， yīncǐ

特地前來 向 您致歉，請您打我吧！」藺相如
tèdì qiánlái xiàng nín zhìqiàn， qǐng nín dǎ wǒ ba ！」 Lìnxiàngrú

聽到廉頗的話後， 隨即丟下那根藤條， 伸出
tīngdào Liánpǒde huà hòu ， suíjí diūxià nàgēn téngtiáo， shēnchū

雙手 扶起跪在地上的廉頗，並對他說：「這
shuāngshǒu fúqǐ guìzài dìshàngde Liánpǒ， bìng duì tā shuō ：「 zhè

點 小誤會沒什麼 好在意的 ， 我們都是為了國家
diǎn xiǎowùhuì méishénme hǎozàiyìde ， wǒmen dōushì wèile guójiā

好 ， 不是 嗎 ？」
hǎo ， búshì ma ？」

　　廉頗與藺相如在經歷了這件事之後， 兩人就
Liánpǒ yǔ Lìnxiàngrú zài jīnglì le zhèjiàn shì zhīhòu ， liǎngrén jiù

變成 了好朋友，一起盡力保護趙國， 正因
biànchéng le hǎopéngyǒu， yìqǐ jìnlì bǎohù Zhàoguó， zhèngyīn

兩人 同心合力，秦國就再也不敢欺侮 趙國 了。
liǎngrén tóngxīnhélì ， Qínguó jiù zài yě bùgǎn qīwǔ Zhàoguó le 。

(二)選擇題

_____ 1. 下面 哪一個 選項 最符合 本文 的主旨 ？
xiàmiàn nǎyíge xuǎnxiàngzuì fúhé běnwén de zhǔzhǐ ？

　　(A)廉頗從頭至尾都非常不認同藺相如

　　(B)藺相如是個驕傲自負的外交官

　　(C)廉頗勇於認錯使得趙國愈來愈強盛

　　(D)藺相如拿著藤條是因為想要教訓廉頗

_____ 2. 下面 哪一個 選項 最適合 形容 藺相如 優秀的
xiàmiàn nǎyíge xuǎnxiàngzuì shìhé xíngróng Lìnxiàngrú yōuxiùde

　　口才 ？
kǒucái ？

　　(A)結結巴巴

　　(B)出口成章

　　(C)啞口無言

　　(D)噤若寒蟬

_____ 3. 誇飾 修辭是 一種 用 過分的 鋪排 張揚 、誇大的
kuāshì xiūcí shì yìzhǒng yòng guòfènde pūpái zhāngyáng 、 kuādàde

手法 來 形容 某 事物的 修辭 方式 ，例如：「氣得
shǒufǎ lái xíngróng mǒu shìwùde xiūcí fāngshì ， lìrú ： 「 qìde

火冒三丈 」。 下面 哪一個 選項 也 使用了
huǒmàosānzhàng 」。 xiàmiàn nǎyíge xuǎnxiàng yě shǐyòngle

誇飾 修辭？
kuāshì xiūcí ？

(A)大禹治理河水，為人民服務，難道不值得歌頌嗎？

(B)想牧神，多毛又多鬚，在那一株甘蔗下午睡？

(C)傷離別，離別雖然在眼前，說再見，再見不會太遙
遠。

(D)義大利的麵包倒不黑，可是硬得像鞋底。

_____ 4. 請問 「 秦王 ○○對他 讚譽有加 ，○十分 禮遇
qǐngwèn 「 Qínwáng ○ ○ duì tā zànyùyǒujiā ， ○ shífēn lǐyù

他」這個 句子 中 的 連接詞 應 置換 為 下列 何者，
tā 」 zhège jùzi zhōng de liánjiēcí yīngzhìhuànwéi xiàliè hézhě，

意思才不會 改變 ？
yìsi cáibúhuì gǎibiàn ？

(A)不僅，還

(B)雖然，卻

(C)儘管，仍

(D)即使，但

_____ 5. 「 便 立刻跑去 跟他 說 廉頗的 不是」這句話的意思
「 biàn lìkè pǎoqù gēn tā shuō Liánpǒde búshì 」 zhèjùhuàde yìsi

最接近下列 何者？
zuì jiējìn xiàliè hézhě ？

(A)馬上去跟藺相如說廉頗的壞話

(B)馬上去跟藺相如讚美廉頗的為人

(C)馬上跟藺相如說廉頗知道自己做錯事了

(D)馬上去跟藺相如說：「廉頗說：『不是』」

_____ 6. 本文　中　提到了　多種　情緒，而　下面　哪一個
běnwén zhōng tídào le duōzhǒng qíngxù , ér xiàmiàn nǎyíge

情緒　沒有　出現　在藺相如　的　朋友　身上　？
qíngxù méiyǒu chūxiàn zàiLìnxiàngrú de péngyǒu shēnshàng ？

(A)憤怒

(B)悲傷

(C)感動

(D)喜悅

(三)思考題

1. 你的身邊是否有像廉頗或是藺相如這樣的朋友呢？請說說看自己的朋友與故事中的人物有哪些相似的特質。

2. 如果你是廉頗，除了故事裡的方法之外，還有哪些行為可以向藺相如表達自己的歉意？

3. 故事中的主角為了共同的目標而結為朋友，你是否也因為某個理想而遇見了好朋友呢？請說明自己是在哪個情況下遇到這位朋友，以及你們為了達成目標，一起經歷過了哪些事。

4. 如果你是藺相如，你會怎麼面對廉頗的批評呢？請說說看為什麼。

(四)名詞解釋

	生詞	漢語拼音	解釋
1	強盛	qiángshèng	powerful and prosperous
2	擴張	kuòzhāng	extend
3	落花流水	luòhuāliúshuǐ	be beaten hollow

4	無可奈何	wúkěnàihé	have no way out
5	商討	shāngtǎo	discuss
6	賠償	péicháng	compensate, compensation
7	談判	tánpàn	negotiate
8	禮遇	lǐyù	courteous reception
9	欽佩	qīnpèi	admire
10	服氣	fúqì	submit willing to someone else's view or opinion
11	心生不滿	xīnshēngbùmǎn	discontented
12	不以為然	bùyǐwéirán	object to
13	火冒三丈	huǒmàosānzhàng	fly into a rage
14	心平氣和	xīnpíngqìhé	even-tempered and good-humored
15	團結	tuánjié	unite
16	一五一十	yīwǔyīshí	systematically and in full detail
17	愧疚	kuìjiù	to be ashamed and uneasy
18	佩服	pèifú	admire
19	藤條	téngtiáo	rattan
20	毫不猶豫	háobùyóuyù	without the least hesitation
21	跪	guì	kneel
22	器量	qìliàng	the capacity for magnanimity
23	度量	dùliàng	tolerance
24	誤會	wùhuì	misunderstanding
25	同心合力	tóngxīnhélì	pull together
26	欺侮	qīwǔ	bully

(五) 原文

既罷歸國，以相如功大，拜為上卿，位在
jìbà guīguó， yǐ xiàngrú gōngdà， bàiwéi shàngqīng， wèizài

廉頗之右。廉頗曰：「我為趙將，有攻城野戰
Liánpǒ zhīyòu Liánpǒ yuē：「wǒwéi Zhàojiàng， yǒugōngchéngyězhàn

之大功，而藺相如徒以口舌爲勞，而位居 我上：
zhī dàgōng，ér Lìnxiàngrú tú yǐ kǒushé wéiláo，ér wèijū wǒ shàng：

且相如素賤人，吾羞，不忍爲之下！」宣言曰：
qiě xiàngrú sù jiànrén，wú xiū，bùrěn wéi zhīxià！」xuān yányuē：

「我見相如，必辱之。」相如聞，不肯與會。相如
「wǒjiàn xiàngrú，bì rù zhī。」xiàngrúwén，bùkěn yǔhuì。xiàngrú

每朝時，常稱病，不欲與廉頗爭列。已而
měi cháo shí，cháng chēng bìng，búyù yǔ Liánpǒ zhēngliè。yǐér

相如出，望見廉頗，相如引車避匿。於是舍人
xiàngrú chū，wàngjiàn Liánpǒ，xiàngrú yǐnchē bìnì。yúshì shèrén

相與諫曰：「臣所以去親戚，而事君者，徒慕君之
xiāngyǔjiànyuē：「chén suǒyǐ qù qīnqī，ér shì jūnzhě，tú mù jūnzhī

高義也。今君與廉頗同列，廉君宣惡言而君畏匿
gāoyì yě。jīn jūn yǔ Liánpǒ tóngliè，Liánjūn xuān è yán ér jūn wèi nì

之，恐懼殊甚，且庸人尚羞之，況於將相
zhī，kǒngjù shūshèn，qiě yōngrén shàng xiūzhī，kuàng yú jiàngxiàng

乎！臣等不肖，請辭去。」藺相如固止之，曰：
hū！chénděng búxiào，qǐng cíqù。」Lìnxiàngrú gù zhǐ zhī，yuē：

「公之視廉將軍孰與秦王？」曰：「不若也。」
「gōngzhī shì Liánjiāngjūn shú yǔ Qínwáng？」yuē：「búruò yě。」

相如曰：「夫以秦王之威，而相如廷叱之，辱其
xiàngrú yuē：「fú yǐ Qínwángzhīwēi，ér xiàngrú tíng chì zhī，rù qí

群臣，相如雖駑，獨畏廉將軍哉？顧吾念之，
qúnchén，xiàngrú suī nú，dú wèi Liánjiāngjūn zāi？gù wú niàn zhī，

強秦之所以不敢加兵於趙者，徒以吾兩人在也。
qiángQín zhīsuǒyǐ bùgǎn jiābīng yú Zhàozhě，tú yǐ wú liǎngrén zài yě。

今兩虎共鬥，其勢不俱生。吾所以爲此者，以先
jīn liǎnghǔ gòngdòu，qí shì bújùshēng。wú suǒyǐ wéicǐzhě，yǐ xiān

國家之急而後私讎也。」廉頗聞之，肉袒負荊，因
guójiāzhījí ér hòu sīchóu yě。」Liánpǒ wénzhī，ròutǎn fùjīng，yīn

賓客至藺相如門謝罪，曰：「鄙賤之人，不知將軍
bīnkè zhì Lìnxiàngrúmén xièzuì，yuē：「bǐjiàn zhīrén，bùzhī jiāngjūn

寬之至此也。」卒相與笙，爲刎頸之交。
kuān zhī zhìcǐ yě。」zú xiāngyǔ huān，wéi wěnjǐngzhījiāo。

八、不知變通的鄭國人

（一）文章

每個人難免都會遇到腦筋轉不過來，或是
měigerén nánmiǎn dōuhuì yùdào nǎojīn zhuǎnbúguòlái ， huòshì

事情 怎麼 想 也 想不通 的 時候！其實，這時
shìqíng zěnmexiǎng yě xiǎngbùtōng de shíhòu ! qíshí ， zhèshí

只要 有人 稍微 提點 我們 一下，就能 輕鬆 走出
zhǐyào yǒurén shāowéi tídiǎn wǒmen yíxià ， jiùnéng qīngsōng zǒuchū

死胡同 了。但是，如果 真 碰上 了 固執 的 人，
sǐhútóng le 。 dànshì ， rúguǒ zhēn pèngshàng le gùzhí de rén ，

任憑 旁人 說破了嘴，也是 改變 不了 他們的 想法
rènpíng pángrén shuōpòlezuǐ ， yěshì gǎibiàn bùliǎo tāmende xiǎngfǎ

的。現在，我們 就來 看看 一個 堅持己見， 完全
de 。 xiànzài ， wǒmen jiùlái kànkàn yíge jiānchíjǐjiàn ， wánquán

不知變通，而淪為 笑柄 的 故事。
bùzhībiàntōng ， ér lúnwéixiàobǐng de gùshì 。

在 戰國 時期， 鄭國 有一個 非常 忠厚、
zài Zhànguó shíqí ， Zhèngguó yǒu yíge fēicháng zhōnghòu、

老實 的 男子。他 雖然 不笨，可是 在 處理 事情 的
lǎoshí de nánzǐ 。 tā suīrán búbèn ， kěshì zài chǔlǐ shìqíng de

時候，總是 和 常人 的 方法 不一樣，而且 從 不聽
shíhòu ， zǒngshì hàn chángrén de fāngfǎ bùyíyàng ， érqiě cóng bùtīng

他人 的 意見，老是 依著 自己 的 想法 來 做事。
tārén de yìjiàn ， lǎoshì yīzhe zìjǐ de xiǎngfǎ lái zuòshì 。

有一天 下午，這個 男子 看著 自己 腳上 的
yǒuyìtiān xiàwǔ ， zhège nánzǐ kànzhe zìjǐ jiǎoshàng de

鞋，又破又髒，心想確實是該換雙新鞋了。
xié， yòupò yòuzāng， xīnxiǎng quèshí shì gāi huànshuāng xīnxié le。

於是，便決定到市場買雙新鞋。出發前，
yúshì， biàn juédìngdào shìchǎng mǎi shuāng xīnxié。 chūfā qián，

他把舊鞋放在一張白紙上，一手按著鞋，一手
tā bǎ jiùxié fàngzài yìzhāng báizhǐ shàng， yìshǒu ànzhe xié， yìshǒu

拿著筆沿著鞋邊細心地描畫。描完後，他開心
názhe bǐ yánzhe xiébiān xìxīn de miáohuà。 miáowán hòu， tā kāixīn

地笑了，因為他想，這樣一來，就可以直接拿著
de xiàole， yīnwèi tā xiǎng， zhèyàngyìlái， jiù kěyǐ zhíjiē názhe

那張紙，告訴鞋店老闆，他要買多大的鞋。
nàzhāngzhǐ， gàosù xiédiàn lǎobǎn， tā yàomǎi duōdà de xié。

男子愈想愈得意，覺得自己真是太聰明
nánzǐ yù xiǎng yù déyì， juéde zìjǐ zhēnshì tài cōngmíng

了，於是匆匆穿上舊鞋，急忙忙地出門，
le， yúshì cōngcōng chuānshàng jiùxié， jímángmáng de chūmén，

結果，沒想到，這一得意竟把原本拿在手上
jiéguǒ， méixiǎngdào， zhè yìdéyì jìng bǎ yuánběn názài shǒushàng

的紙隨手一放，人就出門了。當他快步走到
de zhǐ suíshǒu yífàng， rén jiù chūmén le。 dāng tā kuàibù zǒudào

鞋店時，立刻大聲地對老闆誇耀，自己幫
xiédiàn shí， lìkè dàshēng de duì lǎobǎn kuāyào， zìjǐ bāng

老闆省了個麻煩，不用再拿出好幾雙鞋子，讓
lǎobǎn shěnglege máfán， búyòng zài náchū hǎojǐshuāng xiézi， ràng

他一雙雙試穿了，因為他想了個聰明的
tā yìshuāngshuāng shìchuān le， yīnwèi tā xiǎnglege cōngmíngde

辦法！
bànfǎ！

話才剛說完，男子就開始東摸摸西找找，
huà cáigāng shuōwán， nánzǐ jiù kāishǐ dōngmōmō xīzhǎozhǎo，

想 掏出那張紙來炫耀。但是，找來找去就是
xiǎng tāochū nàzhāngzhǐ lái xuànyào。 dànshì， zhǎoláizhǎoqù jiùshì

找不到。最後，他只好向老闆道歉，然後懊惱
zhǎobúdào。 zuìhòu， tā zhǐhǎo xiàng lǎobǎn dàoqiàn， ránhòu àonǎo

地跑回家去，結果一到家，就發現那張紙原來
de pǎohuíjiāqù， jiéguǒ yídàojiā， jiù fāxiàn nàzhāngzhǐ yuánlái

好端端地躺在桌上，這讓他覺得又好氣
hǎoduānduān de tǎngzài zhuōshàng， zhè ràng tā juéde yòuhǎoqì

又好笑。沒辦法，爲了盡快買到鞋子，他只好
yòuhǎoxiào。 méibànfǎ， wèile jìnkuài mǎidào xiézi， tā zhǐhǎo

拿著那張紙，再跑一趟鞋店。
názhe nàzhāngzhǐ， zài pǎoyítàng xiédiàn。

由於一來一回耗掉了不少時間，男子怕
yóuyú yìláiyìhuí hàodiào le bùshǎo shíjiān， nánzǐ pà

鞋店就要關門了，所以跑得快極了。等他到了
xiédiàn jiùyào guānmén le， suǒyǐ pǎode kuàijíle。 děng tā dàole

鞋店門口，早已氣喘吁吁，上氣不接下氣！但
xiédiàn ménkǒu， zǎoyǐ qìchuǎnxūxū， shàngqìbùjiēxiàqì！ dàn

鞋店還是打烊了，這時，只見男子拿著那張
xiédiàn háishì dǎyáng le， zhèshí， zhǐjiàn nánzǐ názhe nàzhāng

描好鞋底的紙，呆呆地站在鞋店門口。路過
miáohǎo xiédǐ de zhǐ， dāidāi de zhànzài xiédiàn ménkǒu。 lùguò

的人看見他動也不動，便好奇地問他發生了
de rén kànjiàn tā dòngyěbúdòng， biàn hàoqí de wèn tā fāshēng le

什麼事，他便將事情的經過完完整整說了
shénmeshì， tā biànjiāng shìqíng de jīngguò wánwánzhěngzhěng shuōle

一遍，路人聽完後，百般不解地問他：「你忘了
yíbiàn， lùrén tīngwánhòu， bǎibānbùjiě de wèn tā：「 nǐ wàngle

帶手上這張紙，也沒關係啊！你直接試穿
dài shǒushàng zhèzhāng zhǐ， yě méiguānxi a！ nǐ zhíjiē shìchuān

不就行了嗎？」 沒想到 他還是 反應 不過來，竟
bújiùxínglema ？」 méixiǎngdào tā háishì fǎnyìng búguòlái ， jìng

回答路人說：「 那可不行！ 因為我 這雙 舊鞋
huídá lùrén shuō ： 「 nàkěbùxíng ！ yīnwèi wǒ zhèshuāng jiùxié

的尺寸 剛剛好 ，穿起來舒服極了，如果不照這
de chǐcùn gānggānghǎo ， chuānqǐlái shūfújíle ， rúguǒ búzhào zhè

尺寸買， 肯定會磨腳的！所以我一定要回去拿
chǐcùn mǎi ， kěndìng huì mójiǎode ！ suǒyǐ wǒ yídìng yào huíqù ná

才行！」
cáixíng ！ 」

(二)選擇題

——— 1. 下面 哪個 關於 本文 的 敘述 是 正確 的？
xiàmiàn nǎge guānyú běnwén de xùshù shì zhèngquè de ？

(A)固執的人一定不好相處

(B)男子幫鞋店老闆省去了許多麻煩

(C)男子就算聽了建議也依然想不通

(D)路人非常欣賞男子的聰明才智

——— 2.「說破了嘴」這個詞， 運用 到了 哪種 修辭
「 shuōpòlezuǐ 」 zhège cí ， yùnyòng dàole nǎzhǒng xiūcí

技巧 ？
jìqiǎo ？

(A)頂真

(B)借代

(C)誇飾

(D)設問

_____ 3. 同義複詞是指 兩個 相同 意思的字所組合 而成的
tóngyìfùcí shìzhǐ liǎngge xiāngtóng yìside zì suǒzǔhé érchéngde

詞，下列哪個不是同義複詞？
cí， xiàliè nǎge búshì tóngyìfùcí ？

　　(A)關門

　　(B)舒服

　　(C)懊惱

　　(D)誇耀

_____ 4. 下列哪個 選項 的 主詞 與其他 三者 不同 ？
xiàliè nǎge xuǎnxiàng de zhǔcí yǔ qítā sānzhě bùtóng ？

　　(A)從不聽他人的意見

　　(B)好奇地問他發生了什麼事

　　(C)如果不照這尺寸買

　　(D)懊惱地跑回家去

_____ 5. 「說破了嘴」的意思最 接近 下列 何者 ？
「shuōpòlezuǐ」 de yìsi zuì jiējìn xiàliè hézhě ？

　　(A)說了一聲「破了嘴」

　　(B)說了太多話，以致嘴巴都破了

　　(C)說了很多話來告誡、說服別人

　　(D)說了很多讓嘴巴受傷的話

_____ 6. 下面 哪個 選項 最適合 用來 形容 那位 男子 ？
xiàmiàn nǎge xuǎnxiàng zuìshìhé yònglái xíngróng nàwèi nánzǐ ？

　　(A)外愚內智

　　(B)伶牙俐齒

　　(C)聰明絕頂

　　(D)弄巧成拙

（三）思考題

1. 請問你對什麼事情特別堅持？有沒有因為堅持而發生什麼樣有趣的事呢？

2. 中文裡對於不知變通的人，會用「死腦筋」來形容，請問你的文化中，對於固執的人，有沒有什麼有趣的稱呼呢？它有沒有一個故事呢？

3. 說說看，你是否曾經也有聽到好的建議，卻仍然想要依照自己想法做事的經驗呢？為什麼？

4. 如果你是那位路人，請問你會怎麼說服那男子，讓他不要再依賴手上的那張紙，進而相信自己的腳呢？

（四）名詞解釋

	生詞	漢語拼音	意思
1	腦筋	nǎojīn	brain
2	提點	tídiǎn	remind
3	輕鬆	qīngsōng	relaxed
4	固執	gùzhí	obstinate
5	堅持	jiānchí	insist on
6	胡同	hútóng	lane
7	任憑	rènpíng	at one's convenience
8	笑柄	xiàobǐng	laughingstock
9	忠厚	zhōnghòu	honest and kind
10	老實	lǎoshí	frank
11	描畫	miáohuà	depict

12	得意	déyì	to be pleased with oneself
13	誇耀	kuāyào	brag about
14	麻煩	máfán	troublesome
15	掏	tāo	take out
16	懊惱	àonǎo	feel remorseful and angry
17	盡快	jìnkuài	as soon as possible
18	氣喘吁吁	qìchuǎnxūxū	breathless
19	打烊	dǎyáng	close the store for the night
20	好奇	hàoqí	curious
21	完整	wánzhěn	complete
22	直接	zhíjiē	direct
23	反應	fǎnyìng	reaction
24	舒服	shūfú	comfortable

(五)原文

鄭人　有欲買履者　，先自度其足　，而置之
Zhèngrén yǒu yù mǎilǚzhě ， xiān zìduò qízú ， ér zhìzhī

其坐。至之市，而忘操之。已得履，乃曰：「吾忘
qízuò。 zhìzhī shì， ér wàngcāozhī。 yǐ dé lǚ， nǎiyuē： 「wú wàng

持度。」反歸取之。及反，市罷，遂不得履。人曰：
chídù。」 fǎnguī qǔzhī。 jífǎn， shìbà， suì bùdé lǚ。 rényuē：

「何不試之以足？」曰：「寧信度，無自信也。」
「hé búshìzhī yǐzú？」 yuē： 「níng xìndù， wú zìxìn yě。」

九、天才長大了之後……

(一)文章

　　一千多年以前，在　中國　的　宋朝　，有一個
　　yìqiān duōnián yǐqián　，　zài Zhōngguó de Sòngcháo，　yǒu　yíge

名叫　金谿的　小村子。村子裡的居民大多都是
míngjiào Jīnxī　de xiǎo cūnzi　。　cūnzi　lǐ　de　jūmín　dàduō dōu shì

農夫，　正　因爲世世代代都以務農　爲生，所以
nóngfū，　zhèng yīnwèi　shìshìdàidài　dōu yǐ wùnóng wéishēng，　suǒyǐ

幾乎都沒 上 過學，也沒讀過書。
jīhū dōu méi shàngguòxué， yě méi dú guòshū。

　　有一天，奇怪的事發生了。在這個沒什麼
yǒuyìtiān， qíguài de shì fāshēng le。 zài zhège méi shénme

讀書風氣的地方，竟然 出現 了一個愛讀書的
dúshū fēngqì de dìfāng， jìngrán chūxiàn le yíge ài dúshū de

孩子。這個孩子名叫 方仲永 ，據說他五歲的
háizi。 zhège háizi míngjiào Fāngzhòngyǒng， jùshuō tā wǔsuì de

時候，就 向 他爸媽吵著說他 想要 紙和筆，他
shíhòu， jiù xiàng tā bàmā chǎozheshuō tā xiǎngyào zhǐ hàn bǐ， tā

的父母覺得非常 驚訝，因為 仲永 從來沒 上
de fùmǔ juédé fēicháng jīngyà， yīnwèi Zhòngyǒng cónglái méishàng

過學，也沒看過紙筆，怎麼會知道這些東西，
guòxué， yě méikànguò zhǐbǐ， zěnme huì zhīdào zhèxiē dōngxi，

還能 說出它們的名字呢？但是為了不讓 仲永
hái néngshuōchū tāmen de míngzì ne？ dànshì wèile búràng Zhòngyǒng

一直哭，所以他的父母還是 向 鄰居們借了紙筆
yìzhí kū， suǒyǐ tā de fùmǔ háishì xiàng línjū men jiè le zhǐbǐ

拿給 仲 永 。
nágěi Zhòngyǒng。

　　沒想到 ， 仲永 一拿到紙和筆，竟然立刻
méixiǎngdào， Zhòngyǒng yì nádào zhǐ hàn bǐ， jìngrán lìkè

寫出了一首詩。這首詩主要是在 說照顧父母、
xiěchū le yìshǒu shī。 zhèshǒu shī zhǔyào shì zài shuōzhàogù fùmǔ、

團結 鄉民 的 重要 ，不僅如此， 仲永 還為這
tuánjié xiāngmín de zhòngyào， bùjǐnrúcǐ， Zhòngyǒng hái wèizhè

首 詩取了一個名字。這件神奇的事傳 遍了 整個
shǒu shī qǔ le yíge míngzì。 zhèjiàn shénqí de shì chuánbiàn le zhěngge

金谿村，甚至連金谿附近的其他村子都 聽說
Jīnxīcūn， shènzhì lián Jīnxī fùjìn de qítā cūnzi dōu tīngshuō

了　方仲永　的事蹟。就這樣，　仲永　的　名聲
le Fāngzhòngyǒng de　shìjī　。 jiù zhèyàng，　Zhòngyǒng de míngshēng

愈來愈大，大到　常常　有許多人從各地跑來
yùláiyùdà　， dà dào chángcháng yǒu xǔduō rén cóng　gèdì　pǎo lái

金谿村，個個都　想　認識　仲永　，而且都　希望
Jīnxīcūn，　gègè　dōu xiǎng rènshì Zhòngyǒng，　érqiě　dōu xīwàng

能　親眼見到　仲永　寫詩，而　仲永　也從沒　讓
néng qīnyǎn jiàndào Zhòngyǒng xiěshī，　ér Zhòngyǒng yě cóngméi ràng

大家失望　過。每當　有人來看他時，只要提及
dàjiā　shīwàng guò。 měidāng yǒu rén lái kàn tā shí， zhǐyào　tíjí

某個物品，他就能根據那　項　物品的特質，寫出
mǒuge wùpǐn，　tā jiùnéng gēnjù nà xiàng wùpǐn de　tèzhí　， xiě chū

一首優美的詩來，不僅如此，那些詩句裡還蘊含
yìshǒu yōuměi de shī lái，　bùjǐnrúcǐ，　nàxiē　shījù lǐ hái yùnhán

了深刻的道理，讓人忍不住一讀再讀。
le shēnkè de dàolǐ， ràngrén rěnbúzhù　yìdúzàidú　。

　　來見　仲永　的人，看到他如此多才，開心
lái jiàn Zhòngyǒng de rén， kàndào tā　rúcǐ　duōcái， kāixīn

之餘，或多或少都會給他一點錢，或是買下
zhīyú，　huòduōhuòshǎo dōu huì gěi tā　yìdiǎn qián，　huòshì mǎixià

他寫的詩帶回家 收藏。　仲永　父母見到自己
tā xiě de shī dài huíjiā shōucáng。 Zhòngyǒng fùmǔ jiàndào　zìjǐ

的孩子，隨隨便便寫幾個字就能　賺錢，　高興
de háizi， suísuíbiànbiàn xiě jǐge zì jiù néng zuànqián， gāoxìng

極了！以前他們兩 夫妻辛辛苦苦下田耕作，
jí le！ yǐqián tāmen liǎng fūqī　xīnxīnkǔkǔ　xiàtián gēngzuò，

早出晚歸，但賺的錢可真是少得可憐！於是
zǎochūwǎnguī，　dàn zuàn de qián kě zhēnshì shǎode kělián！　yúshì

他們便決定不再下田了，一家就靠　仲永　的詩
tāmen biàn juédìng búzài xiàtián le，　yìjiā　jiù kào Zhòngyǒng de shī

來 賺錢 。 從那時起 ， 只見 仲永 的 父親 整天
lái zuànqián。 cóng nàshí qǐ ， zhǐjiàn Zhòngyǒng de fùqīn zhěngtiān

帶著 仲永 在金谿村 或是 附近的 村莊 炫耀
dàizhe Zhòngyǒng zài Jīnxīcūn huòshì fùjìn de cūnzhuāng xuànyào

仲永 的才華 ， 希望利用 仲永 的 聰明才智 來
Zhòngyǒng de cáihuá ， xīwàng lìyòng Zhòngyǒng de cōngmíngcáizhì lái

使整個家庭愈來愈富有 。
shǐ zhěngge jiātíng yùláiyù fùyǒu。

由於跟著父親 整天 在外頭奔跑 ， 仲永
yóuyú gēnzhe fùqīn zhěngtiān zài wàitóu bēnpǎo ， Zhòngyǒng

並 沒有 機會進學校好好念書 。 在 荒廢學習
bìng méiyǒu jīhuì jìn xuéxiào hǎohǎo niànshū 。 zài huāngfèi xuéxí

的 情況 下 ， 仲永 寫的詩便日漸乏味了 。 到了
de qíngkuàng xià ， Zhòngyǒng xiě de shī biàn rìjiàn fáwèi le 。 dàole

十二、十三歲時 ， 他的作品已經不堪一讀 。 而
shíèr 、 shísān suì shí ， tā de zuòpǐn yǐjīng bùkān yīdú 。 ér

到了二十歲左右 ， 仲永 竟然和金谿村裡沒有
dàole èrshí suì zuǒyòu ， Zhòngyǒng jìngrán hàn Jīnxīcūn lǐ méiyǒu

上 過學、 念過書的農夫一樣普通 ， 所以也不再
shàng guòxué 、 niànguòshū de nóngfū yíyàng pǔtōng ， suǒyǐ yě búzài

有人去拜訪 仲永 ， 或是買 仲永 寫的詩了 。
yǒurén qù bàifǎng Zhòngyǒng ， huòshì mǎi Zhòngyǒng xiě de shī le 。

像 仲永 這樣 聰明 的孩子 ， 原本 應該
xiàng Zhòngyǒng zhèyàng cōngmíng de háizi ， yuánběn yīnggāi

擁有 大好前程 的 ， 卻因為父母短視近利 ， 沒 能
yōngyǒu dàhǎoqiánchéng de ， quèyīnwèi fùmǔ duǎnshìjìnlì ， méinéng

好好栽培孩子 ， 讓孩子繼續深造 ， 最後白白埋沒
hǎohǎo zāipéi háizi ， ràng háizi jìxù shēnzào ， zuìhòu báibái máimò

了 仲永 過人的才華 ， 實在是太可惜了 ！
le Zhòngyǒng guòrén de cáihuá ， shízài shì tài kěxí le ！

(二)選擇題

_____ 1. 下面 哪個 選項 最符合 這篇 文章 的主旨？
xiàmiàn nǎge xuǎnxiàng zuì fúhé zhè piān wénzhāng de zhǔzhǐ？

　　(A)金谿村的村民喜歡讀詩

　　(B)就算是天才，也需要上學讀書

　　(C)方仲永的父親不喜歡工作

　　(D)方仲永長大之後依然很有名

_____ 2. 第二段 中 的「它們」所指 的 是？
dìèrduàn zhōng de「tāmen」suǒzhǐ de shì？

　　(A)方仲永的父母

　　(B)方仲永的鄰居

　　(C)方仲永想要的紙和筆

　　(D)所有金谿村的居民

_____ 3.「他們 世世代代 都以 務農 為生 」的意思是？
「tāmen shìshìdàidài dōu yǐ wùnóng wéishēng」de yìsi shì？

　　(A)金谿村村民的爸爸、祖父、曾祖父……都是農夫

　　(B)金谿村的村民只有少數是農夫

　　(C)金谿村村民的興趣是下田耕作

　　(D)金谿村村民的房子如果有損壞，都用農作物來修補

_____ 4.「○○○○，那些詩句裡 ● 蘊含 了 深刻 的 道理」
「○○○○，nàxiē shījù lǐ ● yùnhán le shēnkè de dàolǐ」

請問 這個 句子 中 的連接詞可以如何代替，才不會
qǐngwèn zhège jùzi zhōng de liánjiēcí kěyǐ rúhé dàitì，cáibúhuì

影響 原本 的意思？
yǐngxiǎng yuánběn de yìsi？

　　(A)因為、而

　　(B)雖然、但

　　(C)由於、仍

　　(D)不僅、也

_____ 5. 下面 哪個 選項 的「團結」的詞性與「團結
xiàmiàn nǎge xuǎnxiàng de「tuánjié」de cíxìng yǔ「tuánjié

鄉民 」的「團結」不 相同 ？
xiāngmín」de「tuánjié」bùxiāngtóng？

(A)爭吵只會破壞大家的「團結」

(B)榮譽感使大家更加「團結」

(C)奧運期間，全國人民「團結」地為我國選手加油

(D)老師一席鼓勵的話，讓同學們再次「團結」起來

_____ 6. 下面 哪一個 成語 最符合 方仲永 長大 後的
xiàmiàn nǎ yíge chéngyǔ zuì fúhé Fāngzhòngyǒng zhǎngdà hòu de

情況 ？
qíngkuàng？

(A)志得意滿

(B)大未必佳

(C)蒸蒸日上

(D)功成名就

(三)思考題

1. 如果你是方仲永的鄰居，請問你會如何說服方仲永的父母
讓方仲永去上學念書呢？

2. 除了這個故事之外，你的生活中有沒有其他的例子能說明
教育的重要性呢？

3. 現在的教育日漸普及，不再像宋代一樣只有少部分的人能
念書上學，請問這個改變對社會帶來哪些影響呢？

4. 你覺得去上學受教育，除了學會讀書寫字外，還有學習到
什麼？

(四)名詞解釋

	生詞	漢語拼音	意思
1	角落	jiǎoluò	corner
2	農作物	nóngzuòwù	crop
3	養家活口	yǎngjiāhuókǒu	make a living
4	百姓	bǎixìng	the common people
5	驚訝	jīngyà	surprised
6	團結	tuánjié	unite
7	重要性	zhòngyàoxìng	importance
8	神奇	shénqí	mystical
9	親眼	qīnyǎn	with one's own eyes
10	特質	tèzhí	peculiarity
11	蘊含	yùnhán	contain
12	深刻	shēnkè	profound
13	欣賞	xīnshǎng	admire
14	收藏	shōucáng	make a collection of
15	耕作	gēngzuò	cultivate
16	炫耀	xuànyào	show off
17	才智	cáizhì	intelligence
18	讚歎	zàntàn	highly praise
19	驚豔	jīngyàn	amaze
20	拜訪	bàifǎng	visit
21	貪心	tānxīn	greedy
22	愚笨	yúbèn	foolish
23	錯過	cuòguò	miss, slip through one's fingers
24	可惜	kěxí	regrettable, unfortunate

(五)原文

金谿民　方仲永　，世隸耕。　仲永　生　五年，
Jīnxīmín Fāngzhòngyǒng，　shì lì gēng。Zhòngyǒng shēng wǔnián，

未嘗　識書具，忽啼求之。父異焉，借旁近與之，
wèicháng shì shūjù，　hū tí qiúzhī。 fù yì yān， jiè pángjìn yǔzhī，

即書詩四句，並自爲其名。其詩以養父母，收族
jí shū shī sìjù，　bìng zìwéi qímíng。 qíshī yǐ yàngfùmǔ， shōuzú

爲意，　傳一鄉秀才觀之。自是指物作詩立就，其
wéiyì， chuán yìxiāng xiùcái guānzhī。 zìshì zhǐwù zuòshī lìjiù， qí

文理皆有可觀者。邑人奇之，　稍稍　賓客其父，或以
wénlǐ jiē yǒu kěguānzhě。 yìrén qízhī， shāoshāo bīnkè qífù， huò yǐ

錢幣乞之，父利其然也，日扳　仲永　環丐於邑人，
qiánbì qǐzhī， fù lì qírán yě， rìbān Zhòngyǒnghuán gàiyú yìrén，

不使學。
bù shǐ xué。

予聞之也久，　明道中　，從　先人　還家，於舅家
yú wénzhī yějiǔ， Míngdàozhōng， cóng xiānrén huánjiā， yú jiùjiā

見之，十二三矣。令作詩，不能　稱　前時之聞。又
jiànzhī， shíèrsānyǐ。 lìng zuòshī， bùnéng chèng qiánshí zhīwén。 yòu

七年，還自　揚州　，復到舅家，問焉，曰：「泯然
qīnián， huán zì Yángzhōu， fùdào jiùjiā， wènyān， yuē：「mǐnrán

眾人　矣。」
zhòngrén yǐ。」

王子曰：「　仲永　之通悟，受之天也。其
Wángzǐ yuē：「Zhòngyǒng zhī tōngwù， shòu zhī tiānyě。 qí

受　之天也，賢於材人遠矣。卒之爲　眾人　，則其
shòu zhī tiānyě， xiányú cáirén yuǎnyǐ。 zúzhī wéi zhòngrén， zé qí

受於人者不至也。彼其受之天也，如此其賢也，
shòuyúrénzhě búzhìyě。 bǐqí shòuzhītiānyě， rúcǐ qíxiányě，

不受之人，且爲　眾人　。今夫不受之天，固眾，又
búshòuzhīrén， qiě wéi zhòngrén。 jīn fú búshòuzhītiān， gùzhòng， yòu

不受之人，得爲　眾人　而已邪！」
búshòuzhīrén， déwéi zhòngrén éryǐyé！」

十、可怕的謠言

(一) 文章

很久以前，在一個叫做「費」的 小鎮，住著
hěnjiǔyǐqián ， zài yíge jiàozuò「 Bì 」de xiǎozhèn ， zhùzhe

一位叫 曾參 的男子，他不但 品行端正 也 非常
yíwèi jiàoZēngshēn de nánzǐ ， tā búdàn pǐnxìngduānzhèng yě fēicháng

孝順 ，很受大家歡迎。在費，有另一個居民也
xiàoshùn ， hěnshòu dàjiā huānyíng 。 zài Bì ， yǒu lìngyíge jūmín yě

叫做 曾參 ，但是他的個性卻和好人 曾參 完全
jiàozuò Zēngshēn ， dànshì tāde gèxìng quèhàn hǎorén Zēngshēn wánquán

不一樣，是個喜歡欺負別人的壞人。
bùyíyàng ， shì ge xǐhuān qīfù biérén de huàirén 。

有一天，壞人 曾參 殺了人，這件事被住在
yǒuyìtiān ， huàirén Zēngshēn shālerén ， zhèjiànshì bèi zhùzài

費的人們知道了，但是鄰居們不清楚：究竟好人
Bì de rénmen zhīdàole ， dànshì línjūmen bùqīngchǔ ： jiūjìng hǎorén

曾參 是 兇手？還是壞人 曾參 才是 兇手？
Zēngshēn shì xiōngshǒu ？ háishì huàirén Zēngshēn cáishì xiōngshǒu ？

於是其中一位鄰居去 曾參 家，告訴 曾參 的
yúshì qízhōng yíwèi línjū qù Zēngshēn jiā ， gàosù Zēngshēn de

媽媽說：「你的兒子 曾參 殺了人！」 曾參 的
māmā shuō ：「 nǐ de érzi Zēngshēn shālerén ！」 Zēngshēn de

母親聽到這句話，不但沒有露出驚訝的 表情 ，
mǔqīn tīngdào zhèjùhuà ， búdàn méiyǒu lòuchū jīngyà de biǎoqíng ，

反而繼續悠閒地織布，並且對那位鄰居說：
fǎnér jìxù yōuxián de zhībù ， bìngqiě duì nàwèi línjū shuō ：

「我的兒子不可能殺人。」那位鄰居聽到這句話
「 wǒ de érzi bùkěnéng shārén 。」 nàwèi línjū tīngdào zhèjùhuà

後，非常疑惑地離開了 曾參 的家。
hòu，fēicháng yíhuò de líkāile Zēngshēn de jiā

但後來愈來愈多人聽說 曾參 殺了人的
dàn hòulái yùláiyùduōrén tīngshuō Zēngshēn shālerén de

消息，所以又有第二位鄰居跑去 曾參 家，告訴
xiāoxí，suǒyǐ yòuyǒu dìèrwèi línjū pǎoqù Zēngshēn jiā，gàosù

曾參 的母親：「你的兒子 曾參 殺人了！」
Zēngshēn de mǔqīn：「nǐ de érzi Zēngshēn shārénle！」

曾參 的母親聽了之後，依然非常冷靜地繼續
Zēngshēn de mǔqīn tīngle zhīhòu，yīrán fēicháng lěngjìngde jìxù

織布，不理會那位鄰居。
zhībù，bùlǐhuì nàwèi línjū。

過了不久，曾參 殺人一事 傳遍了
guòlebùjiǔ，Zēngshēn shārén yíshì chuánbiànle

大街小巷，於是又有一個鄰居 慌慌張張 地
dàjiēxiǎoxiàng，yúshì yòuyǒu yíge línjū huānghuāngzhāngzhāng de

來到 曾參 家，急忙忙地告訴 曾參 的母親說：
láidào Zēngshēn jiā，jímángmáng de gàosù Zēngshēn de mǔqīn shuō：

「你的兒子 曾參 殺人了！」接二連三的謠言，
「nǐ de érzi Zēngshēn shārénle！」jiēèrliánsānde yáoyán，

讓 原本 相信兒子的母親也不禁開始懷疑了！
ràng yuánběn xiàngxìn érzi de mǔqīn yě bùjīn kāishǐ huáiyíle！

帶著疑惑的心情，曾參 母親的 心中 充滿了
dàizhe yíhuòde xīnqíng，Zēngshēn mǔqīn de xīnzhōng chōnmǎnle

緊張 與害怕，擔心自己的兒子眞的就是 兇手 。
jǐnzhāng yǔ hàipà，dānxīn zìjǐ de érzi zhēnde jiùshì xiōngshǒu。

於是，立刻停下工作，扔下 手中 的織布
yúshì，lìkè tíngxià gōngzuò，rēngxià shǒuzhōng de zhībù

器具，準備逃走，可是又害怕從大門離開會被
qìjù，zhǔnbèi táozǒu，kěshì yòu hàipà cóng dàmén líkāi huì bèi

鄰居們看到，所以就偷偷地爬牆逃跑了。
línjūmen kàndào， suǒyǐ jiù tōutōude páqiáng táopǎole 。

　　這個故事讓我們了解到，即使是像　曾參
　　zhège gùshì ràng wǒmen liǎojiědào， jíshǐ shì xiàng Zēngshēn

這樣　品行端正的人，加上有一位了解自己孩子
zhèyàng pǐnxìngduānzhèngderén， jiāshàng yǒu yíwèi liǎojiě zìjǐ háizi

的母親，都還是難免會受到謠言的影響了，
de mǔqīn， dōu háishì nánmiǎn huì shòudào yáoyán de yǐngxiǎngle，

更何況　是我們一般人呢？謠言真是可怕啊！
gènghékuàng shì wǒmen yìbānrén ne？ yáoyán zhēnshì kěpà a！

(二)選擇題

_____ 1. 下面哪一個詞與第一段中的「　品行端正　」
xiàmiàn nǎyíge cí yǔ dìyīduàn zhōng de「 pǐnxìngduānzhèng」

意思最不　相關　？
yìsi zuìbù xiāngguān？

(A)善良

(B)守法

(C)誠實

(D)狡猾

_____ 2. 「所以」不可以放進下面哪個句子中？
「suǒyǐ」 bù kěyǐ fàngjìn xiàmiàn nǎge jùzi zhōng？

(A)今天下大雨，不能上體育課，○○我們在教室觀賞影
片。

(B)下個禮拜要考試，○○他用功念書，希望能拿到好成
績。

(C)爺爺雖然常常忘記事情，○○從來不會忘記我的生
日。

(D)爸爸今天加班，不能接我放學，○○我和同學放學後
一起走回家。

_____ 3. 關於 本文 ， 下面 哪個敘述 是 錯誤的 ？
guānyú běnwén ， xiàmiàn nǎge xùshù shì cuòwù de ？

(A)謠言會動搖人們的信心

(B)曾參的母親肯定自己的兒子是兇手

(C)鄰居們沒有求證謠言是否正確

(D)在費，有二個名字完全相同的男人

_____ 4 . 「 讓 原本 相信 兒子的母親 也不禁 開始
「 ràng yuánběn xiāngxìn érzi de mǔqīn yě bùjīn kāishǐ

懷疑了！」 句中 的「不禁」與下面 哪個 選項 的
huáiyíle ！」 jùzhōng de 「 bùjīn 」 yǔ xiàmiàn nǎge xuǎnxiàng de

意思 相同 ？
yìsi xiāngtóng ？

(A)還有

(B)而是

(C)所以

(D)忍不住

_____ 5. 「 曾參 的母親 聽到 這句話 ，○○ 沒有 露出
「 Zēngshēn de mǔqīn tīngdào zhèjùhuà ， ○ ○ méiyǒu lòuchū

驚訝的 表情 ，●●繼續 悠閒 地織布。」 這個
jīngyà de biǎoqíng ， ● ● jìxù yōuxián de zhībù 。」 zhège

句子 中 ，還可以 使用 哪些 連接詞 ，才不會 改變
jùzi zhōng ， hái kěyǐ shǐyòng nǎxiē liánjiēcí ， cái búhuì gǎibiàn

原本 的意思呢？
yuánběn de yìsi ne ？

(A)不僅、而且

(B)由於、於是

(C)雖然、仍舊

(D)因為、所以

_____ 6. 曾參 的母親在聽到三次謠言後，心情都
Zēngshēn de mǔqīn zài tīngdào sāncì yáoyán hòu， xīnqíng dōu

不相同，下列哪一個選項最能表現出
bù xiāngtóng， xiàliè nǎyíge xuǎnxiàng zuì néng biǎoxiàn chū

曾參 母親的心情變化？
Zēngshēn mǔqīn de xīnqíng biànhuà？

(A)歡樂→氣憤→害怕

(B)歡樂→傷心→煩悶

(C)鎮定→擔心→害怕

(D)鎮定→擔心→雀躍

(三)思考題

1. 《荀子》中提到「流言止於智者」，這句話透露出流言、謠言有哪些特性？

2. 如果你是曾參的鄰居，聽到曾參的母親說「我的兒子不可能殺人」時，你會有什麼反應呢？

3. 請舉出一個自己聽過的謠言為例，說明當時聽到謠言的心情，以及自己如何處理那個謠言。

4. 如果你是曾參的母親，會怎麼面對別人說自己的兒子殺人這件事呢？

(四)名詞解釋

	生詞	漢語拼音	解釋
1	謠言	yáoyán	rumor, gossip
2	可怕	kěpà	terrifying, fearful
3	品行端正	pǐnxìngduānzhèng	well-behaved
4	孝順	xiàoshùn	to be filial and considerate to one's parents
5	受歡迎	shòuhuānyíng	to be popular among
6	居民	jūmín	resident, inhabitant
7	欺負	qīfù	to bully
8	殺	shā	to kill, to murder
9	鄰居	línjū	neighbor
10	兇手	xiōngshǒu	murder, killer
11	驚訝	jīngyà	surprised, astonished
12	悠閒	yōuxián	leisurely
13	愈來愈…	yùláiyù	to become more and more...
14	疑惑	yíhuò	to doubt
15	織布	zhībù	to weave the cloth
16	冷靜	lěngjìng	calm, cool
17	繼續	jìxù	to continue, to carry on
18	依然	yīrán	still, as before
19	理會	lǐhuì	to pay attention to
20	大街小巷	dàjiēxiǎoxiàng	all the streets and lanes, everywhere
21	慌慌張張	huānghuāngzhāngzhāng	panic
22	急忙忙	jímángmáng	hurriedly, hastily

23	緊張	jǐnzhāng	nervous
24	擔心	dānxīn	to worry, to feel concern about
25	立刻	lìkè	immediately, instantly
26	器具	qìjù	tool, instrument
27	逃走	táozǒu	to run away, to flee
28	懼怕	jùpà	to fear; to be afraid of
29	偷偷	tōutōu	stealthily
30	避免	bìmiǎn	to avoid
31	動搖	dòngyáo	to be or become weak and uncertain
32	懷疑	huáiyí	to suspect

(五)原文

昔者曾子處費，費人有與曾子 同名 族者而
xízhě Zēngzǐ chǔ Bì ， Bìrén yǒu yǔ Zēngzǐ tóngmíng zúzhě ér

殺人。人告曾子母曰：「曾參 殺人！」曾子之母
shārén 。 rén gào Zēngzǐmǔ yuē ： 「 Zēngshēn shārén ！ 」 Zēngzǐzhīmǔ

曰：「吾子不殺人。」織自若。有頃焉，人又曰：
yuē ： 「 wúzǐ bùshārén 。 」 zhī zìruò ， yǒuqǐngyān ， rén yòuyuē ：

「 曾參 殺人！」其母 尚 織自若也。頃之，一人
「 Zēngshēn shārén ！ 」 qímǔ shàng zhī zìruòyě 。 qǐngzhī ， yìrén

又告之曰：「曾參 殺人！」其母懼，投杼 逾牆
yòu gàozhī yuē ： 「 Zēngshēn shārén ！ 」 qímǔ jù ， tóuzhù yúqiáng

而走。夫以 曾參 之賢與母之信也，而三人疑之，則
érzǒu 。 fú yǐ Zēngshēnzhīxián yǔ mǔzhīxìn yě ， ér sānrén yízhī ， zé

慈母不能信也。
címǔ bùnéngxìn yě 。

十一、失信的商人

(一)文章

　　在濟陰這個地方，住著一位很有錢的 商人，
　　zài Jìyīn zhège dìfāng ， zhùzhe yíwèi hěnyǒuqián de shāngrén ，

他 常常 出外去做生意。每次 遠行，他都
tā chángcháng chūwài qù zuòshēngyì 。 měicì yuǎnxíng ， tā dōu

帶著 滿滿 的貨物出去，一一賣完後，再 換回
dàizhe mǎnmǎn de huòwù chūqù ， yīyī màiwán hòu ， zài huànhuí

一整船 的金銀珠寶，所以他變得愈來愈有錢。
yìzhěngchuán de jīnyínzhūbǎo ， suǒyǐ tā biànde yùláiyù yǒuqián。

然而 商人 並不因此而滿足，他總覺得自己 身邊
ránér shāngrénbìng bù yīncǐ ér mǎnzú， tā zǒng juéde zìjǐ shēnbiān

的錢還不夠多，所以他把財富看得 相當 重 ，
de qián hái búgòu duō， suǒyǐ tā bǎ cáifù kàn de xiāngdāng zhòng，

若非十分必要，絕不輕易花錢。
ruò fēi shífēn bìyào， jué bù qīngyì huāqián。

有一天，他和 往常 一樣，準備要去 遠方
yǒuyìtiān， tā hàn wǎngcháng yíyàng， zhǔnbèiyào qù yuǎnfāng

做生意。一開始， 船 航行 得很順利，但是
zuòshēngyì。 yìkāishǐ， chuán hángxíng de hěn shùnlì， dànshì

沒想到 ，到了半路，突然間，叩嘍一聲 ，
méixiǎngdào， dào le bànlù， túránjiān， kòulou yìshēng，

船身 開始傾斜，所有的貨物都掉到水裡去了！
chuánshēn kāishǐ qīngxié， suǒyǒu de huòwù dōu diàodào shuǐlǐ qù le！

原來 船 撞到 了石頭，船底破了個大洞，眼看
yuánlái chuán zhuàngdào le shítóu， chuándǐ pò le ge dàdòng， yǎnkàn

就快要 沉船 了！ 商人 急急忙忙跳入 水中 ，
jiù kuàiyào chénchuán le！ shāngrén jíjímángmáng tiàorù shuǐzhōng，

手 抓浮木， 驚慌 地大聲 求救。這時， 剛好
shǒu zhuā fúmù， jīnghuāng de dàshēng qiújiù。 zhèshí， gānghǎo

有位漁夫經過，聽到了 商人 的 求救聲，趕緊
yǒu wèi yúfū jīngguò， tīngdào le shāngrén de qiújiùshēng， gǎnjǐn

划過去救他。 商人 見到有人來了，便高興地
huá guòqù jiù tā。 shāngrén jiàndào yǒu rén lái le， biàn gāoxìng de

大喊：「我是濟陰的大 商人 ，如果你救了我，
dàhǎn：「 wǒshì Jìyīn de dà shāngrén， rúguǒ nǐ jiù le wǒ，

我就給你一萬元！」結果，漁夫辛苦地把 受驚
wǒ jiù gěi nǐ yíwànyuán！」 jiéguǒ， yúfū xīnkǔ de bǎ shòujīng

的 商人 救上岸後， 商人 竟然只給他一千元。
de shāngrén jiù shàngàn hòu， shāngrén jìngrán zhǐ gěi tā yìqiānyuán。

漁夫不太高興地說：「你剛剛說要給我
yúfū bú tài gāoxìng de shuō：「 nǐ gānggāng shuō yào gěi wǒ

一萬元的，怎麼現在只給一千元？」商人聽
yíwànyuán de， zěnme xiànzài zhǐ gěi yìqiānyuán？」 shāngrén tīng

了，不但沒有自我反省，還生氣地回說：「你
le， búdàn méiyǒu zìwǒ fǎnxǐng，hái shēngqì de huí shuō：「 nǐ

不過是個小小的漁夫，一天能有多少收入？
búguò shì ge xiǎoxiǎo de yúfū， yìtiān néng yǒu duōshǎo shōurù？

一下子得到了一千元，竟然還不滿足！」漁夫
yíxiàzi dédào le yìqiānyuán，jìngrán hái bù mǎnzú！」 yúfū

說不過他，只好自認倒楣地走了。
shuōbúguò tā，zhǐhǎo zìrèn dǎoméi de zǒu le。

商人得意洋洋，覺得自己很會說話，馬上
shāngrén déyìyángyáng，juéde zìjǐ hěn huì shuōhuà， mǎshàng

就省了九千元。漁夫走後，他趕緊撿起還可以
jiù shěng le jiǔqiānyuán。 yúfū zǒuhòu，tā gǎnjǐn jiǎnqǐ hái kěyǐ

用的貨物，然後按照原定的計畫去做生意了。
yòng de huòwù，ránhòu ànzhào yuándìng de jìhuà qù zuòshēngyì le

過沒多久，他賺足了錢，依著原路搭船回去。
guò méiduōjiǔ， tā zuàn zú le qián， yīzhe yuánlù dāchuán huíqù。

不巧，這回的船夫是個生手，經驗不足，結果
bùqiǎo， zhèhuí de chuánfū shì ge shēngshǒu，jīngyàn bùzú， jiéguǒ

竟然又在上次落水的地方，撞上了石頭！
jìngrán yòu zài shàngcì luòshuǐ de dìfāng， zhuàngshàng le shítóu！

商人覺得自己好倒楣，怎麼同樣的意外又發生
shāngrén juéde zìjǐ hǎodǎoméi，zěnme tóngyàng de yìwài yòufāshēng

了！然而還是逃命要緊，跳到水裡後，一樣
le！ ránér háishì táomìng yàojǐn， tiàodào shuǐlǐ hòu， yíyàng

大聲地喊救命！巧合的是，上次救他的漁夫，
dàshēng de hǎn jiùmìng！ qiǎohé de shì， shàngcì jiù tā de yúfū，

正好也在附近捕魚，可是這回，他聽到商人的
zhènghǎo yě zài fùjìn bǔyú， kěshì zhèhuí， tā tīngdào shāngrén de

喊叫，一點也沒有要去救 商人 的意思。 旁邊
hǎnjiào ， yìdiǎn yě méiyǒu yào qù jiù shāngrén de yìsi 。 pángbiān

的人著急地問他：「你爲什麼不去救他呢？你
de rén zhāojí de wèn tā ： 「 nǐ wèishénme búqù jiù tā ne ？ nǐ

有 船 啊，再不快一點，那人就要死了！」漁夫
yǒuchuán a ， zài bú kuàiyìdiǎn ， nà rén jiù yào sǐ le ！ 」 yúfū

淡淡地回答：「這是個不守信用的人，我 爲什麼
dàndàn de huídá ： 「 zhèshì ge bùshǒuxìnyòng de rén ， wǒ wèishénme

要救他呢？」於是漁夫收起漁網， 把 船 划回
yào jiù tā ne ？ 」 yúshì yúfū shōuqǐ yúwǎng ， bǎ chuán huáhuí

岸邊，看著 商人 逐漸消失在 水中 。
ànbiān ， kànzhe shāngrén zhújiàn xiāoshī zài shuǐzhōng 。

(二)選擇題

_____ 1. 根據 文章 ，「把財富看得 相當 重 」是 什麼
gēnjùwénzhāng ， 「 bǎ cáifù kàn de xiāngdāng zhòng 」 shì shénme

意思？
yìsi ？

(A)有很多錢幣

(B)很重視錢

(C)錢多到搬不動

(D)每天都要看到錢

_____ 2. 漁夫沒 拿到 一萬元 的 反應 是？
yúfū méinádào yíwànyuán de fǎnyìng shì ？

(A)高興地接受

(B)生氣地大聲責罵

(C)生氣但沒辦法

(D)沒有任何感覺

_____ 3. 下面 哪個句子不可以 放入 「然而」 ？
xiàmiàn nǎge jùzi bùkěyǐ fàngrù 「ránér」 ？

(A)她很討厭上課，□□也不應該因此翹課。

(B)我雖然不喜歡數學，□□還是得練習。

(C)同學喜歡逛街，□□不可以因此亂花錢。

(D)我的朋友都喜歡溜冰，□□溜得很好。

_____ 4. 漁夫 為什麼 不再 去救 商人 了呢 ？
yúfū wèishénmebúzài qùjiù shāngrén le ne ？

(A)因為商人不遵守承諾

(B)因為他不想再累一次

(C)因為商人沒有叫他去救

(D)因為旁邊的人去救了

_____ 5. 這個 故事 告訴 我們 什麼 ？
zhège gùshì gàosù wǒmen shénme ？

(A)出去時不要搭船

(B)出門在外要小心

(C)做人要講求誠信

(D)平常要能省則省

_____ 6. 「 船夫 是個 生手 」 的 「 生手 」 ，不可以
「 chuánfū shì ge shēngshǒu 」 de 「 shēngshǒu 」 ， bùkěyǐ

換 成 ？
huànchéng ？

(A)新人

(B)新手

(C)菜鳥

(D)老手

(三)思考題

1. 對你而言，金錢扮演什麼樣的角色？你覺得自己的錢夠不夠用？

2. 如果你是漁夫，你真的會一走了之，不去救人嗎？

3. 你覺得有哪些東西是金錢買不到的？請說說看。

4. 你是否也對自己的小聰明感到洋洋得意，最後卻聰明反被聰明誤的經驗呢？請與大家分享。

(四)名詞解釋

	生詞	漢語拼音	解釋
1	做生意	zuòshēngyì	to do business
2	貨物	huòwù	goods
3	金銀珠寶	jīnyínzhūbǎo	gold, silver and jewelry
4	往常	wǎngcháng	as it used to be
5	航行	hángxíng	sail
6	傾斜	qīngxié	tilt
7	沉船	chénchuán	ship sinking
8	急急忙忙	jíjímángmáng	hurry
9	驚慌	jīnghuāng	scared
10	求救	qiújiù	cry for help
11	划	huá	to paddle
12	受驚	shòujīng	frightened
13	反省	fǎnxǐng	introspect
14	收入	shōurù	income
15	倒楣	dǎoméi	unlucky

16	得意洋洋	déyìyángyáng	complacent
17	按照	ànzhào	according to
18	不守信用	bùshǒuxìnyòng	break faith
19	逐漸	zhújiàn	gradually
20	錢幣	qiánbì	coin
21	責罵	zémà	scold
22	遵守	zūnshǒu	comply with
23	承諾	chéngnuò	commitment, promise
24	誠信	chéngxìn	honesty

(五)原文

濟 陰 之 賈 人 ， 渡 河 而 亡 其 舟 ， 棲 於 浮 苴
Jìyīn zhī gǔrén ， dùhé ér wáng qí zhōu ， qī yú fújū

之 上 ， 號 焉 。 有 漁 者 以 舟 往 救 之 ， 未 至 ， 賈 人
zhīshàng ， háoyān 。 yǒu yúzhě yǐ zhōu wǎng jiù zhī ， wèi zhì ， gǔrén

急 號 曰 ： 「 我 濟 上 之 巨 室 也 ， 能 救 我 ， 予 爾
jí háo yuē ： 「 wǒ Jì shàng zhī jùshì yě ， néng jiù wǒ ， yǔ ěr

百 金 。 」 漁 人 載 而 升 諸 陸 ， 則 予 十 金 。 漁 者 曰 ：
bǎijīn 。 」 yúrén zài ér shēng zhū lù ， zé yǔ shíjīn 。 yúzhě yuē ：

「 向 許 百 金 ， 而 今 予 十 金 ， 無 乃 不 可 乎 。 」 賈 人
「 xiàng xǔ bǎijīn ， ér jīn yǔ shíjīn ， wú nǎi bùkě hū 。 」 gǔrén

勃 然 作 色 曰 ： 「 若 漁 者 也 ， 一 日 之 獲 幾 何 ？ 而 驟 得
bóránzuòsè yuē ： 「 ruò yúzhě yě ， yírì zhīhuò jǐhé ？ ér zhòu dé

十 金 ， 猶 爲 不 足 乎 ？ 」 漁 者 黯 然 而 退 。 他 日 ， 賈 人
shíjīn ， yóuwéi bùzú hū ？ 」 yúzhě ànrán ér tuì 。 tārì ， gǔrén

浮 呂 梁 而 下 ， 舟 薄 於 石 又 覆 ， 而 漁 者 在 焉 。 人 曰 ：
fú Lǚliáng ér xià ， zhōu bó yú shí yòu fù ， ér yúzhě zài yān 。 rényuē ：

「 盍 救 諸 ？ 」 漁 者 曰 ： 「 是 許 金 而 不 酬 者 也 。 」 艤
「 hé jiù zhū ？ 」 yúzhě yuē ： 「 shì xǔ jīn ér bùchóu zhě yě 。 」 yǐ

而 觀 之 ， 遂 沒 。
ér guān zhī ， suì mò 。

十二、用與無用之間

㈠文章

中國　哲學家　莊子　時常　透過故事傳達他
Zhōngguó zhéxuéjiā Zhuāngzǐ shícháng tòuguò gùshì chuándá tā

對　生命　的看法。因此，從他說的故事中，
duì shēngmìng de kànfǎ 。 yīncǐ ， cóng tā shuōde gùshìzhōng ，

我們總能領悟到許許多多深刻的人生智慧。
wǒmen zǒng néng lǐngwùdào xǔxǔduōduō shēnkè de rénshēng zhìhuì 。

現在，就讓我們一起來看一則莊子說的故事
xiànzài ， jiù ràng wǒmen yìqǐ lái kàn yìzé Zhuāngzǐ shuōde gùshì

吧！
ba ！

有一天，莊子和一群學生悠閒地在
yǒuyìtiān ， Zhuāngzǐ hàn yìqún xuéshēng yōuxián de zài

山中　散步，走著走著，莊子覺得有點累，
shānzhōng sànbù ， zǒuzhe zǒuzhe ， Zhuāngzǐ juéde yǒudiǎn lèi ，

便坐在枝葉茂盛的大樹下休息。大樹下，
biàn zuòzài zhīyè màoshèng de dàshùxià xiūxí 。 dàshùxià ，

有一群伐木工人也在乘涼，莊子便與
yǒuyìqún fámù gōngrén yě zài chéngliáng ， Zhuāngzǐ biàn yǔ

他們聊了起來。大家聊著聊著，就說到了供
tāmen liáoleqǐlái 。 dàjiā liáozhe liáozhe ， jiù shuōdàole gōng

大家乘涼的這棵大樹，莊子問工人說：
dàjiā chéngliáng de zhèkē dàshù ， Zhuāngzǐ wèn gōngrén shuō ：

「為什麼就沒人想要砍這棵大樹呢？」工人
「 wèishénme jiù méirén xiǎngyào kǎn zhèkē dàshù ne ？ 」 gōngrén

回答：「它雖然高大，但是密度不夠，質地並
huídá：「 tā suīrán gāodà， dànshì mìdù búgòu， zhídì bìng

不硬實，因此就算把它砍下來了，也無法 做成
búyìngshí， yīncǐ jiùsuàn bǎ tā kǎnxiàlái le， yě wúfǎ zuòchéng

有用 的東西。所以就任由它 生長 ，好讓大家
yǒuyòng de dōngxi。 suǒyǐ jiù rènyóu tā shēngzhǎng， hǎoràng dàjiā

能 靠著它 乘涼 。」 莊子 聽了這番話之後， 便
néngkàozhe tā chéngliáng。 」 Zhuāngzǐ tīngle zhèfānhuà zhīhòu， biàn

對 學生 說：「這棵樹就是因爲不夠 堅硬，才能
duì xuéshēngshuō：「 zhèkēshù jiùshì yīnwèi búgòu jiānyìng， cáinéng

避開被砍伐的厄運啊！」
bìkāi bèikǎnfā de èyùn a！」

散完步， 走到山腳下時， 莊子 巧遇朋友，
sànwánbù， zǒudào shānjiǎoxià shí， Zhuāngzǐ qiǎoyù péngyǒu，

那位 朋友 非常 熱情地邀請他們到家裡用餐，
nàwèi péngyǒu fēicháng rèqíng de yāoqǐng tāmen dào jiālǐ yòngcān，

莊子 見不好推辭，便帶著 學生 一塊到 朋友家
Zhuāngzǐjiàn bùhǎotuīcí， biàn dàizhe xuéshēng yíkuài dào péngyǒujiā

坐坐。
zuòzuò。

一來到 朋友 家中， 朋友 家人就 忙著
yìláidào péngyǒu jiāzhōng， péngyǒu jiārén jiù mángzhe

張羅 ，還叫兒子到 後院 抓了一隻雁子來加菜。
zhāngluó， háijiào érzi dàohòuyuàn zhuāle yìzhī yànzi lái jiācài。

這時， 從後院 傳來兒子的 聲音：「爸爸，
zhèshí， cóng hòuyuàn chuánlái érzi de shēngyīn：「 bàba，

庭院中 有兩隻雁，一隻會叫，一隻不會叫，
tíngyuànzhōng yǒu liǎngzhī yàn， yìzhī huìjiào， yìzhī búhuì jiào，

要先殺哪一隻好呢？」只聽到 朋友 大聲回答：
yàoxiānshā nǎyìzhī hǎo ne？」 zhǐ tīngdào péngyǒu dàshēng huídá：

「殺那隻不會叫的吧！」之後，大家也沒把
「 shā nàzhī búhuì jiào de ba ！」 zhīhòu， dàjiā yě méi bǎ

這件事放在心上，開開心心地享用了一頓
zhèjiànshì fàngzài xīnshàng， kāikāixīnxīn de xiǎngyòng le yídùn

美味的晚餐。
měiwèide wǎncān。

隔天，學生對於昨晚為什麼要殺那隻不會
gétiān， xuéshēng duìyú zuówǎn wèishénme yào shā nàzhī búhuì

叫的雁子，愈想愈疑惑，於是就跑去問莊子：
jiào de yànzi， yù xiǎng yù yíhuò， yúshì jiù pǎoqù wènZhuāngzǐ：

「老師，昨天那棵大樹是因為不夠好，所以才能
lǎoshī， zuótiān nàkē dàshù shì yīnwèi búgòu hǎo， suǒyǐ cáinéng

活得久，不是嗎？那麼，雁子呢？為什麼是不會
huóde jiǔ， búshì ma？ nàme， yànzi ne？ wèishénme shì búhuì

叫的被殺，而不是會叫的被殺呢？請問，我們該
jiào de bèishā， ér búshì huìjiào de bèishā ne？ qǐngwèn， wǒmen gāi

怎麼理解這兩件事呢？」
zěnme lǐjiě zhèliǎngjiàn shì ne？」

莊子很開心學生來找他討論問題，
Zhuāngzǐ hěn kāixīn xuéshēng lái zhǎotā tǎolùn wèntí，

回答道：「其實，這兩件事情讓我明白了
huídá dào：「 qíshí， zhè liǎngjiàn shìqíng ràng wǒ míngbái le

生存之道。我本來以為應當處於成材與不材
shēngcúnzhīdào。 wǒ běnlái yǐwéi yīngdāng chǔyú chéngcái yǔ bùcái

之間，不要太好也不要太差，這才是最佳的生存
zhījiān， búyào tàihǎo yě búyào tàichā， zhè cáishì zuìjia de shēngcún

方式，但是，這也不對！因為要維持不要太好
fāngshì， dànshì， zhè yě búduì！ yīnwèi yào wéichí búyào tàihǎo

又不要太差，一定要時時費心思量，時間一久，
yòu búyào tàichā， yídìng yào shíshí fèixīn sīliáng， shíjiān yijiǔ，

必然會感到既拘束又勞累。所以我後來領悟到
bìrán huì gǎndào jì jūshù yòu láolèi 。 suǒyǐ wǒ hòulái lǐngwùdào

了，如果能 完全 地 順應 自然，順著 環境 的
le ， rúguǒ néng wánquán de shùnyìng zìrán ， shùnzhe huánjìng de

改變來 生活 ，心就輕鬆多了，也不會感到拘束
gǎibiàn lái shēnghuó ， xīn jiù qīngsōngduōle ， yě búhuì gǎndào jūshù

或勞累了。若眞 能 做到 順應 自然，做眞實
huò láolèi le 。 ruò zhēn néng zuòdào shùnyìng zìrán ， zuò zhēnshí

的自己，就不會在意旁人的 稱讚 或 誹謗了；
de zìjǐ ， jiù búhuì zàiyì pángrén de chēngzàn huò fěibàng le ；

如此一來必能 像 龍 在 天上 飛，蛇在 地上 爬
rúcǐyìlái bìnéng xiàng lóng zài tiānshàng fēi ， shé zài dìshàng pá

一樣自在。然而，怎麼做才算是 順應 自然呢？
yíyàng zìzài 。 ránér ， zěnmezuò cáisuàn shì shùnyìng zìrán ne ？

我想 ， 當 順著 時間的流逝變化，而不偏執單一
wǒxiǎng ， dāng shùnzhe shíjiān de liúshì biànhuà ， ér bù piānzhí dānyī

瞬間 ，不論是進或退，都以當時的 情形 來作爲
shùnjiān ， búlùn shì jìn huò tuì ， dōu yǐ dāngshí de qíngxíng lái zuòwéi

考量 ， 優游於最原始存在 狀態 ， 既不 操控
kǎoliáng ， yōuyóu yú zuì yuánshǐ cúnzài zhuàngtài ， jì bù cāokòng

萬物，也不被萬物所操控 ，如此一來，不論是
wànwù ， yě bú bèi wànwù suǒ cāokòng ， rúcǐyìlái ， búlùn shì

處事或是與人 交往 ，都不會感到不自在！而這
chǔshì huòshì yǔrén jiāowǎng ， dōu búhuì gǎndào bú zìzài ！ ér zhè

正是 神農、黃帝 等人的 生活 方式啊！
zhèngshì Shénnóng、Huángdì děngrén de shēnghuó fāngshì a ！

然而，想要 順應 自然，還眞是不容易。
ránér ， xiǎngyào shùnyìng zìrán ， hái zhēnshì bùróngyì 。

尤其是在 面對 萬變 的 情感 及人事的時候。人們
yóuqí shìzài miànduì wànbiàn de qínggǎn jí rénshì de shíhòu 。 rénmen

往往　喜歡歡聚的時刻，討厭分別，但是 偏偏
wǎngwǎng xǐhuān huānjù de shíkè ， tǎoyàn fēnbié ， dànshì piānpiān

有聚就有散，這是不變的道理，我們如何能只
yǒujù jiù yǒusàn ， zhèshì búbiàn de dàolǐ ， wǒmen rúhé néng zhǐ

喜歡一邊呢？如果只喜歡一邊，必然會讓自己
xǐhuān yìbiān ne ？ rúguǒ zhǐ xǐhuān yìbiān ， bìrán huì ràng zìjǐ

陷於痛苦的 深淵 。你們看看，有 成功 就一定
xiànyú tòngkǔ de shēnyuān 。 nǐmen kànkàn ， yǒu chénggōng jiù yídìng

有 失敗 ； 清廉 的 人難逃謠言的攻擊；尊貴的
yǒu shībài ； qīnglián de rén nántáo yáoyán de gōngjí ； zūnguì de

人 常 遭 眾人 指責 ； 有 能力的人 常常 挑戰
rén cháng zāo zhòngrén zhǐzé ； yǒunénglì de rén chángcháng tiǎozhàn

連連 ； 賢能 的 人多 受到 他人算計；有時，就連
liánlián ； xiánnéng de rén duō shòudào tārén suànjì ； yǒushí ， jiù lián

那些 沒有 才能的人也會被欺負。所以說，作爲
nàxiē méiyǒu cáinéng de rén yě huì bèi qīfù 。 suǒyǐshuō ， zuòwéi

人，如何能只偏愛某一個 面向 呢？要記得順於
rén ， rúhé néng zhǐ piānài mǒuyíge miànxiàng ne ？ yào jìdé shùnyú

自然啊！」
zìrán a ！ 」

(二)選擇題

_____ 1. 下面 哪個 選項 最符合這篇 文章 的主旨？
xiàmiàn nǎge xuǎnxiàng zuì fúhé zhèpiān wénzhāng de zhǔzhǐ ？

(A)順於自然才是最佳的生活方式

(B)有用與無用並沒有清楚的界限

(C)不論是誰都不可能讓大家都喜歡他

(D)世界上沒有不變的東西

_____ 2. 下列哪個 選項 最符合「 張羅 」的意思？
xiàliè nǎge xuǎnxiàng zuì fúhé 「zhāngluó」 de yìsi ？

(A)準備

(B)捕捉

(C)打開

(D)處理

_____ 3. 下列哪個 選項 的量詞 搭配 錯誤？
xiàliè nǎge xuǎnxiàng de liàngcí dāpèi cuòwù ？

(A)一「則」故事

(B)一「頓」晚餐

(C)一「顆」大樹

(D)一「隻」雁子

_____ 4. 「 領悟 」的「悟」與下列哪個 選項 意思最 接近？
「lǐngwù」 de 「wù」 yǔ xiàliè nǎge xuǎnxiàng yìsi zuì jiējìn ？

(A)明白

(B)啓發

(C)發現

(D)認識

_____ 5. 為什麼 莊子 覺得 成材 不一定 好呢？
wèishénme Zhuāngzǐ juéde chéngcái bùyídìng hǎo ne ？

(A)因為成材的好壞須視當時的情況決定

(B)因為大家都不喜歡太優秀的人

(C)因為成材的人通常非常害怕失敗

(D)因為成材的人只喜歡聽到稱讚而害怕誹謗

_____ 6. 「推辭」的「辭」的意思最接近下列 何者？
「tuīcí」 de 「cí」 de yìsi zuì jiējìn xiàliè hézhě ？

(A)拒絕

(B)告別

(C)單字

(D)話語

(三)思考題

1. 以現代社會價值觀而言,讀什麼樣的科系是有用的?又, 讀什麼科系是沒有用的?爲什麼?你認同嗎?

2. 你會爲了取悅別人而改變自己的想法或生活方式嗎?請舉 例說明。

3. 請想一想自己最在意什麼,請詳述自己在意的原因。又, 那個在意的人事物是如何影響自己的生活的?

4. 要接受成功很容易,但要接受失敗就難了。請問,你是如 何渡過人生的低潮期?請分享一個例子。

(四)名詞解釋

	生詞	漢語拼音	解釋
1	傳達	chuándá	convey
2	領悟	lǐngwù	understand
3	深刻	shēnkè	profound
4	悠閒	yōuxián	leisurely and carefree
5	乘涼	chéngliáng	relax in a cool place
6	任由	rènyóu	let be, allow
7	厄運	èyùn	bad luck
8	推辭	tuīcí	decline
9	張羅	zhāngluó	take care of
10	費心	fèixīn	requiring much attention and concern
11	思量	sīliáng	think over
12	拘束	jūshù	restrain

13	勞累	láolèi	exhausted
14	流逝	liúshì	pass
15	偏執	piānzhí	bigoted
16	優游	yōuyóu	roam
17	操控	cāokòng	control
18	指責	zhǐzé	censure
19	挑戰	tiǎozhàn	challenge
20	賢能	xiánnéng	able and virtuous
21	算計	suànjì	scheme
22	欺負	qīfù	bully

五 原文

莊子 行於 山中 ， 見大木， 枝葉 盛茂 。
Zhuāngzǐ xíngyú shānzhōng ， jiàn dàmù ， zhīyè shèngmào 。

伐木者止其旁而不取也。 問其故， 曰：「無所
fámùzhě zhǐ qípáng ér bùqǔ yě 。 wèn qígù ， yuē 「 wúsuǒ

可用。」 莊子 曰：「此木以不材得終其 天年 。」
kěyòng 。 」 Zhuāngzǐ yuē 「 cǐmù yǐ bùcái dé zhōngqítiānnián 。 」

夫子出於 山 ， 舍於 故人之家。 故人喜， 命豎子殺雁
fūzǐ chūyú shān ， shèyú gùrén zhījiā gùrén xǐ mìng shùzǐ shāyàn

而烹之。 豎子請曰：「其一 能鳴 ， 其一 不能 鳴 ，
ér pēngzhī 。 shùzǐ qǐngyuē 「 qíyī néngmíng ， qíyī bùnéngmíng ，

請奚殺？」 主人曰：「殺不能 鳴者 。」 明日 ，
qǐngxīshā ？ 」 zhǔrén yuē 「 shā bùnéng míngzhě 。 」 míngrì ，

弟子問於 莊子 曰：「昨日 山中 之木，以不材得
dìzǐ wènyú Zhuāngzǐ yuē 「 zuórì shānzhōng zhīmù ， yǐ bùcái dé

終其天年 ；今主人之雁，以不材死。 先生 將
zhōngqítiānnián ； jīn zhǔrénzhī yàn ， yǐ bùcái sǐ 。 xiānshēng jiāng

何處？」莊子笑曰：「周將處乎材與不材之間。
héchǔ？」Zhuāngzǐ xiàoyuē：zhōu jiāngchǔhū cái yǔ bùcái zhījiān。

材與不材之間，似之而非也，故未免乎累。若夫
cái yǔ bùcái zhījiān，sìzhīérfēi yě，gù wèimiǎnhū lèi。ruò fú

乘道德而浮游則不然，無譽無訾，一龍一蛇，
chéngdàodé ér fúyóu zé bùrán，wúyùwúzī，yìlóngyìshé，

與時俱化，而無肯專爲；一上一下，以和爲量，
yǔshíjùhuà，ér wúkěn zhuānwéi；yíshàngyíxià，yǐhéwéiliàng，

浮游乎萬物之祖，物物而不物於物，則胡可得而累
fúyóuhū wànwùzhīzǔ，wùwù ér búwùyúwù，zé húkědé érlèi

邪！此神農、黃帝之法則也。若夫萬物之情，
yé！cǐ Shénnóng、Huángdì zhī fǎzé yě。ruòfú wànwùzhī qíng

人倫之傳，則不然。合則離，成則毀；廉則挫，
rénlúnzhī chuán，zébùrán。hézélí，chéngzéhuǐ；liánzécuò，

尊則議，有爲則虧，賢則謀，不肖則欺，胡可得而
zūnzéyì，yǒuwéizékuī，xiánzémóu，bùxiàozéqī，húkědé ér

必乎哉！悲夫！弟子志之，其唯道德之鄉乎！」
bìhū zāi！bēifú！dìzǐzhìzhī，qíwéi dàodé zhīxiāng hū！」

十三、如何展現大智慧？

㈠文章

你認為 什麼樣 的人， 才算是有 大智慧呢？
nǐ rènwéi shénmeyàng de rén， cái suànshì yǒu dàzhìhuì ne？

很 聰明 ？有很多 朋友 ？還是 很 善良 呢？ 到底
hěn cōngmíng？ yǒuhěnduō péngyǒu？ háishì hěnshànliáng ne？ dàodǐ

一個有智慧的人需要具備 什麼樣 的 條件？ 讓
yíge yǒuzhìhuì de rén xūyào jùbèi shénmeyàng de tiáojiàn？ ràng

我們一起來聽聽 莊子 怎麼 說。
wǒmen yìqǐ lái tīngtīng Zhuāngzǐ zěnme shuō。

在 戰國 時代，有位 非常 喜歡 鬥雞 的 君王，
zài Zhànguó shídài ， yǒuwèi fēicháng xǐhuān dòujī de jūnwáng，

他 總是 派人 到 全國 各地去 尋找 最 健壯 的 雞，
tā zǒngshì pàirén dào quánguó gèdì qù xúnzhǎo zuì jiànzhuàng de jī，

然後再交給 宮中 負責 訓練雞的 官員 來 調教，
ránhòu zài jiāogěi gōngzhōng fùzé xùnliàn jīde guānyuán lái tiáojiào，

因爲他希望他的 雞 在 和 別人的 雞 打 鬥時， 能夠
yīnwèi tā xīwàng tāde jī zài hàn biérén de jī dǎdòu shí， nénggòu

百戰百勝 ，無往不利。
bǎizhànbǎishèng， wúwǎngbúlì。

然而，要 調教好一隻 戰無不克的 雞，實在
ránér， yào tiáojiào hǎo yìzhī zhànwúbúkè de jī， shízài

不是件容易的事！因爲除了雞本身的條件要
búshì jiàn róngyì de shì！ yīnwèi chúle jī běnshēn de tiáojiàn yào

好之外， 負責訓練雞的人更是 重要， 兩者
hǎo zhīwài， fùzé xùnliàn jīde rén gèngshì zhòngyào， liǎngzhě

缺一不可。在所有訓練雞的師傅 中 ， 就屬
quēyībùkě。 zài suǒyǒu xùnliàn jīde shīfù zhōng， jiù shǔ

紀渻子的能力最好，只要是 經過他調教的雞，
Jìxǐngzǐ de nénglì zuìhǎo， zhǐyào shì jīngguò tā tiáojiào de jī，

往往 都有不錯的戰績。所以皇帝對他所訓練
wǎngwǎng dōuyǒu búcuò de zhànjī。 suǒyǐ huángdì duì tā suǒxùnliàn

出來的雞，總是 非常 期待。
chūlái de jī， zǒngshì fēicháng qídài。

一天，有人 獻上 了一隻既活潑又有朝氣的
yìtiān， yǒurén xiànshàng le yìzhī jì huópō yòuyǒu zhāoqì de

公雞給皇帝，皇帝看了開心極了，立刻 將 這隻
gōngjī gěi huángdì， huángdì kànle kāixīn jí le， lìkè jiāng zhèzhī

難得的雞交給紀渻子，請他一定要把這隻雞訓練
nándé de jī jiāogěi Jìxǐngzǐ ， qǐng tā yídìng yào bǎ zhèzhī jī xùnliàn

成 全國 最屬害的鬥雞。
chéng quánguó zuì lìhài de dòujī 。

皇上 自從把雞交給紀渻子後，眞可說是
huángshàng zìcóng bǎ jī jiāogěi Jìxǐngzǐ hòu ， zhēn kěshuōshì

度日如年，因爲心裡老想著那隻雞的 狀況 。
dùrìrúnián ， yīnwèi xīnlǐ lǎoxiǎngzhe nàzhī jī de zhuàngkuàng 。

好不容易熬到了第十天，皇帝親自跑去 找
hǎobùróngyì áodàole dìshítiān ， huángdì qīnzì pǎoqù zhǎo

紀渻子，劈頭就問他：「雞訓練得如何？已經
Jìxǐngzǐ ， pītóu jiù wèntā ： 「 jī xùnliàn de rúhé ？ yǐjīng

可以戰鬥了嗎？」紀渻子只是 恭敬 地對 皇帝
kěyǐ zhàndòu le ma ？ 」 Jìxǐngzǐ zhǐshì gōngjìng de duì huángdì

說：「報告 皇上 ，還差得遠呢！現在的
shuō ： 「 bàogào huángshàng ， hái chādeyuǎn ne ！ xiànzàide

牠依然十分驕傲，好鬥又 好強 ，只要一看到
tā yīrán shífēn jiāoào ， hàodòu yòu hàoqiáng ， zhǐyào yíkàndào

其他的雞， 就 想要 衝上前去 攻擊對方 ，
qítā de jī ， jiù xiǎngyào chōngshàngqiánqù gōngjí duìfāng ，

整體而言，心性未定，太過躁動！ 皇上 ，
zhěngtǐéryán ， xīnxìng wèidìng ， tàiguò zàodòng ！ huángshàng ，

請 您再耐心 等等 吧！」皇帝一聽到「好鬥又
qǐng nín zài nàixīn děngděng ba ！ 」 huángdì yìtīngdào 「 hàodòu yòu

好強 」，開心極了，直認爲那隻公雞威猛無比，
hàoqiáng 」 ， kāixīn jí le ， zhírènwéi nàzhī gōngjī wēiměngwúbǐ ，

於是滿心期待，歡喜地離開了。
yúshì mǎnxīn qídài ， huānxǐ de líkāi le 。

好不容易又過了十天，皇帝 心想 ，都二十
hǎobùróngyì yòu guòle shítiān ， huángdì xīnxiǎng ， dōu èrshí

天了，一定訓練好了，於是便興高采烈地 準備
tiān le ， yídìng xùnliàn hǎole ， yúshì biàn xìnggāocǎiliè de zhǔnbèi

接回他 心目中 的神雞。 沒想到 ，紀渻子還是
jiēhuí tā xīnmùzhōng de shénjī。 méixiǎngdào ， Jìxǐngzǐ háishì

搖搖頭，説：「報告 皇上 ，牠還沒準備好，
yáoyáotóu， shuō：「bàogào huángshàng， tā háiméi zhǔnbèihǎo，

看來您還要再等些 時候。因爲現在 牠雖然不再
kànlái nín háiyào zài děngxiē shíhòu。 yīnwèi xiànzài tā suīrán búzài

像 以前那樣暴躁，但是， 心還是 沒能 完全
xiàng yǐqián nàyàng bàozào， dànshì， xīn háishì méinéng wánquán

靜下來， 每當 牠看到有影子在 晃動 ，就會
jìngxiàlái， měidāng tā kàndào yǒu yǐngzi zài huàngdòng， jiùhuì

焦躁地走來走去；就連聽到 遠方 傳來的一點
jiāozào de zǒuláizǒuqù； jiùlián tīngdào yuǎnfāng chuánlái de yìdiǎn

聲響 ，都會大聲 鳴叫。所以， 聖上 ，您
shēngxiǎng， dōuhuì dàshēng míngjiào。 suǒyǐ， shèngshàng， nín

還是再 等等 吧！」皇帝聽了紀渻子的 説明
háishì zài děngděng ba！」 huángdì tīngle Jìxǐngzǐ de shuōmíng

後， 彷彿從 天堂掉到了地獄，心裡對這隻雞
hòu， fǎngfú cóng tiāntáng diàodàole dìyù， xīnlǐ duì zhèzhī jī

失望 極了。只見 皇上 靜靜 轉身 離開， 悄悄
shīwàng jí le。 zhǐjiàn huángshàng jìngjìng zhuǎnshēn líkāi， qiǎoqiǎo

走去看其他雞隻的訓練 情形 。
zǒuqù kàn qítā jīzhī de xùnliàn qíngxíng。

大約又過了十天，皇帝在 路上巧遇紀渻子，
dàyuē yòu guòle shítiān， huángdì zài lùshàng qiǎoyù Jìxǐngzǐ，

雖然 皇上 已經不抱什麼希望了，但還是 順口
suīrán huángshàng yǐjīng búbào shénme xīwàng le， dàn háishì shùnkǒu

問了 一下那隻雞 的 情形 。 果然不出 皇上
wènle yíxià nàzhī jī de qíngxíng。 guǒrán bùchū huángshàng

所料，紀渻子搖搖頭，說：「稟告 聖上 ，牠
suǒliào， Jìxǐngzǐ yáoyáotóu， shuō：「bǐnggào shèngshàng， tā

現在依然不太穩定，一看到其他的雞，便露出
xiànzài yīrán bútàiwěndìng， yíkàndào qítā de jī， biàn lòuchū

兇狠 的目光， 像是要 出征 的士兵一樣。還
xiōnghěn de mùguāng， xiàngshì yào chūzhēng de shìbīng yíyàng。 hái

請您再多給牠一點時間吧！」這回，皇帝可是
qǐngnín zài duōgěi tā yìdiǎn shíjiān ba！」zhèhuí， huángdì kěshì

愈聽愈糊塗了，鬥雞要贏，不就應該露出 兇狠
yùtīng yùhútú le， dòujī yàoyíng， bújiù yīnggāi lòuchū xiōnghěn

的 目光 嗎？這有什麼不對？但基於對紀渻子的
de mùguāng ma？ zhèyǒu shénme búduì？ dàn jīyú duì Jìxǐngzǐ de

尊重 ， 皇上 也沒多說什麼。
zūnzhòng， huángshàng yě méiduōshuōshénme。

　　之後的某一天， 皇帝 一如往常 地去探看
zhīhòu de mǒuyìtiān， huángdì yìrúwǎngcháng de qù tànkàn

雞隻們的 情形， 湊巧又遇見了 正在 訓練雞的
jīzhīmen de qíngxíng， còuqiǎo yòu yùjiàn le zhèngzài xùnliàn jīde

紀渻子。紀渻子一句話也沒說，只是指著那隻雞
Jìxǐngzǐ。 Jìxǐngzǐ yíjùhuà yě méishuō， zhǐshì zhǐzhe nàzhī jī

要 皇上 看。 皇上 望著 眼前那隻雞， 完全
yào huángshàng kàn。 huángshàng wàngzhe yǎnqián nàzhī jī， wánquán

不敢 相信 這是一個半月 前送來的那隻。因為牠
bùgǎn xiāngxìn zhèshì yígebànyuè qián sònglái de nàzhī。 yīnwèi tā

眼神 清澈，氣定神閒地站著， 完全 不像其他
yǎnshén qīngchè， qìdìngshénxiánde zhànzhe， wánquán búxiàng qítā

鬥雞一副作勢要攻擊的樣子。這時， 紀渻子開口
dòujī yífù zuòshì yào gōngjí de yàngzi。 zhèshí， Jìxǐngzǐ kāikǒu

說：「陛下，這隻雞已經訓練完畢了。現在的牠
shuō：「bìxià， zhèzhī jī yǐjīng xùnliàn wánbì le。 xiànzài de tā

相當　穩重了，您看，牠那 沉著 的樣子是不是
xiāngdāngwěnzhòng le ， nínkàn ， tā nà chénzhuó de yàngzi shìbúshì

就像 木頭 雕成 的雞一般？您再仔細 瞧瞧 ，
jiùxiàng mùtóu diāochéng de jī yìbān ？ nín zài zǐxì qiáoqiáo ，

旁邊 那些看起來 健壯 又 兇猛 的雞，一隻
pángbiān nàxiē kànqǐlái jiànzhuàng yòu xiōngměng de jī ， yìzhī

都不敢靠過來找牠 挑戰 。您知道為什麼嗎？
dōu bùgǎn kàoguòlái zhǎo tā tiǎozhàn 。 nín zhīdào wèishénme ma ？

因為牠們知道自己鬥不過牠。」 皇帝 目瞪口呆
yīnwèi tāmen zhīdào zìjǐ dòubúguò tā 。 」 huángdì mùdèngkǒudāi

地看著這隻雞， 完全 不敢 相信 自己的眼睛，
de kànzhe zhèzhī jī ， wánquán bùgǎn xiāngxìn zìjǐ de yǎnjīng ，

沒想到 ，一隻沒有殺氣的雞，反倒是最厲害的
méixiǎngdào ， yìzhī méiyǒu shāqì de jī ， fǎndàoshì zuìlìhài de

鬥雞！
dòujī ！

(二)選擇題

_____ 1. 下面 哪個 關於 本文 的敘述是 正確 的？
xiàmiàn nǎge guānyú běnwén de xùshù shì zhèngquè de ？

(A)皇上對於那隻鬥雞一直都充滿期待

(B)紀渻子並沒有訓練出一隻讓皇帝滿意的鬥雞

(C)紀渻子用木頭雕出了一隻雞送給皇帝

(D)沉著穩重、不露殺氣的鬥雞，才是最好的鬥雞

_____ 2.偏義複詞是指 兩個 相反 意思的字所組合 而成 的
piānyìfùcí shìzhǐ liǎngge xiāngfǎn yìsi de zì suǒzǔhé érchéng de

詞，下列哪個是偏義複詞？
cí ， xiàliè nǎge shì piānyìfùcí ？

(A)善良

(B)忘記

(C)訓練

(D)健壯

3. 下列哪個 選項 的主詞 與其他 三者 不同 ？
xiàliè nǎge xuǎnxiàng de zhǔcí yǔ qítā sānzhě bùtóng？

(A)再交給宮中負責訓練雞的官員來調教

(B)總是非常地期待

(C)直認為那隻公雞威猛無比

(D)像是要出征的士兵一樣

4. 請問 「 戰無不克 」 的意思最接近下列 何者 ？
qǐngwèn「zhànwúbúkè」de yìsi zuìjiējìn xiàliè hézhě？

(A)戰爭總是打不贏

(B)沒有打不贏的戰爭

(C)打仗時總是有無法克服的難題

(D)打仗時總是一直被敵人克服

5. 下面 哪個 選項 較 符合鬥雞氣質的 轉變 ？
xiàmiàn nǎge xuǎnxiàng jiào fúhé dòujī qìzhí de zhuǎnbiàn？

(A)目露兇光→驕傲好鬥→焦躁不靜→呆若木雞

(B)驕傲好鬥→焦躁不靜→目露兇光→呆若木雞

(C)呆若木雞→焦躁不靜→驕傲好鬥→目露兇光

(D)焦躁不靜→目露凶光→呆若木雞→驕傲好鬥

6. 下面 哪個 選項 的意思與其他 三者 不同 ？
xiàmiàn nǎge xuǎnxiàng de yìsi yǔ qítā sānzhě bùtóng？

(A)暴躁

(B)躁動

(C)浮躁

(D)枯燥

(三)思考題

1. 爲什麼那隻雞不兇狠、不暴躁了，反而會令旁邊的雞感到害怕呢？
2. 你認爲有智慧的人通常有哪些特點呢？
3. 中國人有句話說：「大智若愚」，你認同嗎？爲什麼？
4. 請問，莊子爲什麼會以鬥雞來做例子呢？「鬥雞」這個活動，如何和人生連結在一起呢？

(四)名詞解釋

	生詞	漢語拼音	意思
1	智慧	zhìhuì	wisdom
2	鬥雞	dòujī	cockfighting
3	尋找	xúnzhǎo	look for
4	健壯	jiànzhuàng	healthy and strong
5	訓練	xùnliàn	train
6	調教	tiáojiào	drill
7	無往不利	wúwǎngbúlì	successful in whatever one does
8	戰績	zhànjī	military exploits
9	期待	qídài	look forward to
10	活潑	huópō	lively
11	朝氣	zhāoqì	youthful vigor
12	吩咐	fēnfù	instruct
13	難得	nándé	rare
14	衝	chōng	rush

15	躁動	zàodòng	move restlessly
16	耐心	nàixīn	patience
17	威猛	wēiměng	bold and powerful
18	興高釆烈	xìnggāocǎiliè	in high spirits
19	暴躁	bàozào	hot-tempered
20	彷彿	fǎngfú	as if
21	天堂	tiāntáng	paradise
22	地獄	dìyù	inferno
23	失望	shīwàng	disappointed
24	悄悄	qiǎoqiǎo	quietly
25	糊塗	hútú	confused
26	凶狠	xiōnghěn	fierce
27	湊巧	còuqiǎo	fortuitously
28	氣定神閒	qìdìngshénxián	presence of mind
29	沉著	chénzhuó	coolly

(五)原文

　　紀渻子爲王 養鬥雞。十日而問：「雞巳乎？」
　　Jìxǐngzǐ wèiwángyǎng dòujī 。 shírì érwèn ：「 jī yǐ hū ？」

曰：「未也，方虛憍而恃氣。」十日又問，曰：
yuē ：「 wèiyě ， fāng xūjiāo ér shìqì 。」 shírì yòuwèn ， yuē ：

「未也，猶應 向景。」十日又問，曰：「未也，
「 wèiyě ， yóuyīngxiàngjǐng 。」 shírì yòuwèn ， yuē ：「 wèiyě ，

猶疾視而盛氣。」十日又問，曰：「幾矣。雞雖有
yóu jíshì ér shèngqì 。」 shírì yòuwèn ， yuē ：「 jǐyǐ 。 jī suīyǒu

鳴者，已無變矣，望之似木雞矣，其德全矣，
míngzhě ， yǐ wú biàn yǐ ， wàngzhī sì mùjī yǐ ， qídé quán yǐ ，

異雞無敢應者，反走矣。」
yìjī wúgǎnyìngzhě ， fǎnzǒu yǐ 。」

十四、老鼠的天堂與地獄

㈠文章

很久以前，在 中國 的 東南方 ，有個叫做
hěnjiǔ yǐqián ， zài Zhōngguó de dōngnánfāng ， yǒuge jiàozuò

永　州 的地方。這裡住了一位 非常 迷信的人，他
Yǒngzhōu de dìfāng 。 zhèlǐ zhùle yíwèi fēicháng míxìnde rén ， tā

不但遵守　種種　的民俗規範，就連民間 信仰 的
búdàn zūnshǒu zhǒngzhǒng de mínsú guīfàn ， jiùlián mínjiān xìnyǎng de

禁忌，也一一 奉行 。因爲他深怕一不小心觸犯了
jìnjì ， yě yīyī fèngxíng 。 yīnwèi tā shēnpà yíbùxiǎoxīn chùfànle

禁忌，就會招來災禍或不幸。
jìnjì ， jiùhuì zhāolái zāihuò huòbúxìng 。

　　話説 ，這個人是子年 出生 的，而子年的
huàshuō ， zhègerén shì zǐnián chūshēng de ， ér zǐnián de

守護神 是老鼠，所以他對 身邊 的老鼠 總是
shǒuhùshén shì lǎoshǔ ， suǒyǐ tā duì shēnbiān de lǎoshǔ zǒngshì

小心翼翼地保護著，一點也不敢怠慢。爲了
xiǎoxīnyìyì de bǎohùzhe ， yìdiǎn yěbùgǎn dàimàn 。 wèile

讓 老鼠能自在地 生活 ，他禁止家人 養狗 或
ràng lǎoshǔ néng zìzài de shēnghuó ， tā jìnzhǐ jiārén yǎnggǒu huò

養貓 ，甚至要求家人不可以任意驅趕老鼠。
yǎngmāo ， shènzhì yāoqiú jiārén bùkěyǐ rènyì qūgǎn lǎoshǔ 。

因此走在這人的家裡，到處都可以看到老鼠，
yīncǐ zǒuzài zhèrénde jiālǐ ， dàochù dōu kěyǐ kàndào lǎoshǔ ，

老鼠們一點也不怕人，大搖大擺地四處覓食。
lǎoshǔmen yìdiǎn yě búpàrén ， dàyáodàbǎi de sìchù mìshí 。

　　有了這麼幸福的 生活 環境，老鼠們就在
yǒule zhème xìngfú de shēnghuó huánjìng lǎoshǔmen jiùzài

這家中 定居了下來，不僅如此，在代代不斷的
zhèjiāzhōng dìngjū le xiàlái ， bùjǐnrúcǐ ， zài dàidài búduàn de

繁衍之下，老鼠家族愈來愈 壯大 ， 家中食物
fányǎn zhīxià ， lǎoshǔ jiāzú yùláiyù zhuàngdà ， jiāzhōng shíwù

已經不足以讓所有老鼠們吃飽，於是有些老鼠們
yǐjīng bùzúyǐ ràngsuǒyǒulǎoshǔmen chībǎo ， yúshì yǒuxiē lǎoshǔmen

就開始啃食家具，過不了多久，家裡竟然沒有
jiù kāishǐ kěnshí jiājù ， guòbùliǎo duōjiǔ ， jiālǐ jìngrán méiyǒu

一件家具是完好的！到了 晚上 ， 老鼠更是在
yíjiàn jiājù shì wánhǎode ！ dàole wǎnshàng ， lǎoshǔ gèngshì zài

屋簷上 打鬧、 玩耍， 弄出 陣陣 的噪音，鬧得
wūyánshàng dǎnào 、 wánshuǎ ， nòngchū zhènzhèn de zàoyīn ， nàode

讓人無法好好睡覺。
ràngrén wúfǎ hǎohǎoshuìjiào 。

　　幾年後，這人再也受不了滿屋子老鼠的
jǐniánhòu ， zhèrén zàiyě shòubùliǎo mǎnwūzi lǎoshǔ de

環境 ，於是搬到了隔壁 鄉鎮 居住，不知情的
huánjìng ， yúshì bāndàole gébì xiāngzhèn jūzhù ， bùzhīqíng de

老鼠們依然住在原來的房子。後來，這間屋子被
lǎoshǔmen yīrán zhùzài yuánláide fángzi 。 hòulái ， zhèjiān wūzi bèi

另一個人買了下來，新屋主要入住之前， 想要
lìngyígèrén mǎile xiàlái ， xīnwūzhǔ yào rùzhù zhīqián ， xiǎngyào

先 整理一下 環境 。然而 當 他一打開門， 就
xiān zhěnglǐ yíxià huánjìng 。 ránér dāng tā yìdǎkāimén ， jiù

看見了滿屋子的老鼠，到處走，到處爬，見到
kànjiànle mǎnwūzi de lǎoshǔ ， dàochù zǒu ， dàochù pá ， jiàndào

他，也毫無畏懼。他看到這個離譜的 景象 後，
tā ， yě háowú wèijù 。 tā kàndào zhège lípǔ de jǐngxiàng hòu ，

深深 地歎了口氣說：「這些在陰暗處 生活 的
shēnshēn de tànlekǒuqì shuō ：「 zhèxiē zài yīnànchù shēnghuó de

壞東西，向來都是怕人的，爲什麼會囂張到
huàidōngxi ， xiànglái dōushì pàrénde ， wèishénme huì xiāozhāng dào

這種 地步呢？」
zhèzhǒng dìbù ne ？」

　　爲了除去這些禍害，他 向 鄰居借了五六隻 貓
　　wèile chúqù zhèxiē huòhài ， tā xiàng línjū jièle wǔ liùzhī māo

來捕捉老鼠，還將 屋頂上 的瓦片一一掀開，
lái bǔzhuō lǎoshǔ ， hái jiāng wūdǐngshàng de wǎpiàn yīyī xiānkāi ，

只要一發現老鼠的 洞穴 ， 就 馬上 灌水 ，
zhǐyào yìfāxiàn lǎoshǔ de dòngxuè ， jiù mǎshàng guànshuǐ ，

如此一來， 終於 徹底地破壞了老鼠的家。
rúcǐyìlái ， zhōngyú chèdǐ de pòhuàile lǎoshǔ de jiā 。

　　靈敏的老鼠們 馬上 就察覺到，這房子已經
　　língmǐn de lǎoshǔmen mǎshàng jiù chájuédào ， zhè fángzi yǐjīng

不再適合牠們居住了，爲了 保命 ， 牠們開始四處
búzài shìhé tāmen jūzhù le ， wèile bǎomìng ， tāmen kāishǐ sìchù

逃竄 。 這時， 房子的新主人又雇用了許多人，
táocuàn 。 zhèshí ， fángzi de xīnzhǔrén yòu gùyòng le xǔduō rén ，

用 網 來圍捕 想要 向外逃 的老鼠。於是過了
yòng wǎng lái wéibǔ xiǎngyào xiàngwàitáo de lǎoshǔ 。 yúshì guòle

幾天， 家中 就看不見任何老鼠了！被殺死的老鼠
jǐtiān ， jiāzhōng jiù kànbújiàn rènhé lǎoshǔ le ！ bèishāsǐ de lǎoshǔ

堆得跟 小山 一樣高，最後 全都 被運到 深山 去
duīde gēn xiǎoshān yíyàng gāo ， zuìhòu quándōu bèi yùndào shēnshān qù

埋葬 。 可是即便埋在 深山 裡，由於老鼠的 數量
máizàng 。 kěshì jíbiàn máizài shēnshān lǐ ， yóuyú lǎoshǔ de shùliàng

實在是太多了，因此 臭味 竟然延續了好幾個月，
shízàishì tàiduōle ， yīncǐ chòuwèijìngrán yánxù le hǎojǐgeyuè ，

才 慢慢 地消散 ！
cái mànmàn de xiāosàn ！

(二)選擇題

_____ 1. 下面 有關 這篇 文章 的敘述哪一個 正確 ？
xiàmiàn yǒuguān zhèpiān wénzhāng de xùshù nǎyíge zhèngquè？

    (A)信仰對於人們生活只有好的影響

    (B)禍害之起有時須歸於自己的錯誤觀念

    (C)不論是哪位屋主，對待老鼠都十分客氣

    (D)老鼠對於生活環境的改變並不敏感

_____ 2. 下列哪個 選項 最適合 用來 形容 屋裡 髒亂 的
xiàliè nǎge xuǎnxiàng zuì shìhé yònglái xíngróng wūlǐ zāngluàn de

    景象 ？
    jǐngxiàng？

    (A)一塵不染

    (B)宜室宜家

    (C)美輪美奐

    (D)面目全非

_____ 3. 文中 提到殺死 老鼠 的方法 不包括 下列 何者 ？
wénzhōng tídào shāsǐ lǎoshǔ de fāngfǎ bùbāokuò xiàliè hézhě？

    (A)用水毀壞巢穴

    (B)用毒物餵食老鼠

    (C)用網圍捕

    (D)用貓、狗捕捉老鼠

_____ 4. 下列哪個 選項 無法填入「即便」？
xiàliè nǎge xuǎnxiàng wúfǎ tiánrù「jíbiàn」？

    (A)○○弱小，只要持之以恆，也能成功

    (B)○○現在的生活非常順遂，也不可以驕傲自大

    (C)○○不遵照規定行事，準備得再周全也無濟於事

    (D)不管是誰，犯了罪都需要接受法律的制裁，○○是國
    王也一樣

_____ 5. 本文 中 出現了 許多 包含 「一」 的 詞語，下列
běnwén zhōng chūxiànle xǔduō bāohán 「 yī 」 de cíyǔ ， xiàliè

哪個「一」有「 馬上 」的意涵？
nǎge 「 yī 」 yǒu「mǎshàng」 de yìhán？

(A)一樣

(B)一旦

(C)一下

(D)一個

_____ 6. 下列哪個 選項 的 被省略 的主詞與其他 三者 所指
xiàliè nǎge xuǎnxiàng de bèishěnglüè de zhǔcí yǔ qítā sānzhěsuǒzhǐ

的 不同 ？
de bùtóng？

(A)為了除去這些禍害

(B)為什麼會囂張到這種地步呢

(C)想要先整理一下環境

(D)終於徹底地破壞了老鼠的家

(三)思考題

1. 請舉例，你覺得什麼樣的行為算是迷信？你自己迷信嗎？

2. 台灣人有許多有趣的小迷信，例如：當眼皮跳動時，很自
   然地就會想到「左眼跳財，右眼跳災」，對此，你相信
   嗎？請與大家分享你的國家有哪些特別的迷信。

3. 你覺得這個故事除了在講迷信外，還有沒有別的意思？例
   如，文中不怕人的老鼠有沒有什麼寓意？

4. 你認為信仰和迷信的不同在哪裡？請舉例說明。

(四)名詞解釋

	生詞	漢語拼音	解釋
1	迷信	míxìn	superstition
2	遵守	zūnshǒu	observe
3	民俗	mínsú	folk custom
4	信仰	xìnyǎng	belief
5	禁忌	jìnjì	taboo
6	奉行	fèngxíng	pursue
7	災禍	zāihuò	disaster
8	小心翼翼	xiǎoxīnyìyì	with exceptional caution
9	怠慢	dàimàn	treat sb. with neglect
10	任意	rènyì	arbitrarily
11	驅趕	qūgǎn	drive
12	大搖大擺	dàyáodàbǎi	strutting
13	覓食	mìshí	foraging
14	屋簷	wūyán	eaves
15	噪音	zàoyīn	noise
16	畏懼	wèijù	dread
17	離譜	lípǔ	far away from what is normal
18	囂張	xiāozhāng	arrogant
19	洞穴	dòngxuè	hole
20	靈敏	língmǐn	smart
21	逃竄	táocuàn	flee
22	雇用	gùyòng	employ
23	埋葬	máizàng	bury

| 24 | 延續 | yánxù | continue |
| 25 | 消散 | xiāosàn | scatter and disappear |

(五)原文

永 有某氏者，畏日，拘忌異甚。以為己 生歲
Yǒngyǒu mǒushìzhě，wèi rì，jūjì yìshèn。yǐwéi jǐ shēngsuì

直子，鼠，子神也，因愛鼠，不畜貓犬，禁僮勿
zhízǐ，shǔ，zǐshényě，yīn ài shǔ，bùxù māoquǎn，jìn tóng wù

擊鼠。倉廩庖廚，悉以恣鼠不問。
jíshǔ。cānglǐnpáochú，xī yǐ zìshǔ búwèn。

由是鼠 相告，皆來某氏，飽食而無禍。某氏
yóushì shǔ xiànggào，jiēlái mǒushì，bǎoshí ér wúhuò。mǒushì

室無完器，椸無完衣，飲食大率鼠之餘也。晝累
shì wú wánqì，yíwú wányī，yǐnshí dàshuài shǔ zhīyú yě。zhòulěi

累與人兼行，夜則竊嚙鬥暴，其聲 萬狀，不可以
lěiyǔrén jiānxíng，yèzé qiènniè dòubào，qíshēngwànzhuàng，bùkěyǐ

寢。終不厭。
qǐn。zhōngbúyàn。

數歲，某氏徙居他州，後人來居，鼠為態如故。
shùsuì，mǒushì xǐjū tāzhōu，hòurén láijū，shǔ wéitài rúgù。

其人曰：「是陰類惡物也，盜暴尤甚，且何以
qírén yuē：「shì yīnlèi èwù yě，dàobào yóushèn，qiě héyǐ

至是乎哉？」
zhìshìhūzāi？」

假五六貓，闔門撤瓦，灌穴，購僮羅捕之，
jiǎ wǔ liùmāo，hémén chèwǎ，guànxuè，gòutóng luóbǔzhī，

殺鼠如丘，棄之隱處，臭數月乃已。
shāshǔ rúqiū，qìzhī yǐnchù，chòushùyuè nǎiyǐ。

嗚呼！彼以其飽食無禍為可恆也哉！
wūhū！bǐ yǐ qí bǎoshíwúhuòwéi kěhéngyězāi！

十五、弄巧成拙的商人

（一）文章

　　你去過　傳統市場　嗎？那裡總是 人來人往，
　　nǐ qùguò chuántǒngshìchǎng ma？ nàlǐ zǒngshì rénláirénwǎng，

充斥著　許多不同的　聲音。攤販們爲了推銷自己
chōngchìzhe xǔduō bùtóngde shēngyīn。 tānfànmen wèile tuīxiāo zìjǐ

的貨品，不斷地 向 顧客吆喝、 宣傳 ；顧客們
de huòpǐn， búduànde xiàng gùkè yāohè、 xuānchuán； gùkèmen

則是爲了以更便宜的價錢買到東西，努力地
zéshì　wèile　yǐ gèng　piányíde　jiàqián mǎidào dōngxi，　　nǔlìde

向　老闆討價還價，因此在　市場　中，人們的
xiàng lǎobǎn tǎojiàhuánjià，　yīncǐ zài shìchǎng zhōng，　rénmende

交談聲　此起彼落，非常　熱鬧。而很久以前，在
jiāotánshēng　cǐqǐbǐluò，　fēicháng rènào。 ér hěnjiǔ yǐqián，zài

楚國的某個　傳統市場　中，就發生了一件關於
Chǔguóde mǒuge chuántǒngshìchǎngzhōng，　jiù fāshēng le yíjiàn guānyú

叫賣的趣事……
jiàomài de　qùshì……

　　　一如往常　地，市場裡的　攤販們 從一大早就
　　　yìrúwǎngcháng de，　shìchǎnglǐ de tānfànmen cóng yídàzǎo jiù

準備　好要開始一天的　工作。這時，有位販賣
zhǔnbèi hǎo yào kāishǐ　yìtiānde　gōngzuò。 zhèshí，　yǒuwèi fànmài

兵器的　商人，加入了其他小販的行列，打算要
bīngqìde shāngrén，　jiārùle　qítā　xiǎofànde hángliè，　dǎsuàn yào

大展身手　，好好地兜售自己的　商品。
dàzhǎnshēnshǒu，hǎohǎo de dōushòu　zìjǐde　shāngpǐn。

　　　這位 商人 先清了清喉嚨，隨後便拿起一面
　　　zhèwèi shāngrén xiān qīngleqīng hóulóng，　suíhòu biàn náqǐ yímiàn

盾牌，大聲地朝人群呼喊著：「大家快來看啊！
dùnpái，　dàshēngde cháo rénqún hūhǎnzhe：　「 dàjiā kuàiláikàn a！

這面　盾牌是世界上最好的盾，它是用最堅硬的
zhèmiàn dùnpái shì shìjièshàng zuìhǎode dùn，　tā shì yòng zuìjiānyìngde

鐵 鑄成的　，所以不管用 多麼尖銳的 武器，都
tiě zhùchéngde，　suǒyǐ bùguǎn yòng duōme jiānruìde　wǔqì，　dōu

無法刺穿它。不相信的話，你們可以拿起 手邊的
wúfǎ cìchuān tā。 bùxiāngxìn dehuà，　nǐmen kěyǐ　náqǐ shǒubiānde

石頭來 敲敲看，不管你們敲得再大力，它都不會
shítóu lái qiāoqiāokàn，　bùguǎn nǐmen qiāode　zàidàlì，　tā dōubúhuì

凹陷，快來試試看吧！」眾人 拿起 石頭，用力地
āoxiàn，kuàilái shìshìkàn ba！」zhòngrén náqǐ shítóu，yònglìde

朝 盾牌 砸下去，結果，誠如 商人 所說的，盾牌
cháo dùnpái záxiàqù，jiéguǒ，chéngrú shāngrén suǒshuōde，dùnpái

真的完好如初。
zhēnde wánhǎorúchū。

看到圍觀的人群愈來愈多，商人 既高興
kàndào wéiguānde rénqún yùláiyùduō，shāngrén jìgāoxìng

又得意。接著，這位 商人 又拿起了一支 長矛，
yòudéyì。jiēzhe，zhèwèishāngrényòu náqǐle yìzhī chángmáo，

繼續 向 群眾 大聲 宣傳：「大家再來看看
jìxù xiàng qúnzhòng dàshēng xuānchuán：「dàjiā zàilái kànkàn

我賣的 長矛！你們千萬別小看它，因為它可是
wǒmàide chángmáo！nǐmen qiānwàn bié xiǎokàn tā，yīnwèi tā kěshì

世界上 最可怕的武器！它的矛頭不但磨得十分
shìjièshàng zuìkěpàde wǔqì！tāde máotóu búdàn móde shífēn

銳利，能 削鐵如泥，質地還十分堅硬，因此不論
ruìlì，néng xuètiěrúní，zhídì hái shífēn jiānyìng，yīncǐ búlùn

是多麼厚實的物品，都能 不費吹灰之力，一下子
shì duōme hòushíde wùpǐn，dōunéng búfèichuīhuīzhīlì，yíxiàzi

就刺穿。因此，各位只要買了我的盾和我的矛，
jiù cìchuān。yīncǐ，gèwèi zhǐyào mǎile wǒde dùnhàn wǒde máo，

在 沙場上，就能打遍天下無敵手了！數量
zài shāchǎngshàng，jiù néng dǎbiàntiānxià wú díshǒule！shùliàng

有限，請大家快來買吧！先搶 先贏。」
yǒuxiàn，qǐng dàjiā kuàiláimǎi ba！xiānqiǎngxiānyíng。」

由於這位 商人 講的話實在太吸引人了，
yóuyú zhèwèi shāngrén jiǎngdehuà shízài tàixīyǐnrén le，

所以圍觀的人有的 搶著 要看看矛，有的 搶著
suǒyǐ wéiguānde rén yǒude qiǎngzhe yào kànkàn máo，yǒude qiǎngzhe

要 摸摸 盾， 有的 更 馬上 掏錢， 想要 把這 兩樣
yào mōmō dùn， yǒude gèngmǎshàngtāoqián， xiǎngyào bǎ zhèliǎngyàng

厲害的 武器 買回家。 就在 大家 爭先恐後 ，一陣
lìhàide wǔqì mǎihuíjiā。 jiùzài dàjiā zhēngxiānkǒnghòu， yízhèn

慌亂的 時候，一位 圍觀的 民眾 突然 問 商人
huāngluànde shíhòu， yíwèi wéiguānde mínzhòng túrán wèn shāngrén

說：「老闆， 如果 用 您賣的 矛 去 刺 您賣的 盾，
shuō：「lǎobǎn， rúguǒ yòng nínmàide máo qù cì nínmàide dùn，

究竟 是 哪個 東西會 受損 呢？」
jiùjìng shì nǎge dōngxihuìshòusǔn ne？」

　　聽到了 這個 問題， 全部的 人 都 靜了下來 ，
　　tīngdàole zhège wèntí， quánbùde rén dōu jìnglexiàlái，

大家都 想 聽聽 商人的 回答。但是 問題 來得太
dàjiā dōuxiǎng tīngtīng shāngrénde huídá。 dànshì wèntí láide tài

突然， 商人 一句話也答不上來， 一時之間也
túrán， shāngrén yíjùhuà yě dá búshànglái， yìshízhījiān yě

只能 呆呆地 站著。時間一分一秒地過， 商人
zhǐnéng dāidāide zhànzhe。shíjiān yìfēnyìmiǎo de guò， shāngrén

就只是 站在 攤位旁，看著自己的 矛和盾， 等著
jiù zhǐshì zhànzài tānwèipáng， kànzhe zìjǐ de máohàndùn， děngzhe

等著， 圍觀的 群眾 就失了耐心，最後 眾人
děngzhe， wéiguānde qúnzhòng jiù shīle nàixīn， zuìhòu zhòngrén

便在 訕笑聲 中 一哄而散。
biànzài shànxiàoshēng zhōng yìhōngérsàn。

(二)選擇題

_____ 1. 下面 哪個 選項 最符合 本文 的主旨？
xiàmiàn nǎge xuǎnxiàng zuì fúhé běnwén de zhǔzhǐ？

(A)不可以在傳統市場中販賣兵器

(B)叫賣是商人在市場立足的重要技能

(C)無堅不摧的矛與什麼都可抵擋的盾，是無法同時存在的

(D)商人的兵器非常厲害，所以銷售一空

_____ 2. 本文 中 運用了 許多 誇飾的 修辭 技巧，下列
běnwén zhōng yùnyòngle xǔduō kuāshìde xiūcí jìqiǎo，xiàliè

選項 何者也屬於 誇飾？
xuǎnxiàng hézhě yě shǔyúkuāshì？

(A)吃冰那種沁涼暢快的感覺，足以將豔陽融化掉

(B)我是天空裡的一片雲，偶爾投影在妳的波心

(C)翻越過前面山頂和白層層雲，綠光在哪裡

(D)我為了「明天」的「麵包」及「昨日」的債務辛勞地
工作

_____ 3. 下列哪個「行」字的讀音與其他 三者 不同？
xiàliè nǎge「 」zìde dúyīnyǔ qítā sānzhě bùtóng？

(A)爬「行」動物

(B)不虛此「行」

(C)台灣銀「行」

(D)天馬「行」空

_____ 4. 中文 時常 有 省略 主詞的 現象 ，下列句子
zhōngwén shícháng yǒu shěngluè zhǔcí de xiànxiàng，xiàliè jùzi

中 ，何者被 省略 的主詞與其他 三者 不同？
zhōng，hézhě bèi shěngluè de zhǔcíyǔ qítā sānzhě bùtóng？

(A)看到圍觀的人群愈來愈多

(B)數量有限，請大家快來買吧

(C)打算要大展身手，好好地兜售自己的商品

(D)一時之間也只能呆呆地站著。

_____ 5. 下列哪句 成語 不適合 用來 形容 市場 熱鬧的
xiàliè nǎjù chéngyǔ búshìhé yònglái xíngróng shìchǎng rènào de

樣子 ？
yàngzi ？

(A)門可羅雀

(B)鑼鼓喧天

(C)人聲鼎沸

(D)門庭若市

_____ 6. 第五段中 ， 使用 「有的…有的…」 來 描寫
dìwǔduànzhōng ， shǐyòng 「yǒude … yǒude … 」 lái miáoxiě

許多人 同時 進行 某些 活動的 情形 ，而
xǔduōrén tóngshí jìnxíng mǒuxiē huódòngde qíngxíng ， ér

下面 哪個 選項 填入「有的…有的…」最合適？
xiàmiàn nǎge xuǎnxiàng tiánrù「yǒude…yǒude…」zuìhéshì ？

(A)人○○說要記起歷史的教訓，○○又一直犯同樣的錯
誤

(B)○○工作平凡，○○沒有受到表揚，但是我一如既往
地做好分內的事，卻從來都不抱怨。

(C)○○是男孩○○是女孩，都是父母的寶貝

(D)那些雨滴○○落在屋簷上，○○灑在田野裡

(三)思考題

1. 如果你是那位商人，你會怎麼回答顧客提出的那個疑問呢？

2. 大家從小到大必定看過、聽過不少廣告，請舉出最令你印
象深刻的廣告，並說明它的特別之處。

3. 矛盾一詞，後來被用來形容兩事物相牴觸的狀況，請舉出
你生活中矛盾的經驗，並說明你如何化解當下的矛盾。

4. 請想想看商人怎麼修正自己的宣傳，就不會矛盾了呢？

(四) 名詞解釋

	生詞	漢語拼音	解釋
1	弄巧成拙	nòngqiǎochéngzhuó	get into trouble through clever means
2	傳統	chuántǒng	traditional
3	市場	shìchǎng	market
4	人來人往	rénláirénwǎng	bustle with people
5	充斥	chōngchì	be full of
6	推銷	tuīxiāo	merchandise
7	宣傳	xuānchuán	propagate
8	討價還價	tǎojiàhuánjià	bargain
9	此起彼落	cǐqǐbǐluò	here and there
10	叫賣	jiàomài	cry one's wares
11	一如往常	yìrúwǎngcháng	as usual
12	兵器	bīngqì	weaponry
13	大展身手	dàzhǎnshēnshǒu	show one's capabilities
14	兜售	dōushòu	peddle
15	喉嚨	hóulóng	throat
16	盾牌	dùnpái	shield
17	誠如	chéngrú	exactly as
18	完好如初	wánhǎorúchū	remain intact
19	矛頭	máotóu	spearhead
20	削鐵如泥	xuètiěrúní	cut clean through iron as though it were mud
21	不費吹灰之力	búfèichuīhuīzhīlì	do something effortlessly
22	敵手	díshǒu	opponent

23	爭先恐後	zhēngxiānkǒnghòu	strive to be the first and fear to lag behind
24	訕笑	shànxiào	ridicule
25	一哄而散	yìhōngérsàn	break up in a hubbub

(五)原文

　楚人有鬻盾與矛者，譽之曰：「吾盾之堅，
Chǔrén yǒu yù dùn yǔ máo zhě，yùzhī yuē：「wúdùnzhījiān，

物莫能陷也。」又譽其矛曰：「吾矛之利，
wù mònéng xiàn yě。」yòu yù qímáo yuē：「wúmáozhīlì，

於物無不陷也。」或曰：「以子之矛，陷
yúwù wú búxiàn yě。」huòyuē：「yǐ zǐzhīmáo，xiàn

子之盾，何如？」其人弗能應也。夫不可陷之盾，與
zǐzhīdùn，hérú？」qírén fúnéngyìngyě。fú bùkěxiànzhīdùn，yǔ

無不陷之矛，不可同世而立。
wúbúxiànzhīmáo，bùkě tóngshìérlì。

十六、改過向善的惡霸

㈠文章

很久很久以前，在 中國 有個叫做義興的
hěnjiǔ hěnjiǔ yǐqián ， zài Zhōngguó yǒuge jiàozuò Yìxìng de

小鎮 。 義興鎮 依山傍水 ， 環境 非常 優美 ，
xiǎozhèn 。 Yìxìngzhèn yīshānbàngshuǐ ， huánjìng fēicháng yōuměi ，

但是居民們卻每天都過著 憂心忡忡 的 生活 。
dànshì jūmínmen quèměitiāndōuguòzhe yōuxīnchōngchōng de shēnghuó 。

原來是因爲小鎮裡有三個禍害 ， 時時都有可能
yuánlái shì yīnwèi xiǎozhènlǐ yǒu sānge huòhài ， shíshí dōuyǒu kěnéng

危害百姓的 性命 。 第一個禍害是住在水裡的
wéihài bǎixìngde xìngmìng 。 dìyīge huòhài shì zhùzài shuǐlǐde

蛟龍 ， 第二個禍害是棲息在深山裡的 猛虎 ，
jiāolóng ， dìèrge huòhài shì qīxí zài shēnshānlǐde měnghǔ ，

這前兩害都是 猛獸 ， 但是第三個禍害卻是
zhè qián liǎnghài dōushì měngshòu ， dànshì dìsānge huòhài quèshì

鎮上的 周處 。 爲什麼 周處 這個人會和蛟龍及
zhènshàngde Zhōuchǔ 。 wèishénme Zhōuchǔ zhègerén huì hànjiāolóng jí

猛虎 並列爲三大禍害呢 ？ 原因是他既 兇暴 又
měnghǔ bìngliè wéi sāndà huòhài ne ？ yuányīn shì tā jì xiōngbào yòu

強悍 ， 整天 無所事事 ， 到處爲非作歹 ， 四處
qiánghàn ， zhěngtiān wúsuǒshìshì ， dàochù wéifēizuòdǎi ， sìchù

惹是生非 。 所以在這三個禍害 之中 ， 周處 最令
rěshìshēngfēi 。 suǒyǐ zài zhè sānge huòhài zhīzhōng ， Zhōuchǔ zuì lìng

居民們頭疼 ， 因爲他就住在鎮子裡 ， 天天鬧事 ，
jūmínmen tóuténg ， yīnwèi tā jiù zhùzài zhènzi lǐ ， tiāntiān nàoshì ，

不像 蛟龍與猛虎 ， 只有肚子餓時才會出來攻擊
búxiàng jiāolóng yǔ měnghǔ ， zhǐyǒu dùziè shí cáihuì chūlái gōngjí

人。
rén。

　　儘管 大家都怕 周處 ，但是見了他都還是
　　jǐnguǎn　dàjiā　dōu pà Zhōuchǔ ，dànshì jiànle tā dōu háishì

讓他三分，敢怒不敢言。不過日子一久，大家
ràngtā sānfēn ， gǎnnù bùgǎnyán 。 búguò rìzi yìjiǔ ， dàjiā

漸漸失去了耐性，到最後再也受不了他了！
jiànjiàn shīqùle nàixìng ， dào zuìhòu zàiyě shòubùliǎo tā le ！

於是，村民們悄悄聚在一起，希望能想個
yúshì ， cūnmínmen qiǎoqiǎo jùzàiyìqǐ ， xīwàng néng xiǎngge

好計策除掉 周處 ，大家你一言我一語，想了
hǎojìcè chúdiào Zhōuchǔ ， dàjiā nǐyìyán wǒyìyǔ ， xiǎngle

好久，最後終於有一個老人想到了一個好方法。
hǎojiǔ ， zuìhòu zhōngyú yǒuyíge lǎorén xiǎngdàole yíge hǎofāngfǎ。

老人說，可以請 周處 去殺那猛虎與 蛟龍 ，
lǎorénshuō ， kěyǐ qǐng Zhōuchǔ qùshā nàměnghǔ yǔ jiāolóng ，

不管是 周處 殺了牠們，或是牠們殺了 周處 ，
bùguǎn shì Zhōuchǔ shāle tāmen ， huòshì tāmen shāle Zhōuchǔ ，

結果都是好的！法子有了，老人立刻自告奮勇，
jiéguǒ dōushì hǎode ！ fázi yǒule ， lǎorén lìkè zìgàofènyǒng ，

願意親自去拜訪 周處 。老人一看到 周處 ，先是
yuànyì qīnzì qù bàifǎng Zhōuchǔ。 lǎorén yíkàndào Zhōuchǔ ， xiānshì

大大地誇讚了 周處 一番，誇他如何 英勇 ，如何
dàdàde kuāzànle Zhōuchǔ yìfān ， kuātā rúhé yīngyǒng ， rúhé

膽大，然後才憂心地說出 村民們 對於 蛟龍 與
dǎndà ， ránhòu cái yōuxīnde shuōchū cūnmínmen duìyú jiāolóng yǔ

猛虎的畏懼，最後再懇求 周處 為 村民們 除害。
měnghǔde wèijù ， zuìhòu zài kěnqiú Zhōuchǔ wèi cūnmínmen chúhài。

周處 聽了美言之後， 爽快 地說：「要殺掉
Zhōuchǔ tīngle měiyán zhīhòu ， shuǎngkuài de shuō： 「 yào shādiào

牠們，對我 周處 來說，簡直是一件小事！」話
tāmen ， duì wǒ Zhōuchǔ láishuō ， jiǎnzhí shì yíjiàn xiǎoshì ！ 」 huà

一說完， 周處 就告別老人，回到家休息， 準備
yìshuōwán ， Zhōuchǔ jiù gàobié lǎorén ， huídàojiā xiūxí ， zhǔnbèi

養足精神好去殺虎屠龍。第二天一早， 眾人 都
yǎngzújīngshén hǎoqù shāhǔ túlóng 。 dìèrtiān yìzǎo ， zhòngrén dōu

還在 睡夢中時 ， 周處 便 往深山裡去， 想說
háizài shuìmèngzhōngshí ， Zhōuchǔ biàn wǎng shēnshānlǐqù ， xiǎngshuō

先打敗老虎，再來除去蛟龍。
xiān dǎbài lǎohǔ ， zàilái chúqù jiāolóng 。

周處 尋著了猛虎， 不驚不怖不畏， 一拳就
Zhōuchǔ xúnzháole měnghǔ ， bùjīng búbù búwèi ， yìquán jiù

朝 老虎的眼睛打去，結果，不知是老虎嚇著了，
cháo lǎohǔde yǎnjīng dǎqù ， jiéguǒ ， bùzhī shì lǎohǔ xiàzháole ，

還是周處的力道太大，打個十來下， 老虎就
háishì Zhōuchǔde lìdào tàidà ， dǎgeshíláixià ， lǎohǔ jiù

倒地了。殺了猛虎，驕傲的 周處 更是神氣了，
dǎodìle 。 shāle měnghǔ ， jiāoàode Zhōuchǔ gèngshì shénqìle ，

大搖大擺地 走向 河邊，打算徒手對抗 蛟龍。
dàyáodàbǎide zǒuxiàng hébiān ， dǎsuàn túshǒu duìkàng jiāolóng 。

沒想到 ，這蛟龍的力量是猛虎的好幾倍， 周處
méixiǎngdào ， zhè jiāolóngde lìliàng shì měnghǔde hǎojǐbèi ， Zōuchǔ

使出 全身 的力氣， 還是 不 敵 蛟龍。岸 邊的
shǐchū quánshēn de lìqì ， háishì bùdí jiāolóng 。 ànbiānde

村民們，一直沒看見 周處 浮出 水面， 都以為
cūnmínmen ， yìzhí méikànjiàn Zhōuchǔ fúchū shuǐmiàn ， dōu yǐwéi

周處 已經被蛟龍吃掉了， 心想 一下子少了
Zhōuchǔ yǐjīng bèi jiāolóng chīdiàole ， xīnxiǎng yíxiàzi shǎole

兩個禍害，眞是太開心了， 道賀聲 此起彼落，
liǎngge huòhài ， zhēnshì tàikāixīnle ， dàohèshēng cǐqǐbǐluò ，

熱鬧極了。然而，真沒想到，三天三夜後，周處竟然打敗了蛟龍！

正當周處拖著疲憊的身軀上岸時，竟看到村民們開心地慶祝自己過世的歡樂場面！周處張大了嘴，簡直不敢相信這是真的！這時，周處才明白，原來平日裡大家尊敬他是因為害怕他，而不是真把他當作朋友。明白後，周處慎重地向大家道歉，表明以後一定改過向善。村民們一時反應不過來，個個都想這下可慘了，沒有一個人肯相信周處說的話！沒想到，這次周處是下了決心改過，他不斷地請教旁人該如何改進，就在一天天、一年年的努力下，周處終於變成了大家眼中的好鄰居，就這樣義興鎮再也沒有禍害了。

(二)選擇題

_____ 1. 下面 有關 這篇 文章 的敘述哪一個 正確 ？
xiàmiàn yǒuguān zhèpiān wénzhāng de xùshù nǎyíge zhèngquè ？

　(A)義興鎮的居民原本過著無憂無慮的生活

　(B)周處是個樂善好施的好人

　(C)周處知道大家正在慶祝他過世，感到非常地憤怒

　(D)周處改過向善，與大家打成一片

_____ 2. 若 要在「不驚不怖不畏」 中 加上 標點 符號，
ruòyàozài 「bùjīng búbù búwèi」 zhōng jiāshàng biāodiǎn fúhào，

應該 填入 下列哪個 選項 ？
yīnggāi tiánrù xiàliè nǎge xuǎnxiàng ？

　(A)不驚？不怖？不畏

　(B)不驚！不怖！不畏

　(C)不驚、不怖、不畏

　(D)不驚。不怖。不畏

_____ 3. 下列哪個 選項 最符合「讓他 三分 」的意思？
xiàliè nǎge xuǎnxiàng zuìfúhé 「ràngtāsānfēn」 de yìsi ？

　(A)對他十分恭敬禮讓

　(B)看到他就必須遠離在三十公分之外

　(C)必須讓他欺負自己三分鐘

　(D)與他下棋或打球需要先讓他三分

_____ 4. 下列 成語中 出現的 動物 ，何者 沒有 出現 在
xiàlièchéngyǔzhōngchūxiàndedòngwù， hézhě méiyǒu chūxiàn zài

本文 之中 ？
běnwén zhīzhōng ？

　(A)為虎作倀

　(B)狼心狗肺

　(C)臥虎藏龍

　(D)飛龍在天

_____ 5. 請問「徒手」的意思最接近下列何者？
qǐngwèn「túshǒu」de yìsi zuìjiējìn xiàliè hézhě？

(A)白白的雙手

(B)執行刑法的雙手

(C)只憑著雙手

(D)徒弟的雙手

_____ 6. 下列哪個選項最適合用來形容周處的
xiàliè nǎge xuǎnxiàng zuìshìhé yònglái xíngróng Zhōuchǔde

變化？
biànhuà？

(A)執迷不悟

(B)不知悔改

(C)痛改前非

(D)冥頑不靈

(三)思考題

1. 如果周處問你，該如何當個讓人值得尊敬的人，你會怎麼
 跟他說呢？

2. 你覺得現在生活中的「禍害」，有哪些呢？它們對你的生
 活造成了哪些困擾呢？你又該如何與它們相處呢？

3. 人非聖賢，都會有犯錯的時候。不知你犯錯時，會不會勇
 於認錯、勇於改過呢？請你說說你近日來改了什麼缺點？

4. 你有沒有為了達成某個目標，而不斷努力，且請教他人的
 經驗呢？請與大家分享。

㈣名詞解釋

	生詞	漢語拼音	解釋
1	依山傍水	yīshānbàngshuǐ	enclosed by the hills on one side and waters on the other
2	憂心忡忡	yōuxīnchōngchōng	depressed
3	禍害	huòhài	calamity
4	危害	wéihài	endanger
5	蛟龍	jiāolóng	dragon
6	猛獸	měngshòu	beast
7	兇暴	xiōngbào	ferocious
8	無所事事	wúsuǒshìshì	be occupied with nothing
9	為非作歹	wéifēizuòdǎi	do evil
10	惹是生非	rěshìshēngfēi	commit all sorts of crimes
11	耐心	nàixīn	patience
12	計策	jìcè	plan
13	自告奮用	zìgàofènyǒng	offer to take the responsibility upon oneself
14	英勇	yīngyǒng	valiant
15	懇求	kěnqiú	implore;
16	驕傲	jiāoào	arrogant
17	神氣	shénqì	overweening
18	大搖大擺	dàyáodàbǎi	strutting
19	徒手	túshǒu	unarmed
20	道賀	dàohè	congratulate
21	此起彼落	cǐqǐbǐluò	everywhere
22	疲憊	píbèi	exhausted

23	身軀	shēnqū	stature
24	過世	guòshì	pass away
25	慎重	shènzhòng	cautious
26	決心	juéxīn	determination
27	請教	qǐngjiào	ask for advice

(五)原文

周處　年少時　，　凶彊　俠氣，爲鄉里所患；
Zhōuchǔ niánshàoshí ，　xiōnjiāng　xiáqì ，　wéi xiānglǐ suǒhuàn ；

又義興　水中　有蛟，　山中　有邅跡虎，並皆暴犯
yòu Yìxìng shuǐzhōng yǒu jiāo ，　shānzhōng yǒu　zhānjīhǔ ，　bìng jiē bàofàn

百姓；義興人謂爲「三橫」，而處尤劇。或説處
bǎixìng：　Yìxìngrén wèiwéi 「sānhèng」 ，　ér Chǔyóu jù 。　huòshuìChǔ

殺虎斬蛟，實冀「三橫」唯餘其一。而處既刺殺
shāhǔ zhǎnjiāo ，shí jì 「sānhèng」 wéi yú　qíyī 。　ér Chǔ jì　cìshā

虎，又入水擊蛟，蛟或浮或沒，行數十里，處與之
hǔ　yòu rùshuǐ jí jiāo ，jiāo huòfúhuòmò ，　xíng shùshí lǐ ，　Chǔ yǔ zhī

俱。經三日三夜，鄉里皆謂已死，更　相慶。處竟
jù 。 jīng　sānrìsānyè ，　xiānglǐ jiē wèi　yǐsǐ ，　gèng xiāngqìng 。 Chǔjìng

殺蛟而出，聞里人　相慶，始知爲人情所患，有
shājiāo érchū ，　wén lǐrén xiāngqìng ，　shǐzhī wèi rénqíng suǒhuàn ，　yǒu

自改意，乃入吳尋二陸。平原不在，　正見　清河，
zìgǎi yì ，　nǎi rù Wúxún èrLù 。 Píngyuán búzài ，　zhèngjiàn qīnghé ，

具以情告，並云：「欲自修改，而年已蹉跎，　終
jù yǐ qínggào ，bìngyún：「 yù zì xiūgǎi ，ér nián yǐ cuōtuó ，zhōng

無所成。」清河曰：「古人貴朝聞夕死，　況君
wú suǒchéng 。」Qīnghé yuē：「 gǔrén guì　zhāowénxìsǐ ，kuàng jūn

前途尚可。且人患志之不立，亦何憂令名不　彰
qiántú shàngkě 。 qiě rén huàn zhì zhī búlì ，　yì hé yōu lìngmíng bù zhāng

邪？」處遂自改勵，　終　爲　忠臣孝子。
yé ？」Chǔsuì zì　gǎilì ，zhōng wéi zhōngchén xiàozǐ 。

十七、孟子與他的媽媽

(一)文章

中國　的歷史上有幾位非常　重要的
Zhōngguó de　lìshǐ　shàng yǒu jǐwèi　fēicháng zhòngyàode

哲學家，他們對於 中國 的教育、文化、　政治
zhéxuéjiā， tāmen duìyú Zhōngguó de jiàoyù、 wénhuà、 zhèngzhì

都有十分 重要 的 影響 ，而孟子正是 其中
dōu yǒu shífēn zhòngyào de yǐngxiǎng， ér Mèngzǐ zhèngshì qízhōng

之一。 孟子 能 成爲 如此 賢能 的 哲學家， 與
zhīyī 。 Mèngzǐ néng chéngwéi rúcǐ xiánnéng de zhéxuéjiā ， yǔ

他的 母親 非常 重視 教育 有關， 也 多虧了 這位
tāde mǔqīn fēicháng zhòngshì jiàoyù yǒuguān， yě duōkuīle zhèwèi

細心 又有 遠見 的 媽媽， 中國 哲學 的 發展 才能
xìxīn yòu yǒu yuǎnjiàn de māma， Zhōngguó zhéxué de fāzhǎn cáinéng

如此 精彩。
rúcǐ jīngcǎi。

　　當 孟子 還是 個 小孩子 的 時候， 他的 父親 就
dāng Mèngzǐ háishì ge xiǎoháizi de shíhòu， tā de fùqīn jiù

過世了， 孟子 的 媽媽 爲了 方便 就近 祭拜 已經 過世
guòshìle， Mèngzǐ de māma wèile fāngbiàn jiùjìn jìbài yǐjīng guòshì

的 丈夫， 只好 帶著 孟子 住在 墓園 附近。 由於
de zhàngfū， zhǐhǎo dàizhe Mèngzǐ zhù zài mùyuán fùjìn。 yóuyú

墓園 裡 常常 會有 人們 在 墳墓 邊 哭泣， 或 祭拜
mùyuán lǐ chángcháng huì yǒu rénmen zài fénmù biān kūqì， huò jìbài

死去 的 親人， 年幼 的 孟子 見了， 先是 好奇， 但
sǐqù de qīnrén， niányòu de Mèngzǐ jiànle， xiān shì hàoqí， dàn

日子 一久 也就 習慣 了。 所以 當 他 與 他的 朋友
rìzi yìjiǔ yě jiù xíguàn le。 suǒyǐ dāng tā yǔ tāde péngyǒu

一起 玩耍 時， 竟然 把 葬禮 的 儀式 當成 了 遊戲，
yìqǐ wánshuǎ shí， jìngrán bǎ zànglǐ de yíshì dāngchéng le yóuxì，

他們 甚至 還會 模仿 人們 嚎 啕 大哭 的 樣子 來 使
tāmen shènzhì háihuì mófǎng rénmen háotáodàkū de yàngzi lái shǐ

遊戲 更加 真實。
yóuxì gèngjiā zhēnshí。

　　孟子 的 母親 看見 他 與 他的 同伴 相處 之後，
Mèngzǐ de mǔqīn kànjiàn tā yǔ tā de tóngbàn xiàngchǔ zhīhòu，

既 擔心 孟子 把 嚴肅 又 悲傷 的 儀式 視爲 遊戲，
jì dānxīn Mèngzǐ bǎ yánsù yòu bēishāng de yíshì shìwéi yóuxì，

又覺得住在墓園附近，孟子只能學習到 有關
yòu juéde zhùzài mùyuán fùjìn ， Mèngzǐ zhǐnéng xuéxí dào yǒuguān

送葬 的事，這樣他長大後就無法 成爲 一個
sòngzàng de shì ， zhèyàng tā zhǎngdà hòu jiù wúfǎ chéngwéi yíge

知書達禮的人，於是她認爲這裡不是一個適合
zhīshūdálǐ de rén ， yúshì tā rènwéi zhèlǐ búshì yíge shìhé

養育孩子的環境，便帶著孟子搬到其他的地方
yǎngyù háizi de huánjìng ， biàn dàizhe Mèngzǐ bāndào qítā de dìfāng

居住。
jūzhù 。

離開了墓園之後，孟子母子二人搬到了 市場
líkāi le mùyuánzhīhòu ， Mèngzǐ mǔzǐ èrrén bāndàole shìchǎng

旁 。 市場 每天都非常地熱鬧，孟子 常常
páng 。 shìchǎng měitiān dōu fēichángde rènào ， Mèngzǐ chángcháng

開心地在 市場 中 穿梭 ，看看人們怎麼買賣
kāixīnde zài shìchǎng zhōng chuānsuō ， kànkàn rénmen zěnme mǎimài

蔬菜水果、肉類或是其他 生活用品 。而在
shūcài shuǐguǒ 、 ròulèi huòshì qítā shēnghuóyòngpǐn 。 ér zài

市場 所有的攤販 中 ，最吸引孟子的是賣豬肉
shìchǎng suǒyǒude tānfàn zhōng ， zuì xīyǐn Mèngzǐ de shì mài zhūròu

的小販，他喜歡看屠夫切下一片片的豬肉並擺到
de xiǎofàn ， tā xǐhuān kàn túfū qiēxià yípiànpiàn de zhūròubìng bǎidào

桌上 ，讓經過的人們 挑選、購買，所以孟子
zhuōshàng ， ràngjīngguò de rénmen tiāoxuǎn 、 gòumǎi ， suǒyǐ Mèngzǐ

總是 站在豬肉攤位 旁，仔細地 觀察 屠夫如何
zǒngshì zhànzài zhūròu tānwèi páng ， zǐxì de guānchá túfū rúhé

切割肉塊，還有如何吆喝 宣傳 自己賣的肉。
qiēgē ròukuài ， háiyǒu rúhé yāohè xuānchuán zìjǐ mài de ròu 。

日子久了，孟子逐漸學會模仿屠夫拿刀切肉
rìzi jiǔle ， Mèngzǐ zhújiàn xuéhuì mófǎng túfū ná dāo qiēròu

的 模樣 ，和 市場 附近的 小孩子 一起 玩鬧 時， 也
de móyàng ， hàn shìchǎng fùjìn de xiǎoháizi yìqǐ wánnào shí ， yě

會用 屠夫 吆喝的 口吻 來與 玩伴們 交談。 孟子的
huìyòng túfū yāohè de kǒuwěn lái yǔ wánbànmen jiāotán 。 Mèngzǐ de

媽媽看到孟子與其他孩子的互動之後， 認爲孟子
māma kàndào Mèngzǐ yǔ qítā háizi de hùdòng zhīhòu ， rènwéi Mèngzǐ

如果總是 用 商人 討價還價的語氣來 說話 ， 就
rúguǒ zǒngshì yòng shāngrén tǎojiàhuánjià de yǔqì lái shuōhuà ， jiù

無法 養成 端正 的人格，因此孟子的媽媽決定
wúfǎ yǎngchéng duānzhèng de réngé ， yīncǐ Mèngzǐ de māma juédìng

再次帶著孟子搬家到更 適合他 成長 的 環境 。
zàicì dàizhe Mèngzǐ bānjiā dàogèng shìhé tā chéngzhǎng de huánjìng 。

　　　這一次， 孟子與他的媽媽搬到了一間 小學校
zhèyícì ， Mèngzǐ yǔ tā de māma bāndàole yìjiān xiǎoxuéxiào

旁 。 從一大早開始， 就可以聽到學校裡 傳出
páng 。 cóng yídàzǎo kāishǐ ， jiù kěyǐ tīngdào xuéxiào lǐ chuánchū

學生 朗誦 課本的 聲音 ， 從 窗户 望進教室，
xuéshēng lǎngsòng kèběn de shēngyīn ， cóng chuānghù wàngjìn jiàoshì ，

也 能 看得到 學生 用功 念書的 模樣 ，而且
yě néng kàndedào xuéshēng yònggōng niànshū de móyàng ， érqiě

每天 早上 上課及 傍晚 放學時， 學生 及老師
měitiān zǎoshàng shàngkè jí bāngwǎn fàngxuéshí ， xuéshēng jí lǎoshī

總會 在學堂 門口 恭敬 地互相 鞠躬、 打招呼。
zǒnghuì zài xuétáng ménkǒu gōngjìng de hùxiàng júgōng 、 dǎzhāohū 。

孟子一開始看到 學校裡的大哥哥 相互 鞠躬、
Mèngzǐ yìkāishǐ kàndào xuéxiào lǐ de dàgēgē xiānghù júgōng 、

打招呼的樣子，感到十分有趣，所以就跟著他們
dǎzhāohū de yàngzi ， gǎndào shífēn yǒuqù ， suǒyǐ jiù gēnzhe tāmen

一同 行禮問好， 過了不久， 這些舉動就 變成了
yìtóng xínglǐ wènhǎo ， guòlebùjiǔ ， zhèxiē jǔdòng jiù biànchéngle

孟子 的 習慣 ， 不管 到 哪裡 ， 孟子 都 會 有 禮貌 地
Mèngzǐ de xíguàn ， bùguǎn dào nǎlǐ ， Mèngzǐ dōuhuì yǒulǐmàode

向 大家 問好 。
xiàng dàjiā wènhǎo 。

幾 個 月 後 ， 孟子 的 母親 將 孟子 送 進 了
jǐge yuè hòu ， Mèngzǐ de mǔqīn jiāng Mèngzǐ sòngjìnle

學校 ， 孟子 就 開始 跟 著 裡頭 的 學生 一起 念書 。
xuéxiào ， Mèngzǐ jiù kāishǐ gēnzhe lǐtóu de xuéshēng yìqǐ niànshū 。

聰明 的 孟子 學 得 既 快 又 好 ， 在 日 復 一 日 、
cōngmíng de Mèngzǐ xué de jì kuài yòu hǎo ， zài rìfùyírì 、

年 復 一 年 的 努力 下 ， 他 成 了 大家 熟知 的 哲學家 ，
niánfùyìnián de nǔlì xià ， tā chéngle dàjiā shúzhīde zhéxuéjiā ，

而 能 有 如 此 偉 大 的 成 就 ， 他 的 母 親 眞 是
ér néng yǒu rúcǐ wěidà de chéngjiù ， tā de mǔqīn zhēnshì

功不可沒 啊 ！
gōngbùkěmò a ！

(二)選擇題

———— 1. 下面 有關 這篇 文章 的 敘述 哪一個 錯誤 ？
　　　　xiàmiàn yǒuguān zhèpiān wénzhāng de xùshù nǎyígè cuòwù ？

　　　　(A)環境是影響教育的因素之一

　　　　(B)習慣能夠改變人的品性

　　　　(C)孟子的母親重視自己的孩子

　　　　(D)孟子被他的母親逼迫去學堂

_____ 2. 根據 本文 的 敘述 ， 孟子 的 母親 最 想要 培養
gēnjù běnwén de xùshù ， Mèngzǐ de mǔqīn zuì xiǎngyào péiyǎng

孟子 哪一種 特質 ？
Mèngzǐ nǎyìzhǒng tèzhì ？

⑷能理解喪禮的儀式

⑻學者的溫文儒雅

⑼商人的精打細算

⑽屠夫的精湛技巧

_____ 3. 本文 運用了 許多 形容詞 來敘述 心情 不好的
běnwén yùnyòngle xǔduō xíngróngcí lái xùshù xīnqíng bùhǎo de

狀態 ，下列哪個 形容詞 不能 用來 形容
zhuàngtài ， xiàliè nǎge xíngróngcí bùnéng yònglái xíngróng

心情 不好 ？
xīnqíng bùhǎo ？

⑷傷心

⑻憂傷

⑼悲傷

⑽傷寒

_____ 4. 本文 提到了許多 聲音 ，但 不 包括 下列 何者 ？
běnwén tídàole xǔduōshēngyīn ， dànbùbāokuò xiàliè hézhě ？

⑷豬的叫聲

⑻讀書聲

⑼哭聲

⑽人們大喊的聲音

————5.「既⋯又⋯」 表示 一件事物 或是 某位 人物具有
「jì ...yòu...」 biǎoshì yíjiàn shìwù huòshì mǒuwèi rénwù jùyǒu

兩項 特質，下列哪個句子 中 不能 填入「既⋯
liǎngxiàng tèzhí ， xiàliè nǎge jùzi zhōng bùnéng tiánrù「jì ...

又 ⋯」呢？
yòu... 」ne ？

(A)生命○短暫●脆弱，因此我們應該把握每一秒，活在
當下

(B)台南是一座○現代●溫暖的城市，因此常有觀光客來
拜訪

(C)○他很想要這個玩具，●也不能偷拿父母的錢去買

(D)他○乖巧●貼心懂事，因此大家都很喜歡他

————6.根據第四段的 描述 ，下列哪個 選項 最符合屠夫
gēnjù dìsìduàn de miáoshù ， xiàliè nǎge xuǎnxiàng zuì fúhé túfū

販賣 豬肉 的 順序 ？
fànmài zhūròu de shùnxù ？

(A)吆喝→展示肉品→切肉

(B)切肉→展示肉品→吆喝

(C)吆喝→切肉→展示肉品

(D)切肉→吆喝→展示肉品

(三)思考題

1. 你認爲什麼樣的環境最適合養育小孩呢？爲什麼？

2. 本文提到了環境會影響一個人的行爲，請問你是否曾經受
過環境影響而養成了某種習慣呢？那個習慣是什麼呢？

3. 你認爲教育一個小孩須讓他具備哪些特質呢？

4. 如果你是孟子的媽媽，還有什麼地方是你也會考慮搬去的
呢？爲什麼？

	生詞	漢語拼音	解釋
1	哲學家	zhéxuéjiā	a philosopher
2	影響	yǐngxiǎng	influence, effect
3	偉大	wěidà	great, mighty
4	賢能	xiánnéng	able and virtuous personage
5	多虧	duōkuī	thanks to
6	精彩	jīngcǎi	brilliant, spendid
7	蓬勃	péngbó	vigorous
8	祭拜	jìbài	worship
9	過世	guòshì	pass away
10	墓園	mùyuán	graveyard
11	送葬	sòngzàng	to take part in a funeral procession
12	葬禮	zànglǐ	funeral
13	儀式	yíshì	ceremony
14	嚎啕大哭	háotáodàkū	cry bitter tears
15	養育	yǎngyù	bring up, rise
16	知書達禮	zhīshūdálǐ	well-educated and sensible
17	穿梭	chuānsuō	shuttle
18	屠夫	túfū	butcher
19	攤販	tānfàn	vendor who operates a stall
20	吆喝	yāohè	shout, cry out
21	口吻	kǒuwěn	tone of speech
22	討價還價	tǎojiàhuánjià	bargain
23	朗誦	lǎngsòng	recite with expression

24	學堂	xuétáng	school
25	恭敬	gōngjìng	respectful
26	鞠躬	júgōng	bow

五 原文

昔 孟子 少時 ， 父 早喪 ， 母 仇氏 守節 。
xí Mèngzǐ shàoshí ， fù zǎosàng ， mǔ Zhǎngshì shǒujié 。

居住之所近於墓， 孟子 學爲 喪葬 ， 躄踊痛哭
jūzhùzhīsuǒ jìnyú mù ， Mèngzǐ xué wéi sāngzàng ， bìyǒng tòngkū

之事。母曰：「此非所以居子也。」乃去，舍市，
zhīshì 。 mǔyuē ： 「 cǐfēi suǒyǐ jū zǐ yě 。」 nǎiqù ， shèshì ，

近於屠，孟子學爲買賣屠殺之事。母又曰：「亦非
jìnyútú ， Mèngzǐ xuéwéi mǎimài túshā zhīshì 。 mǔyòuyuē ： 「 yì fēi

所以居子也。」繼而遷於 學宮 之旁。每月 朔望，
suǒyǐ jūzǐ yě 。」 jìér qiānyú xuégōngzhīpáng 。 měiyuèshuòwàng ，

官員 入 文廟 ， 行禮跪拜， 揖， 讓 進退， 孟子
guānyuán rù wénmiào ， xínglǐ guìbài ， yī ， ràng jìntuì ， Mèngzǐ

見了， 一一習記。孟母曰：「此眞可以居子也。」
jiànle ， yīyīxíjì 。 Mèngmǔ ： 「 cǐ zhēn kěyǐ jūzǐ yě 。」

遂居於此。
suì jūyú cǐ 。

十八、杯子裡有蛇

(一)文章

從前，有個叫 樂廣 的人，個性大方又
cóngqián ， yǒu ge jiào Yuèguǎng de rén ， gèxìng dàfāng yòu

好客，喜歡 邀請 好友們 到家裡吃飯喝酒，所以
hàokè ， xǐhuān yāoqǐng hǎoyǒumen dào jiālǐ chīfàn hējiǔ ， suǒyǐ

他家 總是 熱熱鬧鬧的。 樂廣 常邀 的 朋友
tājiā zǒngshì rèrènàonào de 。 Yuèguǎng chángyāo de péngyǒu

中 ， 杜宣可以說最投他的緣， 兩人聚在一起
zhōng ， Dùxuān kěyǐ shuō zuì tóu tā de yuán ， liǎngrén jùzài yìqǐ

談天說地， 往往 一聊就忘了時間。 兩人 經 常
tántiānshuōdì ， wǎngwǎng yì liáo jiù wàngle shíjiān 。 liǎngrén jīngcháng

從 吃晚餐開始，接著喝酒、吃宵夜，再下棋、 玩
cóngchīwǎncān kāishǐ ， jiēzhe hējiǔ 、 chīxiāoyè ， zài xiàqí 、 wán

牌，一路到 天亮 都不會累。
pái ， yílù dàotiānliàngdōu búhuì lèi 。

杜宣 這人很愛旅行，一次，他又 準備 到
Dùxuān zhèrén hěn àilǚxíng ， yícì ， tā yòu zhǔnbèi dào

南方走走， 這一去就要六個月， 樂廣 在他
nán fāng zǒuzǒu ， zhèyíqù jiù yào liùgeyuè ， Yuèguǎng zài tā

走前， 慎重 地辦了 場 惜別會。那天 晚上 ，
zǒu qián ， shènzhòng de bànle chǎng xíbiéhuì 。 nàtiān wǎnshàng ，

樂廣 請 杜宣到家裡最豪華的廳堂 用餐， 廳堂
Yuèguǎng qǐng Dùxuāndào jiālǐ zuìháohuá de tīngtáng yòngcān ， tīngtáng

裡處處可見高級的建材和稀有的珠寶， 其中最
lǐ chùchù kějiàn gāojí de jiàncái hàn xīyǒu de zhūbǎo ， qízhōng zuì

珍貴 的是， 餐桌 旁柱子 上 那副紫紅色的大弓。
zhēnguì de shì ， cānzhuōpáng zhùzi shàng nàfù zǐhóngsè de dàgōng 。

兩個人 坐定後 ， 一如往常 ， 一邊 喝酒 ， 一邊
liǎnggerén zuòdìng hòu ， yìrúwǎngcháng ， yìbiān hējiǔ ， yìbiān

聊天 ， 說著 說著 又 忘了 時間。 最後 還是 樂廣 見
liáotiān ， shuōzheshuōzheyòuwàngle shíjiān 。 zuìhòu háishì Yuèguǎngjiàn

時候 不早 了 ， 才 依依 不捨 地派車 送 杜宣 回去。
shíhòu bùzǎo le ， cái yīyībùshě de pàichē sòng Dùxuān huíqù 。

杜宣 不在的 六個月 當中 ， 樂廣 家中 雖然
Dùxuān búzài de liùgeyuè dāngzhōng ， Yuèguǎngjiāzhōng suīrán

仍是 高朋滿坐 ， 宴會 不斷 ， 但是 樂廣 心裡
réngshì gāopéngmǎnzuò ， yànhuì búduàn ， dànshì Yuèguǎng xīnlǐ

總是 念念不忘 杜宣 ！ 好不容易 杜宣 終於 回來
zǒngshì niànniànbúwàng Dùxuān ！ hǎobùróngyì Dùxuān zhōngyú huílái

了 ， 樂廣 迫不及待地派僕人去 邀請 他到 家中 ，
le ， Yuèguǎng pòbùjídài de pài púrén qù yāoqǐng tā dàojiāzhōng ，

沒想到 ， 僕人卻 回來 說 杜宣 讓 家人 轉告 身體
méixiǎngdào ， púrén què huílái shuō Dùxuānràng jiārén zhuǎngào shēntǐ

不舒服 ， 不能 過去。 這 讓 樂廣 覺得 很 奇怪 ，
bùshūfú ， bùnéng guòqù 。 zhè ràng Yuèguǎng juédé hěn qíguài ，

因為杜宣 一向 很 健康 ， 而且他 應該 也很 期待 和
yīwèi Dùxuān yíxiànghěnjiànkāng ， érqiě tā yīnggāi yě hěn qídài hàn

自己 碰面 啊！ 然而 聽到 他的 婉拒 ， 也 不 好意思
zìjǐ pèngmiàn a ！ ránér tīngdào tāde wǎnjù ， yě bùhǎoyìsi

強迫 ， 只能 改天 再約。 之後的 一個月內 ， 樂廣
qiángpò ， zhǐnéng gǎitiān zài yuē 。 zhīhòu de yígeyuè nèi ， Yuèguǎng

又 派人去 邀了 杜宣 好多次 ， 但是 怎麼 樣 都
yòu pài rén qù yāole Dùxuān hǎoduōcì ， dànshì zěnmeyàng dōu

找不到 他！ 這讓 樂廣 覺得 很可疑 ， 於是 決定
zhǎobúdào tā ！ zhè ràng Yuèguǎng juéde hěn kěyí ， yúshì juédìng

親自 登門 拜訪。 結果 一到 杜宣 家 ， 裡面 充滿
qīnzì dēngmén bàifǎng 。 jiéguǒ yídào Dùxuān jiā ， lǐmiàn chōngmǎn

濃濃 的藥味，嗆得 樂廣 直掉眼淚。再仔細
nóngnóng de yàowèi , qiàng de Yuèguǎng zhí diàoyǎnlèi 。 Zài zǐxì

一看，杜宣 雖然 好好地坐在椅子 上 ，但臉色
yíkàn ， Dùxuān suīrán hǎohǎo de zuòzài yǐzi shàng ，dàn liǎnsè

很差，整個人瘦了一大圈！杜宣說，自從出發
hěnchā , zhěnggerén shòule yídàquān ！ Dùxuānshuō , zìcóng chūfā

前一天在 樂廣 家喝酒，在酒杯 中 看到一條
qiányìtiān zài Yuèguǎng jiā hējiǔ ， zài jiǔbēi zhōng kàndào yìtiáo

紅色的小蛇，他就病倒了，甚至沒有按照計畫
hóngsè de xiǎoshé , tā jiù bìngdǎo le , shènzhì méiyǒu ànzhào jìhuà

去旅行。 樂廣 想了又想 ， 怎麼樣都不可能
qù lǚxíng 。 Yuèguǎng xiǎng le yòuxiǎng , zěnmeyàng dōu bùkěnéng

讓 好友喝到有蛇的酒啊！便跑回家，走進那晚
ràng hǎoyǒu hēdào yǒushé de jiǔ a ！ biànpǎo huíjiā , zǒujìn nàwǎn

的廳堂 ， 並坐在杜宣 當天 坐的位子 上 喝酒 ，
de tīngtáng , bìng zuòzài Dùxuān dāngtiān zuò de wèizi shàng hējiǔ ,

結果 杯中 眞的有條 小紅蛇！吃驚之餘 ，他回頭
jiéguǒ bēizhōngzhēndeyǒutiáoxiǎohóngshé ！ chījīng zhīyú , tā huítóu

向上 看，這一看找出了原因，原來是柱子
xiàngshàng kàn , zhè yíkàn zhǎochū le yuányīn , yuánlái shì zhùzi

上 的弓，反射 形成 倒影，那倒影看起來就
shàng de gōng , fǎnshè xíngchéng dàoyǐng , nà dàoyǐng kànqǐlái jiù

像 一條小蛇。 眞相大白後， 樂廣 開心地 請
xiàng yìtiáo xiǎoshé 。 zhēnxiàngdàbái hòu , Yuèguǎng kāixīn de qǐng

人帶杜宣來家裡，然後仔細地解釋前因後果 讓
rén dài Dùxuān lái jiālǐ , ránhòu zǐxì de jiěshì qiányīnhòuguǒ rang

杜宣知道。杜宣 明白後，沒多久，病就好了。
Dùxuān zhīdào 。 Dùxuān míngbái hòu , méiduōjiǔ , bìng jiù hǎole 。

之後，兩個人又開始 高高興興 地聚餐了！
zhīhòu , liǎnggerén yòu kāishǐ gāogāoxìngxìng de jùcān le ！

(二)選擇題

_____ 1. 「最投他的 緣 」是 什麼 意思？
「zuìtóu tā de yuán」 shì shénme yìsi ？

(A)兩個人無法相處

(B)兩個人很處得來

(C)兩個人討厭彼此

(D)兩個人沒有互動

_____ 2. 杜宣 不在的 時候， 樂廣 過得 怎麼樣 ？
Dùxuān búzài de shíhòu，Yuèguǎng guòde zěnmeyàng ？

(A)依然很快樂，但很想念好友

(B)比杜宣在的時候更快樂

(C)非常不快樂，都不邀請其他人

(D)很憂鬱，無法做任何事

_____ 3. 杜宣 為什麼 拒絕 樂廣 的 邀請 ？
Dùxuān wèishénme jùjué Yuèguǎng de yāoqǐng ？

(A)他不想再看到樂廣

(B)樂廣不夠誠懇

(C)怕去了又看到小蛇會生病

(D)他覺得樂廣很煩

_____ 4. 小蛇 是 怎麼 出現 的 ？
xiǎoshé shì zěnme chūxiàn de ？

(A)弓在水中的倒影

(B)從弓上面掉下來的

(C)從酒壺裡倒出來的

(D)樂廣放在酒裡的

_____ 5. 杜宣 的 病　為什麼 好了？
Dùxuān de bìng wèishénme hǎole？

　　(A)吃了很久的藥

　　(B)醫生很厲害

　　(C)知道小蛇出現的原因

　　(D)不去樂廣家就好了

_____ 6. 這個 故事 告訴 我們　什麼 ？
zhège gùshì gàosù wǒmen shénme ？

　　(A)不要常常喝酒

　　(B)了解事實，不要自己嚇自己

　　(C)跟好朋友也不要太親密

　　(D)出遠門不是一件好事

(三)思考題

1. 你覺得樂廣、杜宣分別是什麼樣個性的人呢？

2. 成語「杯弓蛇影」就是在說這個故事，指沒有證據的猜疑，你認為這樣會對人產生什麼影響？

3. 承上題，你有沒有破除沒有證據的猜疑的經驗，你從中學到了什麼呢？

4. 有什麼事情，或是自己的經驗，讓你覺得符合「杯弓蛇影」呢？你又是怎麼面對的？請說說看。

(四)名詞解釋

	生詞	漢語拼音	解釋
1	大方	dàfāng	generous
2	好客	hàokè	hospitable

3	熱熱鬧鬧	rèrènàonào	lively
4	談天說地	tántiānshuōdì	talking of anything
5	慎重	shènzhòng	causious, discreet
6	惜別會	xíbiéhuì	farewell party
7	豪華	háohuá	luxurious
8	廳堂	tīngtáng	hall
9	高級	gāojí	advanced, high-ranking
10	稀有	xīyǒu	rare
11	珍貴	zhēnguì	precious
12	依依不捨	yīyībùshě	Reluctant to part
13	高朋滿坐	gāopéngmǎnzuò	surrounded by friends
14	念念不忘	niànniànbúwàng	keep in mind constantly
15	迫不及待	pòbùjídài	cannot wait
16	婉拒	wǎnjù	decline
17	強迫	qiángpò	force, compel
18	可疑	kěyí	suspicious, dubious
19	按照	ànzhào	according to
20	吃驚	chījīng	shocked
21	反射	fǎnshè	reflect
22	形成	xíngchéng	form
23	倒影	dàoyǐng	inverted image
24	真相大白	zhēnxiàngdàbái	the whole truth is revealed
25	前因後果	qiányīnhòuguǒ	cause and effect
26	誠懇	chéngkěn	sincere

(五)原文

樂廣　嘗有親客，久闊不復來。　廣　問其故，
Yuèguǎng cháng yǒu qīnkè，jiǔ kuò　bú fù lái　。Guǎng wèn qí gù，

答曰：「前在坐，蒙賜酒，方欲飲，見杯中有
dá yuē：「qián zài zuò，méng cì jiǔ，fāng yù yǐn，jiàn bēizhōng yǒu

蛇，意甚惡之，既飲而疾。」於時河南聽事壁上有
shé，yì shèn wù zhī，jì yǐn ér jí。」yúshí Hénán tīngshì bìshàng yǒu

角，漆畫作蛇，　廣　意杯中蛇即角影也。復置酒
jué，qīhuà zuò shé，Guǎng yì bēizhōng shé jí juéyǐng yě。fù zhìjiǔ

於前處，謂客曰：「酒中復有所見不？」答曰：
yú qiánchù，wèi kè yuē：「jiǔzhōng fù yǒu suǒjiàn fǒu？」dá yuē：

「所見如初。」　廣　乃告其所以，客豁然意解，沉痾
「suǒjiàn rúchū。」Guǎng nǎi gào qí suǒyǐ，kè huòrán yì jiě，chénē

頓癒。
dùn yù。

十九、怎麼做車輪

(一)文章

　　有一天　，當國君　桓公　正在　書房裡看書
　　yǒuyìtiān　，dāng guójūn Huángōng zhèngzài shūfáng lǐ kànshū

時，不斷聽到外頭傳來敲敲打打的嘈雜聲，
shí，búduàn tīngdào wàitóu chuánlái qiāoqiāodǎdǎ de cáozá shēng，

吵得他無法靜下心來。所以他就打開　窗戶
chǎo de tā wúfǎ jìngxiàxīn lái。suǒyǐ tā jiù dǎkāi chuānghù

大聲問：「到底是誰敢打擾本王讀書？」話
dàshēng wèn：「 dàodǐ shì shuí gǎn dǎrǎo běnwáng dúshū ？」huà

一說完，嘈雜聲就停了，還傳來一位老者的
yìshuōwán， cáozá shēng jiù tíng le，hái chuánlái yíwèi lǎozhě de

聲音：「不好意思，我正在做車輪啊！因為要
shēngyīn：「 bùhǎoyìsi，wǒ zhèngzài zuò chēlún a！yīnwèi yào

不斷地砍削，所以會發出很大的聲音。打擾到您
búduàn de kǎnxuè， suǒyǐ huì fāchū hěndà de shēngyīn。 dǎrǎo dào nín

看書，真是抱歉啊！」桓公往聲音的來處
kànshū，zhēnshì bàoqiàn a！」Huángōng wǎng shēngyīn de láichù

一看，只見一位瘦小的老人，手上拿著鑿子、
yíkàn， zhǐjiàn yíwèi shòuxiǎo de lǎorén，shǒushàng názhe záozi 、

鋸子，正朝他賠不是！
jùzi， zhèngcháo tā péibúshì！

桓公氣還未消，便嚴厲地問：「你叫
Huángōng qì hái wèi xiāo，biàn yánlì de wèn：「 nǐ jiào

什麼名字？」老人回答：「我叫輪扁。」輪扁
shénme míngzì？」lǎorén huídá：「 wǒ jiào Lúnbiǎn。」Lúnbiǎn

報上姓名後，竟大膽地問桓公：「您說
bàoshàng xìngmíng hòu，jìng dàdǎn de wèn Huángōng：「 nín shuō

您正在看書，不知您正在讀些什麼書呢？」
nín zhèngzài kànshū， bùzhī nín zhèngzài dú xiē shénme shū ne？」

桓公心想：「我堂堂一個皇帝念的書，哪是
Huángōng xīn xiǎng：「 wǒ tángtáng yíge huángdì niàn de shū， nǎshì

你一個工人能懂的呢！說出來你也不知道，還
nǐ yíge gōngrén néng dǒng de ne！shuōchūlái nǐ yě bùzhīdào，hái

敢多嘴！」於是就隨便回答他：「當然是聖人
gǎn duōzuǐ！」yúshì jiù suíbiàn huídá tā：「 dāngrán shì shèngrén

的言語囉。」輪扁聽了，放下手上的工具，
de yányǔ luō。」Lúnbiǎn tīng le， fàngxià shǒushàng de gōngjù，

走 上 前，接著問：「聖人 還在嗎？」 桓公
zǒu shàng qián， jiēzhe wèn：「shèngrén hái zài ma？」Huángōng

回說：「當然不在了。」 輪扁 馬上又說：
huí shuō：「dāngrán búzài le。」Lúnbiǎn mǎshàng yòu shuō：

「聖人 都 不在了，那您怎麼還在讀他們的書
「shèngrén dōu búzài le， nà nín zěnme hái zài dú tāmen de shū

呢？我看您讀的那些書就 像 是釀酒後 剩下的
ne？ wǒ kàn nín dú de nàxiē shū jiù xiàng shì niàngjiǔ hòu shèngxià de

酒渣！」 桓公 一聽，火氣都 上來了，自己是
jiǔzhā！」Huángōng yì tīng， huǒqì dōu shànglái le， zìjǐ shì

一國之君，怎麼可以被一個粗人如此無禮的批評
yìguó zhī jūn， zěnme kěyǐ bèi yíge cūrén rúcǐ wúlǐ de pīpíng

呢？於是他 怒氣沖沖 地說：「你一個做車輪
ne？ yúshì tā nùqìchōngchōng de shuō：「nǐ yíge zuò chēlún

的人，有什麼資格評論 本王 讀的書？你最好
de rén， yǒu shénme zīgé pínglùn běnwáng dú de shū？nǐ zuìhǎo

說出 一個道理來，不然我就把你處死！」 輪扁
shuōchū yíge dàolǐ lái， bùrán wǒ jiù bǎ nǐ chǔsǐ！」Lúnbiǎn

聽了 桓公 的恐嚇，一點也不害怕，還不疾不徐
tīng le Huángōng de kǒnghè， yìdiǎnyěbú hàipà， hái bùjíbùxú

地回答：「我是從做車輪的 過程 中，領悟出
de huídá：「wǒ shì cóng zuò chēlún de guòchéng zhōng， lǐngwù chū

這個道理的。做車輪時，如果砍得太慢，或是
zhège dàolǐ de。 zuò chēlún shí， rúguǒ kǎn de tài màn， huòshì

力道不夠，就很難切出理想的弧線。因為如果
lìdào búgòu， jiù hěnnán qiēchū lǐxiǎng de húxiàn。 yīnwèi rúguǒ

砍得太快，或是太過用力，一不小心，就會
kǎn de tài kuài， huòshì tàiguò yònglì， yí bùxiǎoxīn， jiù huì

削掉 過多的木頭。相反的，如果下手太慢，
xuèdiào guòduō de mùtóu。 xiāngfǎn de， rúguǒ xiàshǒu tài màn，

力道太小，就削不出漂亮的線條。所以必須
lìdào tài xiǎo， jiù xuè bù chū piàoliàng de xiàntiáo。 suǒyǐ bìxū

不快不慢，拿捏得剛剛好，才能做得出好
bú kuài bú màn， nánié de gānggāng hǎo， cái néng zuò de chū hǎo

輪子。然而什麼樣的速度才算是恰到好處，這
lúnzi。 ránér shénmeyàng de sùdù cái suànshì qiàdàohǎochù， zhè

實在是很難用言語來形容的；所以就算我想
shízài shì hěnnán yòng yányǔ lái xíngróng de； suǒyǐ jiùsuàn wǒ xiǎng

教我兒子，也沒辦法一一地說給他聽，頂多
jiāo wǒ érzi， yě méibànfǎ yīyī de shuō gěi tā tīng， dǐngduō

只能告訴他一些技巧，讓他自己去摸索罷了！
zhǐnéng gàosù tā yìxiē jìqiǎo， ràng tā zìjǐ qù mōsuǒ bàle！

您想想，讀書不也是如此嗎？古代的聖人死
nín xiǎngxiǎng， dúshū bù yě shì rúcǐ ma？ gǔdài de shèngrén sǐ

了，那他們心中那些無法言傳的道理不也都
le， nà tāmen xīnzhōng nàxiē wúfǎ yánchuán de dàolǐ bù yě dōu

隨著他們一起去了嗎？這麼一來，現代人們所讀
suízhe tāmen yìqǐ qù le ma？ zhème yìlái， xiàndàirénmen suǒ dú

的書籍，不就成了次等的酒渣了嗎？」說完，
de shūjí， bújiù chéngle cìděng de jiǔzhā le ma？」 shuōwán，

輪扁就拿起工具繼續去做輪子了，留下沉默
Lúnbiǎn jiù náqǐ gōngjù jìxù qù zuò lúnzi le， liúxià chénmò

的桓公默默地思索著輪扁說的道理。
de Huángōng mòmò de sīsuǒ zhe Lúnbiǎn shuō de dàolǐ。

147

(二)選擇題

_____ 1. 根據 文章 ，「賠不是」的意思是？
gēnjù wénzhāng，「péibúshì」 de yìsi shì？

　　(A)鞠躬

　　(B)揮手

　　(C)道歉

　　(D)打招呼

_____ 2. 桓公 為什麼 隨便 回答 輪扁？
Huángōng wèishénme suíbiàn huídá Lúnbiǎn？

　　(A)因為桓公很懶惰

　　(B)因為桓公不知道書名

　　(C)因為覺得輪扁身份不高

　　(D)因為輪扁不夠聰明

_____ 3. 做 車輪 要 怎麼 做 才 最好？
zuòchēlún yào zěnme zuò cái zuìhǎo？

　　(A)快慢適中

　　(B)愈快愈好

　　(C)愈慢愈好

　　(D)很用力砍

_____ 4. 為什麼 輪扁 說 只能 讓 兒子 摸索 技巧？
wèishénme Lúnbiǎn shuō zhǐnéng ràng érzi mōsuǒ jìqiǎo？

　　(A)因為他不想教給兒子

　　(B)因為力道和速度很難說明

　　(C)因為技巧最重要

　　(D)因為他不想讓兒子做車輪

_____ 5. 根據　文章　，　聖人　無法　言傳　的道理就　像　？
gēnjù wénzhāng，shèngrén wúfǎ yánchuán de dàolǐ jiùxiàng？

　(A)酒

　(B)酒渣

　(C)車輪

　(D)鋸子

_____ 6. 根據　文章　，　輪扁　的　觀念　是？
gēnjù wénzhāng，Lúnbiǎn de guānniàn shì？

　(A)讀書是最重要的事

　(B)做車輪比讀書重要

　(C)做車輪是最重要的事

　(D)道理和體會都很重要

三 思考題

1. 輪扁說做車輪要不急不徐。請問，這道理還可運用在什麼
   事情上面呢？請舉例說明。

2. 輪扁認為聖人留下來的書都是些酒渣，你認同嗎？為什
   麼？

3. 你認為我們需不需要學習古人的哲學或是文學呢？為什
   麼？

4. 人生裡有許多事情，就像做車輪一樣，不自己嘗試、磨
   練，就無法了解其精髓，你是否也曾努力做某件事，而後
   獲得人生的體悟呢？又，那個體悟是什麼呢？

(四)名詞解釋

	生詞	漢語拼音	解釋
1	國君	guójūn	monarch, king
2	嘈雜	cáozá	noisy
3	打擾	dǎrǎo	bother
4	砍削	kǎnxuè	slash
5	鑿子	záozi	chisel
6	鋸子	jùzi	saw
7	嚴厲	yánlì	severe, strict
8	大膽	dàdǎn	daring, fearless
9	多嘴	duōzuǐ	blab
10	釀酒	niàngjiǔ	vint
11	酒渣	jiǔzhā	wine dreg
12	無禮	wúlǐ	rude
13	批評	pīpíng	criticize
14	怒氣沖沖	nùqìchōngchōng	spitting angry
15	資格	zīgé	qualification
16	評論	pínglùn	comment
17	道理	dàolǐ	justification
18	恐嚇	kǒnghè	intimidate
19	領悟	lǐngwù	realize
20	力道	lìdào	force
21	弧線	húxiàn	arc
22	拿捏	nániē	grasp
23	恰到好處	qiàdàohǎochù	It's just perfect, it's just right
24	摸索	mōsuǒ	fumble, grope
25	次等	cìděng	inferior

　　桓公　讀書於　堂上　，輪扁　斵輪於堂下，釋椎
Huángōng dúshū yú tángshàng ， Lúnbiǎn zhuólún yú tángxià ， shì zhuī

鑿而上，問　桓公　曰：「敢問，公之所讀者何言
záo ér shàng ， wèn Huángōng yuē ：「 gǎnwèn ， gōng zhī suǒ dú zhě hé yán

邪？」
yé ？」

　　公　曰：「聖人之言也。」
gōng yuē ：「 shèngrén zhī yán yě 。」

　　曰：「聖人在乎？」
yuē ：「 shèngrén zài hū ？」

　　公　曰：「已死矣。」
gōng yuē ：「 yǐ sǐ yǐ 。」

　　曰：「然則君之所讀者，古人之糟粕已夫！」
yuē ：「 ránzé jūn zhī suǒ dú zhě ， gǔrén zhī zāopò yǐ fú ！」

　　桓公　曰：「寡人讀書，輪人安得議乎！有　說
Huángōng yuē ：「 guǎrén dúshū ， lúnrén ān dé yì hū ！ yǒu shuō

則可，無說則死！」
zé kě ， wú shuō zé sǐ ！」

　　輪扁　曰：「臣也以臣之事觀之。斵輪，徐則
Lúnbiǎn yuē ：「 chén yě yǐ chén zhī shì guān zhī 。 zhuólún ， xú zé

甘而不固，疾則苦而不入。不徐不疾，得之於手而
gān ér búgù ， jí zé kǔ ér búrù 。 bùxúbùjí ， dé zhī yú shǒu ér

應於心，口不能言，有數存焉於其間。臣不能以
yìng yú xīn ， kǒu bùnéng yán ， yǒu shù cún yān yú qíjiān 。 chén bùnéng yǐ

喻臣之子，臣之子亦不能受之於臣，是以　行年
yù chén zhī zǐ ， chén zhī zǐ yì bùnéng shòu zhī yú chén ， shìyǐ xíngnián

七十而老斵輪。古之人與其不可　傳　也死矣，然則君
qīshí ér lǎo zhuólún 。 gǔ zhī rén yǔ qí bùkě chuán yě sǐ yǐ ， ránzé jūn

之所讀者，古人之糟粕已夫！」
zhī suǒ dú zhě ， gǔrén zhī zāopò yǐ fú ！」

151

二十、美女與昏庸的皇帝

㈠文章

不論是古今中外，常有浪漫的男人，爲了
búlùn shì gǔjīnzhōngwài, chángyǒu làngmàn de nánrén, wèile

讓自己心愛的女人開心，往往想方設法，
ràng zìjǐ xīnài de nǚrén kāixīn, wǎngwǎng xiǎngfāngshèfǎ,

不計代價！而這些爲愛情無私的付出，也多
bújìdàijià! ér zhèxiē wèi àiqíng wúsī de fùchū, yě duō

成爲人們歌頌、讚歎的話題。但是，不是所有
chéngwéi rénmen gēsòng zàntàn de huàtí。 dànshì, búshì suǒyǒu

類似的例子都能像《羅密歐與茱麗葉》一樣，
lèisì de lìzi dōunéngxiàng 《 Luómìōu yǔ Zhūlìyè 》 yíyàng,

淒美得讓大家感動流淚。在中國，就有一個
qīměi de ràng dàjiā gǎndòng liúlèi。 zài Zhōngguó, jiù yǒu yíge

皇帝爲了逗美麗的皇后笑，而導致國家滅亡
huángdì wèile dòu měilì de huánghòu xiào, ér dǎozhì guójiā mièwáng

的眞實故事。
de zhēnshí gùshì。

距今約兩千七百年前，正當中國的
jùjīn yuē liǎngqiān qībǎinián qián, zhèngdāng Zhōngguó de

周朝。那時候的國君周幽王，是一個非常
Zhōucháo。 nàshíhòu de guójūn Zhōuyōuwáng, shì yíge fēicháng

昏庸無能的人，不但不願意上朝與大臣一同
hūnyōng wúnéng de rén, búdàn búyuànyì shàngcháo yǔ dàchén yìtóng

討論國家大事，還每天都待在宮中，與美女們
tǎolùn guójiā dàshì, hái měitiāndōu dāizài gōngzhōng, yǔ měinǚmen

嬉戲玩樂。在 眾多 美女 之中 ， 周幽王 最喜歡
xīxì wánlè 。 zài zhòngduō měinǚ zhīzhōng， Zhōuyōuwáng zuì xǐhuān

的就是 皇后 褒姒，所以不管褒姒 向　周幽王
de jiùshì huánghòu Bāosì ， suǒyǐ bùguǎn Bāosì xiàng Zhōuyōuwáng

要求什麼，他都會盡力 完成 。
yāoqiúshénme， tā dōuhuì jìnlì wánchéng 。

　　雖然 周幽王 爲了讓褒姒開心，努力地做了
suīrán Zhōuyōuwáng wèile ràng Bāosì kāixīn， nǔlì de zuòle

許多事，但褒姒卻不常 露出 笑容。在她精緻
xǔduō shì， dàn Bāosì què bùcháng lòuchū xiàoróng。 zài tā jīngzhì

優雅的 臉龐 上 ， 總是 帶著淡淡的 憂傷，那樣
yōuyǎ de liǎnpáng shàng， zǒngshì dàizhe dàndàn de yōushāng， nàyàng

的 表情 讓 周幽王 很心疼。所以 周幽王 每天
de biǎoqíng ràng Zhōuyōuwáng hěn xīnténg。 suǒyǐ Zhōuyōuwáng měitiān

都 絞盡腦汁，一心只 想著 如何才能看到褒姒
dōu jiǎojìnnǎozhī， yìxīn zhǐ xiǎngzhe rúhé cáinéng kàndào Bāosì

美麗的 笑容 。
měilìde xiàoróng 。

　　有一次， 周幽王 帶著褒姒去軍事 重地
yǒuyícì， Zhōuyōuwáng dàizhe Bāosì qù jūnshì zhòngdì

巡視，不論褒姒對什麼東西露出感興趣的 表情，
xúnshì， búlùn Bāosì duìshénmedōngxi lòuchū gǎnxìngqù de biǎoqíng，

周幽王　都會詳盡地解釋那個物品的用途，甚至
Zhōuyōuwáng dōuhuì xiángjìnde jiěshì nàge wùpǐn de yòngtú， shènzhì

讓她親手摸摸那個東西，即便如此，褒姒還是
ràng tā qīnshǒu mōmō nàge dōngxi， jíbiànrúcǐ， Bāosì háishì

不笑。
búxiào 。

　　正當　皇帝一行人準備回到 宮中 時，
zhèngdāng huángdì yìxíngrén zhǔnbèi huídào gōngzhōng shí，

褒姒突然看著烽火台，詢問　周幽王　那是什麼，
Bāosì túrán kànzhe fēnghuǒtái， xúnwèn Zhōuyōuwáng nàshì shénme，

周幽王　便細心地向褒姒解釋説：「烽火台是
Zhōuyōuwáng biàn xìxīn de xiàng Bāosì jiěshì shuō：「fēnghuǒtái shì

保護國家安危的設施。只要其他國家攻打我國，
bǎohù guójiā ānwéi de shèshī。 zhǐyào qítā guójiā gōngdǎ wǒguó，

士兵就會趕緊點燃烽火台，然後 遠方 的烽火台
shìbīng jiùhuì gǎnjǐn diǎnrán fēnghuǒtái， ránhòu yuǎnfāng de fēnghuǒtái

看到鄰近的烽火亮了，也會趕快跟著點燃
kàndào línjìn de fēnghuǒ liàngle， yě huì gǎnkuài gēnzhe diǎnrán

烽火，就這樣一個 傳 一個，很快地就連駐紮
fēnghuǒ， jiùzhèyàng yíge chuán yíge， hěnkuài de jiùlián zhùzhá

在 偏遠 地區的軍隊，也能知道國家有危難，而
zài piānyuǎn dìqū de jūnduì， yě néng zhīdào guójiā yǒuwéinàn， ér

迅速趕來救援了！」
xùnsù gǎnlái jiùyuán le！」

　　褒姒聽了之後，露出了疑惑的 表情，因爲她
　　Bāosì tīngle zhīhòu， lòuchū le yíhuò de biǎoqíng， yīnwèi tā

不相信只是一個 小小的點烽火舉動，就能 讓
bùxiāngxìn zhǐshì yíge xiǎoxiǎo de diǎn fēnghuǒ jǔdòng， jiù néng ràng

全國 各地的軍隊都聚集到這裡來。　周幽王 爲了
quánguó gèdì de jūnduì dōu jùjí dào zhèlǐ lái。 Zhōuyōuwáng wèile

讓她相信自己，於是就派士兵點燃烽火，而
ràng tā xiāngxìn zìjǐ， yúshì jiù pài shìbīng diǎnrán fēnghuǒ， ér

各地的軍隊眞的以爲敵軍來襲，便在最快的時間
gèdì de jūnduì zhēnde yǐwéi díjūn láixí， biànzài zuìkuài de shíjiān

內，全都趕到了 周幽王 點燃的烽火台！但是，
nèi， quándōu gǎndàole Zhōuyōuwáng diǎnrán de fēnghuǒtái！ dànshì，

來了之後，卻發現皇帝平安無事，且非常 悠閒
láile zhīhòu， què fāxiàn huángdì píngān wúshì， qiě fēicháng yōuxián

地站在高處，看著大家　慌張　忙亂　地趕來。
de zhànzàigāochù， kànzhe dàjiā huāngzhāng mángluàn de gǎnlái。

這時，　沒想到　褒姒看到士兵們　白忙一場　，
zhèshí， méixiǎngdào Bāosì kàndàoshìbīngmen báimángyìchǎng，

竟然笑了出來。這時　周幽王　也顧不得　向　大家
jìngrán xiàole chūlái。 zhèshí Zhōuyōuwáng yě gùbùdé xiàng dàjiā

解釋為什麼要點燃烽火，心情　非常　愉悅的他，
jiěshì wèishénmeyàodiǎnrán fēnghuǒ， xīnqíngfēicháng yúyuè de tā，

居然就自顧自地帶著他的　皇后　回宮了。
jūrán jiù zìgùzìde dàizhe tāde huánghòu huígōng le。

從此以後，只要　周幽王　想看　褒姒的
cóngcǐ yǐhòu， zhǐyào Zhōuyōuwáng xiǎngkàn Bāosì de

笑容　，都會請士兵點燃烽火，然後讓不知情的
xiàoróng， dōuhuìqǐngshìbīngdiǎnrán fēnghuǒ， ránhòuràng bùzhīqíng de

軍隊趕來　周幽王　與褒姒身邊。一開始士兵與
jūnduì gǎnlái Zhōuyōuwáng yǔ Bāosì shēnbiān。 yìkāishǐ shìbīng yǔ

將軍們　還會因為擔心國家，盡快地趕來，但是被
jiāngjūnmen háihuì yīnwèi dānxīn guójiā， jìnkuài de gǎnlái， dànshì bèi

愚弄了幾次之後，軍隊即便看到烽火，也　完全
yúnòng le jǐcì zhīhòu， jūnduì jíbiàn kàndào fēnghuǒ， yě wánquán

無動於衷　，不再擔心皇帝的安危了。
wúdòngyúzhōng， búzài dānxīnhuángdì de ānwéi le。

同時，　周幽王　的無能，讓　強大的西戎國
tóngshí， Zhōuyōuwáng de wúnéng， ràng qiángdà de Xīróngguó

覺得　周朝　是個軟弱的國家，於是西戎國　國王
juéde Zhōucháo shì ge ruǎnruò de guójiā， yúshì Xīróngguó guówáng

便在　萬全的準備之下，攻打了　周朝。此時
biàn zài wànquán de zhǔnbèi zhīxià， gōngdǎ le Zhōucháo。 cǐshí

在　宮中　享樂的　周幽王　，聽到西戎軍隊　正
zài gōngzhōng xiǎnglè de Zhōuyōuwáng， tīngdào Xīróng jūnduì zhèng

往　首都　進攻　而來，　趕緊　派人　去　點燃　烽火、尋求
wǎng shǒudū jìngōng érlái ， gǎnjǐn pàirén qù diǎnrán fēnghuǒ xúnqiú

救兵。　可是　這次　不管　烽火　燃燒　得　再　猛烈，
jiùbīng。 kěshì zhècì bùguǎn fēnghuǒ ránshāo de zài měngliè ，

周朝　軍隊　都　沒有　任何　行動，　於是　周幽王　與
Zhōucháo jūnduì dōu méiyǒu rènhé xíngdòng ， yúshì Zhōuyōuwáng yǔ

褒姒就　成了　西戎國的　俘虜，　周朝　也　因此　而　滅亡
Bāosì jiù chéngle Xīróngguó de fúlǔ ， Zhōucháo yě yīncǐ ér mièwáng

了。
le。

(二)選擇題

────── 1. 下面　哪個　選項　最符合　這篇　文章　的主旨？
　　　　　　xiàmiàn nǎge xuǎnxiàng zuì fúhé zhèpiān wénzhāng de zhǔzhǐ？

　　　　　(A)因為浪漫而犯下的錯，是可以被原諒的

　　　　　(B)西戎國能成功的攻陷周朝，是因為周朝軍隊不團結

　　　　　(C)皇后應該多勸周幽王用心處理國家大事

　　　　　(D)失去了別人的信任，後果將不堪設想

────── 2.下列哪個　選項　中　的「行」與「一行人」　中　的
　　　　　　xiàliè nǎge xuǎnxiàngzhōng de 「 」 yǔ 「yìxíngrén」 zhōng de

　　　　　「行」讀音　相同？
　　　　　「 」 dúyīn xiāngtóng？

　　　　　(A)飛行

　　　　　(B)排行

　　　　　(C)品行

　　　　　(D)銀行

_____ 3. 下面 哪個 選項 中，不能 填入「不再」？
xiàmiàn nǎge xuǎnxiàng zhōng，bùnéng tiánrù「búzài」？

(A)他雖然○○是立法委員了，卻依然熱心服務大眾

(B)爺爺雖然○○年輕，卻仍然身強體壯。

(C)因為小時候被狗咬傷，所以她從此○○願意接近狗。

(D)媽媽雖然加班○○家裡，卻仍然抽空打電話給我，要
我好好做功課。

_____ 4. 同義複詞是指 兩個 相同 意思的字所組合 而成的
tóngyìfùcí shìzhǐ liǎngge xiāngtóng yìsi de zì suǒzǔhé érchéngde

詞，下列哪個不是同義複詞？
cí，xiàliè nǎge búshì tóngyìfùcí？

(A)迅速

(B)忘記

(C)愉悅

(D)悠閒

_____ 5. 下面 哪個 「心」 字的意思與其他 三者 最
xiàmiàn nǎge「xīn」zì de yìsi yǔ qítā sānzhě zuì

不 相同 ？
bù xiāngtóng？

(A)心疼

(B)背心

(C)細心

(D)開心

_____ 6.「白忙一場 」的「白」字，與下列哪個 選項
「báimángyìchǎng」de「bái」zì，yǔ xiàliè nǎge xuǎnxiàng

中 的「白」，意思最接近？
zhōngde「bái」，yìsi zuìjiējìn？

(A)對白

(B)白色

(C)白開水

(D)白費

㈢思考題

1. 請分享三個男生可以為女生做的浪漫舉動。
2. 如果你身邊的人總是憂鬱、不常歡笑，你會做什麼事來讓他開心。
3. 朋友做什麼事會失去你對他的信任？請分享你的經驗。
4. 請問，你小的時候做過哪些有趣的惡作劇？

㈣名詞解釋

	生詞	漢語拼音	意思
1	浪漫	làngmàn	romantic
2	代價	dàijià	price, cost
3	歌頌	gēsòng	sing the praises of
4	讚歎	zàntàn	highly praise
5	淒美	qīměi	sad and graceful
6	昏庸	hūnyōng	fatuous
7	嬉戲	xīxì	play
8	精緻	jīngzhì	exquisite
9	臉龐	liǎnpáng	face
10	心疼	xīnténg	make one's heart ache
11	巡視	xúnshì	go on an inspection tour
12	詳盡	xiángjìn	detailed
13	烽火台	fēnghuǒtái	beacon tower
14	駐紮	zhùzhá	be stationed
15	救援	jiùyuán	rescue

16	來襲	láixí	attack
17	慌張	huāngzhāng	panic
18	自顧自	zìgùzì	go about one's business
19	愚弄	yúnòng	deceive or make a fool of
20	無動於衷	wúdòngyúzhōng	aloof and indifferent
21	軟弱	ruǎnruò	weak, feeble
22	萬全	wànquán	sure-fire
23	救兵	jiùbīng	reinforcement
24	俘虜	fúlǔ	captive
25	滅亡	mièwáng	become extinct

(五)原文

褒姒不好笑，幽王欲其笑，萬方故不笑。
Bāosì búhàoxiào， Yōuwáng yùqíxiào， wànfāng gùbúxiào。

幽王為烽燧大鼓，有寇至則舉烽火。諸侯
Yōuwáng wéi fēngsuì dàgǔ， yǒu kòu zhì zé jǔ fēnghuǒ。 zhūhóu

悉至，至而無寇，褒姒乃大笑。幽王說之，為數舉
xīzhì， zhì ér wúkòu， Bāosì nǎi dàxiào。 Yōuwáng yuèzhī， wèi shùjǔ

烽火。其後不信，諸侯亦不至。
fēnghuǒ。 qí hòu búxìn， zhūhóu yì búzhì。

二十一、背負重物的小蟲

(一)文章

在　著名　的希臘　神話　中　，有個　名叫
zài zhùmíng de Xīlà shénhuà zhōng， yǒu ge míngjiào

西西弗斯的人，他因為犯了錯，所以被地獄之 神
Xīxīfúsī de rén， tā yīnwèi fàn le cuò， suǒyǐ bèi dìyù zhī shén

處罰搬石頭。這個處罰可真不 輕鬆，因為地獄
chǔfá bān shítóu。 zhège chǔfá kě zhēn bù qīngsòng， yīnwèi dìyù

之神要他將石頭從 山腳下搬到 山頂 ， 安放好
zhī shén yào tā jiāng shítóu cóng shānjiǎo xià bāndào shāndǐng ， ānfànghǎo

後 ， 才 能 算 是 完成 任務 。 但是 ， 可 憐 的
hòu ， cái néng suànshì wánchéng rènwù 。 dànshì ， kělián de

西西弗斯 ， 每 當 他 千辛萬苦地 將 巨石 推 到 山頂
Xīxīfúsī ， měidāng tā qiānxīnwànkǔ de jiāng jùshí tuī dào shāndǐng

的 時候 ， 石頭 卻 又 骨碌骨碌地 滾 回 山谷 ， 因 此 他
de shíhòu ， shítóu quèyòu gúlugúlu de gǔn huí shāngǔ ， yīncǐ tā

只 能 一 次 又 一 次 地 重 來 ， 完完全全 沒有 休息
zhǐnéng yícì yòu yícì de chónglái ， wánwánquánquán méiyǒu xiūxí

的 一天 。
de yìtiān 。

在 中國 也 有 一 個 很 類似 的 故事 ， 但 故事
zài zhōngguó yě yǒu yíge hěn lèisì de gùshì ， dàn gùshì

中 搬東西 的 並 不 是 人 ， 而是 一 隻 小小 的 蟲子 。
zhōng bāndōngxi de bìngbúshì rén ， érshì yìzhī xiǎoxiǎo de chóngzi 。

話說 這隻 小 小 的 蟲子 很 擅於 搬運 東西 ， 而且
huàshuō zhèzhī xiǎoxiǎo de chóngzi hěn shànyú bānyùn dōngxi ， érqiě

還 可 以 邊 走 邊 撿拾 路上 的 東 西 。 只 見 牠 背上
hái kěyǐ biān zǒu biān jiǎnshí lùshàng de dōng xi 。 zhǐ jiàn tā bèishàng

的 東西 愈 堆 愈 高 ， 而 牠 卻 絲毫 不 嫌 重 ， 頭 抬 得
de dōngxi yù duī yù gāo ， ér tā què sīháo bùxián zhòng ， tóu tái de

高高 的 ， 步伐 也 沒 放 慢 ， 一 樣 繼續 往前 走 ，
gāogāo de ， bùfá yě méi fàngmàn ， yíyàng jìxù wǎngqián zǒu ，

一 副 很 驕傲 的 樣子 。
yífù hěn jiāoào de yàngzi 。

正 因爲 小蟲子 以 自己 能 背 重物 爲 榮 ，
zhèng yīnwèi xiǎochóngzi yǐ zìjǐ néng bēi zhòngwù wéi róng ，

所以 即便 背上 物件 的 重量 已 經 壓 得 牠 喘 不 過
suǒyǐ jíbiàn bèishàng wùjiàn de zhòngliàng yǐjīng yā de tā chuǎn bú guò

氣，都 快 走 不 動 了，牠 仍然 吃力地 向前 行，
qì ，dōu kuài zǒu bú dòng le ，tā réngrán chīlì de xiàngqián xíng ，

完全 沒有要停下來休息的意思。有時候，人們
wánquán méiyǒu yào tíng xià lái xiūxí de yìsi 。yǒushíhòu ，rénmen

看 小蟲子 舉步維艱的樣子很可憐，就主動 幫
kàn xiǎochóngzi jǔbù wéijiān de yàngzi hěn kělián ，jiù zhǔdòng bāng

牠拿掉背上的東西，讓牠喘口氣休息一下。但
tā nádiào bèishàng de dōngxi ，ràng tā chuǎnkǒuqì xiūxí yíxià 。dàn

小蟲子 似乎不領情，依然放不下身邊的東西，
xiǎochóngzi sìhū bù lǐngqíng ，yīrán fàngbúxià shēnbiān de dōngxi ，

於是又再度撿拾 身旁 的塵土，繼續 向前 走去，
yúshì yòu zàidù jiǎnshí shēnpáng de chéntǔ ，jìxù xiàngqián zǒu qù ，

而且還 專挑 難走 的斜坡，一路 向 高處 爬去。
érqiě hái zhuāntiāo nánzǒu de xiépō ，yílù xiàng gāochù páqù 。

一步接著一步，氣力都快 用光 了，也還是
yíbù jiēzhe yíbù ，qìlì dōu kuài yòngguāng le ，yě háishì

不肯停下來！結果，身背 重物，又一路 向上
bùkěn tíng xià lái ！jiéguǒ ，shēn bēi zhòngwù ，yòu yílù xiàngshàng

爬，最後就只能 面對 失去 平衡 而摔倒 死去的
pá ，zuìhòu jiù zhǐnéng miànduì shīqù pínghéng ér shuāidǎo sǐqù de

後果。
hòuguǒ 。

你們說 這種 小蟲子和西西弗斯 像不像 ？
nǐmen shuō zhèzhǒng xiǎochóngzi hàn Xīxīfúsī xiàngbúxiàng ？

兩者 都企圖將 重物 從 山腳下運到 山頂，
liǎngzhě dōu qìtú jiāng zhòngwù cóng shānjiǎoxià yùndào shāndǐng ，

並且一樣都失敗了。其實，抓著錢財或權力不放
bìngqiě yíyàng dōu shībài le 。qíshí ，zhuāzheqiáncáihuò quánlì búfàng

的人們，不也像 小蟲子一樣？明明 背上
de rénmen ，bù yě xiàng xiǎochóngzi yíyàng ？míngmíng bèishàng

的東西已經夠多夠 重 了，成了「守財奴」、
de dōngxi yǐjīng gòu duō gòu zhòng le ， chéngle「 shǒucáinú 」

「守權奴」，卻還要更多！最後，是否家人
「 shǒuquánnú 」， què háiyào gèngduō ！ zuìhòu ， shìfǒu jiārén

沒了、朋友沒了、時間也沒了，人們才會 清醒
méile 、 péngyǒu méile 、 shíjiān yě méile ， rénmen cáihuì qīngxǐng

呢？
ne ？

(二)選擇題

_____ 1. 西西弗斯 為什麼 不能 休息？
Xīxīfúsī wèishénme bùnéng xiūxí ？

(A)他還有很多石頭要搬

(B)他不累，所以不用休息

(C)他喜歡搬石頭，不想休息

(D)他做錯事，被神懲罰

_____ 2. 人們 為什麼 要幫 小蟲 拿掉 重物？
rénmen wèishénme yàobāng xiǎochóng nádiào zhòngwù ？

(A)小蟲拿了他們的東西

(B)同情牠，不想看牠累死

(C)小蟲請人們幫助牠

(D)他們不想看到小蟲走來走去

_____ 3. 小蟲 為什麼 會死？
xiǎochóng wèishénme huì sǐ ？

(A)搬了大石頭，被壓死

(B)人們不幫助他搬運

(C)爬不上高處而摔死

(D)不了解自己的力量有多少，背負超出能力的重量

———— 4. 下面 何者 的 關係 和「 馬上 ；立即」不同 ？
xiàmiàn hézhě de guānxì hàn「mǎshàng； lìjí 」bùtóng ？

　　(A)總是；有時

　　(B)憤怒；生氣

　　(C)開心；喜悅

　　(D)仍然；依舊

———— 5. 我們 可以 怎麼 形容 小蟲 的 性格 ？
wǒmen kěyǐ zěnme xíngróng xiǎochóng de xìnggé ？

　　(A)力氣很大，可以背許多東西

　　(B)了解自己的能力，不會炫耀

　　(C)個性固執，不知道反省

　　(D)謙虛，不想讓別人知道自己力氣多大

———— 6.「 守財奴 」的意思是 ？
「shǒucáinú」 de yìsi shì ？

　　(A)不願意別人付錢，都要自己付

　　(B)不願意花任何錢，是錢財的奴隸

　　(C)喜歡花錢買很多東西

　　(D)喜歡和大家分享他的錢財

(三)思考題

1. 西西弗斯和小蟲的相似處在於不停地搬運重物，但他們的
　 想法或是做事態度有沒有不同呢？請想想看。

2. 你認為，小蟲的故事除了形容「守財奴」、「守權奴」，
　 還有什麼其他意思呢？請說說看。

3. 有人說，西西弗斯的大石頭和小蟲背的重物，其實就是每
　 個人的生活。人背負自己的一生，直到死亡。你認為石頭
　 和重物是指生活中的什麼呢？是痛苦的，或是快樂的？或

者都是？

4. 你是否也曾經像小蟲一般，對於某件事非常執著，不論他人怎麼勸阻，都不願意放棄的經驗呢？爲什麼明明辛苦，你卻依然堅持呢？

(四)名詞解釋

	生詞	漢語拼音	解釋
1	著名	zhùmíng	famous
2	希臘	Xīlà	Greece
3	神話	shénhuà	myth
4	處罰	chǔfá	punish, penalize
5	輕鬆	qīngsōng	easily
6	山頂	shāndǐng	hilltop
7	任務	rènwù	task, mission
8	千辛萬苦	qiānxīnwànkǔ	to suffer untold hardships
9	骨碌骨碌	gúlugúlu	a description of the sound of rolling stones
10	擅於	shànyú	be good at
11	撿拾	jiǎnshí	pick
12	絲毫	sīháo	a bit
13	驕傲	jiāoào	proud, arrogant, haughty
14	吃力	chīlì	strenuous
15	舉步維艱	jǔbùwéijiān	hard to give another step
16	可憐	kělián	pitiful, poor
17	企圖	qìtú	attempt
18	錢財	qiáncái	money, wealth

19	權力	quánlì	power, authority
20	固執	gùzhí	stubborn
21	反省	fǎnxǐng	introspect, reflect
22	謙虛	qiānxū	humble, modest
23	奴隸	núlì	slave

(五)原文

蝜蝂者，善負小蟲也。行遇物，輒持取，
Fùbǎn zhě ，shàn fù xiǎochóng yě 。 xíng yù wù ，zhé chíqǔ ，

叩其首負之。背愈重，雖困劇不止也。其背甚
kòu qí shǒu fù zhī 。 bèi yù zhòng ，suī kùnjù bùzhǐ yě 。 qí bèi shèn

澀，物積因不散，卒躓仆不能起。人或憐之，為去
sè ，wù jīyīn búsàn ，zú zhìpū bùnéng qǐ 。 rén huò lián zhī ，wèi qù

其負。苟能行，又持取如故。又好上高，極其力
qí fù 。 gǒunéngxíng ，yòu chíqǔ rúgù 。 yòuhàoshànggāo ，jí qí lì

不已，至墜地死。
bùyǐ ，zhìzhuì dì sǐ 。

二十二、要不要救狼

(一)文章

從前 ，有個叫 東郭 先生 的大好人，個性
cóngqián ， yǒu ge jiào Dōngguō xiānshēng de dàhǎorén ， gèxìng

非常 仁慈。有一天，他閒著沒事，就到 書店
fēicháng réncí 。 yǒuyìtiān ， tā xiánzhe méishì ， jiù dào shūdiàn

去 逛逛 ，買了幾本書後，見天色不早了，他
qù guàngguàng ， mǎile jǐběn shū hòu ， jiàn tiānsè bùzǎo le ， tā

就走出書店，打算回家。才走了十幾 分鐘 ，就
jiù zǒuchū shūdiàn ， dǎsuàn huíjiā 。 cái zǒule shíjǐ fēnzhōng ， jiù

聽到 後頭 傳來 氣喘吁吁的 聲音 ， 東郭 先生
tīngdào hòutóu chuánlái qìchuǎnxūxū de shēngyīn ， Dōngguō xiānshēng

回頭一看 ，竟然是一匹黑色的大狼， 正 沒命
huítóu yíkàn ， jìngrán shì yìpī hēisè de dàláng ， zhèng méimìng

似地 朝 他跑來！ 東郭 先生 嚇得拔腿就跑 ，
sì de cháo tā pǎolái ！ Dōngguō xiānshēng xiàde bátuǐ jiù pǎo ，

深怕被黑狼給吃了！ 沒想到 ，這時黑狼竟開口
shēnpà bèi hēiláng gěi chīle ！ méixiǎngdào ， zhèshí hēiláng jìng kāikǒu

了 ，牠說：「好心的 先生 啊 ，請您不要害怕，
le ， tā shuō ： 「 hǎoxīn de xiānshēng a ， qǐng nín búyào hàipà ，

我不會 傷害 您的！現在獵人 正在 後頭追我，
wǒ búhuì shānghài nín de ！ xiànzài lièrén zhèngzài hòutóu zhuī wǒ ，

您可不可以 幫幫 我，讓我躲一躲？」 善良 的
nín kěbùkěyǐ bāngbāng wǒ ， ràng wǒ duǒyìduǒ ？ 」 shànliáng de

東郭 先生 ，立刻把 剛剛 買的書從 袋子裡拿
Dōngguō xiānshēng ， lìkè bǎ gānggāng mǎi de shū cóng dàizi lǐ ná

出來，讓狼躲進去。他就這樣背著狼走了好
chūlái ，ràng láng duǒ jìnqù 。 tā jiù zhèyàng bēizhe láng zǒule hǎo

長的一段路，直到狼說：「好心的先生，我
cháng de yíduàn lù ，zhídào láng shuō ：「 hǎoxīn de xiānshēng ， wǒ

想獵人應該已經走了，你可以放我出來了。」
xiǎng lièrén yīnggāi yǐjīng zǒule ， nǐ kěyǐ fàng wǒ chūlái le 。」

沒想到 ，狼一被放出來，就兇狠地朝
méixiǎngdào ， láng yí bèi fàng chūlái ， jiù xiōnghěn de cháo

東郭 先生 撲過去，還囂張地說：「你要幫
Dōngguō xiānshēng pū guòqù ， hái xiāozhāng de shuō ： 「 nǐ yào bāng

我就幫到底吧！我現在餓得很，吃了你，我才
wǒ jiù bāng dàodǐ ba ！ wǒ xiànzài è dehěn ， chī le nǐ ， wǒ cái

不會餓死！」 東郭 先生 嚇得趕快爬到樹上，
búhuì èsǐ ！ 」 Dōngguō xiānshēng xiàde gǎnkuài pádào shùshàng ，

可是狼一直在樹下等，一點也沒有走開的意思。
kěshì láng yìzhí zài shùxià děng ， yìdiǎn yě méiyǒu zǒukāi de yìsi 。

見此， 東郭 先生 就開口了：「我們這兒有個
jiàn cǐ ， Dōngguō xiānshēng jiù kāikǒu le ： 「 wǒmen zhèér yǒuge

習慣，只要遇到糾紛，就要請教旁人，讓別人
xíguàn ， zhǐyào yùdào jiūfēn ， jiù yào qǐngjiào pángrén ， ràng biérén

來評評理。現在你想吃我，但我覺得我對你有
lái píngpínglǐ 。 xiànzài nǐ xiǎng chī wǒ ， dàn wǒ juéde wǒ duì nǐ yǒu

恩，你不該吃我！所以到底你可不可以吃我，
ēn ， nǐ bùgāi chī wǒ ！ suǒyǐ dàodǐ nǐ kěbùkěyǐ chī wǒ ，

我們應該問問三位智者的意見，如果他們認為
wǒmen yīnggāi wènwèn sānwèi zhìzhě de yìjiàn ， rúguǒ tāmen rènwéi

你可以吃我，你就吃；如果他們說你不該吃我，
nǐ kěyǐ chī wǒ ， nǐ jiù chī ； rúguǒ tāmen shuō nǐ bùgāi chī wǒ ，

你就算了吧！」黑狼點頭同意， 東郭 先生 便
nǐ jiù suànle ba ！ 」 hēiláng diǎntóu tóngyì ， Dōngguō xiānshēng biàn

從　樹上下來，一起找人詢問意見。
cóngshùshàng xiàlái ，　yìqǐ zhǎorén xúnwèn yìjiàn 。

　　走啊走，他們看見路邊有棵老樹，看起來
　　zǒu a zǒu ，　tāmen kànjiàn lùbiān yǒu kē lǎoshù ，　kànqǐlái

很有智慧，於是就把事情的經過跟老樹說了，
hěn yǒuzhìhuì ，　yúshì jiù bǎ shìqíng de jīngguò gēn lǎoshù shuō le ，

請老樹幫他們評評理。老樹緩緩地說：「我
qǐng lǎoshù bāng tāmen píngpínglǐ 。 lǎoshù huǎnhuǎn de shuō ：　「 wǒ

年輕的時候，每年都可以結許多果實，讓我
niánqīng de shíhòu ，　měinián dōu kěyǐ jié xǔduō guǒshí ，　ràng wǒ

主人賺了很多錢，那時我主人相當愛護我。
zhǔrén zuànle hěnduō qián ，　nàshí wǒ zhǔrén xiāngdāng àihù wǒ 。

但後來我年紀大了，漸漸不能結果實了，他就來
dàn hòulái wǒ niánjì dà le ，　jiànjiàn bùnéng jié guǒshí le ，　tā jiù lái

砍我的樹幹去當柴燒。相比之下，你對狼哪有
kǎn wǒ de shùgàn qù dāngcháishāo 。 xiāngbǐ zhīxià ，　nǐ duì láng nǎyǒu

什麼恩情呢？牠是該吃掉你的。」　東郭　先生
shénme ēnqíng ne ？ tā shì gāi chīdiào nǐ de 。」 Dōngguō xiānshēng

聽完簡直不敢相信自己的耳朵，冷汗直冒，但
tīngwán jiǎnzhí bùgǎn xiāngxìn zìjǐ de ěrduō ，　lěnghàn zhímào ，　dàn

依然鎮定地說：「我們還有兩個人要問，要
yīrán zhèndìng de shuō ：　「 wǒmen háiyǒu liǎngge rén yào wèn ，　yào

聽完所有人的意見才能決定。」
tīngwán suǒyǒurén de yìjiàn cái néng juédìng 。」

　　於是又上路繼續找人。接著，他們看見
　　yúshì yòu shànglù jìxù zhǎo rén 。 jiēzhe ，　tāmen kànjiàn

一隻正在吃草的老牛，便請牠評評理，只見
yìzhī zhèngzài chīcǎo de lǎoniú ，　biàn qǐng tā píngpínglǐ ，　zhǐjiàn

老牛慢吞吞地說：「我啊，年輕時，整天
lǎoniú màntūntūn de shuō ：　「 wǒ a ，　niánqīng shí ，　zhěngtiān

169

努力地幫主人耕田，但老了以後，做不動了，
nǔlì de bāng zhǔrén gēngtián， dàn lǎole yǐhòu， zuòbúdòng le，

沒想到　，主人竟然要把我賣給肉販！你說，
méixiǎngdào， zhǔrén jìngrán yào bǎ wǒ mài gěi ròufàn！ nǐ shuō，

跟我比起來，你對狼能算有恩情嗎？我看，你
gēn wǒ bǐqǐlái， nǐ duì láng néng suàn yǒu ēnqíng ma？ wǒ kàn， nǐ

還是乖乖地讓狼吃掉你吧！」
háishì guāiguāi de ràng láng chīdiào nǐ ba！ 」

　　東郭　先生　聽完，腿都軟了，這時，恰巧
Dōngguō xiānshēng tīngwán， tuǐ dōu ruǎn le， zhèshí， qiàqiǎo

有位老人拄著　拐杖　朝他們走來。 東郭　先生
yǒuwèi lǎorén zhǔ zhe guǎizhàng cháo tāmen zǒu lái。 Dōngguō xiānshēng

趕緊　向老人求救：「老先生，求求您說句
gǎnjǐn xiàng lǎorén qiújiù：「 lǎoxiānshēng， qiúqiú nín shuō jù

公道話　，我救了這隻狼，但牠現在竟然　想
gōngdàohuà， wǒ jiùle zhè zhī láng， dàn tā xiànzài jìngrán xiǎng

吃掉我！」老人大聲喝斥黑狼，說牠不應該
chīdiào wǒ！ 」 lǎorén dàshēng hèchì hēiláng， shuō tā bù yīnggāi

忘恩負義，狼回嘴：「事情才不是這樣！這個
wàngēnfùyì， láng huízuǐ：「 shìqíng cái búshì zhèyàng！ zhège

人把我　裝進　袋子裡想悶死我，我怎麼能不吃
rén bǎ wǒ zhuāngjìn dàizi lǐ xiǎng mēnsǐ wǒ， wǒ zěnme néng bù chī

他呢！」 東郭　先生　大喊　冤枉　，把整件事又
tā ne！ 」 Dōngguō xiānshēng dàhǎn yuānwǎng， bǎ zhěngjiàn shì yòu

說了一遍，老人說：「你們這麼說我還是不能
shuōle yíbiàn， lǎorén shuō：「 nǐmen zhème shuō wǒ háishì bùnéng

判斷　是非！不如你們用演的，讓我看看狼是
pànduàn shìfēi！ bùrú nǐmen yòng yǎn de， ràng wǒ kànkàn láng shì

如何被　裝進　袋子的，這樣我才能　決定誰對誰
rúhé bèi zhuāngjìn dàizi de， zhèyàng wǒ cái néng juédìng shuí duì shuí

錯。」黑狼 馬上 同意，就 鑽進 了 袋子裡，好 讓
cuò。」 hēiláng mǎshàng tóngyì， jiù zuānjìn le dàizi lǐ， hǎoràng

東郭　先生　綁緊。這時，老人 小聲 地 說：
Dōngguō xiānshēng bǎng jǐn。 zhèshí， lǎorén xiǎoshēng de shuō：

「快，趕快 把 狼 殺 了！」 東郭　先生 卻 遲疑
「 kuài， gǎnkuài bǎ láng shā le！」 Dōngguō xiānshēng què chíyí

地 回答：「殺 了 牠？不好 吧！」老人歎 了 口氣，
de huídá：「 shā le tā？ bùhǎo ba！」 lǎorén tàn le kǒu qì，

說：「你 真是 愚昧！真是 個 濫好人！你看，
shuō：「 nǐ zhēnshì yúmèi！ zhēnshì ge lànhǎorén！ nǐkàn，

你 放 牠 出來，你 就 沒命 了，你 真的 要 這麼 做
nǐ fàng tā chūlái， nǐ jiù méimìng le， nǐ zhēnde yào zhème zuò

嗎？」
ma？」

聽完 老人的話，東郭　先生 恍然大悟，便
tīngwán lǎorén de huà， Dōngguō xiānshēng huǎngrándàwù， biàn

和老人一起殺了狼，平安回家去了。
hàn lǎorén yìqǐ shā le láng， píngān huíjiā qù le。

(二)選擇題

_____ 1. 東郭　先生　為什麼 要 幫助 狼？
Dōngguō xiānshēng wèishénme yào bāngzhù láng？

(A)因為東郭先生想殺狼

(B)因為狼請求他救救自己

(C)因為狼看起來很弱小

(D)因為東郭先生喜歡狼

2. 狼 被 救 了，卻 要 吃掉 東郭 先生 ，可以 怎麼
láng bèi jiù le　què yào chīdiào Dōngguō xiānshēng　kěyǐ zěnme

形容 狼 這樣 的 行為 ？
xíngróng láng zhèyàng de xíngwéi ？

(A)惡有惡報

(B)飲水思源

(C)善有善報

(D)不知感恩

3. 「不敢 相信 自己的耳朵」是 什麼 意思 ？
「bùgǎn xiāngxìn zìjǐ de ěrduō」 shì shénme yìsi ？

(A)很相信聽到的事情

(B)不能不相信聽到的事

(C)無法相信聽見的事

(D)非常相信聽到的事

4. 老牛 為什麼 覺得 東郭 先生 對狼 沒有
lǎoniú　wèishénme　juéde Dōngguō xiānshēng duì láng méiyǒu

恩情 ？
ēnqíng ？

(A)因為東郭先生真的對狼沒有恩情

(B)因為老牛不想被狼吃掉，所以才這樣說

(C)因為和自己對主人的付出比起來，那不算什麼

(D)因為老樹之前也這樣覺得，老牛只好同意

5. 老人 為什麼 要 他們 演 一遍 事情 的 經過 ？
lǎorén wèishénme yào tāmen yǎn yíbiàn shìqíng de jīngguò ？

(A)因為要幫助黑狼

(B)因為要幫助老樹和老牛

(C)因為要避免自己被吃掉

(D)因為要幫助東郭先生

_____ 6. 「濫好人」的意思是？
「lànhǎorén」 de yìsi shì？

　　(A)非常友善的人

　　(B)善良到不分是非

　　(C)一點也不親切的人

　　(D)個性很差的人

(三)思考題

1. 你身邊有沒有濫好人？請說說他做了什麼事情，讓你覺得他是濫好人。

2. 老樹和老牛的回答，你覺得有道理嗎？

3. 如果別人有求於你，你一定都會幫忙嗎？為什麼？

4. 你覺得台灣人喜歡幫別人嗎？可否分享一下你和台灣人的互動經驗。

(四)名詞解釋

	生詞	漢語拼音	解釋
1	仁慈	réncí	kind
2	氣喘吁吁	qìchuǎnxūxū	breathless
3	獵人	lièrén	hunter
4	兇狠	xiōnghěn	fierce
5	囂張	xiāozhāng	arrogant
6	糾紛	jiūfēn	dispute
7	愛護	àihù	cherish
8	鎮定	zhèndìng	calm

9	耕田	gēngtián	to plow
10	公道話	gōngdàohuà	fair words
11	喝斥	hèchì	to scold
12	忘恩負義	wàngēnfùyì	to forget favors and violate justice
13	回嘴	huízuǐ	to retort
14	冤枉	yuānwǎng	wronged
15	判斷	pànduàn	judge
16	是非	shìfēi	right and wrong
17	遲疑	chíyí	hesitate
18	愚昧	yúmèi	ignorant
19	恍然大悟	huǎngrándàwù	suddenly realize
20	飲水思源	yǐnshuǐsīyuán	when you drink water, think of its source. (means always be grateful to the ones who gave)

(五)原文

東郭 先生 將北適 中山 以干仕，策蹇驢，
Dōngguō xiānshēng jiāng běi shì Zhōngshān yǐ gānshì， cè jiǎnlǘ，

囊 圖書，夙行失道，望塵驚悸。狼奄至，引首
náng túshū， sù xíng shī dào， wàngchén jīngjì。 láng yān zhì， yǐnshǒu

顧曰：「先生 豈有志於濟物哉？昔毛寶 放龜而得
gù yuē：「xiānshēng qǐ yǒuzhì yú jìwù zāi？ xí Máobǎofàng guī ér dé

渡，隋侯救蛇而獲珠。龜蛇固弗靈於狼也。今日之
dù， Suíhóu jiù shé ér huòzhū。 guī shé gù fú líng yú láng yě。 jīnrì zhī

事，何不使我得早處囊 中 以 苟延殘喘 乎？異日
shì， hébù shǐ wǒ dé zǎochǔ náng zhōng yǐ gǒuyáncánchuǎn hū？ yìrì

倘得脱穎而出， 先生 之恩，生死而肉骨也。敢不
tǎng dé tuōyǐngérchū， xiānshēng zhī ēn， shēngsǐ ér ròugǔ yě。 gǎn bù

努力以效龜蛇之誠！」
nǔlì yǐ xiào guī shé zhī chéng ！」

先生曰：「嘻！私汝狼以犯世卿，忤權貴，
xiānshēng yuē ：「 xī ！ sī rǔ láng yǐ fàn shìqīng ， wǔ quánguì ，

禍且不測，敢望報乎？然墨之道，兼愛爲本，吾
huò qiě búcè ， gǎn wàng bào hū ？ rán mò zhī dào ， jiānài wéi běn ， wú

終當有以活汝。脫有禍，固所不辭也。」乃出
zhōng dāng yǒu yǐ huó rǔ 。 tuō yǒu huò ， gù suǒ bùcí yě 。」 nǎi chū

圖書，空囊橐，徐徐焉實狼其中，前虞跋胡，後
túshū ， kōng nángtuó ， xúxúyān shí láng qí zhōng ， qiányú báhú ， hòu

恐疐尾，三納之而未克。徘徊容與，追者益近。
kǒng zhìwěi ， sān nà zhī ér wèikè 。 páihuái róng yǔ ， zhuīzhě yì jìn 。

狼請曰：「事急矣！先生果將揖遜救焚溺，而
láng qǐng yuē ：「 shì jí yǐ ！ xiānshēng guǒ jiāng yī xùn jiù fénnì ， ér

鳴鑾避寇盜耶？惟先生速圖！」乃跼踖四足，引
míngluán bì kòudào yé ？ wéi xiānshēng sù tú ！」 nǎi qújí sìzú ， yǐn

繩而速縛之，下首至尾，曲脊掩胡，蝟縮蠖屈，
shéng ér sù fù zhī ， xià shǒu zhì wěi ， qǔjǐ yǎnhú ， wèisuō huòqū ，

蛇盤龜息，以聽命先生。先生如其旨，納狼
shé pán guī xí ， yǐ tīngmìng xiānshēng 。 xiānshēng rú qí zhǐ ， nà láng

於囊。遂括囊口，肩舉驢上，引避道左，以待
yú náng 。 suì guā nángkǒu ， jiān jǔ lǔ shàng ， yǐn bì dào zuǒ ， yǐ dài

趙人之過。
Zhàorén zhī guò 。

狼度簡子之去已遠，而作聲囊中曰：
láng dù Jiǎnzǐ zhī qù yǐ yuǎn ， ér zuòshēng náng zhōng yuē ：

「先生可留意矣！出我囊，解我縛，撥矢我臂，
「 xiānshēng kě liúyì yǐ ！ chū wǒ náng ， jiě wǒ fú ， bō shǐ wǒ bì ，

我將逝矣。」先生舉手出狼。狼咆哮謂先生
wǒ jiāng shì yǐ 。」 xiānshēng jǔshǒu chū láng 。 láng páoxiāo wèi xiānshēng

曰：「適爲虞人逐，其來甚速，幸先生生我。
yuē ：「 shì wèi yúrén zhú ， qí lái shèn sù ， xìng xiānshēng shēng wǒ 。

我餒甚，餒不得食，亦終必亡而已。與其饑死
wǒ něi shèn ， něi bùdé shí ， yì zhōng bì wáng éryǐ 。 yǔqí qí sǐ

175

道路，爲群獸食，毋寧斃於虞人，以俎豆於貴家。
dàolù ， wèiqúnshòu shí ， wúníng bì yú yúrén ， yǐ zǔdòu yú guìjiā 。

先生 既墨者， 摩頂放踵 ，思一利天下，又何
xiānshēng jì Mòzhě ， módǐngfàngzhǒng ， sī yílì tiānxià ， yòu hé

吝一軀啖我而全 微命乎？」遂鼓吻奮爪以 向
lìn yìqū dàn wǒ ér quán wéimìng hū ？」 suì gǔwěn fènzhǎo yǐ xiàng

先生 。 先生 倉卒以手搏之，且搏且卻，引蔽驢
xiānshēng 。 xiānshēng cāngcù yǐ shǒu bó zhī ， qiě bó qiě què ， yǐnbì lú

後，便 旋而走。狼 終不得有加於 先生 ， 先生
hòu ， biàn xuán ér zǒu 。 láng zhōngbùdé yǒu jiā yú xiānshēng ， xiānshēng

亦極力拒，彼此俱倦，隔驢喘息。 相 持既久，日晷
yì jí lì jù ， bǐcǐ jù juàn ， gé lú chuǎnxi 。 xiāngchí jì jiǔ ， rìguǐ

漸移。 先生 竊念：「天色 向晚 ，狼復群至，吾
jiàn yí 。 xiānshēng qiè niàn ：「 tiānsè xiàngwǎn ， láng fù qún zhì ， wú

死已夫！」因紿狼曰：「民俗，事斁必詢三老。第
sǐ yǐfú ！」 yīn dài láng yuē ：「 mínsú ， shì yì bì xún sānlǎo 。 dì

行矣，求三老而問之。苟謂我可食，即食；不可，
xíng yǐ ， qiú sānlǎo ér wèn zhī 。 gǒuwèi wǒ kě shí ， jí shí ； bùkě ，

即已。」狼大喜，即與偕行。
jí yǐ 。」 láng dàxǐ ， jí yǔ xié xíng 。

遙望老子杖 藜而來，鬚眉皓然，衣冠閒雅，
yáo wàng lǎozǐ zhàng lí ér lái ， xūméi hàorán ， yīguānxiányǎ ，

蓋有道者也。 先生 且喜且愕，捨狼而前，拜跪
gài yǒu dào zhě yě 。 xiānshēng qiěxǐ qiè'è ， shě láng ér qián ， bàiguì

啼泣，致辭曰：「乞 丈人 一言 而 生！」 丈人 問
tíqì ， zhìcí yuē ：「 qǐ zhàngrén yìyán ér shēng ！」 zhàngrén wèn

故。 先生 曰：「是狼爲虞人所窘， 求救於我，
gù 。 xiānshēng yuē ：「 shì láng wèi yúrén suǒjiǒng ， qiújiù yú wǒ ，

我實生之。今反欲咥我，力求不免，我又當死
wǒ shí shēng zhī 。 jīn fǎn yù zhì wǒ ， lì qiú bùmiǎn ， wǒ yòu dāng sǐ

之。欲少延於片時，誓定是於三老。初逢老杏，
zhī 。 yù shǎo yán yú piànshí ， shì dìng shì yú sānlǎo 。 chū féng lǎoxìng ，

強 我問之，草木無知，幾殺我；次逢老牸， 強
qiǎng wǒ wèn zhī ， cǎomù wúzhī ， jī shā wǒ ； cì féng lǎozì ， qiǎng

我問之，禽獸無知，又將殺我；今逢丈人，豈
wǒ wèn zhī， qínshòu wúzhī， yòu jiāng shā wǒ； jīn féng zhàngrén， qǐ

天之未喪斯文也！敢乞一言而生。」因頓首杖
tiān zhī wèisàng sīwén yě！ gǎn qǐ yìyán ér shēng。」 yīn dùnshǒu zhàng

下，俯伏聽命。丈人聞之，欷歔再三，以杖叩
xià， fǔfú tìngmìng。 zhàngrén wén zhī， xīxū zàisān， yǐ zhàng kòu

狼曰：「汝誤矣！夫人有恩而背之，不祥莫大焉。
lángyuē：「 rǔ wù yǐ！ fú rényǒu ēn ér bèi zhī， bùxiángmò dà yān。

儒謂受人恩而不忍背者，其為子必孝；又謂虎狼
rú wèishòu rén ēn ér bùrěn bèi zhě， qí wéi zǐ bì xiào； yòuwèi hǔ láng

知父子。今汝背恩如是，則並父子亦無矣！」乃
zhī fùzǐ。 jīn rǔ bèiēn rúshì， zé bìng fùzǐ yì wú yǐ！」 nǎi

厲聲曰：「狼速去！不然，將杖殺汝！」狼曰：
lìshēng yuē：「 láng sù qù！ bùrán， jiāngzhàngshā rǔ！」 lángyuē：

「丈人知其一，未知其二，請訴之，願丈人垂
「 zhàngrén zhī qíyī， wèizhī qíèr， qǐng sù zhī， yuàn zhàngrén chuí

聽！初，先生救我時，束縛我足，閉我囊中，
tīng！ chū， xiānshēng jiù wǒ shí， shùfú wǒ zú， bì wǒ nángzhōng，

壓以詩書，我鞠躬不敢息，又蔓詞以說簡子，其
yā yǐ shīshū， wǒ júgōng bùgǎn xí， yòu màncí yǐ shuì Jiǎnzǐ， qí

意蓋將死我於囊而獨竊其利也。是安可不咥？」
yì gài jiāng sǐ wǒ yú náng ér dú qiè qí lì yě。 shì ān kě bú zhì？」

丈人顧先生曰：「果如是，羿亦有罪焉。」
zhàngrén gù xiānshēng yuē：「 guǒ rúshì， yì yì yǒu zuì yān。」

先生不平，具狀其囊狼憐惜之意。狼亦巧辯
xiānshēng bù píng， jù zhuàng qí nángláng liánxí zhī yì。 láng yì qiǎobiàn

不已以求勝。丈人曰：「是皆不足以執信也。試
bùyǐ yǐ qiúshèng。 zhàngrén yuē：「 shì jiē bùzúyǐ zhíxìn yě。 shì

再囊之，吾觀其狀，果困苦否。」狼欣然從
zài náng zhī， wú guān qí zhuàng， guǒ kùnkǔ fǒu。」 láng xīnrán cóng

之，信足先生。先生復縛置囊中，肩舉驢
zhī， xìn zú xiānshēng。 xiānshēng fù fú zhì náng zhōng， jiān jǔ lǘ

上，而狼未知之也。
shàng， ér lángwèizhī zhī yě。

177

丈人 附耳謂 先生 曰：「有匕首否？」 先生
zhàngrén fùěr wèi xiānshēngyuē：「yǒubǐshǒufǒu？」 xiānshēng

曰：「有。」於是出匕。 丈人 目 先生 使引匕
yuē：「yǒu。」yúshì chū bǐ。zhàngrén mù xiānshēng shǐ yǐn bǐ

刺狼。 先生 曰：「不害狼乎？」 丈人 笑曰：
cì láng。xiānshēng yuē：「bú hài láng hū？」zhàngrén xiào yuē：

「禽獸 負恩如是，而猶不忍殺。子固仁者，然愚亦
「qínshòu fù ēn rúshì，ér yóu bùrěn shā。zǐ gù rénzhě，rán yú yì

甚矣。從井以救人，解衣以活友，於彼計則得，其
shèn yǐ。cóngjǐng yǐ jiùrén，jiěyī yǐ huóyǒu，yú bǐ jì zé dé，qí

如就死地何！ 先生 其此類乎？仁陷於愚，固君子
rú jiù sǐdì hé！xiānshēng qí cǐ lèi hū？rén xiàn yú yú，gù jūnzǐ

之所不與也。」言已大笑， 先生 亦笑，遂舉手助
zhī suǒ bùyǔ yě。」yán yǐ dàxiào，xiānshēng yì xiào，suì jǔshǒu zhù

先生 操刃共殪狼，棄道上 而去。
xiānshēng cāorèngòng yì láng，qì dàoshàng ér qù。

二十三、哪一把琴最好

（一）文章

　　很久以前，有個叫 工之僑 的 製琴師，他的
　hěnjiǔ yǐqián ， yǒu ge jiào Gōngzhīqiáo de zhìqínshī ， tā de

技術 非常 高超，凡是 彈過 他做的 琴，沒有 一個
jìshù fēicháng gāochāo ， fánshì tán guò tā zuò de qín ， méiyǒu yíge

不 讚歎 的。每次 只要 用 工之僑 的 琴 來 演奏，
bú zàntàn de 。 měicì zhǐyào yòng Gōngzhīqiáo de qín lái yǎnzòu ，

總是 會 讓 旁人 不知不覺地陶醉在優美的樂音
zǒngshì huì ràng pángrén bùzhībùjué de táozuì zài yōuměi de yuèyīn

當中 。 儘管如此， 工之僑 還是 不滿足，因爲
dāngzhōng。 jǐnguǎn rúcǐ， Gōngzhīqiáo háishì bù mǎnzú， yīnwèi

他 心中 一直 藏著 一個 夢想 ，他 想要 做出
tā xīnzhōng yìzhí cángzhe yíge mèngxiǎng， tā xiǎngyào zuòchū

一把 空前絕後 的 好琴，唯有 達成 這個理想， 才
yìbǎ kōngqiánjuéhòu de hǎo qín， wéiyǒu dáchéng zhège lǐxiǎng， cái

算是 對得起 製琴師 這個 身份。爲了 圓 這個 夢，
suànshì duìdeqǐ zhìqínshī zhège 。 wèile yuán zhège mèng，

他 時時留心 合適的 木頭，因爲 木頭好不好， 直接
tā shíshí liúxīn héshì de mùtóu， yīnwèi mùtóu hǎobùhǎo， zhíjiē

關係到 琴聲 的音色，然而要 尋找 中意的木頭，
guānxì dào qínshēng de yīnsè， ránér yào xúnzhǎo zhòngyì de mùtóu，

還真是 不容易！
hái zhēnshì bù róngyì！

　　終於 ，有一天，他 從 一位 老木匠 那裡，
zhōngyú， yǒuyìtiān， tā cóng yíwèi lǎo mùjiàng nàlǐ，

找到 了 一段 上等 的 桐木，顏色 飽滿 又有
zhǎodào le yíduàn shàngděng de tóngmù， yánsè bǎomǎn yòu yǒu

光澤 ， 工之僑 見 了 真是 欣喜 不已！取得 木頭
guāngzé， Gōngzhīqiáo jiàn le zhēnshì xīnxǐ bùyǐ！ qǔdé mùtóu

之後 ，便 迫不及待地 馬上 動手 製琴 了！琴一
zhīhòu， biàn pòbùjídài de mǎshàng dòngshǒu zhìqín le！ qín yí

做好，他 小心翼翼地把弦安上去， 弦安好後，
zuòhǎo， tā xiǎoxīnyìyì de bǎ xián ān shàngqù， xián ānhǎo hòu，

輕輕 彈撥 ，便 發出 圓潤溫和的 聲音 ，那 聲音
qīngqīng tánbō， biàn fāchū yuánrùn wēnhé de shēngyīn， nà shēngyīn

彷彿 是 從 山谷 中 傳來 的回音，幽幽地 飄盪
fǎngfú shì cóng shāngǔ zhōng chuánlái de huíyīn， yōuyōu de piāodàng

在耳邊。工之僑 露出了滿意的 笑容 ， 心懸
zài ěrbiān 。 Gōngzhīqiáo lòuchū le mǎnyì de xiàoróng ， xīnxuán

多年的 夢想 終於 完成 了！心想，這完美的
duōnián de mèngxiǎngzhōngyúwánchéng le ！ xīnxiǎng ， zhèwánměi de

傑作，一定要獻給皇帝！於是把琴拿去 皇宮 ，
jiézuò ， yídìng yàoxiàngěihuángdì ！ yúshì bǎ qín náqù huánggōng ，

請 樂官 代爲 呈上 。 樂官 收了琴後，便叫
qǐng yuèguān dàiwéi chéngshàng 。 yuèguān shōu le qín hòu ， biàn jiào

樂工 來鑑定，結果樂工 説 ：「這確實是把
yuègōng lái jiàndìng ， jiéguǒ yuègōng shuō ： 「 zhè quèshí shì bǎ

好琴，可是並不是前人 流傳下來的古琴，應該
hǎoqín ， kěshì bìngbúshì qiánrén liúchuán xiàlái de gǔqín ， yīnggāi

是最近才做好的吧！」樂官一聽，就把琴給
shì zuìjìn cái zuòhǎo de ba ！ 」 yuèguān yìtīng ， jiù bǎ qín gěi

退回去了，因爲不是稀有珍貴的古琴，如何 能
tuìhuíqù le ， yīnwèi búshì xīyǒu zhēnguì de gǔqín ， rúhé néng

獻給皇帝呢？
xiàngěihuángdì ne ？

　　琴就 這樣被退回來了！工之僑 望著琴，
qín jiù zhèyàng bèi tuìhuílái le ！ Gōngzhīqiáo wàngzhe qín ，

非常 地失望。消沉了幾天，心生一計，立刻
fēicháng de shīwàng 。 xiāochén le jǐtiān ， xīnshēngyíjì ， lìkè

找來雕刻家在琴 上面 刻出古代的花紋，並刻意
zhǎolái diāokèjiā zài qínshàngmiàn kèchū gǔdài de huāwén ， bìng kèyì

地在 上頭 畫了幾道斷裂的痕跡，然後再用盒子
de zài shàngtóu huàle jǐdào duànliè de hénjī ， ránhòu zài yòng hézi

把琴 裝好 ， 放進土裡埋著。一年後，他把琴
bǎ qín zhuānghǎo ， fàngjìn tǔlǐ máizhe 。 yìnián hòu ， tā bǎ qín

挖出來，帶到市場去賣。一位 收藏家看到這把
wāchūlái ， dàidào shìchǎng qù mài 。 yíwèi shōucángjiā kàndào zhèbǎ

琴，二話不說，直接花了一百萬將它買下來。琴
qín， èrhuàbùshuō， zhíjiē huāle yìbǎiwàn jiāng tā mǎixiàlái。 qín

到手後，馬上 送到 皇宮 交給樂官， 同樣
dàoshǒuhòu， mǎshàng sòngdào huánggōng jiāogěi yuèguān， tóngyàng

是準備獻給皇帝。樂官收了琴， 一樣叫樂工來
shì zhǔnbèixiàngěihuángdì。 yuèguān shōule qín， yíyàngjiàoyuègōng lái

鑑定 ， 樂工們 看到這把琴，個個都嘖嘖稱奇：
jiàndìng， yuègōngmenkàndào zhèbǎ qín， gègè dōu zézéchēngqí ：

「這真是把難得的好琴啊！看它的樣子應該已經
「zhèzhēnshì bǎ nándé de hǎoqín a ! kàn tā de yàngzi yīnggāi yǐjīng

有五百年了吧！這琴可是少見的珍品啊！ 皇帝
yǒu wǔbǎinián le ba ! zhè qín kěshì shǎojiàn de zhēnpǐn a ! huángdì

看了 ， 一定會龍心大悅！」
kànle ， yídìng huì lóngxīndàyuè ! 」

工之僑 間接地聽到了樂工的 評論，感歎地
Gōngzhīqiáo jiànjiē de tīngdào le yuègōng de pínglùn， gǎntàn de

說：「唉，真是可悲啊！不單是這把琴可悲，我
shuō：「 āi， zhēnshì kěbēi a ! bùdānshì zhèbǎ qín kěbēi， wǒ

想 ， 整個社會的風氣都是 這樣的吧！」
xiǎng， zhěngge shèhuì de fēngqì dōushì zhèyàng de ba ! 」

〔二〕選擇題

——— 1. 根據 文章 ，「欣喜不已」的意思是？
gēnjù wénzhāng，「xīnxǐ bùyǐ」 de yìsi shì？

(A)高興得停不下來

(B)高興得忘記自己

(C)不高興地停下來

(D)不高興地走開

_____ 2. 樂官　為什麼　把　琴　退回去？
yuèguān wèishénme bǎ qín tuihuíqù ？

(A)因為琴的聲音不好

(B)因為那把琴太小了

(C)因為已經有類似的琴了

(D)因為那把琴不夠舊

_____ 3.　工之僑　的琴　後來　為什麼　被　買走了？
Gōngzhīqiáo de qín hòulái wèishénme bèi mǎizǒu le ？

(A)因為它的價錢夠便宜

(B)因為琴的聲音太好聽了

(C)因為它的樣子變得很古老

(D)因為皇帝命人一定要買下來

_____ 4.　皇帝　會　龍心大悅　代表？
huángdì huì lóngxīndàyuè dàibiǎo ？

(A)那把琴夠珍貴

(B)那把琴聲音夠好

(C)那把琴樣子很好看

(D)那把琴價錢夠貴

_____ 5.　工之僑　覺得　很可悲　的　原因　是？
Gōngzhqiáo juéde hěnkěbēi de yuányīn shì ？

(A)沒人喜歡他做的琴

(B)不能把琴獻給皇帝

(C)大家太重視琴的外表

(D)琴的價錢賣得不夠高

_____ 6. 我們　可以　怎麼　形容　樂工　前後　不同　的態度？
wǒmen kěyǐ zěnme xíngróng yuègōng qiánhòu bùtóng de tàidù ？

(A)平常心看待這把琴

(B)真實而誠懇評論

(C)嚴厲批判琴的好壞

(D)膚淺而不能看見內涵

(三)思考題

1. 你覺得工之僑是個什麼樣的人呢？他和樂工的想法一樣嗎？

2. 樂工怎麼評斷一把琴？你認不認同他的方式呢？爲什麼？

3. 工之僑覺得這整個社會都怎麼了？請想想看。

4. 你覺得現在的社會是看外表還是看內涵呢？和這個故事有什麼關聯？

(四)名詞解釋

	生詞	漢語拼音	解釋
1	製琴師	zhìqínshī	people who make a stringed instrument
2	高超	gāochāo	superb, excellent
3	演奏	yǎnzòu	play the musical instruments
4	不知不覺	bùzhībùjué	unconsciously
5	陶醉	táozuì	be intoxicated
6	空前絕後	kōngqiánjuéhòu	unprecedented and never to be duplicated
7	留心	liúxīn	pay attention to
8	中意	zhòngyì	to take someone's fancy
9	上等	shàngděng	highest quality
10	飽滿	bǎomǎn	full
11	光澤	guāngzé	luster
12	小心翼翼	xiǎoxīnyìyì	cautiously
13	弦	xián	string

14	圓潤	yuánrùn	rich (here for describing voice)
15	溫和	wēnhé	mild
16	彷彿	fǎngfú	as if
17	飄盪	piāodàng	drift
18	傑作	jiézuò	masterpiece
19	鑑定	jiàndìng	appraise
20	稀有	xīyǒu	rare
21	痕跡	hénjī	trace, mark
22	嘖嘖稱奇	zézéchēngqí	unbelievable, amazing
23	難得	nándé	rare, seldom
24	可悲	kěbēi	lamentable, sad
25	膚淺	fūqiǎn	superficial, skin deep

(五) 原文

工之僑 得 良桐 焉，斲 而 爲琴，弦 而 鼓之，
Gōngzhīqiáo dé liángtóng yān ， zhuó ér wéi qín ， xián ér gǔ zhī ，

金 聲 而 玉應。自以爲天下之美也，獻之太常。使
jīn shēng ér yù yìng 。 zìyǐwéi tiānxiàzhī měi yě ， xiàn zhī tàicháng 。 shǐ

國工 視之，曰：「弗古。」還之。
guógōng shì zhī ， yuē ： 「 fú gǔ 。」 huán zhī 。

工之僑 以歸，謀諸漆工，作 斷紋 焉；又謀
Gōngzhīqiáo yǐ guī ， móu zhū qīgōng ， zuò duànwén yān ； yòu móu

諸 篆工 ，作古欵焉。匣而埋諸土，朞年出之，抱
zhū zhuàngōng ， zuò gǔkuǎn yān 。 xiá ér máizhū tǔ ， jīnián chū zhī ， bào

以適市。貴人過而見之，易之以百金，獻諸朝。
yǐ shì shì 。 guìrén guò ér jiàn zhī ， yì zhī yǐ bǎijīn ， xiàn zhū cháo 。

樂官 傳視，皆曰：「稀世之珍也。」
yuèguān chuán shì ， jiē yuē ： 「 xīshì zhī zhēn yě 。」

工之僑　聞之，歎曰：「悲哉世也！豈獨一琴
Gōngzhīqiáo wén zhī ，　tàn yuē ：「 bēi zāi shì yě ！ qǐ dú yìqín

哉？莫不然矣！」遂去，入於 宕冥 之山，不知其
zāi ？ mò bùrán yǐ ！」 suì qù ， rù yú dàngmíng zhī shān ， bùzhī qí

所 終 。
suǒzhōng 。

二十四、送什麼給朋友才對

(一)文章

在還沒有人類以前的 中國 ，住著三位
zài hái méiyǒu rénlèi yǐqián de Zhōngguó ， zhù zhe sānwèi

神仙 ，一位 掌管 南海，名字叫儵；一位管理
shénxiān ， yíwèi zhǎngguǎn Nánhǎi ， míngzi jiào Shù ； yíwèi guǎnlǐ

北海，叫忽；最後一位負責看管 整個 中央
Běihǎi ， jiào Hū ； zuìhòu yíwèi fùzé kānguǎn zhěngge zhōngyāng

地帶， 名叫渾沌。他們三個的 感情 非常 好，
dìdài ， míng jiào Húndùn 。 tāmen sānge de gǎnqíng fēicháng hǎo ，

經常 到彼此的家裡作客。有時候會相約一起
jīngcháng dào bǐcǐ de jiālǐ zuòkè 。 yǒushíhòu huì xiāngyuē yìqǐ

去南海 泡溫泉 ，有時候會一同到北海釣魚，
qù Nánhǎi pàowēnquán ， yǒushíhòu huì yìtóng dào Běihǎi diàoyú ，

而最常 拜訪的地方還是渾沌的家，因為那裡
ér zuì cháng bàifǎng de dìfāng háishì Húndùn de jiā ， yīnwèi nàlǐ

不但地方大，而且又 剛好在 正中央 ，十分
búdàn dìfāng dà ， érqiě yòu gānghǎo zài zhèngzhōngyāng ， shífēn

方便 ，所以他們 常常 約在那兒聚會。
fāngbiàn ， suǒyǐ tāmen chángcháng yuē zài nàér jùhuì 。

渾沌 熱情又好客，所以只要 朋友 來訪，
Húndùn rèqíng yòu hàokè ， suǒyǐ zhǐyào péngyǒu láifǎng ，

一定會準備 相當 豐盛 的宴席， 山珍海味
yídìng huì zhǔnbèi xiāngdāng fēngshèng de yànxí ， shānjēnhǎiwèi

應有盡有。除了美食之外，渾沌 還會安排 各種
yīngyǒujìnyǒu 。 chúle měishí zhīwài ， Húndùn hái huì ānpái gèzhǒng

表演，好讓大家可以一邊吃飯，一邊玩樂，盡情
biǎoyǎn ， hǎoràng dàjiā kěyǐ yìbiān chīfàn ， yìbiān wánlè ， jìnqíng

地 享受 在一起的 時光 。就 這樣 ，儵和忽每次
de xiǎngshòu zàiyìqǐ de shíguāng 。 jiù zhèyàng ， Shùhàn Hū měicì

都 玩得很開心才回家，但日子久了，他們 總
dōu wán de hěn kāixīn cái huíjiā ， dàn rìzi jiǔ le ， tāmen zǒng

覺得對渾沌感到很不好意思，因為相比之下，
juéde duì Húndùn gǎndào hěn bùhǎoyìsi ， yīnwèi xiāngbǐ zhīxià ，

他們 好像 招待得都不夠 周到 ， 不像 渾沌 做
tāmen hǎoxiàng zhāodài de dōu búgòu zhōudào ， búxiàng Húndùn zuò

得那麼好。所以他們倆左思右想，很 想要 做
de nàme hǎo 。 suǒyǐ tāmenliǎng zuǒsīyòuxiǎng ， hěn xiǎngyào zuò

點 什麼 ，來回報渾沌 ！儵 說 ：「你覺得我們
diǎn shénme ， lái huíbào Húndùn ！ Shù shuō ：「 nǐ juéde wǒmen

送 他珍貴的寶石，如何？他應該會喜歡吧？」
sòng tā zhēnguì de bǎoshí ， rúhé ？ tā yīnggāi huì xǐhuān ba ？」

忽 回答 ：「唉呀！這多俗氣啊！珠寶根本就
Hū huídá ：「 āiya ！ zhè duō súqì a ！ zhūbǎo gēnběn jiù

不用我們送，他自己早已經有很多珍奇的寶貝
búyòng wǒmen sòng ， tā zìjǐ zǎo yǐjīng yǒu hěnduō zhēnqí de bǎobèi

了。我們應該送他他沒有的東西才是！不知道
le 。 wǒmen yīnggāi sòng tā tā méiyǒu de dōngxi cái shì ！ bùzhīdào

渾沌 到底缺什麼？」儵點頭同意，於是他們
Húndùn dàodǐ quē shénme ？」 Shù diǎntóu tóngyì ， yúshì tāmen

再度陷入沉思。過了好一陣子，忽拍手大叫：
zàidù xiànrù chénsī 。 guòle hǎo yízhènzi ， Hū pāishǒu dàjiào ：

「啊！我 想到 了！大家都有眼睛、耳朵、嘴巴
「 a ！ wǒ xiǎngdào le ！ dàjiā dōu yǒu yǎnjīng ěrduō zuǐbā

和鼻子七個孔 對吧？有了這些，才能看美景、
hàn bízi qīge kǒng duìba ？ yǒule zhèxiē ， cái néng kàn měijǐng

聽美聲、吃美食和聞美味。然而，可憐的 渾沌
tīng měishēng chī měishí hàn wén měiwèi 。 ránér ， kělián de Húndùn

卻一個也沒有！所以身為朋友的我們，應該送
què yíge yě méiyǒu！ suǒyǐ shēnwéipéngyǒu de wǒmen，yīnggāisòng

他這七個孔洞，你說好不好？」儵開心地答應
tā zhè qīge kǒngdòng，nǐ shuō hǎobùhǎo？」Shù kāixīn de dāyìng

了，兩人便商量下次去拜訪渾沌時，等他
le，liǎngrén biàn shāngliáng xiàcì qù bàifǎng Húndùn shí，děng tā

喝醉睡著後，就開始著手幫他鑿上這七個
hēzuì shuìzháo hòu，jiù kāishǐ zhuóshǒu bāng tā záoshàng zhè qīge

孔洞。
kǒngdòng。

　　不久，渾沌邀請他們到家裡欣賞新的音樂
bùjiǔ，Húndùn yāoqǐng tāmen dào jiālǐ xīnshǎng xīn de yīnyuè

和舞蹈，儵跟忽馬上答應，並暗自模擬整個
hàn wǔdào，Shù gēn Hū mǎshàng dāyìng，bìng ànzì mónǐ zhěngge

計畫。到了這天，大家一如往常地喝酒聊天，
jihuà。 dàole zhètiān，dàjiā yìrú wǎngcháng de hējiǔ liáotiān，

渾沌喝多了，一下就醉倒睡著了。儵和忽把握
Húndùn hē duō le，yíxià jiù zuìdǎo shuìzháo le。Shùhàn Hū bǎwò

機會，開始動手鑿孔。由於渾沌一睡就要
jīhuì，kāishǐ dòngshǒu záokǒng。yóuyú Húndùn yí shuì jiù yào

睡上十來天，所以他們不用擔心，鑿到一半，
shuìshàng shíláitiān，suǒyǐ tāmen búyòng dānxīn，záodào yíbàn，

渾沌會突然醒來。雖然說才七個孔而已，但
Húndùn huì túrán xǐnglái。suīrán shuō cái qīge kǒng éryǐ，dàn

實際進行時，才知道真是不容易。因為鑿一個
shíjì jìnxíng shí，cái zhīdào zhēnshì bùróngyì。yīnwèi záo yíge

孔，就得花上一整天的時間，等全部都開鑿
kǒng，jiù děi huāshàng yìzhěngtiān de shíjiān，děng quánbù dōu kāizáo

完畢，七天的時間也就過了。全部鑿好後，他們
wánbì，qītiān de shíjiān yě jiù guòle。quánbù záohǎohòu，tāmen

兩個都累壞了，便直接躺下來休息。這一躺，
liǎngge dōu lèihuài le，biàn zhíjiē tǎngxiàlái xiūxí。zhè yì tǎng，

竟然睡了三天三夜。醒來後，他們急忙忙地
jìngrán shuìle sāntiān sānyè。xǐnglái hòu，tāmen jímángmáng de

爬起來，等著看渾沌的反應！沒想到，渾沌
páqǐlái，děngzhe kàn Húndùn de fǎnyìng！méixiǎngdào，Húndùn

從那天醉倒後，竟然都沒有再醒來過，一直躺
cóng nàtiān zuìdǎo hòu，jìngrán dōu méiyǒu zài xǐnglái guò，yìzhí tǎng

在那裡，一動也不動！後來，儵和忽才發現，
zài nàlǐ，yídòng yě búdòng！hòulái，Shù hàn Hū cái fāxiàn，

原來他們的好朋友已經死了！
yuánlái tāmen de hǎopéngyǒu yǐjīng sǐ le！

看著渾沌，他們難過得說不出話來。
kànzhe Húndùn，tāmen nánguò de shuōbùchū huà lái。

沒想到原本的報恩，卻變成無可挽回的
méixiǎngdào yuánběn de bàoēn，què biànchéng wúkě wǎnhuí de

傷害！儵和忽一聲再見也沒說，就各自悲傷
shānghài！Shù hàn Hū yìshēng zàijiàn yě méishuō，jiù gèzì bēishāng

地回家去了。聽說，過了沒多久，他們兩個因為
de huíjiā qù le。tīngshuō，guò le méiduōjiǔ，tāmen liǎngge yīnwèi

哀傷過度，也相繼過世了。
āishāng guòdù，yě xiāngjì guòshì le。

(二)選擇題

_____ 1. 根據文章，「作客」的意思是？
gēnjù wénzhāng，「zuòkè」de yìsi shì？

(A)幫忙管理人民

(B)參觀別人的辦公室

(C)邀請別人到家裡當客人

(D)到別人家當客人

2. 我們 可以 怎麼　形容　渾沌　對待　朋友 的 方式？
wǒmen kěyǐ zěnme xíngróng Húndùn duìdài péngyǒu de fāngshì？

　(A)很慷慨

　(B)很小氣

　(C)很平淡

　(D)很無聊

3. 為什麼　儵 和 忽 要 送 東西 給 渾沌？
wèishénme Shù hàn Hū yào sòng dōngxi gěi Húndùn？

　(A)想炫耀自己很有錢

　(B)想謝謝渾沌對他們的好

　(C)想收到更多的邀請

　(D)想把家裡不要的東西給他

4. 儵 和 忽 預期 渾沌　醒來 的 反應 是？
Shù hàn Hū yùqí Húndùn xǐnglái de fǎnyìng shì？

　(A)很沮喪

　(B)很開心

　(C)很失望

　(D)很生氣

5. 根據　文章，「無法 挽回」可以　換成？
gēnjù wénzhāng，「wúfǎ wǎnhuí」 kěyǐ huànchéng？

　(A)沒辦法拯救

　(B)沒辦法變好

　(C)沒辦法完成

　(D)沒辦法變壞

6. 從 這個 故事可以 學到　什麼？
cóng zhège gùshì kěyǐ xuédào shénme？

　(A)不要隨便報答別人的恩情

　(B)不要對別人太好

　(C)不要把自己的想法加到別人身上

　(D)送禮物還是送珠寶比較好

🔲 思考題

1. 有人說，莊子的這個故事在表達，不要把自己的想法強加到別人身上。你覺得從這個故事還學到什麼？

2. 渾沌爲什麼會死？請想想看除了受傷以外的原因。

3. 如果不幫渾沌開眼、鑿鼻、挖耳，你認爲儵跟忽還能送渾沌什麼呢？爲什麼？

4. 如果你的好朋友生日了，但你身邊又沒有多餘的錢。請問，這時，你能送什麼給朋友，才能表達心中的感謝呢？

🔲 名詞解釋

	生詞	漢語拼音	解釋
1	神仙	shénxiān	supernatural being
2	掌管	zhǎngguǎn	in charge of
3	看管	kānguǎn	look after
4	好客	hàokè	hospitable
5	豐盛	fēngshèng	sumptuous
6	山珍海味	shānzhēnhǎiwèi	delicacies
7	盡情	jìnqíng	to one's heart's content
8	招待	zhāodài	entertain, serve
9	周到	zhōudào	thoughtful, considerate
10	回報	huíbào	reciprocate
11	俗氣	súqì	inelegant
12	沉思	chénsī	contemplate
13	商量	shāngliáng	discuss, consult

14	著手	zhuóshǒu	commence
15	鑿	záo	chisel
16	暗自	ànzì	secretly
17	模擬	mónǐ	simulate
18	把握	bǎwò	seize
19	實際	shíjì	actual, realistic
20	進行	jìnxíng	carry out
21	相繼	xiāngjì	one by one
22	感受	gǎnshòu	feeling

(五)原文

南海之帝為儵，北海之帝為忽， 中央 之帝為
Nánhǎi zhī dì wéi Shù， Běihǎi zhī dì wéi Hū， zhōngyāng zhī dì wéi

渾沌 。 儵與忽時 相 與遇於渾沌之地， 渾沌 待之 甚
Húndùn。 Shù yǔ Hū shí xiāng yǔ yùyú Húndùn zhī dì ， Húndùn dài zhī shèn

善 。 儵與忽謀 報 渾沌之德，曰：「人皆有七竅，
shàn。 Shù yǔ Hū móu bào Húndùn zhī dé ， yuē： 「 rén jiē yǒu qīqiào，

以視聽食息，此獨無有， 嘗試 鑿之。」日鑿一竅，
yǐ shì tīng shí xí ， cǐ dú wú yǒu， chángshì záo zhī 。 」 rì záo yíqiào，

七日而渾沌死。
qīrì ér Húndùn sǐ 。

二十五、塞翁失馬

(一)文章

你有東西不見的經驗嗎？東西丟掉時是不是
nǐ yǒu dōngxi bújiàn de jīngyàn ma？ dōngxi diūdiào shí shìbúshì

很難過、很沮喪呢？其實，東西不見了，並
hěn nánguò、 hěn jǔsàng ne？ qíshí， dōngxi bújiàn le， bìng

不一定是件壞事，有時它反而可能帶來意想不到
bùyídìng shì jiàn huàishì， yǒushí tā fǎnér kěnéng dàilái yìxiǎngbúdào

的結果。有一個 中國 古老的故事就在 講這麼
de jiéguǒ 。 yǒu yíge Zhōngguó gǔlǎo de gùshì jiù zài jiǎng zhème

一件事,現在 我們一起來看看吧!
yíjiàn shì , xiànzài wǒmen yìqǐ lái kànkàn ba !

　　在靠近廣大 草原的邊界,住著一位 擅長
zài kàojìn guǎngdà cǎoyuán de biānjiè , zhù zhe yíwèi shàncháng

馴服馬的老人和他的兒子。他們 養了許多匹馬,
xùnfú mǎ de lǎorén hàn tā de érzi 。 tāmen yǎng le xǔduō pī mǎ ,

每匹馬都能跑得又快又遠又不容易疲累,
měi pī mǎ dōu néng pǎo de yòu kuài yòu yuǎn yòu bùróngyì pílèi ,

正因如此,老人所馴養的馬成了大家心目中的
zhèngyīnrúcǐ , lǎorén suǒxùnyǎng de mǎ chéng le dàjiā xīnmùzhōng de

第一選擇,雖然他們的馬價錢高了點,但卻賣得
dìyī xuǎnzé , suīrán tāmen de mǎ jiàqián gāolediǎn , dànquèmài de

非常 好。
fēichánghǎo 。

　　有一天,老人 家中 最好的一匹馬無緣無故地
yǒuyìtiān , lǎorén jiāzhōng zuìhǎo de yìpī mǎ wúyuánwúgù de

越過圍欄、 穿越 邊界,跑到了草原的另一頭!
yuèguò wéilán 、 chuānyuè biānjiè , pǎodào le cǎoyuán de lìngyìtóu !

由於事情發生得太突然,老人和兒子根本來不及
yóuyú shìqíng fāshēng de tài túrán , lǎorén hàn érzi gēnběn láibùjí

追。鄰居們知道後都很驚訝,但他們也沒能 幫
zhuī 。 línjūmen zhīdào hòudōuhěn jīngyà , dàn tāmen yě méinéngbāng

得上 忙,只能安慰老人說:「不要難過,
de shàng máng , zhǐnéng ānwèi lǎorén shuō : 「 búyào nánguò ,

你還有很多好馬。」說也奇怪,老人看起來
nǐ háiyǒu hěnduō hǎomǎ 。 」 shuōyěqíguài , lǎorén kànqǐlái

一點也不 悲傷。聽了鄰居的安慰,只是淡淡
yìdiǎnyěbù bēishāng 。 tīng le línjū de ānwèi , zhǐshì dàndàn

195

地回答：「丟了馬，究竟是福？是禍？誰知道
de huídá : 「 diūle mǎ , jiùjìng shì fú ? shì huò ? shuí zhīdào

呢！」過了幾個月，跑丟了的馬竟然回來了，
ne ! 」 guòle jǐgeyuè , pǎodiūle de mǎ jìngrán huíláile ,

而且還帶回一匹毛色光滑、跑起來飛快的
érqiě hái dàihuí yìpī máosè guānghuá 、 pǎoqǐlái fēikuài de

駿馬！人們看見了，直誇不可思議，個個張口
jùnmǎ ! rénmen kànjiànle , zhí kuā bùkěsīyì , gègè zhāngkǒu

恭喜老人：「你的運氣真好啊！不僅原本的
gōngxǐ lǎorén : 「 nǐ de yùnqì zhēnhǎo a ! bùjǐn yuánběn de

馬回來了，還多一匹駿馬！」沒想到，老人也
mǎ huíláile , hái duō yìpī jùnmǎ ! 」 méixiǎngdào , lǎorén yě

不顯得開心，依然淡淡地說：「馬回來了，是
bù xiǎnde kāixīn , yīrán dàndàn de shuō : 「 mǎ huílái le , shì

福？是禍？誰知道呢！」自從家中多了那匹
fú ? shì huò ? shuí zhīdào ne ! 」 zìcóng jiāzhōng duō le nà pī

漂亮的駿馬，老人的兒子便天天歡喜地騎著牠
piàoliàng de jùnmǎ , lǎorén de érzi biàntiāntiān huānxǐ de qí zhe tā

到處遊玩，享受大家羨慕的眼光。結果一個
dàochù yóuwán , xiǎngshòu dàjiā xiànmù de yǎnguāng 。 jiéguǒ yíge

不小心，從馬背上跌了下來，把大腿跌斷了！
bùxiǎoxīn , cóng mǎbèi shàng dié le xià lái , bǎ dàtuǐ diéduàn le !

　　好事的鄰居聽聞這個意外後，又急急忙忙地
hàoshì de línjū tīngwén zhège yìwài hòu , yòu jíjímángmáng de

跑去安慰老人：「唉，這匹馬本來就是匹野馬，
pǎoqù ānwèi lǎorén : 「 āi , zhè pī mǎ běnlái jiùshì pī yěmǎ ,

個性剛烈，會摔下來不是你兒子的問題，你就別
gèxìng gāngliè , huì shuāixiàlái búshì nǐ érzi de wèntí , nǐ jiù bié

太難過了。」不用鄰居安慰，其實，老人根本就
tài nánguò le 。 」 búyòng línjū ānwèi , qíshí , lǎorén gēnběn jiù

不擔心。所以他還是那句話：「發生這意外，是
bùdānxīn。 suǒyǐ tā háishì nà jù huà：「fāshēngzhè yìwài，shì

福？是禍？誰知道呢！」
fú？ shì huò？ shuí zhīdào ne！」

　　老人的兒子 摔斷 腿後，又過了一年，
　　lǎorén de érzi shuāiduàn tuǐ hòu，yòu guòle yìnián，

沒想到 鄰近的部落竟然爲了糧食，攻打到老人
méixiǎngdào línjìn de bùluò jìngrán wèile liángshí， gōngdǎ dào lǎorén

居住的村落裡來！爲了保衛家園，村子裡的 年
jūzhù de cūnluò lǐ lái！ wèile bǎowèi jiāyuán， cūnzi lǐ de nián

輕 男子個個都要 上戰場 。但是，老人的兒子
qīng nánzi gègè dōu yào shàngzhànchǎng。 dànshì，lǎorén de érzi

卻因跌斷了腿，跛了腳，所以不用 上戰場 。
què yīn diéduàn le tuǐ， bǒ le jiǎo， suǒyǐ búyòng shàngzhànchǎng。

經過激烈的 戰爭 ，十分之九的 年輕人 都戰死
jīngguò jīliè de zhànzhēng， shífēnzhījiǔ de niánqīngrén dōu zhànsǐ

了。然而，老人和他跛腳的兒子卻平安無事地
le。 ránér， lǎorén hàn tā bǒjiǎo de érzi què píngānwúshì de

活下來。故事的發展確實如老人所說的，是福？
huóxiàlái。 gùshì de fāzhǎn quèshí rú lǎorén suǒshuō de， shì fú？

是禍？誰知道呢！
shì huò？ shuí zhīdào ne！

197

(二)選擇題

_____ 1.「老人 所 馴養 的馬 成 了大家 心目 中 的第一
「lǎorén suǒ xúnyǎng de mǎ chéng le dàjiā xīnmù zhōng de dìyī

選 擇」是 什麼 意思？
xuǎn zé 」shì shénme yìsi ？

(A)大家覺得老人的馬太貴

(B)大家不會買老人養的馬

(C)大家要買馬，會立刻想到要跟老人買

(D)大家不喜歡跟老人買馬

_____ 2. 為什麼 老人 一直 說 「是福？是禍？誰 知道
wèishénme lǎorén yìzhí shuō 「shì fú ？ shì huò ？ shuí zhīdào

呢！」
ne ！」

(A)他不知道要說什麼

(B)他不確定未來會發生什麼事

(C)他不喜歡和鄰居聊天

(D)他覺得鄰居知道太多事

_____ 3. 老人的兒子 為什麼 不用 去 打仗 ？
lǎorén de érzi wèishénme búyòng qùdǎzhàng ？

(A)他的腳受傷，不能當士兵

(B)他要照顧老人

(C)他必須養馬

(D)他要去賣馬

_____ 4. 下面 哪一個是對的 ？
xiàmiàn nǎyíge shìduì de ？

(A)老人為了保衛家園上戰場

(B)老人的好馬和野馬生下優良的下一代

(C)老人用平常心面對事情

(D)老人的兒子走路不小心，跌斷腿

_____ 5. 下列 何者 的金額也 等於 十分之九？
xiàliè hézhě de jīné yě děngyú shífēnzhījiǔ？

(A)這家餐廳的餐點是90% off

(B)週年慶時，香水賣50% off

(C)這枝筆十九元

(D)這件衣服的價錢是10% off

_____ 6. 這 篇　文章　告訴 我們　什麼？
zhèpiān wénzhāng gàosù wǒmen shénme？

(A)看事情不能只看現在，要想到未來

(B)騎馬要小心，不然很容易受傷

(C)鄰居說的話不用理會

(D)其他的部落入侵很危險

(三)思考題

1. 看完文章，你覺得馬不見了到底好不好？

2. 你認同老人面對事情的態度嗎？為什麼？

3. 這個故事形成一個成語：「塞翁失馬，焉知非福」，常被用來安慰人，即使現在發生不幸的事，未來也不一定會不好。你的國家有類似的成語嗎？它也有一個故事嗎？請說說看。

4. 你有這種結果是原本想不到的經驗嗎？請說說看。

(四)名詞解釋

	生詞	漢語拼音	解釋
1	意想不到	yìxiǎngbúdào	unexpected, unpredicted
2	邊界	biānjiè	border, boundary
3	擅長	shàncháng	be good at, be expert in
4	馴服	xúnfú	to tame
5	疲累	pílèi	tired
6	正因如此	zhèngyīnrúcǐ	for this reason
7	無緣無故	wúyuánwúgù	for no reason
8	圍欄	wéilán	fence
9	福	fú	good fortune
10	禍	huò	disaster, misfortune
11	光滑	guānghuá	smooth, glossy, sleek
12	不可思議	bùkěsīyì	unimaginable
13	剛烈	gāngliè	unyielding
14	部落	bùluò	tribe
15	保衛	bǎowèi	defend, guard
16	家園	jiāyuán	homeland
17	跛	bǒ	lame, crippled
18	激烈	jīliè	fierce, acute
19	平安無事	píngānwúshì	be safe and without incident
20	打仗	dǎzhàng	fight
21	平常心	píngchángxīn	keep oneself in a calm mood
22	炫耀	xuànyào	show off
23	入侵	rùqīn	invade

(五)原文

近塞上之人有善術者。馬無故亡而入胡，人
jìn sàishàng zhī rén yǒu shànshù zhě。 mǎ wúgù wáng ér rù hú， rén

皆弔之。其父曰：「此何遽不能為福乎？」居數
jiē diào zhī。 qí fù yuē：「 cǐ hé jù bùnéng wéi fú hū？」 jū shù

月，其馬將胡駿馬而歸，人皆賀之。其父曰：「此
yuè， qí mǎ jiāng hú jùnmǎ ér guī， rén jiē hè zhī。 qí fù yuē：「 cǐ

何遽不能為禍乎？」家富良馬，其子好騎，墮而折
hé jù bùnéng wéihuò hū？」 jiā fù liángmǎ， qí zǐ hàoqí， duò ér zhé

其髀，人皆弔之，其父曰：「此何遽不為福乎？」
qí bì， rén jiē diào zhī， qí fù yuē：「 cǐ hé jù bùwéi fú hū？」

居一年，胡人大入塞， 丁壯 者引弦而戰，近塞之
jū yìnián， húrén dà rù sài， dīngzhuàngzhě yǐnxián ér zhàn， jìnsài zhī

人，死者十九，此獨以跛之故，父子相保。
rén， sǐzhě shíjiǔ， cǐ dú yǐ bǒ zhī gù， fùzǐ xiāngbǎo。

二十六、蛇有沒有腳

(一)文章

從前，在楚國有個商人，他很迷信，
cóngqián， zài Chǔguó yǒu ge shāngrén， tā hěn míxìn，

每次遇到重要的節日，一定要在家裡舉辦盛大
měicì yùdào zhòngyào de jiérì， yídìng yào zài jiālǐ jǔbàn shèngdà

的祭祀活動，並準備豐盛的供品給神明
de jìsì huódòng， bìng zhǔnbèi fēngshèng de gòngpǐn gěi shénmíng

享用。他相信這樣祭拜神明，神明們一定
xiǎngyòng。 tā xiāngxìn zhèyàng jìbài shénmíng， shénmíngmen yídìng

會保佑他平安、健康、賺大錢。可是他對自己
huì bǎoyòu tā píngān、 jiànkāng、 zuàn dà qián。 kěshì tā duì zìjǐ

的僕人很小氣！由於他經常舉行祭祀，所以
de púrén hěn xiǎoqì！ yóuyú tā jīngcháng jǔxíng jìsì， suǒyǐ

家裡祭拜過後的供品，不管是牛肉、豬肉、魚肉
jiālǐ jìbài guòhòu de gòngpǐn， bùguǎn shì niúròu、 zhūròu、 yúròu

或是水果，常常都多到吃不完。然而這個
huòshì shuǐguǒ， chángcháng dōu duōdào chībùwán。 ránér zhège

小氣的商人寧可把食物放到壞掉，也不願意
xiǎoqì de shāngrén níngkě bǎ shíwù fàngdào huàidiào， yě búyuànyì

拿出來讓僕人吃，幫僕人增加菜色。
náchūlái ràng púrén chī， bāng púrén zēngjiā càisè。

有一天，祭祀過後，商人家中一個叫林庭
yǒuyìtiān， jìsì guòhòu， shāngrén jiāzhōng yíge jiào Líntíng

的僕人，在收拾供品時，忍不住偷偷地把一瓶
de púrén， zài shōushí gòngpǐn shí， rěnbúzhù tōutōu de bǎ yìpíng

酒藏了起來。他心想：「既然沒辦法吃到肉，
jiǔ cáng le qǐlái。tā xīnxiǎng：「jìrán méibànfǎ chīdào ròu，

那麼喝點小酒總可以吧！」沒想到 這舉動被
nàme hē diǎn xiǎojiǔ zǒng kěyǐ ba！」méixiǎngdào zhè jǔdòng bèi

其他兩三個僕人看到了。俗話說，見者有份，
qítā liǎngsān ge púrén kàndào le。súhuà shuō，jiànzhě yǒufèn，

見到的人無不要求林庭把酒拿出來一起 享用，
jiàndào de rén wúbù yāoqiú Líntíng bǎ jiǔ náchūlái yìqǐ xiǎngyòng，

要不然就要去告發他。在逼不得已的 情況
yàobùrán jiù yào qù gàofā tā。zài bībùdéyǐ de qíngkuàng

之下，林庭只好答應他們了。但是，一想到一瓶
zhīxià，Líntíng zhǐhǎo dāyìng tāmen le。dànshì，yìxiǎngdào yìpíng

小酒要四個人分著喝，就愈想愈不服氣！於是他
xiǎojiǔ yào sìge rén fēnzhe hē，jiù yùxiǎngyù bùfúqì！yúshì tā

提議來 場 比賽，看誰能 先畫好一條蛇，就 能
tíyì lái chǎng bǐsài，kàn shéi néng xiān huàhǎo yìtiáo shé，jiù néng

獨自 享用 那瓶酒。大家都覺得這個提議有趣又
dúzì xiǎngyòng nàpíng jiǔ。dàjiā dōu juéde zhège tíyì yǒuqù yòu

公平 ，所以就紛紛同意了。接著 眾人 便拿起
gōngpíng，suǒyǐ jiù fēnfēn tóngyì le。jiēzhe zhòngrén biàn náqǐ

地上的樹枝，開始在地上畫蛇。由於點子是林庭
dìshàng de shùzhī，kāishǐ zài dìshàng huàshé。yóuyú diǎnzi shì Líntíng

想出來的，所以他老早就 想好 要怎麼畫才 能
xiǎngchūlái de，suǒyǐ tā lǎozǎo jiù xiǎnghǎo yào zěnme huà cái néng

最快 完成 ，只見他兩三下就把蛇的 模樣 勾勒
zuìkuài wánchéng，zhǐjiàn tā liǎngsānxià jiù bǎ shé de móyàng gōulè

出來了。畫完後，林庭便開心地拿起酒瓶，
chūlái le。huàwán hòu，Líntíng biàn kāixīn de náqǐ jiǔpíng，

看著其他人慢吞吞地畫畫，心裡得意得很！
kànzhe qítārén màntūntūn de huàhuà，xīnlǐ déyì dehěn！

這時，他想：「看他們 笨手笨腳 的樣子 眞
zhèshí ， tā xiǎng ：「 kàn tāmen bènshǒubènjiǎo de yàngzi zhēn

好笑， 反正我還有時間， 不如多畫一些吧！」
hǎoxiào ， fǎnzhèng wǒ háiyǒu shíjiān ， bùrú duōhuà yìxiē ba ！」

便 給蛇加上了四隻腳。這時，有一個人也 畫完
biàn gěi shé jiāshàng le sìzhī jiǎo 。 zhèshí ， yǒu yíge rén yě huàwán

了，他一把 搶過 林庭的酒瓶，仰頭喝了起來。
le ， tā yìbǎ qiǎngguò Líntíng de jiǔpíng ， yǎngtóu hēle qǐlái 。

林庭很生氣， 大聲質問他爲什麼 搶 他的酒，
Líntíng hěn shēngqì ， dàshēng zhíwèn tā wèishénme qiǎng tā de jiǔ ，

自己 明明 是第一個畫好的！那個人哈哈大笑，
zìjǐ míngmíng shì dìyīge huàhǎo de ！ nàgerén hāhā dàxiào ，

回答：「我們要畫的是蛇啊！你看過 長腳 的
huídá ：「 wǒmen yào huà de shì shé a ！ nǐ kànguò zhǎngjiǎo de

蛇嗎？」林庭愣在那裡，一個字也 説不出來，
shé ma ？」 Líntíng lèng zài nàlǐ ， yígezì yě shuō bù chūlái ，

只能看著他把 整瓶酒 大口大口地喝完了。
zhǐnéngkànzhe tā bǎ zhěngpíngjiǔ dàkǒu dàkǒu de hēwán le 。

(二)選擇題

_____ 1. 下列 何者可以 用 「迷信」 形容 ？
xiàliè hézhě kěyǐ yòng 「míxìn」 xíngróng ？

(A)生病不看醫生，只去廟裡拜拜

(B)喜歡寫信給別人

(C)對電視節目很著迷

(D)相信網路新聞的所有報導

_____ 2. 當 我們 說 商人 很 小氣時，代表 他 ？
dāng wǒmen shuō shāngrén hěn xiǎoqìshí，dàibiǎo tā ？

(A)不吝嗇

(B)很吝嗇

(C)很大方

(D)最大方

_____ 3.「 見者 有份 」的意思是 ？
「jiànzhěyǒufèn」 de yìsi shì ？

(A)看見的人都要出錢

(B)看見的人都要再給一份

(C)看見的人都可以得到一份

(D)看見的人都不能說出去

_____ 4. 林庭 為什麼 要 提議比賽 ？
Líntíng wèishénme yào tíyì bǐsài ？

(A)因為他覺得其他人會輸

(B)因為他喜歡贏的感覺

(C)因為他不想和別人分享酒

(D)因為他想要打敗其他人

_____ 5.「 寧可 」不可以 放入 下列哪一個句子 ？
「níngkě」 bùkěyǐ fàngrù xiàliè nǎyíge jùzi ？

(A)你□□作弊，也不要不念書

(B)他□□交報告，也不要考試

(C)我□□你說實話，也不要騙人

(D)□□別人傷我，也不要我傷人

_____ 6. 為什麼 不是 林庭 喝掉 酒 ？
wèishénme búshì Líntíng hēdiàojiǔ ？

(A)因為他畫的蛇最像

(B)因為他畫的最不像蛇

(C)因為他沒認真畫

(D)因為他畫得太慢了

(三) 思考題

1. 你有看過或參與過華人的祭祀活動嗎？請和大家分享你對這些活動的印象和想法。

2. 你覺得林庭到底聰不聰明？為什麼？請說說看。

3. 這是成語「畫蛇添足」的由來，指人不要聰明反被聰明誤，你還知道什麼成語也是這個意思嗎？請想想看它是不是也有一個故事。

4. 承上題，如果它沒有故事，你是不是可以幫它編一個？或是分享你聽過的類似事情？請試試看。

(四) 名詞解釋

	生詞	漢語拼音	解釋
1	迷信	míxìn	superstitious
2	盛大	shèngdà	grand
3	祭祀	jìsì	to offer sacrifices to the gods
4	豐盛	fēngshèng	sumptuous
5	供品	gòngpǐn	offerings
6	小氣	xiǎoqì	miserly, stingy
7	寧可	níngkě	rather
8	收拾	shōushí	pack, clear away
9	舉動	jǔdòng	move, action
10	俗話說	súhuàshuō	as the saying goes
11	見者有份	jiànzhěyǒufèn	finders keepers
12	告發	gàofā	accuse

13	逼不得已	bībùdéyǐ	compel to have to do something
14	服氣	fúqì	to be convinced
15	提議	tíyì	suggest
16	獨自	dúzì	alone
17	公平	gōngpíng	fair
18	點子	diǎnzi	idea
19	勾勒	gōulè	to sketch, to outline
20	慢吞吞	màntūntūn	very slow
21	笨手笨腳	bènshǒubènjiǎo	clumsy
22	質問	zhíwèn	to question
23	愣	lèng	distracted
24	著迷	zháomí	to be fascinated
25	吝嗇	lìnsè	niggardly, mean
26	慫恿	sǒngyǒng	to instigate, to incite

(五)原文

楚 有 祠者，賜其舍人厄酒。舍人 相 謂曰：「數
Chǔyǒu cí zhě， cì qí shèrén zhījiǔ。 shèrén xiāngwèiyuē：「shù

人飲之不足，一人飲之有餘，請畫地爲蛇， 先 成
rén yǐn zhī bùzú， yìrén yǐn zhīyǒu yú， qǐnghuà dì wéishé， xiānchéng

者飲酒。」一人蛇先 成 ，引酒且飲之，乃左手持
zhě yǐnjiǔ。」 yìrén shéxiānchéng， yǐn jiǔ qiě yǐn zhī， nǎi zuǒshǒu chí

厄，右手畫蛇，曰：「吾 能 爲之足。」未 成 ，
zhī， yòushǒu huà shé， yuē：「wú néng wèi zhī zú。」 wèichéng，

一人之蛇 成 ，奪其厄曰：「蛇固無足，子安能爲之
yìrén zhī shéchéng， duó qí zhīyuē：「shé gù wúzú， zǐ ānnéngwèi zhī

足？」遂飲其酒。爲蛇足者， 終 亡其酒。
zú？」 suì yǐn qí jiǔ。 wéishé zú zhě， zhōng wáng qí jiǔ。

二十七、惡魔藏在細節裡

(一)文章

中國　的　明朝　，大約是六百年以前，那個
Zhōngguó de Míngcháo ,　dàyuē shì liùbǎi nián yǐqián ,　nàge

時候在　中國　的　東南方　，有一個叫做浦陽的　小
shíhòu zài Zhōngguó de dōngnánfāng ,　yǒu yíge jiàozuò Pǔyáng de xiǎo

村落。在這個村落裡，百姓們　都過著快樂、平安
cūnluò。 zài zhège cūnluò lǐ ,　bǎixìngmen dōuguòzhe kuàilè、 píngān

的 生活 ，而且身體都 非常 健康。但是有一天，
de shēnghuó ， érqiě shēntǐ dōu fēicháng jiànkāng。 dànshì yǒuyìtiān ，

一位浦陽村的居民卻 生 了奇怪的病……
yíwèi Pǔyángcūn de jūmín quèshēng le qíguài de bìng ……

那位居民是一位叫做 鄭仲辨 的少年，他
nàwèi jūmín shì yíwèi jiàozuò Zhèngzhòngbiàn de shǎonián ， tā

的身體十分 強壯 ，不論是一大袋的米，或是
de shēntǐ shífēn qiángzhuàng ， búlùn shì yí dà dài de mǐ ， huòshì

一大塊的石頭，他都 能 輕而易舉地搬起來。
yí dà kuài de shítóu ， tā dōu néng qīngéryìjǔ de bān qǐlái 。

因爲身體 健康，而且從來沒有 生 過病，所以
yīnwèi shēntǐ jiànkāng ， érqiě cónglái méiyǒu shēng guò bìng ， suǒyǐ

鄭仲辨 總是精神奕奕，臉頰一直都 紅通通
Zhèngzhòngbiàn zǒngshì jīngshényìyì ， liǎnjiá yìzhí dōu hóngtōngtōng

的 。
de 。

但是有一天， 仲辨 突然覺得左手的大拇指
dànshì yǒuyìtiān ， Zhòngbiàn túrán juéde zuǒshǒu de dàmǔzhǐ

十分 疼痛，仔細 一看，原來是大拇指 上 長 了
shífēn téngtòng ， zǐxì yíkàn ， yuánlái shì dàmǔzhǐ shàngzhǎng le

一個 像 米粒般大的 腫包 。 仲辨 看到 腫包
yíge xiàng mǐlì bān dà de zhǒngbāo 。 Zhòngbiàn kàndào zhǒngbāo

之後 非常 擔心，於是就把他的 左手 給鄰居與
zhīhòu fēicháng dānxīn ， yúshì jiù bǎ tā de zuǒshǒu gěi línjū yǔ

朋友 看，希望大家 能 告訴他應該怎麼治療它。
péngyǒu kàn ， xīwàng dàjiā néng gàosù tā yīnggāi zěnme zhìliáo tā 。

但是 仲辨 的鄰居和 朋友看了他的手後，反而
dànshì Zhòngbiàn de línjū hàn péngyǒu kàn le tā de shǒuhòu ， fǎnér

嘲笑 仲辨 ，竟然爲 這種 小事擔心，還告訴
cháoxiào Zhòngbiàn ， jìngrán wèi zhèzhǒng xiǎoshì dānxīn ， hái gàosù

他這個 腫包 過不了多久就會自己痊癒，不用把
tā zhège zhǒngbāo guòbùliǎo duōjiǔ jiùhuì zìjǐ quányù ，búyòng bǎ

它 放在 心上 。 仲辨 聽了朋友 們的話後，也
tā fàngzài xīnshàng。 Zhòngbiàn tīng le péngyǒumen de huàhòu ， yě

覺得大拇指似乎不那麼痛了，於是就忽略了這個
juéde dàmǔzhǐ sìhū bú nàme tòng le ，yúshì jiù hūlüè le zhège

小 腫包 。
xiǎozhǒngbāo。

過了三天之後， 左手拇指上 的 腫包 竟然
guòle sāntiān zhīhòu ， zuǒshǒu mǔzhǐ shàng de zhǒngbāo jìngrán

愈腫愈大， 腫 得就和一枚銅板一樣大！這時，
yùzhǒngyùdà ， zhǒng de jiù hàn yìméi tóngbǎn yíyàng dà ！zhèshí ，

仲辨 比三天前更害怕了，於是他再次去詢問
Zhòngbiàn bǐ sāntiānqiángèng hàipà le ， yúshì tā zàicì qù xúnwèn

他的 朋友 們，希望他們能 幫忙 ，但是 仲辨
tā de péngyǒumen ， xīwàng tāmen néngbāngmáng ， dànshì Zhòngbiàn

的 朋友 又 像 三天前那樣， 只是 笑著告訴
de péngyǒu yòu xiàng sāntiān qián nàyàng ， zhǐshì xiào zhe gàosù

仲辨 別擔心 。
Zhòngbiàn bié dānxīn 。

又 過了 三天， 仲辨 的左手拇指腫大得
yòu guòle sāntiān ， Zhòngbiàn de zuǒshǒu mǔzhǐ zhǒngdà de

愈來愈 嚴重 了，那些 腫包 竟然大得無法 用
yùláiyù yánzhòng le ， nàxiē zhǒngbāo jìngrán dà de wúfǎ yòng

手 包覆！而且不僅止於只有大拇指痛得 讓
shǒu bāofù ！ érqiě bùjǐn zhǐyú zhǐyǒu dàmǔzhǐ tòng de ràng

仲辨 受不了，其他靠近拇指的手指也都 像
Zhòngbiàn shòubùliǎo ， qítā kàojìn mǔzhǐ de shǒuzhǐ yě dōuxiàng

針刺著皮膚一樣難受，就連身體其他部位也都
zhēncì zhe pífū yíyàng nánshòu ， jiù lián shēntǐ qítā bùwèi yě dōu

隱隱作痛。到了這個時候，仲辨再也忍不住
yǐnyǐnzuòtòng 。 dàole zhège shíhòu ， Zhòngbiàn zài yě rěnbúzhù

心中 的恐懼，終於 決定去看醫生了。
xīnzhōng de kǒngjù ， zhōngyú juédìng qù kànyīshēng le 。

見到醫生後，醫生一看到 仲辨 的手，
jiàndào yīshēng hòu ， yīshēng yí kàndào Zhòngbiàn de shǒu ，

非常 驚訝地對他說：「這種 病 非常 特別，
fēicháng jīngyà de duì tā shuō ： 「 zhèzhǒng bìng fēicháng tèbié ，

一開始時，雖然只有手指 上 長出 小 腫包，
yìkāishǐ shí ， suīrán zhǐyǒu shǒuzhǐ shàng zhǎngchū xiǎo zhǒngbāo ，

但實際上卻是身體的每一個部位都 生病 了，
dàn shíjìshàng quèshì shēntǐ de měi yíge bùwèi dōu shēngbìng le ，

如果沒有盡早治療，是會 傷害 到 生命 的！
rúguǒ méiyǒu jìnzǎo zhìliáo ， shì huì shānghài dào shēngmìng de ！

不過，如果在一發現 小腫包 時，能夠 細心
búguò ， rúguǒ zài yì fāxiàn xiǎozhǒngbāo shí ， nénggòu xìxīn

地照顧 傷口 ，病一下子就會好起來了。但是
de zhàogù shāngkǒu ， bìng yíxiàzi jiùhuì hǎo qǐlái le 。 dànshì

如果拖到了第三天才接受治療的話，那麼就算
rúguǒ tuōdào le dìsāntiān cái jiēshòu zhìliáo dehuà ， nàme jiùsuàn

每天擦藥，也需要十天才能 完全 康復。現在，
měitiān cāyào ， yě xūyào shítiān cáinéng wánquán kāngfù 。 xiànzài ，

你 生病 了六天以上，身體已經受到 嚴重 的
nǐ shēngbìng le liùtiān yǐshàng ， shēntǐ yǐjīng shòudào yánzhòng de

傷害 ，現在才開始治療， 少說 也需要三個月的
shānghài ， xiànzài cái kāishǐ zhìliáo ， shǎoshuō yě xūyào sāngeyuè de

時間，才能痊癒。」
shíjiān ， cáinéngquányù 。 」

仲辨 爲了能早日恢復 健康 ，乖乖地 聽從
Zhòngbiàn wèile néng zǎorì huīfù jiànkāng ， guāiguāi de tīngcóng

醫生 的 指示 ， 每天 不但 定時 吃藥 ， 還 細心 地 幫
yīshēng de zhǐshì ， měitiān búdàn dìngshí chīyào ， hái xìxīn de bāng

手指 上 的 傷口 塗抹 藥膏 。 果然 如 醫生 所說 ，
shǒuzhǐ shàng de shāngkǒu túmǒ yàogāo 。 guǒrán rú yīshēng suǒshuō ，

第一個月 時 ， 手指 上 的 腫包 一天天 地 縮小 ，
dìyīgeyuè shí ， shǒuzhǐ shàng de zhǒngbāo yìtiāntiān de suōxiǎo ，

最後 腫包 就 全 消了 。 兩個月 後 ， 手指 和 身體
zuìhòu zhǒngbāo jiù quánxiāo le 。 liǎnggeyuè hòu ， shǒuzhǐ hàn shēntǐ

都 不再 疼痛 了 。 到了 第三個月 ， 仲辨 終於 又
dōu búzài téngtòng le 。 dàole dìsāngeyuè ， Zhòngbiàn zhōngyú yòu

和 從前 一樣 精神抖擻 ， 臉頰 也 恢復 了 紅潤 。
hàn cóngqián yíyàng jīngshéndǒusǒu ， liǎnjiá yě huīfù le hóngrùn 。

像 仲辨 這樣 健康 又 時時 注意 自己 身體
xiàng Zhòngbiàn zhèyàng jiànkāng yòu shíshí zhùyì zìjǐ shēntǐ

狀況 的 少年 ， 都會 因為 一時 的 忽略 ， 而 差點
zhuàngkuàng de shàonián ， dōuhuì yīnwèi yìshí de hūluè ， ér chādiǎn

葬送 自己 的 性命 了 。 更 別說 是 一般 人 ， 既
zàngsòng zìjǐ de xìngmìng le 。 gèng biéshuō shì yìbān rén ， jì

不像 仲辨 那樣 健康 ， 平時 也 不 注意 身體 的
búxiàng Zhòngbiàn nàyàng jiànkāng ， píngshí yě bú zhùyì shēntǐ de

病痛 ， 一不小心 很可能 就會 因小失大 啊 ！
bìngtòng ， yíbùxiǎoxīn hěnkěnéng jiùhuì yīnxiǎoshīdà a ！

(二) 選擇題

───── 1. 下面 哪個 選項 最符合 本文 的 主旨 ？
xiàmiàn nǎge xuǎnxiàng zuì fúhé běnwén de zhǔzhǐ ？

(A) 能輕易地搬起重物的人不會生病

(B) 即使是小病痛，也可能是生大病之前的預兆

(C) 生病了如果被朋友嘲笑的話，就應該忍住病痛

(D) 生病了只要休息到病痛消失就可以了，不用等到精神
恢復

_____ 2. 下面 哪一個 選項 的量詞 使用 錯誤？
xiàmiàn nǎyíge xuǎnxiàng de liàngcí shǐyòng cuòwù？

(A)一「道」傷口

(B)一「根」細針

(C)一「座」村莊

(D)一「片」米粒

_____ 3. 下面 哪一個 選項 的「他」不是指 鄭仲辨 ？
xiàmiàn nǎyíge xuǎnxiàng de 「tā」búshì zhǐ Zhèngzhòngbiàn？

(A)於是就把「他」的左手給鄰居與朋友看

(B)希望「他」們能幫忙

(C)於是「他」再次去詢問朋友們

(D)非常驚訝地對「他」說

_____ 4.「 不用 把 它 放在 心 上 」 所說 的「 心 」 並 不是
「búyòng bǎ tā fàngzài xīn shàng」 suǒshuō de 「xīn」 bìng búshì

指人 身體裡的 器官 ，而是 抽象 的 概念 ，下列
zhǐ rén shēntǐ lǐ de qìguān， érshì chōuxiàng de gàiniàn， xiàliè

哪一個詞提到的心，是指實際的 器官呢？
nǎyíge cí tídào de xīn，shìzhǐ shíjì de qìguān ne？

(A)心臟

(B)心情

(C)變心

(D)擔心

_____ 5. 下面 哪一個 選項 不能 放入「 果然 」？
xiàmiàn nǎyíge xuǎnxiàng bùnéng fàngrù「guǒrán」？

(A)他上班時整天玩遊戲，○○被老闆罵了一頓

(B)昨天氣象預報提到今天會下雨，現在○○下起雨來了

(C)這篇報導提到有顆蘋果樹上○○長出了橘子

(D)弟弟一吃飽飯就跑去打籃球，現在○○肚子疼了

_____ 6. 下面 哪一個 選項 與 本文 敘述 的 順序 最不
　　　　 xiàmiàn nǎyíge xuǎnxiàng yǔ běnwén xùshù de shùnxù zuì bù

符合 ？
fúhé ？

(A)小腫包到大腫包痊癒的時間：一天→十天→三個月

(B)腫包的大小：米粒一般→銅板一般→手掌無法握住

(C)仲辨發現傷口時的反應：詢問朋友→看醫生→詢問朋友

(D)仲辨康復的經過：腫包消失→身體不再疼痛→恢復精神

(三)思考題

1. 你是否曾經因為避免朋友的嘲笑而不敢做自己原本想做的
   事呢？朋友的嘲笑對你造成哪些影響呢？

2. 本文用手指頭上的腫包來比喻生活中可能會導致壞事的小
   細節，你是否也遇過魔鬼藏在細節裡的情況呢？

3. 除了本文提到的生病需要多多休息，且遵守醫生的指示之
   外，還有哪些方法可以讓我們維持健康呢？

4. 遇到困難的時候，大部分的人都會詢問其他人的建議，你
   自己有給過朋友什麼建議呢？他們有照著做嗎？結果又是
   如何呢？

(四)名詞解釋

	生詞	漢語拼音	解釋
1	惡魔	èmó	demon, devil
2	輕而易舉	qīngéryìjǔ	easy to accomplish
3	精神奕奕	jīngshényìyì	in good fettle

4	臉頰	liǎnjiá	cheek
5	紅通通	hóngtōngtōng	bright red, glowing
6	米粒	mǐlì	rice grains
7	腫包	zhǒngbāo	bump
8	治療	zhìliáo	cure
9	痊癒	quányù	fully recover from an illness
10	忽略	hūluè	ignore
11	毛病	máobìng	trouble
12	銅板	tóngbǎn	coin
13	包覆	bāofù	wrap
14	針	zhēn	needle
15	心臟	xīnzàng	heart
16	隱隱約約	yǐnyǐnyuēyuē	indistinct
17	恐懼	kǒngjù	fear
18	盡早	jìnzǎo	as soon as possible
19	嚴重	yánzhòng	critical, serious
20	指示	zhǐshì	prescription, indication
21	藥膏	yàogāo	ointment
22	精神抖擻	jīngshéndǒusǒu	vigorous and energetic
23	葬送	zàngsòng	ruin, destroy
24	因小失大	yīnxiǎoshīdà	try to save a little only to lose a lot

(五)原文

浦陽 鄭君 仲辨 ，其容闐然，其色渥然，其
Pǔyáng Zhèngjūn Zhòngbiàn ， qí róng tiánrán ， qí sè wòrán ， qí

氣 充然 ， 未嘗 有疾也。他日， 左手之拇有 疹
qì chōngrán ， wèicháng yǒu jí yě 。 tārì ， zuǒshǒu zhī mǔ yǒu zhěn

焉，隆起而粟，君疑之，以示人。人大笑，以爲
yān ， lóngqǐ ér sù ， jūn yízhī ， yǐ shìrén 。 rén dàxiào ， yǐwéi

不足患。既三日， 聚而如錢， 憂之滋甚， 又以
bùzúhuàn 。 jì sānrì ， jù ér rú qián ， yōuzhī zī shèn ， yòu yǐ

示人。 笑者如初。 又三日， 拇之大盈握， 近拇之
shìrén 。 xiàozhě rúchū 。 yòu sānrì ， mǔ zhīdà yíngwò ， jìn mǔ zhī

指， 皆爲之痛， 若剟刺 狀 ，肢體心膂無不病者。
zhǐ ， jiēwèi zhī tòng ， ruòduó cì zhuàng ， zhītǐ xīnlǚ wú búbìng zhě 。

懼而謀諸醫。醫視之，驚曰：「此疾之奇者，雖
jù ér móu zhū yī 。 yī shìzhī ， jīngyuē ：「 cǐ jí zhī qí zhě ， suī

病 在指， 其實一身病也， 不速治， 且能 傷生 。
bìng zài zhǐ ， qíshí yìshēn bìng yě ， bú sùzhì ， qiě néng shāngshēng 。

然始發之時， 終日可癒；三日， 越旬可癒；今疾
rán shǐfā zhīshí ， zhōngrì kěyù ； sānrì ， yuèxún kěyù ； jīn jí

且成 ， 已非三月不能瘳。 終日而癒， 可治也； 越
qiěchéng ， yǐfēi sānyuèbùnéng chōu 。 zhōngrì éryù ， kě zhì yě ； yuè

旬而癒， 藥可治也； 至於既成， 甚 將 延乎肝膈，
xún éryù ， yào kě zhì yě ； zhìyú jìchéng ， shèn jiāng yán hū gāngé ，

否亦 將爲 一臂之憂。 非有以禦其內， 其勢不止；
fǒu yì jiāngwéi yíbìzhīyōu 。 fēi yǒu yǐ yùqínèi ， qí shì bùzhǐ ；

非有以治其外，疾未易爲也。」君從其言，日服
fēi yǒu yǐ zhìqíwài ， jí wèi yìwéi yě 。」 jūn cóng qí yán ， rìfú

湯劑，而傅以善藥。果至二月而後瘳，三月而神色
tāngjì ， ér fūyǐ shànyào 。 guǒ zhì èryuè ér hòuchōu ， sānyuè ér shénsè

始復。
shǐfù 。

余因是思之：天下之事， 常 發於至微， 而
yú yīnshì sīzhī ： tiānxiàzhīshì ， cháng fāyú zhìwéi ， ér

終爲　大患；始以爲不足治，而　終　至於不可爲。
zhōngwéi dàhuàn；shǐ yǐwéi bùzú zhì，ér zhōng zhìyú bùkěwéi。

當　其易也，惜旦夕之力，忽之而不顧；及其既成
dāng qí yì yě，xí dànxìzhīlì，hūzhī ér búgù；jí qí jìchéng

也，積歲月，疲思慮，而僅克之，如此指者多矣。
yě，jī suìyuè，pí sīlǜ，ér jǐn kèzhī，rúcǐ zhǐzhě duō yǐ。

蓋　眾人之所可知者，　眾人之所能治也，其勢雖
gài zhòngrén zhī suǒ kězhīzhě，zhòngrén zhī suǒnéngzhì yě，qí shì suī

危，而未足深畏；惟萌於不必憂之地，而寓於
wéi，ér wèizú shēnwèi；wéi méngyú búbìyōuzhīdì，ér yùyú

不可見之初，眾人笑而忽之者，此則君子之所深畏
bùkějiànzhīchū，zhòngrén xiàoér hūzhīzhě，cǐ zé jūnzǐ zhīsuǒshēnwèi

也。
yě。

　　昔之天下，有如君之　盛壯　無疾者乎？愛
xí zhītiānxià，yǒu rú jūnzhī shèngzhuàng wújízhě hū？ài

天下者，有如君之愛身者乎？而可以爲天下患者，
tiānxiàzhě，yǒu rú jūnzhī àishēnzhě hū？ér kěyǐ wéitiānxià huànzhě，

豈特　瘡痏　之於指乎？君　未嘗敢忽之，特以不早
qǐ tè chuāngyòu zhīyú zhǐ hū？jūn wèicháng gǎn hū zhī，tèyǐ bùzǎo

謀於醫，而幾至於甚病。況乎視之以至疏之勢，
móuyúyī，ér jī zhìyú shènbìng。kuànghū shìzhī yǐ zhìshūzhīshì，

重以疲敝之餘，吏之戕摩剝削以速其疾者亦甚矣！
chóngyǐ píbì zhīyú，lìzhī qiāngmóbāoxuè yǐ sù qíjízhě yìshènyǐ！

幸其爲發，以爲無虞而不知畏，此眞可謂智
xìng qí wéifā，yǐwéi wúyú ér bùzhīwèi，cǐ zhēn kěwèi zhì

也與哉？
yěyúzāi？

　　余賤，不敢謀國，而君慮周行果，非久於
yú jiàn，bùgǎn móuguó，ér jūn lǜzhōuxíngguǒ，fēi jiǔyú

布衣者也。傳不云乎：「三折肱而成良醫。」君
bùyīzhě yě。zhuàn bùyún hū：「sānzhégōng ér chéngliángyī。」jūn

誠　有位於時，則宜以拇病爲戒！
chéng yǒuwèi yúshí，zé yíyǐ mǔbìng wéijiè！

二十八、愚公移山

(一)文章

很久以前，有兩座大山，一座叫太行，
hěn jiǔ yǐqián， yǒu liǎngzuò dàshān， yízuò jiào Tàiháng，

一座叫王屋，兩座山加起來的面積大約是
yízuò jiào Wángwū， liǎngzuò shān jiā qǐlái de miànjī dàyuē shì

十個足球場那麼大；而高度更有五棟台北101
shíge zúqiúchǎng nàme dà； ér gāodù gèng yǒu wǔdòng Táiběi 101

那麼高！由於這兩座山實在太龐大了，造成
nàme gāo！ yóuyú zhè liǎngzuò shān shízài tài pángdà le， zàochéng

附近的居民很大的不方便。他們不論是要去拜訪
fùjìn de jūmín hěn dà de bùfāngbiàn。 tāmen búlùn shì yào qù bàifǎng

親朋好友，或是到市區買東西，都要花三天
qīnpénghǎoyǒu， huòshì dào shìqū mǎi dōngxi， dōu yào huā sāntiān

三夜繞過這兩座大山，才能到達目的地。
sānyè ràoguò zhè liǎngzuò dàshān， cái néng dàodá mùdìdì。

這個問題困擾大家很久了，但就是沒人有
zhège wèntí kùnrǎo dàjiā hěnjiǔ le， dàn jiùshì méirén yǒu

辦法可以解決。這時，在山邊住了一輩子的
bànfǎ kěyǐ jiějué。 zhèshí， zài shānbiān zhùle yíbèizi de

愚公，突然下定決心要處理這個問題。於是，他
Yúgōng， túrán xiàdìngjuéxīn yào chùlǐ zhège wèntí。 yúshì， tā

便召集所有的家人，並將自己的想法說給大家
biàn zhàojí suǒyǒu de jiārén， bìngjiāng zìjǐ de xiǎngfǎshuō gěi dàjiā

聽，他說：「乾脆我們大家一起努力，剷平
tīng， tā shuō：「 gāncuì wǒmen dàjiā yìqǐ nǔlì， chǎnpíng

這 兩座 大山， 這樣 以後 就 可以 直接 通往 山 的
zhè liǎngzuò dàshān， zhèyàng yǐhòu jiù kěyǐ zhíjiē tōngwǎng shān de

另一頭了，你們 説 好不好？」 愚公 的 家人 聽了
lìngyìtóu le， nǐmen shuō hǎobùhǎo？」 Yúgōng de jiārén tīngle

很 振奮，紛紛 表示 同意！但是， 他 的 妻子 提出 了
hěn zhènfèn， fēnfēn biǎoshì tóngyì！ dànshì， tā de qīzi tíchū le

疑問：「你 已經 老了，哪來 的 力氣 去 移山 啊？我
yíwèn：「 nǐ yǐjīng lǎo le， nǎ lái de lìqì qù yí shān a？ wǒ

看 你 連個 小山丘 都 挖 不 動！ 更 何況 是 太行山
kàn nǐ lián ge xiǎoshānqiū dōu wā bú dòng！ gènghékuàng shì Tàihángshān

和 王屋山 ！再説， 挖 出來 的 土石 要 放去 哪
hàn Wángwūshān！ zàishuō， wā chūlái de tǔshí yào fàngqù nǎ

呢？」 愚公 回答：「只要 我 還有 一口氣 在， 能 做
ne？」 Yúgōng huídá：「 zhǐyào wǒ háiyǒu yìkǒuqì zài， néngzuò

多少 我 就 做 多少 。 至於 土石， 我們 可以 把 它們
duōshǎo wǒ jiù zuò duōshǎo。 zhìyú tǔshí， wǒmen kěyǐ bǎ tāmen

放到 大海裡。」
fàngdào dàhǎi lǐ 。」

　　隔天， 愚公 和 他 的 兒子、 孫子 共 三人，
　　gétiān， Yúgōng hàn tā de érzi、 sūnzi gòng sānrén，

馬上 行動 了！他們 敲打 石頭，挖掘 土壤， 再
mǎshàng xíngdòng le！ tāmen qiāodǎ shítóu， wājué tǔrǎng， zài

用 畚箕 挑到 遠處 的 大海。就 這樣 日日夜夜 辛勞
yòng běnjī tiāodào yuǎnchù de dàhǎi。 jiù zhèyàng rìrìyèyè xīnláo

工作 了 三個月， 只 挖掉 山 的 一小部分， 大概
gōngzuò le sāngeyuè， zhǐ wādiào shān de yìxiǎobùfèn， dàgài

和 一輛 公車 差不多 大 而已。 其他 居民 看著 他們
hàn yíliàng gōngchē chābùduō dà éryǐ。 qítā jūmín kànzhe tāmen

工作 ， 有的人 相信 愚公 眞 可以 剷平 這 兩座
gōngzuò， yǒuderén xiāngxìn Yúgōng zhēn kěyǐ chǎnpíng zhè liǎngzuò

大山，但也有人抱持著懷疑的態度。
dàshān， dàn yě yǒurén bàochí zhe huáiyí de tàidù 。

這時候，有個叫智叟的人忍不住阻止愚公，
zhèshíhòu， yǒu ge jiào Zhìsǒu de rén rěnbúzhù zǔzhǐ Yúgōng，

他說：「你太愚蠢了！這方法怎麼可能 成功
tā shuō：「 nǐ tài yúchǔn le ！ zhè fāngfǎ zěnme kěnéng chénggōng

呢？憑你的能力，連 山上 的草都拔不完，
ne？ píng nǐ de nénlì， lián shānshàng de cǎo dōu bá bù wán，

更不用說 這麼多土石了！」愚公歎了一口氣，
gèngbúyòngshuō zhème duō tǔshí le！」 Yúgōng tànle yìkǒuqì，

緩緩 地說：「你的想法眞頑固！你 想想 ，
huǎnhuǎn de shuō：「 nǐ de xiǎngfǎ zhēn wángù！ nǐ xiǎngxiǎng，

即使我死了，我還有兒子，兒子死了還有孫子，
jíshǐ wǒ sǐ le， wǒ háiyǒu érzi， érzi sǐ le háiyǒu sūnzi，

孫子又會再生兒子；我的子子孫孫無窮無盡，
sūnzi yòu huì zài shēng érzi； wǒ de zǐzǐsūnsūn wúqióngwújìn，

而山卻不會長高，我們就這樣一代接著一代
ér shān què búhuì zhǎnggāo， wǒmen jiù zhèyàng yídài jiēzhe yídài

挖，怎麼會怕挖不完呢？」智叟聽完愚公的
wā， zěnme huì pà wā bù wán ne？」 Zhìsǒu tīngwán Yúgōng de

回答，一句話也說不出來。
huídá， yíjùhuà yě shuō bù chūlái。

同時，愚公要把山剷平的消息，被太行和
tóngshí， Yúgōngyào bǎ shānchǎnpíng de xiāoxí， bèi Tàihánghàn

王屋 的 山神 聽到了。山神 很擔心愚公繼續挖
Wángwū de shānshén tīngdào le。 shānshén hěn dānxīn Yúgōng jìxù wā

下去，眞的會把自己給挖掉，便報告天帝，希望
xiàqù， zhēnde huì bǎ zìjǐ gěi wādiào， biànbàogào tiāndì， xīwàng

祂能阻止愚公。天帝聽了報告，對於愚公的
tā néng zǔzhǐ Yúgōng。 tiāndì tīngle bàogào， duìyú Yúgōng de

毅力和誠意十分感動，便命令大力神把兩座
yìlì hàn chéngyì shífēn gǎndòng, biàn mìnglìng dàlìshén bǎ liǎngzuò

大山給背走了，將它們放在不會阻擋人們交通
dàshān gěi bēizǒu le, jiāng tāmen fàngzài búhuì zǔdǎng rénmen jiāotōng

的地方。
de dìfāng。

　　從此以後，愚公和其他的居民再也不必為了
　　cóngcǐyǐhòu, Yúgōng hàn qítā de jūmín zài yě búbì wèile

繞遠路而煩惱了。
ràoyuǎnlù ér fánnǎo le。

(二)選擇題

＿＿＿＿＿ 1. 太行、王屋 兩座 大山 造成 什麼 問題？
Tàiháng、Wángwū liǎngzuò dàshān zàochéng shénme wèntí？

　　(A)居民彼此不聯絡

　　(B)大家不能買到好商品

　　(C)人們要花很多時間去山的另一邊

　　(D)沒有地方種稻米

＿＿＿＿＿ 2. 愚公 要 怎麼 解決 交通 阻塞的問題？
Yúgōng yào zěnme jiějué jiāotōng zǔsè de wèntí？

　　(A)建造一條路

　　(B)發明新的交通工具

　　(C)向天帝禱告

　　(D)把山一點一點挖掉

＿＿＿＿＿ 3. 第三段 告訴 我們 什麼 ？
dìsānduàn gàosù wǒmen shénme？

　　(A)兩座山的大小

　　(B)愚公和家人的工作情況

　　(C)智叟的想法

　　(D)兩座山造成的問題

_____ 4. 智叟 為什麼 要阻止 愚公 ？
Zhìsǒu wèishénme yàozǔzhǐ Yúgōng ？

(A)忌妒愚公

(B)愚公工作時噪音太大聲

(C)覺得愚公不可能成功

(D)他不覺得交通不方便

_____ 5. 愚公 認為 智叟 是 怎樣 的人 ？
Yúgōng rènwéi Zhìsǒu shì zěnyàng de rén ？

(A)聰明

(B)愚笨

(C)天真

(D)固執

_____ 6. 這篇 文章 告訴 我們 什麼 ？
zhèpiān wénzhāng gàosù wǒmen shénme ？

(A)人不能認為自己可以贏過自然

(B)只要有毅力，會有成功的一天

(C)挖山是不可能的事

(D)交通不便是很嚴重的問題

(三)思考題

1. 除了挖山，你認為還有什麼方式可以解決居民的問題？

2. 如果你是愚公，你會怎麼回答智叟？

3. 究竟是像智叟一樣聰明，還是有像愚公的態度比較重要？
   請說說看你的想法。

4. 這個故事形成一個成語：「愚公移山」，用來形容人很有
   毅力！你有沒有這種花長時間努力而成功的經驗呢？請說
   說看。

(四)名詞解釋

	生詞	漢語拼音	解釋
1	面積	miànjī	proportion, acreage
2	龐大	pángdà	huge, enormous
3	繞過	ràoguò	to bypass, to detour
4	困擾	kùnrǎo	to disturb, to perplex
5	召集	zhàojí	to gather, to convene
6	乾脆	gāncuì	simply, just
7	剷平	chǎnpíng	to flatten, to level
8	振奮	zhènfèn	be inspired with enthusiasm
9	紛紛	fēnfēn	one by one, one after another
10	挖掘	wājué	to dig, to excavate
11	畚箕	běnjī	dustpan, bamboo scoop
12	辛勞	xīnláo	laborious
13	懷疑	huáiyí	to doubt, to suspect
14	愚蠢	yúchǔn	silly, fool
15	緩緩	huǎnhuǎn	slowly
16	頑固	wángù	stubborn
17	無窮無盡	wúqióngwújìn	endless
18	毅力	yìlì	perseverance, determination
19	誠意	chéngyì	sincerity
20	阻擋	zǔdǎng	stop, block off
21	積極	jījí	positive, active
22	阻塞	zǔsè	to block, obstruct
23	禱告	dǎogào	pray
24	固執	gùzhí	persistent, stubborn

(五)原文

太行、王屋二山，方七百里，高萬仞，本在
Tàiháng、Wángwū èr shān，fāng qībǎilǐ，gāowànrèn，běnzài

冀州之南，河陽之北。北山愚公者，年且九十，
Jìzhōu zhī nán，Héyáng zhī běi。Běishān Yúgōng zhě，nián qiě jiǔshí，

面山而居，懲山北之塞，出入之迂也。聚室而
miànshān ér jū，chéngshān běi zhī sè，chūrù zhī yū yě。jù shì ér

謀，曰：「吾與汝畢力平險，指通豫南，達於
móu，yuē：「wú yǔ rǔ bìlì píngxiǎn，zhǐ tōng Yùnán，dá yú

漢陰，可乎？」雜然相許。
Hànyīn，kě hū？」zárán xiāngxǔ。

其妻獻疑曰：「以君之力，曾不能損魁父之
qí qī xiànyí yuē：「yǐ jūn zhī lì，zēng bùnéng sǔn Kuífù zhī

丘，如太行、王屋何？且焉置土石？」雜曰：「投
qiū，rú Tàiháng、Wángwū hé？qiěyān zhì tǔshí？」zá yuē：「tóu

諸渤海之尾，隱土之北。」
zhū Bóhǎi zhī wěi，Yǐntǔ zhī běi。」

遂率子孫荷擔者三夫，叩石墾壤，箕畚運於
suì shuài zǐsūn hèdàn zhě sānfū，kòushí kěnrǎng，jīběn yùn yú

渤海之尾。鄰人京城氏之孀妻有遺男，始齔，
Bóhǎi zhī wěi。línrén Jīngchéngshì zhī shuāngqī yǒu yínán，shǐ chèn，

跳往助之。寒暑易節，始一反焉。
tiàowǎngzhù zhī。hánshǔ yì jié，shǐ yī fǎnyān。

河曲智叟笑而止之曰：「甚矣，汝之不惠！以
Héqǔ Zhìsǒu xiào ér zhǐ zhī yuē：「shèn yǐ，rǔ zhī búhuì！yǐ

殘年餘力，曾不能毀山之一毛，其如土石何？」
cánniányúlì，zēng bùnéng huǐ shān zhī yìmáo，qí rú tǔshí hé？」

北山愚公長息曰：「汝心之固，固不可徹，
Běishān Yúgōng cháng xí yuē：「rǔ xīn zhī gù，gù bùkě chè，

曾不若孀妻弱子。雖我之死，有子存焉；子
zēng búruò shuāngqī ruòzǐ。suī wǒ zhī sǐ，yǒu zǐ cún yān；zǐ

又生孫，孫又生子；子又有子，子又有孫；
yòu shēng sūn，sūn yòu shēng zǐ；zǐ yòu yǒu zǐ，zǐ yòu yǒu sūn；

子子孫孫，無窮匱也。而山不加增，何苦而
zǐzǐsūnsūn ，wú qióngkuì yě。 ér shān bù jiāzēng ，hé kǔ ér
不平？」河曲智叟無以應。
bùpíng？」 Héqǔ Zhìsǒu wú yǐ yìng。

操蛇之神聞之，懼其不已也，告之於帝。帝感
cāoshé zhī shén wén zhī ，jù qí bùyǐ yě ，gào zhī yú dì。 dì gǎn
其誠，命夸娥氏二子負二山，一厝朔東，一厝
qí chéng ，mìng Kuāéshì èrzǐ fù èr shān ，yícuò Shuòdōng ，yícuò
雍南。自此，冀之南，漢之陰，無隴斷焉。
Yōngnán。 zìcǐ ，Jì zhīnán ，Hàn zhī yīn ，wú lǒngduànyān。

二十九、誤闖仙境的漁夫

㈠文章

大約一千六百年以前，在 中國 的晉朝，有
dàyuē yìqiān liùbǎi nián yǐqián ， zài Zhōngguó de Jìncháo ， yǒu

一個叫做武陵的 小鎮 。在這個寧靜的 小鎮 裡，
yíge jiàozuò Wǔlíng de xiǎozhèn 。 zài zhège níngjìng de xiǎozhèn lǐ ，

大家 相親相愛 ，過著知足而且快樂的 生活 。
dàjiā xiāngqīnxiāngài ， guòzhe zhīzú érqiě kuàilè de shēnghuó 。

話說 ， 小鎮 的 旁邊 有一條河， 鎮上 的居民都
huàshuō ， xiǎozhèn de pángbiānyǒu yìtiáo hé ， zhènshàng de jūmín dōu

依賴著這條河，不論是喝水或是洗衣服，都會到
yīlài zhezhètiáo hé ， búlùn shì hēshuǐ huòshì xǐ yīfú ， dōu huìdào

河邊來取水。這條河的水又乾淨又清澈，因此
hébiān lái qǔshuǐ 。 zhètiáo hé de shuǐyòu gānjìng yòu qīngchè ， yīncǐ

河裡有許許多多的魚，一些居民便以捕魚爲業。
hélǐ yǒu xǔxǔduōduō de yú ， yìxiē jūmín biànyǐ bǔyú wéiyè 。

　　有一天，有一位漁夫出門捕魚，他走到
　　yǒuyìtiān ， yǒu yíwèi yúfū chūmén bǔyú ， tā zǒu dào

河邊，坐 上船 ，悠閒地划著他的 小舟。漁夫
hébiān ， zuòshàngchuán ， yōuxián de huázhe tā de xiǎozhōu 。 yúfū

一邊 划船 ，一邊 欣賞 河岸的 風景，不知不覺，
yìbiān huáchuán ， yìbiān xīnshǎng héàn de fēngjǐng ， bùzhībùjué ，

他竟來到了一個從來沒到過的地方。那個地方
tā jìng lái dào le yíge cónglái méi dàoguò de dìfāng 。 nàge dìfāng

到處都是桃樹，而且 樹上 都開滿了粉紅色的
dàochù dōushì táoshù ， érqiě shùshàng dōu kāimǎn le fěnhóngsè de

桃花，空氣 中 也飄散著桃花淡淡的香氣。漁夫
táohuā ， kōngqì zhōng yě piāosàn zhe táohuā dàndàn de xiāngqì 。 yúfū

看到這個美麗的景色，忍不住將他的 船 划到
kàndào zhège měilì de jǐngsè ， rěnbúzhù jiāng tā de chuán huádào

岸邊，走上岸去仔細 欣賞 這片桃花林。
ànbiān ， zǒushàngàn qù zǐxì xīnshǎng zhèpiàn táohuālín 。

　　他在桃花林 中 慢慢地散步， 想要 細看
　　tā zài táohuālín zhōng mànmàn de sànbù ， xiǎngyào xìkàn

這美不勝收的樹林，但他的 心中 非常 疑惑：
zhè měibùshēngshōu de shùlín ， dàn tāde xīnzhōng fēicháng yíhuò ：

「爲什麼以前從來沒有 聽説過， 河邊 有 這片
「 wèishénme yǐqián cónglái méiyǒu tīngshuōguò ， hébiān yǒu zhèpiàn

桃花林呢？」走著走著，竟然就走到了樹林
táohuālín ne ？」 zǒuzhe zǒuzhe ， jìngrán jiù zǒudào le shùlín

的盡頭，漁夫看到一座巨大的山，山腳下
de jìntóu ， yúfū kàndào yízuò jùdà de shān ， shānjiǎo xià

不斷有泉水湧出，匯聚成一條小河，流過
búduàn yǒu quánshuǐ yǒngchū ， huìjù chéng yìtiáo xiǎohé ， liúguò

他的腳邊。而山腳下有一個小小的山洞，
tā de jiǎobiān 。 ér shānjiǎo xià yǒu yíge xiǎoxiǎo de shāndòng ，

洞裡若有似無地透出一絲光線，漁夫感到
dòng lǐ ruòyǒusìwú de tòuchū yìsī guāngxiàn ， yúfū gǎndào

非常驚訝！為了探看為什麼山洞中會發出
fēicháng jīngyà ！ wèile tànkān wèishénme shāndòng zhōng huì fāchū

光芒，他便往洞裡頭走去。
guāngmáng ， tā biàn wǎng dòng lǐtóu zǒuqù 。

一開始，洞穴裡非常狹窄，漁夫必須
yìkāishǐ ， dòngxuè lǐ fēicháng xiázhǎi ， yúfū bìxū

彎著身才能繼續往前走，但是漸漸地，
wānzheshēn cáinéng jìxù wǎngqián zǒu ， dànshì jiànjiàn de ，

山洞變得愈來愈寬闊，看到的光線也愈來愈
shāndòng biàn de yùláiyù kuākuò ， kàndào de guāngxiàn yě yùláiyù

強烈。走到洞穴的盡頭時，眼前竟是一座幽靜
qiángliè 。 zǒudào dòngxuè de jìntóu shí ， yǎnqián jìngshì yízuò yōujìng

的小村子。村子裡不僅房屋排列得非常整齊，
de xiǎocūnzi 。 cūnzi lǐ bùjǐn fángwū páiliè de fēicháng zhěngqí ，

就連道路也錯落有致。而遠一點的村邊，有著
jiùlián dàolù yě cuòluòyǒuzhì 。 ér yuǎnyìdiǎn de cūnbiān ， yǒuzhe

一畦畦的農田、清澈的池塘、翠綠的桑樹林，
yìqíqí de nóngtián 、 qīngchè de chítáng 、 cuìlù de sāngshùlín ，

讓人看了心情十分愉悅；耳邊不時聽到的雞犬
ràng rén kànle xīnqíng shífēn yúyuè ； ěrbiān bùshí tīngdào de jī quǎn

叫聲 ，則讓人 有種 與世無爭的 悠閒感。
jiàoshēng， zé rangrén yǒuzhǒng yǔshìwúzhēng de yōuxiángǎn。

村子裡的 居民看到了 漁夫 ，都 感到 十分
cūnzi lǐ de jūmín kàndàole yúfū， dōu gǎndào shífēn

訝異， 便 走向 漁夫， 親切地問他 從 哪兒來。
yàyì， biàn zǒuxiàng yúfū， qīnqiè de wèn tā cóng nǎér lái。

漁夫看著 身邊 的男女老少， 心想 ：「 爲什麼
yúfū kànzhe shēnbiān de nánnǚlǎoshǎo， xīnxiǎng：「 wèishénme

我從來沒看過這些人 身上 這種 衣服呢？ 眞是
wǒ cónglái méi kànguò zhèxiērén shēnshàng zhèzhǒng yīfú ne？ zhēnshì

奇怪啊！」但是， 他還是 一五一十地回答了那些
qíguài a！」 dànshì， tā háishì yīwǔyīshí de huídá le nàxiē

居民們的問題。
jūmínmen de wèntí。

居民知道漁夫是 從 山洞 外 的世界來 的
jūmín zhīdào yúfū shì cóng shāndòng wài de shìjiè lái de

之後，便熱情地邀請漁夫到他們家 中 吃飯，還
zhīhòu， biàn rèqíng de yāoqǐng yúfū dào tāmen jiā zhōng chīfàn， hái

特地準備了 豐盛 的佳餚與美酒， 大家開開心心
tèdì zhǔnbèi le fēngshèng de jiāyáo yǔ měijiǔ， dàjiā kāikāixīnxīn

地 享用 美食。就在這時， 陌生人 來到村子裡的
de xiǎngyòng měishí。 jiùzàizhèshí， mòshēngrén láidào cūnzi lǐ de

消息 傳遍 了大街小巷，愈來愈多人 想要 看看
xiāoxí chuánbiàn le dàjiēxiǎoxiàng， yùláiyùduōrén xiǎngyào kànkàn

漁夫， 或 想 和他聊聊天，於是許多的村民就
yúfū， huò xiǎng hàn tā liáoliáotiān， yúshì xǔduōde cūnmín jiù

來到漁夫吃飯的房子裡。
láidào yúfū chīfàn de fángzi lǐ。

其中 有一位 年紀較大的村民 見到漁夫後，
qízhōng yǒuyíwèi niánjì jiàodàde cūnmín jiàndào yúfū hòu，

便 向 他 説明 六百多年前，他們的祖先爲了躲避
biànxiàng tā shuōmíng liùbǎiduōniánqián， tāmende zǔxiān wèile duǒbì

秦代的 戰爭 ，就帶著家人逃到了這個地方。
Qíndài de zhànzhēng， jiù dàizhe jiārén táodào le zhège dìfāng 。

因爲在這裡 生活 愉快，又能 自給自足，也就
yīnwèi zài zhèlǐ shēnghuó yúkuài， yòunéng zìjǐzìzú ， yě jiù

長住 了下來，日子一久， 對於 山洞 外的世界
chángzhù le xiàlái， rìziyìjiǔ ， duìyú shāndòng wài de shìjiè

就愈來愈不了解了。老居民 說完後，詢問漁夫
jiù yùláiyù bùliǎojiě le 。 lǎojūmín shuōwán hòu， xúnwèn yúfū

現在是什麼 朝代 了？漁夫告訴他們現在已經是
xiànzài shì shénme cháodài le ？ yúfū gàosù tāmen xiànzài yǐjīng shì

晉代了！聽到這個答案，村民們露出了疑惑的
Jìndài le ！ tīngdào zhège dáàn， cūnmínmen lòuchū le yíhuò de

表情 ，因爲他們 完全 不知道六百多年來，已經
biǎoqíng， yīnwèi tāmen wánquán bù zhīdào liùbǎiduōniánlái， yǐjīng

經過了好幾個朝代， 更 沒聽過晉代。爲了解決
jīngguò le hǎojǐge cháodài， gèng méitīngguò Jìndài 。 wèile jiějué

他們的疑惑，漁夫詳細地將 六百多年來所 發生
tāmen de yíhuò， yúfū xiángxì de jiāng liùbǎiduōniánlái suǒ fāshēng

的事情告訴他們。
de shìqín gàosù tāmen 。

之後幾天，雖然村裡的人還是一樣很和善
zhīhòu jǐtiān， suīrán cūnlǐ de rén háishì yíyàng hěn héshàn

地招待漁夫，但是漁夫怕家人擔心他，只好
zhāodài yúfū， dànshì yúfū pà jiārén dānxīn tā， zhīhǎo

向 村民們道別。當他要離開村子之前，村民
xiàng cūnmínmen dàobié 。 dāng tā yào líkāi cūnzi zhīqián， cūnmín

不斷地提醒他， 千萬 不可以 將 村子的事情告訴
búduàn de tíxǐng tā， qiānwàn bù kěyǐ jiāng cūnzi de shìqíng gàosù

別人。漁夫 誠懇 地答應了。
biérén 。 yúfū chéngkěn de dāyìng le 。

出了 山洞 後，漁夫便 順著 來時路走。爲了
chūle shāndòng hòu ， yúfū biàn shùnzhe láishí lù zǒu 。 wèile

能 再次 造訪 ，漁夫沿路不斷地折下樹枝或是
néng zàicì zàofǎng ， yúfū yánlù búduàn de zhéxià shùzhī huòshì

搬動 石頭， 想要 留下記號，作爲以後再次拜訪
bāndòng shítóu ， xiǎngyào liúxià jìhào ， zuòwéi yǐhòu zàicì bàifǎng

的指標。
de zhǐbiāo 。

漁夫回到 武陵鎮 後，不但沒有 遵守 約定，
yúfū huídào Wǔlíngzhèn hòu ， búdàn méiyǒu zūnshǒu yuēdìng ，

反而還四處 宣揚 有關 那個村子的事。 眾人
fǎnér hái sìchù xuānyáng yǒuguān nàge cūnzi de shì 。 zhòngrén

聽了後， 都 不太 相信 漁夫的話， 漁夫爲了
tīngle hòu ， dōu bútài xiāngxìn yúfū de huà ， yúfū wèile

證明 自己沒有 說謊 ， 便 邀請 他們一起
zhèngmíng zìjǐ méiyǒu shuōhuǎng ， biàn yāoqǐng tāmen yìqǐ

上船 ， 想要 帶他們去看看那美麗的村子。
shàngchuán ， xiǎngyào dài tāmen qù kànkàn nà měilìde cūnzi 。

只是這一次，不管漁夫 划船 划得再遠， 都 沒能
zhǐshì zhèyícì ， bùguǎn yúfū huáchuán huáde zàiyuǎn ， dōuméinéng

找到 那片迷人的桃花林。
zhǎodào nà piàn mírén de táohuālín 。

那之後，不論漁夫再怎麼努力 尋找 ，也
nà zhīhòu ， búlùn yúfū zài zěnme nǔlì xúnzhǎo ， yě

找不著 那個神祕的 山洞 以及那優美的村子了。
zhǎobùzháo nàge shénmì de shāndòng yǐjí nà yōuměi de cūnzi le 。

(二)選擇題

_____ 1. 為什麼 漁夫無法再去 拜訪 山洞後 的小村子？
wèishénme yúfū wúfǎ zàiqù bàifǎng shāndònghòu de xiǎocūnzi？

　　(A)漁夫忘了他做了哪些記號

　　(B)山洞被石頭擋住了，所以漁夫進不去

　　(C)因為漁夫沒有遵守他與村民們的約定

　　(D)村子裡的人民離開村子了

_____ 2. 根據 文章 中 提到的 時間 ， 秦代 大約 是在
gēnjù wénzhāng zhōng tídào de shíjiān， Qíndài dàyuē shì zài

　　多少年 以前呢？
duōshǎonián yǐqián ne？

　　(A)六百多年前

　　(B)一千六百年前

　　(C)一千年前

　　(D)二千二百年前

_____ 3. 下面 哪一個 選項 使用 的量詞 是 錯誤的？
xiàmiàn nǎyíge xuǎnxiàng shǐyòng de liàngcí shì cuòwù de？

　　(A)一「絲」魚

　　(B)一「片」樹林

　　(C)一「座」山

　　(D)一「條」河

_____ 4. 文章 中 出現了 許多「動詞＋著」的 用法 ，
wénzhāng zhōng chūxiànle xǔduō「dòngcí＋zhe」de yòngfǎ，

　　例如：划著 、走著 、看著 ，下面 哪一個 選項
lìrú：huázhe、zǒuzhe、kànzhe，xiàmiàn nǎyíge xuǎnxiàng

　　最接近「著」的意思？
zuì jiējìn「zhe」de yìsi？

　　(A)動作正在進行

　　(B)動作已經完成

(C)動作還沒發生

(D)動作不可能發生

_____ 5.「 樹上 都 開滿了 粉紅色 的 桃花 ， 空氣 中 也
「 shùshàng dōu kāimǎnle fěnhóngsè de táohuā， kōngqì zhōng yě

飄散 著 桃花 淡淡 的 香氣」 這 句 話 表達 了 看到
piāosàn zhe táohuā dàndàn de xiāngqì」 zhè jù huà biǎodá le kàndào

的 景象 、 聞到 的 味道 ， 下列 哪些 選項 也
de jǐngxiàng、 wéndào de wèidào， xiàliè nǎxiē xuǎnxiàng yě

同樣 寫到 了 視覺 與 嗅覺 ？
tóngyàng xiědào le shìjué yǔ xiùjué？

(A)房屋旁邊的桑樹與竹子，還有耳邊不時聽到雞與狗的

叫聲都讓這座小村子顯得更加優美

(B)風裡帶來些新翻泥土的氣息，混著青草味，還有各種

花的香，都在微微潤濕的空氣裡醞釀

(C)他有一頭烏溜溜的秀髮，看起來好滑順，真是令人羨

慕

(D)在這軟綿綿的蛋糕裡，包著好吃的巧克力

_____ 6.「一…就…」 表示 當 某個 事件 發生 時，另一個
「yì …jiù …」 biǎoshì dāng mǒuge shìjiàn fāshēng shí， lìngyíge

事件 就緊接著 發生 。 下面 哪一個 選項 不能
shìjiàn jiù jǐnjiēzhe fāshēng。 xiàmiàn nǎyíge xuǎnxiàng bùnéng

放進 「一…就…」？
fàngjìn 「yì …jiù …」？

(A)爸爸○睡覺，●開始打呼

(B)小狗○看到我，●朝我跑過來

(C)老師○接到電話，●急急忙忙的跑出教室

(D)她的成績○不理想，●不曾放棄學習

(三)思考題

1. 如果你是山洞裡村子的居民，知道外面的世界已經沒有戰爭了，你會想要離開村子嗎？為什麼？

2. 如果你是作者，你的村子會是什麼樣子呢？它會隱藏在哪裡呢？

3. 故事中的村子是一個能讓人平靜、放鬆的地方，你的生活中有沒有像村子一樣的地方，能讓你忘記煩惱呢？請和大家分享。

4. 你覺得作者為什麼這樣描寫村子呢？他的用意是什麼？

(四)名詞解釋

	生詞	漢語拼音	解釋
1	依賴	yīlài	rely on
2	清澈	qīngchè	crystal-clear
3	游泳	yóuyǒng	swim
4	捉	zhuō	catch
5	相親相愛	xiāngqīnxiāngài	be kind to each other and love each other devotedly
6	知足	zhīzú	be content with one's lot
7	划	huá	paddle, or row
8	舟	zhōu	boat
9	桃花	táohuā	peach blossom
10	匯聚	huìjù	assemble
11	若有似無	ruòyǒusìwú	indiscernible
12	光芒	guāngmáng	flame, rays of light

13	探看	tànkān	go to see
14	狹窄	xiázhǎi	narrow, cramped
15	訝異	yàyì	astonished
16	親切	qīnqiè	cordial, kind
17	男女老少	nánnǚlǎoshào	people of all ages and both sexes
18	一五一十	yīwǔyīshí	tell something systematically and in full detail
19	豐盛	fēngshèng	sumptuous
20	佳餚	jiāyáo	delicacy
21	大街小巷	dàjiēxiǎoxiàng	all streets and lanes, everywhere
22	躲避	duǒbì	dodge, elude
23	感歎	gǎntàn	sigh with emotion
24	遵守	zūnshǒu	comply with
25	約定	yuēdìng	promise
26	神祕	shénmì	mysterious

(五)原文

晉太元中，武陵人，捕魚為業，緣溪行，
Jìntàiyuán zhōng， Wǔlíngrén， bǔyú wéiyè， yuán xī xíng，

忘路之遠近；忽逢桃花林，夾岸數百步，中無
wànglù zhī yuǎnjìn； hū féng táohuālín， jiáàn shùbǎibù， zhōng wú

雜樹，芳草鮮美，落英繽紛；漁人甚異之。復
záshù， fāngcǎo xiānměi， luòyīng bīnfēn； yúrén shènyì zhī。 fù

前行，欲窮其林。林盡水源，便得一山。山有
qiánxíng， yù qióng qílín。 línjìn shuǐyuán， biàn dé yìshān。 shān yǒu

小口，彷彿若有光，便捨船，從口入。
xiǎokǒu， fǎngfú ruòyǒuguāng， biànshěchuán， cóngkǒu rù。

初極狹，纔通人；復行數十步，豁然開朗。
chū jíxiá， chán tōng rén； fù xíng shùshíbù， huōrán kāilǎng。

土地 平曠 ，屋舍儼然。有 良田、美池、桑、竹
tǔdì píngkuàng， wūshè yǎnrán。 yǒu liángtián、 měichí、 sāng、 zhú

之屬，阡陌 交通，雞犬 相聞 。其中 往來 種作，
zhīshǔ， qiānmòjiāotōng， jīquǎn xiāngwén。 qízhōngwǎnglái zhǒngzuò，

男女衣著，悉如外人；黃髮 垂髫，並怡然自樂。見
nánnǚ yīzhuó， xīrú wàirén；huángfǎchuítiáo， bìng yírán zìlè。 jiàn

漁人，乃大驚，問 所從 來；具答之。便要還家，
yúrén， nǎi dàjīng， wèn suǒcóng lái； jù dázhī。 biànyāo huánjiā，

設酒、殺雞、作食。 村中 聞有此人，咸來問訊。
shèjiǔ、 shājī、 zuòshí。 cūnzhōngwényǒu cǐrén， xián lái wènxùn。

自云：「先世避秦時亂，率 妻子邑人來此絕境，
zìyún： 「 xiānshì bì Qínshí luàn， shuài qīzǐ yìrén lái cǐ juéjìng，

不復出焉；遂與外人間隔。」問：「今是何世？」
búfù chūyān； suì yǔ wàirén jiàngé。」 wèn： 「 jīn shì héshì ？」

乃不知有漢，無論魏、晉！此人一一為具言所聞，
nǎi bùzhī yǒuHàn， wúlùn Wèi、 Jìn！ cǐrén yīyī wèi jùyán suǒwén，

皆歎惋。餘人各復延至其家，皆出酒食。停數日，
jiē tànwàn。 yúrén gè fù yánzhì qíjiā， jiē chū jiǔshí。 tíng shùrì，

辭去。此 中人 語云：「不足為外人道也。」
cí qù。 cǐ zhōngrén yǔyún： 「 bùzú wéiwàiréndào yě。」

　　既出，得其船，便扶向路，處處誌之。及
jì chū， dé qíchuán， biàn fú xiànglù， chùchù zhìzhī。 jí

郡下，詣太守，說如此。太守即遣人隨其往，
jùnxià， yì tàishǒu， shuō rúcǐ。 tàishǒu jí qiǎn rén suí qí wǎng，

尋向 所誌，遂迷不復得路。 南陽 劉子驥，高尚士
xúnxiàng suǒzhì， suì mí búfù délù。 Nányáng Liúzǐjì， gāoshàng shì

也，聞之，欣然 規往，未果，尋 病終 。後遂無
yě， wén zhī， xīnrán guīwǎng， wèi guǒ， xún bìngzhōng。 hòu suì wú

問津者。
wènjīnzhě。

三十、遠水救不了近火

(一)文章

寓言故事不只能訴說大道理，還能用來表達
yùyán gùshì bùzhǐnéng sùshuō dàdàolǐ ， háinéng yònglái biǎodá

心中 不好意思 說出口 的話。我們現在就來
xīnzhōng bùhǎoyìsi shuōchūkǒu de huà 。 wǒmen xiànzài jiù lái

看看， 莊子 如何透過 講 故事，來讓 朋友 明白
kànkàn ， Zhuāngzǐ rúhé tòuguò jiǎng gùshì ， lái ràng péngyǒu míngbái

自己的本意！
zìjǐ de běnyì ！

莊子 在 年輕 的 時候， 曾經 當過一個
Zhuāngzǐ zài niánqīng de shíhòu ， céngjīng dāngguò yíge

小官 ，但後來覺得擔任公職太過束縛， 完全
xiǎoguān ， dàn hòulái juéde dānrèn gōngzhí tàiguò shùfú ， wánquán

沒有自由，所以就辭去了工作。工作 沒了，
méiyǒu zìyóu ， suǒyǐ jiù cíqù le gōngzuò 。 gōngzuò méile ，

就沒有收入，沒了收入， 生活 自然過得比較
jiù méiyǒu shōurù ， méile shōurù ， shēnghuó zìrán guòde bǐjiào

貧困些。有一天， 莊子 和家人已經連續挨餓了
pínkùn xiē 。 yǒuyìtiān ， Zhuāngzǐ hàn jiārén yǐjīng liánxù āiè le

好幾天，餓得真是受不了，於是決定去 向一位
hǎojǐtiān ， ède zhēnshì shòubùliǎo ， yúshì juédìng qù xiàng yíwèi

家境不錯的 朋友 ，借些錢來買飯吃，以渡過這
jiājìng búcuò de péngyǒu ， jièxiē qiánlái mǎifànchī ， yǐ dùguò zhè

難熬的 時刻。決定後， 莊子 立刻就出門拜訪
nánáo de shíkè 。 juédìng hòu ， Zhuāngzǐ lìkè jiù chūmén bàifǎng

那位 朋友 了。
nàwèi péngyǒu le 。

　　莊子 見了朋友，便 開門見山 地 說明 自己
　　Zhuāngzǐ jiànle péngyǒu ， biàn kāiménjiànshān de shuōmíng zìjǐ

來拜訪的目的。 莊子 原本 以爲那位 朋友 會
lái bàifǎngde mùdì 。 Zhuāngzǐ yuánběn yǐwéi nàwèi péngyǒu huì

馬上 拿出錢來幫助自己， 沒想到， 朋友 聽了
mǎshàng náchū qián lái bāngzhù zìjǐ ， méixiǎngdào， péngyǒu tīngle

莊子 的話後，竟然不發一語，過了一會兒， 才
Zhuāngzǐ de huàhòu， jìngrán bùfāyìyǔ ， guòle yìhuǐér ， cái

微笑 著 說：「 當然 沒問題！只是我現在 沒有
wēixiào zhe shuō ：「 dāngrán méiwèntí ！ zhǐshì wǒ xiànzài méiyǒu

那麼多現金，你 能不能 等我領了下個月的 薪水
nàme duō xiànjīn， nǐ néngbùnéng děngwǒ lǐngle xiàgeyuè de xīnshuǐ

後再來？到時候，我一定借你錢！」
hòu zàilái ？ dàoshíhòu， wǒ yídìng jiè nǐ qián！ 」

　　聽完 這番話， 莊子 當然 明白 這是朋友的
　　tīngwán zhèfānhuà， Zhuāngzǐ dāngrán míngbái zhèshì péngyǒude

推託之辭， 心中 難免 憤怒，但是修養好的他
tuītuōzhīcí ， xīnzhōng nánmiǎn fènnù， dànshì xiūyǎnghǎode tā

還是忍下來了。 莊子 不動氣地說：「你知道
háishì rěnxiàlái le 。 Zhuāngzǐ búdòngqì de shuō ：「 nǐzhīdào

嗎？我昨天出門 散步時，在半路上， 竟然
ma？ wǒ zuótiān chūmén sànbùshí， zài bànlùshàng， jìngrán

聽到了微弱的 求救聲。一直喊著：『救命啊！
tīngdàole wéiruòde qiújiùshēng。 yizhí hǎnzhe：『 jiùmìnga！

救命啊！』這聲音真是哀淒，一時不忍，就
jiùmìnga！ 』zhè shēngyīn zhēnshì āiqī， yìshíbùrěn， jiù

循著 聲音 走了過去。竟然有條魚躺在 路中央！
xúnzhe shēngyīn zǒule guòqù。 jìngrán yǒutiáoyú tǎngzài lùzhōngyāng！

於是我 走上前去 ， 問牠說：『 魚兒啊， 你
yúshì wǒ zǒushàngqiánqù ， wèn tā shuō ： 『 yúéra ， nǐ

怎麼會躺在這呢？』那條魚虛弱地回應我說：
zěnmehuì tǎngzài zhè ne ？ 』 nàtiáoyú xūruò de huíying wǒ shuō ：

『我是從 東海來的使者， 準備去拜訪北海裡
『 wǒ shì cóng Dōnghǎi lái de shǐzhě ， zhǔnbèi qù bàifǎng Běihǎi lǐ

的魚兒們。 沒想到 太陽實在是太大了， 走著
de yúérmen 。 méixiǎngdào tàiyáng shízài shì tàidà le ， zǒuzhe

走著， 我就昏倒了！這位好心人， 你 能不能
zǒuzhe ， wǒ jiù hūndǎole ！ zhèwèi hǎoxīnrén ， nǐ néngbùnéng

救救我，給我一杯水喝，讓我解解渴好嗎？』
jiùjiùwǒ ， gěiwǒ yìbēi shuǐ hē ， ràngwǒ jiějiěkě hǎoma ？ 』

看到牠奄奄一息的樣子，真的好可憐，
kàndào tā yānyānyìxí de yàngzi ， zhēnde hǎokělián ，

當下 我就決定要好好幫牠。於是對牠說 ：
dāngxià wǒ jiù juédìng yào hǎohǎo bāngtā 。 yúshì duì tā shuō ：

『魚兒， 你 等等我， 我現在就到南海去，那裡
『 yúér ， nǐ děngděngwǒ ， wǒ xiànzài jiù dàoNánhǎi qù ， nàlǐ

的水質好極了！不但可以解你的渴， 還可以
de shuǐzhí hǎojíle ！ búdàn kěyǐ jiěnǐde kě ， hái kěyǐ

讓你 活命。只是南海有些遠， 你能 稍等我
ràng nǐ huómìng 。 zhǐshì Nánhǎi yǒuxiēyuǎn ， nǐ néng shāoděngwǒ

一會兒嗎？』 我是這麼 誠心 地想 幫牠，
yìhuǐérma ？ 』 wǒshì zhème chéngxīn de xiǎng bang tā ，

沒想到 ，那條魚不但不領情，還對我大吼說：
méixiǎngdào ， nàtiáoyú búdàn bùlǐngqíng ， hái duìwǒ dàhǒu shuō ：

『我都已經快要渴死了！你還希望我能 撐到 你
『 wǒdōu yǐjīng kuàiyào kěsǐle ！ nǐ hái xīwàngwǒnéngchēngdào nǐ

到南海去提水回來？等你回來，我早就成了魚乾
dàoNánhǎi qù tíshuǐ huílái ？ děngnǐ huílái ， wǒ zǎo jiù chéngle yúgān

了！』我親愛的朋友，你說這魚是不是不懂得
le！』wǒ qīnàide péngyǒu，nǐshuō zhèyú shìbúshì bùdǒngde

感恩啊？牠爲什麼要對我發脾氣呢？」
gǎnēn a？tā wèishénmeyào duìwǒ fāpíqì ne？」

請問，莊子想要跟朋友說什麼呢？
qǐngwèn，Zhuāngzǐ xiǎngyào gēn péngyǒu shuōshénme ne？

(二)選擇題

_____ 1. 下面 有關 這篇 文章 的敘述哪一個 正確 ？
xiàmiàn yǒuguān zhèpiān wénzhāng de xùshù nǎyíge zhèngquè？

(A)莊子對於朋友的慷慨十分感激

(B)朋友即便是自己沒有錢，卻仍然預支了薪水借給莊子

(C)朋友不願意借錢給莊子，因此推託了一番

(D)莊子遇到了一隻會說話的魚之後，非常開心

_____ 2. 下列哪個 選項 最符合「家境 不錯」的意思？
xiàliè nǎge xuǎnxiàng zuì fúhé「jiājìngbúcuò」de yìsi ？

(A)家庭經濟情況富裕

(B)家裡環境整潔乾淨

(C)居住的房子非常大

(D)家裡的布置很溫馨

_____ 3.「 開門見山 」的意思最 接近 下列哪個 選項 ？
「kāiménjiànshān」de yìsi zuì jiējìn xiàliè nǎge xuǎnxiàng？

(A)形容意思表達直接

(B)形容窗外風景優美

(C)形容出門不方便

(D)形容朋友的長相像山一樣穩重

_____ 4. 本文 用到 許多擬人的修辭技巧來 描寫 魚，下列
běnwén yòngdào xǔduō nǐrén de xiūcí jìqiǎo lái miáoxiě yú，xiàliè

何者 不屬於 擬人？
hézhě bùshǔyú nǐrén？

(A)那條魚虛弱地回應我

(B)我準備去拜訪北海裡的魚兒們

(C)看到牠奄奄一息的樣子，真的好可憐

(D)那條魚不但不領情還對我大吼

_____ 5. 為何 莊子 聽完 朋友 的話會 感到 憤怒？
wèihé Zhuāngzǐ tīngwán péngyǒu de huàhuì gǎndào fènnù？

(A)因為朋友聽到莊子缺錢竟然露出微笑

(B)因為生氣發薪日竟然要等到一個月後

(C)因為朋友沒有幫忙誠意而且還找藉口

(D)因為聽到莊子飢餓，朋友竟然沒有請客吃飯

_____ 6. 下面 哪個 選項 最適合用來 形容 莊子 的
xiàmiàn nǎge xuǎnxiàng zuì shìhé yònglái xíngróng Zhuāngzǐ de

朋友 ？
péngyǒu？

(A)兩肋插刀

(B)情深義重

(C)雪中送炭

(D)袖手旁觀

（三）思考題

1. 大陸作家說：「台灣最美的風景是人！」你覺得呢？你有
沒有接受過台灣人的幫助呢？他們幫你什麼呢？請你分享
一下。

2. 如果你在路上看到有人發生車禍，你會不會上前去幫忙

呢？爲什麼？

3. 你可曾經和莊子一樣，請別人幫忙，卻被拒絕呢？如果有的話，請描述一下當時的情況，並說明你如何化解尷尬。

4. 借錢給別人，確實是一件難事。請問，別人如果跟你借錢，你借不借？爲什麼？

四 名詞解釋

	生詞	漢語拼音	解釋
1	訴說	sùshuō	narrate
2	本意	běnyì	original idea
3	公職	gōngzhí	a public position
4	束縛	shùfú	constraint
5	難熬	nánáo	hard to endure
6	目的	mùdì	purpose
7	不發一語	bùfāyìyǔ	not say a word
8	薪水	xīnshuǐ	salary
9	推託	tuītuō	make excuses
10	修養	xiūyǎng	self-cultivation
11	微弱	wéiruò	feeble
12	哀淒	āiqī	miserable
13	躺	tǎng	lie down
14	虛弱	xūruò	debilitated
15	使者	shǐzhě	emissary
16	昏倒	hūndǎo	fall down in a faint
17	解渴	jiěkě	quench thirst

18	奄奄一息	yānyānyìxí	at one's last gasp
19	誠心	chéngxīn	sincerely
20	撐	chēng	prop up
21	魚乾	yúgān	dried fish
22	懂得	dǒngdé	understand
23	感恩	gǎnēn	have gratitude for
24	脾氣	píqì	temperament

(五)原文

莊周　　家貧，故往貸粟於監河侯。監河侯
Zhuāngzhōu jiāpín， gù wǎng dàisù yú Jiānhéhóu。 Jiānhéhóu

曰：「諾。我將得邑金，將貸子三百金，可乎？」
yuē：「nuò。wǒ jiāngdé yìjīn， jiāng dàizǐ sānbǎijīn， kěhū？」

莊周　　忿然作色曰：「周昨來，有中道而呼者。
Zhuāngzhōu fènrán zuòsè yuē：「Zhōu zuólái， yǒuzhōngdào ér hūzhě。

周 顧視 車轍中，有鮒魚焉。周問之曰：『鮒魚
zhōu gùshì chēchèzhōng， yǒu fùyúyān。 Zhōu wènzhī yuē：『 fùyú

來！子何爲者耶？』對曰：『我，東海之波臣也。
lái！ zǐ héwéizhěyé？』duìyuē：『wǒ，Dōnghǎi zhī bōchén yě。

君豈有 斗升之水 而活我哉？』周曰：『諾，我
jūn qǐyǒu dòushēngzhīshuǐ ér huówǒ zāi？』Zhōu yuē：『nuò， wǒ

且南遊 吳越之王，激 西江之水而迎子，可乎？』
qiě nányóu Wúyuèzhīwáng， jī Xījiāngzhīshuǐ ér yíngzǐ， kěhū？』

鮒魚忿然作色曰：『吾失我常與，我無所處。我
fùyú fènrán zuòsè yuē：『wú shīwǒ chángyǔ， wǒ wúsuǒ chǔ。 wǒ

得 斗升之水 然活耳，君乃言此，曾 不如早索我於
dé dòushēngzhīshuǐ ránhuóěr， jūn nǎiyán cǐ， zeng bùrú zǎosuǒ wǒ yú

枯魚之肆！』」
kūyúzhīsì！』」

三十一、廚師的技巧

(一)文章

在 戰 國 時 代 ， 有 一 位 叫 文 惠 君 的 君 王 ， 他
zài Zhànguó shídài ， yǒu yíwèi jiào Wénhuìjūn de jūnwáng ， tā

聽 說 自 己 國 家 內 有 一 位 很 厲 害 的 廚 師 ， 不 但 菜
tīngshuō zìjǐ guójiā nèi yǒu yíwèi hěn lìhài de chúshī ， búdàn cài

燒 得 好 ， 還 會 肢 解 全 牛 ； 他 那 肢 解 全 牛 的 技 巧
shāo de hǎo ， háihuì zhījiě quánniú ； tā nà zhījiě quánniú de jìqiǎo

高超 極了 ，看過的人沒有不讚歎的。 文惠君
gāochāo jí le ， kànguò de rén méiyǒu bú zàntàn de 。 Wénhuìjūn

很 想 見識一下 ， 便 邀請廚師來到 宮中 ，
hěn xiǎng jiànshì yíxià ， biàn yāoqǐng chúshī láidào gōngzhōng ，

並 準備了一隻 剛 死去不久的牛要 讓他 當場
bìng zhǔnbèi le yìzhī gāng sǐ qù bùjiǔ de niú yào ràng tā dāngchǎng

肢解。
zhījiě 。

那位廚師來到 宮中 ， 不慌不忙 地拿出刀
nàwèi chúshī láidào gōngzhōng ， bùhuāngbùmáng de náchū dāo

來， 然後 輕巧 地用 手拍打牛的身體；用膝蓋
lái ， ránhòu qīngqiǎo de yòng shǒu pāidǎ niú de shēntǐ ； yòng xīgài

輕抵或踩踏牛身，接著以 手中 的刀 慢慢切開
qīngdǐ huò cǎità niúshēn ， jiēzhe yǐ shǒuzhōng de dāo mànmàn qiēkāi

牛隻的骨肉。 就 這樣 以優雅的體態 ， 一刀刀地
niúzhī de gǔròu 。 jiù zhèyàng yǐ yōuyǎ de tǐtài ， yìdāodāo de

順勢肢解 ， 其中隨著骨肉分離落地， 不斷 傳來
shùnshì zhījiě ， qízhōng suízhe gǔròu fēnlí luòdì ， búduàn chuánlái

有規律且悅耳的 聲響 ，那 聲音就 好像一首
yǒu guīlǜ qiě yuèěr de shēngxiǎng ， nà shēngyīn jiù hǎoxiàng yìshǒu

動聽 的歌曲一般，而廚師那從容不迫的 動作，
dòngtīng de gēqǔ yìbān ， ér chúshī nà cōngróngbúpò de dòngzuò，

也 好像 在跳舞一樣。 就在 這樣 柔美的氣氛
yě hǎoxiàng zài tiàowǔ yíyàng 。 jiù zài zhèyàng róuměi de qìfēn

下，不到二十 分鐘 ，廚師就 輕鬆 地把牛 分成
xià ， búdào èrshí fēnzhōng ， chúshī jiù qīngsōng de bǎ niú fēnchéng

大大小小的部位，臉不紅氣不喘， 彷彿 剛剛
dàdàxiǎoxiǎo de bùwèi ， liǎn bùhóng qì bùchuǎn ， fǎngfú gānggāng

只是在料理一條魚一樣，一點都不費力。
zhǐshì zài liàolǐ yìtiáo yú yíyàng ， yìdiǎn dōu búfèilì 。

這讓 文惠君 看得目瞪口呆，佩服得不得了，
zhèràng Wénhuìjūn kàn de mùdèngkǒudāi， pèifú de bùdéliǎo，

讚歎 説：「太厲害了！你是怎麼達到 這種
zàntàn shuō：「tài lìhài le！nǐ shì zěnme dádào zhèzhǒng

出神入化的技巧的？」廚師回答：「我追求的是
chūshénrùhuà de jìqiǎo de ？」chúshī huídá：「wǒ zhuīqiú de shì

一種 深刻的領悟，而不是一般的技巧。其實，
yìzhǒng shēnkè de lǐngwù， ér búshì yìbān de jìqiǎo。qíshí，

我 剛 開始學習解牛的時候，滿腦子都是牛的
wǒ gāng kāishǐ xuéxí jiěniú de shíhòu， mǎnnǎozi dōushì niú de

身影 ，看來看去，總是不知從何下手才好。
shēnyǐng， kànláikànqù， zǒngshì bùzhī cónghé xiàshǒu cáihǎo。

幾年後，解牛時，我漸漸不再需要緊盯著牛隻，
jǐnián hòu， jiěniú shí， wǒ jiànjiàn búzài xūyào jǐndīngzhe niúzhī，

而到了現在，我已經可以閉上眼睛，單憑感覺，
ér dàole xiànzài， wǒ yǐjīng kěyǐ bìshàngyǎnjīng， dānpíng gǎnjué，

單憑 心神來解牛了。因為，當我的心靜下來
dānpíng xīnshén lái jiěniú le。yīnwèi， dāng wǒ de xīn jìng xiàlái

時，感覺上，人牛一體，我只要順著牛的天然
shí， gǎnjué shàng， rén niú yìtǐ， wǒ zhǐyào shùnzhe niú de tiānrán

結構，刀子自然會找到骨肉之間的縫隙，根本就
jiégòu， dāozi zìrán huì zhǎodào gǔròu zhījiān de fèngxì， gēnběn jiù

不用 硬碰硬 地去砍骨頭。這也是為什麼我這把
búyòng yìngpèngyìng de qù kǎn gǔtóu。zhè yě shì wèishénme wǒ zhèbǎ

用了十幾年的刀，仍然 能鋒利如昔。
yòngle shíjǐnián de dāo， réngrán néng fēnglì rúxí。

然而，在解牛的 過程 中，難免 還是
ránér， zài jiěniú de guòchéng zhōng， nánmiǎn háishì

會遇到筋和骨糾結，很難下刀的地方，每
huì yùdào jīn hàn gǔ jiūjié， hěnnán xiàdāo de dìfāng， měi

當 遇到 這種 情況 時，我 就 會 特別 警覺，
dāng yùdào zhèzhǒng qíngkuàng shí ， wǒ jiù huì tèbié jǐngjué ，

全神貫注 、 動作 放慢， 一刀一刀 慢慢 來。
quánshénguànzhù 、 dòngzuò fàngmàn ， yìdāo yìdāo mànmàn lái 。

結果，心靜下來了，不慌不急， 反而迎刃而解，
jiéguǒ ， xīn jìngxiàlái le ， bùhuāngbùjí ， fǎnér yíngrènérjiě ，

不一下子，骨肉糾結處就嘩地分開了。 渡過
bù yíxiàzi ， gǔròu jiūjiéchù jiù huā de fēnkāi le 。 dùguò

難關 ， 總 能 讓我心滿意足，欣慰不已！ 最後，
nánguān ， zǒngnéngràng wǒ xīnmǎnyìzú ， xīnwèibùyǐ ！ zuìhòu ，

我 總會很珍惜地仔細擦拭刀子，然後把它好好地
wǒ zǒnghuì hěn zhēnxí de zǐxì cāshì dāozi ， ránhòu bǎ tā hǎohǎo de

收 起來，以便下次再用。」
shōu qǐlái ， yǐbiàn xiàcì zài yòng 。 」

　　文惠君 聽完廚師的話後 ， 興奮地說：
Wénhuìjūn tīngwán chúshī de huà hòu ， xìngfèn de shuō ：

「太好了！聽了你的 說明 後，我 完全 明白 養
「 tàihǎo le ！ tīng le nǐ de shuōmínghòu ， wǒ wánquán míngbái yǎng

生 的道理了！」
shēng de dàolǐ le ！ 」

(二)選擇題

_____ 1.「 沒有 不讚歎」的意思 等於 ？
「 méiyǒu bú zàntàn 」 de yìsi děngyú ？

　　　(A)沒有人讚歎

　　　(B)大家都讚歎

　　　(C)一些人讚歎

　　　(D)大家都不讚歎

_____ 2. 廚師 剛 開始 學 解牛的 情形 是？
chúshī gāng kāishǐ xué jiěniú de qíngxíng shì？

(A)不知道什麼是害怕

(B)不知道從哪裡開始

(C)知道要怎麼進行

(D)知道牛的結構是什麼

_____ 3. 廚師 後來 解牛的 情況 又是 什麼？
chúshī hòulái jiěniú de qíngkuàng yòushì shénme？

(A)很熟悉牛的結構，不需要看

(B)要緊盯著牛，以免出錯

(C)要用刀子去砍骨頭

(D)很依賴眼睛去看牛的結構

_____ 4. 如果 遇到 很 難切的 地方，廚師 會 怎麼做？
rúguǒ yùdào hěnnánqiē de dìfāng，chúshī huì zěnmezuò？

(A)小心翼翼地處理

(B)直接切下去

(C)不管三七二十一，先切再說

(D)先思考很久再切

_____ 5. 為什麼 文惠君 說 明 白了 養生 的道理？
wèishénme Wénhuìjūn shuō míngbái le yǎngshēng de dàolǐ？

(A)因為廚師解牛的技巧太好了

(B)因為養生不能吃牛肉

(C)因為牛的結構和人的結構很像

(D)因為養生也會碰到困難，要靜心解決

_____ 6. 下列 何者 和其他的意思 不同？
xiàliè hézhě hàn qítā de yìsi bùtóng？

(A)從容不迫

(B)不慌不急

(C)慌慌張張

(D)不慌不忙

三思考題

1. 文惠君聽懂的道理是什麼？請想想看。
2. 你覺得肢解牛的過程，也可以拿來形容什麼事呢？請說說看。
3. 你有看過類似的事情，讓你覺得就像一場完美的演出嗎？請和大家分享。
4. 有人說，這個故事是在教人怎麼在社會上生活，你認為他為什麼會這樣說呢？

四名詞解釋

	生詞	漢語拼音	解釋
1	肢解	zhījiě	to dismember
2	高超	gāochāo	excellent
3	讚歎	zàntàn	to praise
4	見識	jiànshì	enrich one's experience
5	當場	dāngchǎng	on the spot, at the scene
6	輕巧	qīngqiǎo	dexterous, light and handy
7	順勢	shùnshì	without taking extra trouble
8	規律	guīlǜ	regularly
9	悅耳	yuèěr	sweet-sounding
10	費力	fèilì	put much efforts
11	目瞪口呆	mùdèngkǒudāi	stunned
12	佩服	pèifú	admire
13	出神入化	chūshénrùhuà	to reach perfection, a superb artistic achievement

14	深刻	shēnkè	profound
15	領悟	lǐngwù	to realize, to apperceive
16	單憑	dānpíng	only rely on
17	心神	xīnshén	heart and spirit
18	縫隙	fèngxì	lacune, gap
19	鋒利	fēnglì	sharp
20	糾結	jiūjié	kink
21	全神貫注	quánshénguànzhù	engross
22	迎刃而解	yíngrènérjiě	easily solved
23	欣慰	xīnwèi	gratified
24	仔細	zǐxì	careful, attentive
25	依賴	yīlài	depend on

(五)原文

庖丁為文惠君解牛，手之所觸，肩之所倚，
Páodīng wèi Wénhuìjūn jiěniú, shǒu zhī suǒ chù, jiān zhī suǒ yǐ,

足之所履，膝之所踦，砉然響然，奏刀騞然，莫不
zú zhī suǒ lǚ, xī zhī suǒ yǐ, huòrán xiǎngrán, zòudāo huòrán, mò bú

中音，合於〈桑林〉之舞，乃中〈經首〉之會。
zhòngyīn, héyú〈sānglín〉zhī wǔ, nǎi zhòng〈jīngshǒu〉zhī huì。

文惠君曰：「嘻，善哉！技蓋至此乎？」
Wénhuìjūn yuē：「xī, shàn zāi! jì hé zhì cǐ hū?」

庖丁釋刀對曰：「臣之所好者道也，進乎技
páodīng shìdāo duì yuē：「chén zhī suǒhàozhě dào yě, jìn hū jì

矣。始臣之解牛之時，所見無非牛者。三年之後，
yǐ。shǐ chén zhī jiěniú zhī shí, suǒjiàn wúfēi niú zhě。sānnián zhīhòu,

未嘗見全牛也。方今之時，臣以神遇而不以
wèicháng jiàn quánniú yě。fāng jīn zhī shí, chén yǐ shén yù ér bùyǐ

目視，官知止而神欲行。依乎天理，批大郤，導
mù shì， guān zhī zhǐ ér shén yù xíng。 yī hū tiānlǐ， pī dàxì， dǎo

大窾，因其固然。技經肯綮之 未嘗 ，而況大軱
dàkuǎn， yīn qí gùrán。 jìjīngkěnqìng zhī wèicháng， érkuàng dàgū

乎！良庖歲更刀，割也；族庖月更刀，折也。今
hū！ liángpáo suì gēngdāo， gē yě； zúpáo yuègēngdāo， zhé yě。 jīn

臣 之刀十九年矣，所解數千牛矣，而刀刃若新發於
chén zhī dāo shíjiǔ nián yǐ， suǒ jiě shùqiānniú yǐ， ér dāorèn ruò xīnfā yú

硎 。
xíng。

　　彼節者有閒，而刀刃者無厚；以無厚入有閒，
　　bǐ jiézhě yǒujiàn， ér dāorèn zhě wúhòu； yǐ wúhòu rù yǒujiàn，

恢恢乎其於游刃必有餘地矣。是以十九年而刀刃若
huīhuī hū qí yú yóurèn bìyǒu yúdì yǐ。 shìyǐ shíjiǔ nián ér dāorèn ruò

新發於硎。雖然，每至於族，吾見其難爲，怵然爲
xīnfā yú xíng。 suīrán， měi zhì yú zú， wú jiàn qí nánwéi， chùrán wéi

戒，視爲止，行爲遲。動刀 甚微，謋然已解，如
jiè， shì wéi zhǐ， xíngwéi chí。 dòngdāo shènwéi， huòrán yǐ jiě， rú

土委地。提刀而立，爲之四顧，爲之 躊躇滿志 ，
tǔ wěidì。 tídāo ér lì， wèi zhī sìgù， wèi zhī chóuchúmǎnzhì，

善刀 而藏之。」
shàndāo ér cáng zhī。」

　　文惠君曰：「善哉！吾聞庖丁之言，得養
　　Wénhuìjūn yuē：「 shàn zāi！ wú wén páodīng zhī yán， dé yǎng

生 焉。」
shēngyān。」

三十二、潛移默化的力量

不論古今中外，人們　常常　會效仿權貴的
búlùn gǔjīnzhōngwài　，　rénmen chángcháng huì xiàofǎng quánguìde

穿著　或喜好，所以有影響力的人　往往　就
chuānzhuó huò xǐhào　，　suǒyǐ yǒuyǐngxiǎnglìde rén wǎngwǎng jiù

帶動了時代的流行。在　中國　，也有許多這樣的
dàidòngle shídàide liúxíng。zài Zhōngguó，yěyǒu xǔduō zhèyàngde

例子，現在我們就來看看，身為一國的君王是
lìzi　，xiànzài wǒmen jiùlái kànkàn，shēnwéi yìguó de jūnwáng shì

如何引領　時尚，而官員與百姓的　生活又是
rúhé yǐnlǐng shíshàng，ér guānyuán yǔ bǎixìngde shēnghuó yòushì

如何被這股　時尚　所影響　。
rúhé bèi zhègǔ shíshàng suǒyǐngxiǎng。

　在距今約　兩千　六百年前的齊國，　君王
zài jùjīn yuē liǎngqiān liùbǎi nián qiánde Qíguó，jūnwáng

齊桓公　很喜歡穿　紫色的衣服。　民眾　見到國君
Qíhuángōng hěn xǐhuān chuān zǐsède yīfú。mínzhòng jiàndào guójūn

對紫色的偏好，紫色很自然地就在　全國　流行了
duì zǐsède piānhào，zǐsè hěnzìránde jiùzài quánguó liúxíngle

起來，街上的行人過半以上都是　穿著　紫色的
qǐlái，jiēshàngde xíngrén guòbàn yǐshàng dōushì chuānzhe zǐsède

衣服。然而，由於眾人大量購買紫色的布來
yīfú。ránér，yóuyú zhòngrén dàliàng gòumǎi zǐsè de bù lái

做衣服，導致紫色布匹的價格飛漲，最後竟然
zuòyīfú，dǎozhì zǐsè bùpǐ de jiàgé fēizhǎng，zuìhòu jìngrán

到了有錢也買不到布的地步！
dàole yǒuqián yě mǎibúdào bù de dìbù！

　齊桓公　知道了這個　狀況　之後非常苦惱！
Qíhuángōng zhīdàole zhège zhuàngkuàng zhīhòu fēicháng kǔnǎo！

於是他便 請教大臣 管仲 ，看看有沒有 什麼
yúshì tā biàn qǐngjiào dàchén Guǎnzhòng ， kànkàn yǒuméiyǒu shénme

辦法可以解決這個問題。他告訴 管仲 說：
bànfǎ kěyǐ jiějué zhège wèntí 。 tā gàosù Guǎnzhòng shuō：

「我 非常 喜歡紫色的衣服，百姓見我喜歡，
「 wǒ fēicháng xǐhuān zǐsède yīfú ， bǎixìng jiàn wǒ xǐhuān ，

也都跟著穿起 紫色的衣服。結果現在紫色的
yě dōu gēnzhe chuānqǐ zǐsède yīfú 。 jiéguǒ xiànzài zǐsède

布貴得嚇人， 甚至 有錢也買不到了！這該
bù guìdexiàrén ， shènzhì yǒuqián yě mǎibúdào le ！ zhè gāi

如何是好？」 管仲 聽完後，恭敬地對 齊桓公
rúhéshìhǎo ？」 Guǎnzhòng tīngwánhòu， gōngjìngde duì Qíhuángōng

說：「 皇上 ，要解決這個問題並不難！只要您
shuō：「 huángshàng， yào jiějué zhège wèntí bìngbùnán！ zhǐyào nín

停止 穿著 紫色的衣服，並且不管遇到誰就說：
tíngzhǐ chuānzhuó zǐsède yīfú ， bìngqiě bùguǎn yùdào shéijiùshuō：

『我討厭紫色衣服所散發出的味道。』這麼一來，
『 wǒ tǎoyàn zǐsè yīfú suǒ sànfāchūde wèidào 。』 zhèmeyìlái ，

不出幾天，大家一定會開始厭惡紫色的衣服！」
bùchūjǐtiān ， dàjiā yídìng huì kāishǐ yànwù zǐsède yīfú ！」

齊桓公 隔天立刻 照著 管仲 的建議去做。
Qíhuángōng gétiān lìkè zhàozhe Guǎnzhòng de jiànyì qùzuò 。

果真 在一天之內， 宮中 已經沒有人 穿著
guǒzhēn zài yìtiān zhīnèi ， gōngzhōng yǐjīng méiyǒurén chuānzhuó

紫色的衣服，到了第二天，整個首都裡看不到
zǐsède yīfú ， dàole dìèrtiān ， zhěnge shǒudōulǐ kànbúdào

任何紫色的衣物，第三天過後， 全國 上上下下
rènhé zǐsède yīwù ， dìsāntiān guòhòu， quánguóshàngshàngxiàxià

都沒人再 穿 紫色的衣服了。
dōuméirén zài chuān zǐsède yīfú le 。

另一個例子發生在楚國。楚國的君主——
lìngyíge lìzi fāshēng zài Chǔguó。 Chǔguóde jūnzhǔ ——

楚靈王 非常喜歡腰細的人，因為他認為腰細
Chǔlíngwáng fēicháng xǐhuān yāoxìde rén， yīnwèi tā rènwéi yāoxì

才好看，才賞心悅目！因此 上朝 時，若看到
cái hǎokàn， cái shǎngxīnyuèmù！ yīncǐ shàngcháo shí， ruò kàndào

腰身 纖細的臣子，便會加以提拔或 重用 。
yāoshēn xiānxìde chénzǐ， biànhuì jiāyǐ tíbá huò zhòngyòng。

因此大臣為了博得君王的青睞，個個都 展開
yīncǐ dàchén wèile bódé jūnwáng de qīnglài， gègè dōu zhǎnkāi

瘦身 計畫，一天只吃一餐，希望自己的腰圍
shòushēn jìhuà， yìtiān zhǐchī yìcān， xīwàng zìjǐde yāowéi

能 愈變愈細。這樣還不夠，每天 上朝 前，
néng yùbiànyùxì。 zhèyàng háibúgòu， měitiān shàngcháo qián，

大臣們 還會用力地深呼吸，然後再用腰帶束緊
dàchénmen háihuì yònglìde shēnhūxī， ránhòu zài yòng yāodài shùjǐn

腰身 ，要到了幾乎無法呼吸的地步才罷手，
yāoshēn， yàodàole jīhū wúfǎ hūxīde dìbù cái bàshǒu，

這時，大臣們 往往 都得扶著牆才能 勉強
zhèshí， dàchénmen wǎngwǎng dōu děi fúzheqiáng cáinéng miǎnqiǎng

行走 。雖然這麼痛苦，但一想到 能在 皇帝
xíngzǒu。 suīrán zhème tòngkǔ， dàn yìxiǎngdào néng zài huángdì

面前 展現 出最纖瘦的 腰身，大家都 強忍著 不
miànqián zhǎnxiànchū zuì xiānshòude yāoshēn， dàjiā dōuqiángrěnzhe bù

舒服。
shūfú。

然而，瘦身 成功的 大臣雖然受到了皇帝的
ránér， shòushēn chénggōngde dàchén suīrán shòudàole huángdìde

賞識 ，卻逐漸 營養 不良，個個都面色枯槁，
shǎngshì， què zhújiàn yíngyǎng bùliáng， gègè dōu miànsèkūgǎo，

身形　瘦小，已經無法擔負起保家衛國的　重任
shēnxíng shòuxiǎo，yǐjīng wúfǎ dānfùqǐ bǎojiāwèiguóde zhòngrèn

了。
le 。

　　看完了以上兩個引發流行的小故事，不禁
　　kànwánle yǐshàng liǎngge yǐnfā liúxíngde xiǎogùshì，bùjīn

讓人　感慨萬千啊！
ràngrén gǎnkǎiwànqiān a ！

(二)選擇題

_____ 1. 下面　有關　這篇　文章　的敘述哪一個　正確　？
xiàmiàn yǒuguān zhèpiān wénzhāng de xùshù nǎyíge zhèngquè ？

(A)齊桓公下令禁止全國人民穿著紫色的衣服

(B)大臣們為了自己的身體健康而努力瘦身

(C)跟隨流行對社會或是百姓而言，都沒有負面影響

(D)追隨流行是融入社會的重要方式之一

_____ 2. 下列哪個「　」　中　的字與「　穿著　」的「　著　」
xiàliè nǎge「　」zhōng de zì yǔ「chuānzhuó」de「zhuó」

音同　？
yīntóng ？

(A)「著」急

(B)附「著」

(C)摸不「著」

(D)唱「著」歌

_____ 3. 「不出幾天」的「出」意思最接近 下列 何者 ？
「bùchūjǐtiān」de「chū」 yìsi zuìjiējìn xiàliè hézhě ？

(A)產生、發生

(B)發洩

(C)超過

(D)策畫

_____ 4. 請問　下面 哪一個　選項　的 成語　是以
qǐngwèn xiàmiàn nǎyíge xuǎnxiàng de chéngyǔ shìyǐ

「動詞 + 名詞 + 動詞 + 名詞」　構成　？
「dòngcí + míngcí + dòngcí + míngcí」 gòuchéng ?

(A)保衛家園

(B)面色枯槁

(C)大紅大紫

(D)呼風喚雨

_____ 5. 下列哪個句子填入「由於」 最恰當 ？
xiàliè nǎge jùzi tiánrù「yóuyú」zuìqiàdàng ?

(A)今天會塞車是○○路口發生交通事故

(B)○○是聰明的小華也回答不出這個難題

(C)為了慶祝姐姐生日，○○全家人到餐廳用餐

(D)我想幫媽媽跑腿，○○忘了她交代了哪些事

_____ 6. 形容　身材　苗條的　成語　有許多，下列哪個
xíngróng shēncái miáotiáo de chéngyǔ yǒuxǔduō , xiàliè nǎge

成語　也可以　形容　纖瘦的　身材 ？
chéngyǔ yě kěyǐ xíngróng xiānshòu de shēncái ?

(A)大腹便便

(B)支離擁腫

(C)蜂腰削背

(D)壯氣凌雲

三 思考題

1. 你是否曾經受到流行的影響，而改變自己的喜好呢？請舉例說明。

2. 現在的年輕人流行什麼呢？你有跟上流行嗎？

3. 在你的國家，曾經流行些？就你的觀察，台灣人流行什

麼？

4. 請你說說，跟著流行走，是好？是壞？

（四）名詞解釋

	生詞	漢語拼音	解釋
1	效仿	xiàofǎng	imitate
2	權貴	quánguì	influential officials
3	喜好	xǐhào	preference
4	流行	liúxíng	fashion
5	引領	yǐnlǐng	lead
6	飛漲	fēizhǎng	(of prices) to soar
7	厭惡	yànwù	detest
8	腰	yāo	waist
9	賞心悅目	shǎngxīnyuèmù	be good to hear or see
10	提拔	tíbá	promote
11	重用	zhòngyòng	o put somebody in an important position
12	博得	bódé	win
13	青睞	qīnglài	favor
14	腰圍	yāowéi	waistline
15	腰帶	yāodài	waist band
16	束緊	shùjǐn	constrict
17	罷手	bàshǒu	give up
18	勉強	miǎnqiǎng	manage with an effort
19	纖瘦	xiānshòu	thin
20	賞識	shǎngshì	recognize the worth of someone

21	營養	yíngyǎng	nutrition
22	面色枯槁	miànsèkūgǎo	dimmish and darkish complexion
23	擔負	dānfù	bear
24	保家衛國	bǎojiāwèiguó	guard home, defend the country
25	感慨萬千	gǎnkǎiwànqiān	sigh heavily with emotion

(五)原文

昔者 楚靈王 好士細腰，故 靈王之臣 皆以一飯
xízhě Chǔlíngwánghào shì xìyāo ， gù Língwángzhīchén jiēyǐ yífàn

爲節，脅息然後帶，扶牆然後起。比期年， 朝有
wéijiē ， xiéxī ránhòu dài ， fúqiáng ránhòu qǐ 。 bì jīnián ， cháoyǒu

黧黑之色。
líhēizhīsè 。

齊桓公 好服紫，一國盡服紫。當是時也，
Qíhuángōng hào fúzǐ ， yìguó jìn fúzǐ 。 dāngshìshíyě ，

五素不得一紫。 桓公 患之，謂 仲 曰：「寡人
wǔsù bùdé yìzǐ 。 huángōng huànzhī ， wèi Zhòng yuē ：「 guǎrén

好服紫，紫貴甚，一國百姓好服紫不已，寡人
hào fúzǐ ， zǐ guìshèn ， yìguó bǎixìng hào fúzǐ bùyǐ ， guǎrén

奈何？」 管仲 曰：「君欲止之，何不試勿衣紫
nàihé ？」 Guǎnzhòng yuē ：「 jūn yùzhǐ zhī ， hé búshì wù yìzǐ

也？謂左右曰：『吾甚惡紫之臭。』於是左右適有
yě ？ wèizuǒyòuyuē ：『 wú shèwù zǐzhīxiù 。』 yúshì zuǒyòu shì yǒu

衣紫而進者，公必曰：『少卻，吾惡紫臭』」。
yìzǐ érjìnzhě ， gōng bì yuē ：『 shǎoquè ， wú wù zǐxiù 』」。

公曰：「諾。」於是日， 郎中 莫衣紫；其明日，
gongyuē ：「 nuò 。」 yúshìrì ， lángzhōngmò yìzǐ ； qí míngrì ，

國中 莫衣紫；三日， 境中 莫衣紫也。
guózhōngmò yìzǐ ； sānrì ， jìngzhōngmò yìzǐ yě 。

三十三、蝸牛角上爭何事

㈠文章

　　中國　歷史上有許多　重要的哲學家，
　　Zhōngguó　lìshǐ　shàng yǒu xǔduō　zhòngyào de　zhéxuéjiā　，

他們不論是在政治或文化的發展上，都有著
tāmen　búlùnshì　zài zhèngzhì huò wénhuà de fāzhǎn shàng，　dōu yǒuzhe

舉足輕重的地位。其中有一位有趣的哲學家
jǔzúqīngzhòng de　dìwèi。 qízhōng yǒuyíwèi　yǒuqù de zhéxuéjiā

莊子 ，特別喜歡透過講故事 說明 道理，來 讓
Zhuāngzǐ ， tèbié xǐhuān tòuguò jiǎnggùshì shuōmíng dàolǐ ， lái ràng

人們思考 生命 的意義。現在我們就來 聽聽
rénmen sīkǎo shēngmìng de yìyì 。 xiànzài wǒmen jiù lái tīngtīng

莊子 說故事，看看透過故事我們是否能 明白
Zhuāngzǐ shuōgùshì ， kànkàn tòuguò gùshì wǒmen shìfǒu néng míngbái

莊子 的 人生哲學 。
Zhuāngzǐ de rénshēngzhéxué 。

話說 ，很久很久以前，有個人 從 戴晉這個
huàshuō ， hěnjiǔ hěnjiǔ yǐqián ， yǒugerén cóng Dàijìn zhège

小村落，千里迢迢地來到了魏國的首都， 想要
xiǎocūnluò ， qiānlǐtiáotiáo de láidàole Wèiguó de shǒudū ， xiǎngyào

拜見 皇上 。 皇上 雖然不認識這個人，卻
bàijiàn huángshàng 。 huángshàng suīrán búrènshì zhègerén ， què

還是接見了他，這個人一見到皇帝， 便 恭敬 地
háishì jiējiàn le tā ， zhègerén yíjiàndào huángdì ， biàn gōngjìng de

詢問 他：「請問 大王，您知道蝸牛 這種 生物
xúnwèn tā ： 「 qǐngwèn dàwáng ， nín zhīdào guāniú zhèzhǒng shēngwù

嗎？」 魏王 聽到了這個唐突的問題，雖然覺得
ma ？ 」 Wèiwáng tīngdàole zhège tángtú de wèntí ， suīrán juéde

疑惑，但 仍然回答：「我知道。」
yíhuò ， dàn réngrán huídá ： 「 wǒ zhīdào 。 」

皇帝 回答後， 從 戴晉來的人又接著 說：
huángdì huídá hòu ， cóng Dàijìn lái de rén yòu jiēzhe shuō ：

「大王您一定知道蝸牛有兩隻 觸角吧？在這
「 dàwáng nín yídìng zhīdào guāniú yǒu liǎngzhī chùjiǎo ba ？ zài zhè

兩個觸角 上 ，分別各有一個國家。在左邊觸角
liǎngge chùjiǎo shàng ， fēnbié gèyǒu yíge guójiā 。 zài zuǒbiān chùjiǎo

上 的這個國家叫做『觸』，在右邊觸角 上 的
shàng de zhège guójiā jiàozuò 『 Chù 』 ， zài yòubiān chùjiǎo shàng de

國家叫做『蠻』。這兩個國家　常常　爲了　爭奪
guójiā jiàozuò 『Mán』。 zhèliǎngge guójiā chángcháng wèile zhēngduó

領土而　爭戰　不停，每次發生　戰爭　，都會
lǐngtǔ ér zhēngzhàn bùtíng，　měicì fāshēng zhànzhēng，　dōuhuì

造成　慘烈的　傷亡　，地上到處都躺著　受傷
zàochéng cǎnliè de shāngwáng，　dìshàng dàochù dōu tǎngzhe shòushāng

的士兵，百姓哀嚎聲四起。即便如此，　戰勝
de shìbīng，bǎixìng āiháoshēng sìqǐ。 jíbiàn rúcǐ，　zhànshèng

的國家卻仍不斷追擊戰敗的一方，直到十五天
de guójiā quèréng búduàn zhuījí zhànbài de yìfāng，　zhídào shíwǔtiān

之後，　戰勝國　才會　收兵　回國。」
zhīhòu，　zhànshèngguó cái huì shōubīng huíguó。」

　　魏王　聽了，笑了一笑說：「這個故事是
　　Wèiwáng tīngle，　xiàoleyíxiào shuō：「 zhège gùshì shì

虛構的吧？」從戴晉來的人回答：「這並不是
xūgòu de ba？」 cóng Dàijìnláide rén huídá：「 zhè bìngbúshì

虛構的，讓我來爲您　說明　吧！大王您認爲
xūgòu de，rang wǒ lái wèi nín shuōmíng ba！ dàwáng nín rènwéi

天地四方有盡頭嗎？」　魏王　想了想，說：
tiāndìsìfāng yǒu jìntóu ma？」　Wèiwáng xiǎnglexiǎng，shuō：

「沒有盡頭。」
「méiyǒu jìntóu。」

　　於是戴晉來的人又繼續說：「世界既然　廣大
　　yúshì Dàijìnláide rén yòu jìxù shuō：「 shìjiè jìrán guǎngdà

無邊，沒有窮盡，那麼我們現在所處的地方，
wúbiān，méiyǒu qióngjìn，　nàme wǒmen xiànzài suǒchǔ de dìfāng，

是不是就顯得十分　渺小　呢？」　魏王　思考了
shìbúshì jiù xiǎnde shífēn miǎoxiǎo ne？」 Wèiwáng sīkǎo le

一會兒，回答：「是的。」
yìhuǐér，huídá：「 shìde。」

261

戴晉來的人聽到 皇帝 的 回答 ， 又 進一步
Dàijìnláide rén tīngdào huángdì de huídá ， yòu jìnyíbù

問說 ：「 大王 ， 您 想想 ， 在 我們 所在 的
wènshuō ：「 dàwáng ， nín xiǎngxiǎng ， zài wǒmen suǒzài de

世界 ， 有 個 叫 做 『 魏 』 的 國家 ， 而 在 魏國 裡 ，
shìjiè ， yǒuge jiàozuò 『 Wèi 』 de guójiā ， ér zài Wèiguó lǐ ，

又 有 個 叫 做 『 梁 』 的 小國 。 您看 ， 這 統治 梁
yòu yǒuge jiàozuò 『 Liáng 』 de xiǎoguó 。 nínkàn ， zhè tǒngzhì Liáng

的 國王 與 統治 蝸牛角 的 國王 相比 ， 有 什麼
de guówáng yǔ tǒngzhì guāniújiǎo de guówáng xiāngbǐ ， yǒu shénme

不同 嗎 ？」 魏王 搖搖頭 回答 ：「 並沒有 什麼
bùtóng ma ？」 Wèiwáng yáoyáotóu huídá ：「 bìngméiyǒu shénme

不同 。」 那 個 人 聽到 魏王 的 答案後 ， 什麼 話 都
bùtóng 。」 nàgerén tīngdào Wèiwáng de dáàn hòu ， shénme huà dōu

沒有 說 ， 只是 向 他 告別 ， 就 轉身 離開了 。
méiyǒushuō ， zhǐshì xiàng tā gàobié ， jiù zhuǎnshēn líkāi le 。

魏王 望著 那 個 人 離去 的 背影 ， 突然
Wèiwáng wàngzhe nàgerén líqù de bèiyǐng ， túrán

領悟到了 一些 道理 ， 心中 生起 一股 失落感 ，
lǐngwùdàole yìxiē dàolǐ ， xīnzhōng shēngqǐ yìgǔ shīluògǎn ，

就像是 丟掉了 寶貴的 東西 一般 。
jiùxiàngshì diūdiàole bǎoguì de dōngxi yìbān 。

莊子 透過 這個 故事 要 說 什麼 呢 ？
Zhuāngzǐ tòuguò zhège gùshì yàoshuōshénme ne ？

(二)選擇題

_____ 1. 下面 哪個 選項 最符合這篇 文章 的主旨？
xiàmiàn nǎge xuǎnxiàng zuì fúhé zhèpiān wénzhāng de zhǔzhǐ？

(A)蝸牛是非常殘暴兇猛的生物

(B)我們擁有的一切，相對於宇宙而言，都是非常渺小的

(C)魏王十分高傲自慢，所以聽不進戴晉人想要說的道理

(D)莊子最喜歡的生物是蝸牛

_____ 2. 將 兩個 有 相似 意思的字組合在一起，就是一個
jiāng liǎngge yǒu xiāngsì yìsi de zì zǔhé zàiyìqǐ，jiùshì yíge

同義複詞，例如「 渺小 」兩個字 都有 微小 的
tóngyìfúcí，lìrú「miǎoxiǎo」liǎnggezì dōuyǒu wéixiǎo de

意思。下列哪個 選項 是同義複詞？
yìsi。xiàliè nǎge xuǎnxiàng shì tóngyìfúcí？

(A)散步

(B)東西

(C)巨大

(D)煮飯

_____ 3. 「●●是在 政治 ○ 文化 的 發展 上 」這句話的
「●● shì zài zhèngzhì ○ wénhuà de fāzhǎn shàng」zhèjùhuà de

連接詞 換成 下列 何者，不會 改變 原意？
liánjiēcí huànchéng xiàliè hézhě，búhuì gǎibiàn yuányì？

(A)因為、而

(B)雖然、但

(C)由於、便

(D)不管、或

_____ 4. 下面 哪個 選項 的「回答」詞性 與其他 三者
　　　　xiàmiàn nǎge xuǎnxiàng de 「 huídá 」 cíxìng yǔ qítā sānzhě

不相同 ？
bùxiāngtóng ？

(A)她站起身來，準備回答老師的問題

(B)因為遲遲等不到對方的回答，小明只好先行離開

(C)沒想到他不回答，是因為他也不知該如何是好

(D)她回答說她願意代表全班去參加比賽

_____ 5. 本文 第三段 運用 了 聽覺 與 視覺來 描寫
　　　　běnwén dìsānduàn yùnyòng le tīngjué yǔ shìjué lái miáoxiě

戰爭 ， 下列哪個 選項 ， 也 同時 運用 了
zhànzhēng ， xiàliè nǎge xuǎnxiàng ， yě tóngshí yùnyòng le

兩種 以上的 感官 摹寫 ？
liǎngzhǒng yǐshàngde gǎnguān móxiě ？

(A)翠綠的葉片在風中搖曳，像是大樹正向陽光招手問好

(B)廚房傳出陣陣的飯菜香，原來是媽媽在準備晚餐

(C)姐姐的歌聲清甜悅耳，只要一聽到她的歌聲，心情就
　　會雀躍起來

(D)剛曬好的被子抱起來鬆鬆軟軟的，有陽光暖呼呼的味
　　道

_____ 6. 這個 寓言故事 中 使用 了許多 設問 修辭，下列
　　　　zhège yùyán gùshì zhōng shǐyòng le xǔduō shèwèn xiūcí ， xiàliè

哪個 選項 也 屬於 設問 修辭 ？
nǎge xuǎnxiàng yě shǔyú shèwèn xiūcí ？

(A)天氣炎熱時，海灘上人山人海。有的在游泳，有的在
　　吃雪糕，有的在曬太陽，非常熱鬧

(B)傷離別，離別雖然在眼前，說再見，再見不會太遙遠

(C)濕淋淋的路人像一條條的魚，嚴肅沉默地從籬笆牆外
　　游過去。

(D)大禹治理河水，為人民服務，難道不值得歌頌嗎？

(三)思考題

1. 透過這個故事，莊子究竟想說明什麼呢？
2. 你是否也曾經在聽過某個道理後，有種頓悟的感受呢？那個道理是什麼？對你的人生有哪些幫助呢？
3. 請問，對你而言，什麼是放不下的蝸牛角呢？
4. 你的人生哲學是什麼？與莊子的人生哲學相同嗎？請說明你的人生哲學，並闡述你實踐此哲學的方式。

(四)名詞解釋

	生詞	漢語拼音	意思
1	舉足輕重	jǔzúqīngzhòng	play a decisive role
2	千里迢迢	qiānlǐtiáotiáo	a far distance
3	拜見	bàijiàn	pay a formal visit
4	蝸牛	guāniú	snail
5	唐突	tángtú	abrupt
6	觸角	chùjiǎo	antenna
7	慘烈	cǎnliè	very severe
8	哀嚎	āiháo	cry piteously
9	追擊	zhuījí	chase
10	虛構	xūgòu	fabrication
11	盡頭	jìntóu	limit
12	廣大	guǎngdà	vast, wide, extensive
13	窮盡	qióngjìn	come to an end
14	渺小	miǎoxiǎo	insignificantly small

15	進一步	jìnyíbù	go a step further
16	告別	gàobié	bid farewell
17	轉身	zhuǎnshēn	turn abou
18	背影	bèiyǐng	the sight of one's back
19	領悟	lǐngwù	understand
20	失落感	shīluògǎn	sense of loss
21	寶貴	bǎoguì	valuable
22	頓悟	dùnwù	insight

(五)原文

戴晉人曰：「有所謂蝸者，君知之乎？」
Dàijìnrén yuē：「yǒusuǒwèiguāzhě，jūn zhīzhī hū？」

曰：「然。」
yuē：「rán。」

「有國於蝸之左角者，曰觸氏；有國於蝸之
「yǒu guó yú guāzhīzuǒjiǎozhě，yuē Chùshì；yǒu guó yú guāzhī

右角者，曰蠻氏，時相與爭地而戰，伏屍數萬，
yòujiǎozhě，yuē Mánshì，shí xiāngyǔ zhēngdì érzhàn，fúshī shùwàn，

逐北旬有五日而後反。」
zhúběixúnyòu wǔrì érhòu fǎn。」

君曰：「噫！其虛言與？」
jūnyuē：「yī！qí xūyán yú？」

曰：「臣請爲君實之。君以意在四方上下，
yuē：「chén qǐngwéi jūn shízhī。jūn yǐ yìzài sìfāngshàngxià，

有窮乎？」
yǒuqiónghū？」

君曰：「無窮。」
jūnyuē：「wúqióng。」

曰：「知遊心於無窮，而反在通達之國，
yuē：「 zhī yóuxīn yú wúqióng， ér fǎnzài tōngdázhīguó，

若存若亡乎？」
ruòcúnruòwáng hū？」

君曰：「然。」
jūnyuē：「rán。」

曰：「通達乎？」
yuē：「tōngdá hū？」

曰：「通達之中有魏，於魏中有梁，於
yuē：「 tōngdá zhīzhōng yǒu Wèi， yú Wèi zhōng yǒu Liáng， yú

梁中有王，王與蠻氏有辨乎？」
Liángzhōngyǒuwáng，wáng yǔ Mánshì yǒubiàn hū？」

君曰：「無辨。」
jūnyuē：「wúbiàn。」

客出而君惝然若有亡也。
kèchū ér jūntǎngránruòyǒuwáng yě。

三十四、魯國夫妻的苦惱

（一）文章

中國 的 戰國 時期 ， 是哲學思想快速發展
Zhōngguó de Zhànguó shíqí ， shì zhéxué sīxiǎng kuàisù fāzhǎn

的時代 ， 當時 ， 有許多 重要 的思想家都透過
de shídài ， dāngshí ， yǒu xǔduō zhòngyào de sīxiǎngjiā dōu tòuguò

寓言故事 ， 來傳達他們的思想 ， 希望 能 藉此
yùyán gùshì ， lái chuándá tāmen de sīxiǎng ， xīwàng néng jiècǐ

說服君主接受自己的 政治 理念 ， 而韓非便是
shuìfú jūnzhǔ jiēshòu zìjǐ de zhèngzhì lǐniàn ， ér Hánfēi biànshì

其中之一 。 現在 ， 我們就來看一則韓非 講過 的
qízhōngzhīyī 。 xiànzài ， wǒmen jiùlái kàn yìzé Hánfēi jiǎngguò de

故事 ， 試試我們是否 能察覺它背後的意涵 。
gùshì ， shìshì wǒmen shìfǒu néng chájué tā bèihòu de yìhán 。

在魯國 ， 有一對手藝 非常 精巧 的夫妻 ，
zài Lǔguó ， yǒu yíduì shǒuyì fēicháng jīngqiǎo de fūqī ，

丈夫 十分 擅長 製作草鞋 。 他編的草鞋既 漂亮
zhàngfū shífēn shàncháng zhìzuò cǎoxié 。 tā biānde cǎoxié jì piàoliàng

又牢固 ， 只要 穿上 他的鞋 ， 不管是走在泥濘的
yòu láogù ， zhǐyào chuānshàng tāde xié ， bùguǎn shì zǒuzài nínìng de

地上 或是崎嶇的山路 ， 腳都能有 完善 的保護 ，
dìshàng huòshì qíqū de shānlù ， jiǎodōunéngyǒuwánshàn de bǎohù ，

不會受到任何 傷害 或 影響 。
búhuì shòudào rènhé shānghàihuòyǐngxiǎng 。

他的妻子則是善於織布 ， 而且還是白色的
tāde qīzi zéshì shànyú zhībù ， érqiě háishì báisè de

絲綢。她織出來的白布，潔白的 像是　月光
sīchóu 。 tā zhīchūlái de báibù ， jiébái de xiàngshì yuèguāng

照在雪地上 一樣，不僅如此，布的質感柔軟又
zhàozài xuědì shàng yíyàng ， bùjǐnrúcǐ ， bùde zhígǎn róuruǎn yòu

細緻。如果　穿上　以那白布 做成 的衣服，那
xìzhì 。 rúguǒ chuānshàng yǐ nà báibù zuòchéng de yīfú ， nà

輕柔 舒適 的感覺，就 好像 是三月的 微風吹過，
qīngróu shūshì de gǎnjué ， jiù hǎoxiàng shì sānyuè de wéifēng chuīguò ，

非常　舒服！
fēicháng shūfú ！

　　由於手藝過人，夫妻倆賺了不少錢；加上
yóuyú shǒuyì guòrén ， fūqīliǎng zuànle bùshǎo qián ； jiāshàng

他們　生活 簡樸，從 不任意浪費錢，因此過了
jiāshàng shēnghuó jiǎnpú ， cóng bú rènyì làngfèi qián ， yīncǐ guòle

幾年，他們就 累積了一筆 可觀的 財富。有了錢，
jǐnián ， tāmen jiù lěijī le yìbǐ kěguān de cáifù 。 yǒule qián ，

夫妻倆便　商量 了起來，該如何 運用 這筆錢
fūqīliǎng biàn shāngliáng le qǐlái ， gāi rúhé yùnyòng zhèbǐqián

好呢？ 兩人 想了又想，最後決定 趁 自己還
hǎo ne ？ liǎngrén xiǎngleyòuxiǎng ， zuìhòu juédìng chèn zìjǐ hái

年輕 ，跨出舒適圈，到 國外去 闖一闖 ，好
niánqīng ， kuàchū shūshìquān ， dào guówài qù chuǎngyìchuǎng ， hǎo

開闊一下視野。經過 漫長 的討論後，他們 決定
kāikuò yíxià shìyě 。 jīngguò màncháng de tǎolùn hòu ， tāmen juédìng

搬到越國住，在那裡展開 兩人的 新人生。
bāndào Yuèguózhù ， zài nàlǐ zhǎnkāi liǎngrén de xīnrénshēng 。

　　下定決心後，他們便開始整理行李、打掃
xiàdìng juéxīn hòu ， tāmen biàn kāishǐ zhěnglǐ xínglǐ 、 dǎsǎo

家園。隔壁鄰居見到他們急著打包，一副要
jiāyuán 。 gébì línjū jiàndào tāmen jízhe dǎbāo ， yífù yào

出遠門 的樣子，忍不住 想 問個清楚， 到底是
chūyuǎnmén de yàngzi， rěnbúzhù xiǎngwèn ge qīngchǔ， dàodǐ shì

爲了什麼，夫妻倆既不賣草鞋，也不賣絲綢，
wèile shénme， fūqīliǎng jì búmài cǎoxié， yě búmài sīchóu，

卻從一大早就開始 忙進忙出 。看見鄰居 這樣
quècóng yídàzǎo jiù kāishǐ mángjìnmángchū。 kànjiàn línjū zhèyàng

關心 ，夫妻倆就說出了兩人的計畫。 原本以爲
guānxīn， fūqīliǎng jiù shuōchūle liǎngrén de jìhuà。 yuánběn yǐwéi

鄰居會開心地祝福他們， 沒想到 聽完那個 構想
línjū huì kāixīn de zhùfú tāmen， méixiǎngdào tīngwán nàge gòuxiǎng

之後， 鄰居的臉色就沉了下來， 甚至還歎了
zhīhòu， línjū de liǎnsè jiù chénle xiàlái， shènzhì hái tànle

一口氣！
yìkǒuqì！

　　看到鄰居的反應，夫妻倆露出了疑惑的
kàndào línjū de fǎnyìng， fūqīliǎng lòuchū le yíhuò de

表情 。那位鄰居邊搖頭邊解釋：「 年輕人
biǎoqíng。 nàwèi línjū biān yáotóu biān jiěshì：「 niánqīngrén

啊！你們 想 出去 闖一闖 ，確實是很 勇敢 ，
a！ nǐmen xiǎng chūqù chuǎngyìchuǎng， quèshí shì hěn yǒnggǎn，

很有想法！但是，你們可曾好好 想過 越國的
hěn yǒuxiǎngfǎ！ dànshì， nǐmen kě céng hǎohǎo xiǎngguò Yuèguó de

風土民情？據我所知，越國人不愛穿鞋，不論
fēngtǔmínqíng？ jùwǒsuǒzhī， Yuèguórén búài chuānxié， búlùn

走到哪裡都赤著腳，那你的草鞋要賣給誰呢？
zǒudào nǎlǐ dōu chìzhejiǎo， nà nǐ de cǎoxié yào màigěi shuí ne？

而你們織的白色絲綢，一般人都是拿來做帽子，
ér nǐmen zhīde báisè sīchóu， yìbānrén dōushì nálái zuò màozi，

但是，在越國，因爲 時常 下雨的緣故，當地人
dànshì， zài Yuèguó， yīnwèi shícháng xiàyǔ de yuángù， dāngdìrén

從 不用這顏色做帽子，那你們的白布要賣給
cóng búyòng zhè yánsè zuò màozi ， nà nǐmen de báibù yào màigěi

誰呢？我想，不管你們的手藝再怎麼好，到了
shuí ne ？ wǒxiǎng ， bùguǎn nǐmen de shǒuyì zài zěnme hǎo ， dàole

越國還是 派不上用場 啊！這麼一來，早晚會
Yuèguó háishì pàibúshàngyòngchǎng a ！ zhèmeyìlái ， zǎowǎn huì

坐吃山空 的，到時，你們一旦 花光 了積蓄，
zuòchīshānkōng de ， dàoshí ， nǐmen yídàn huāguāng le jīxù ，

不就沒有好日子過了嗎？」
bújiù méiyǒu hǎorìzi guòlema ？ 」

你認為韓非透過這個故事， 想 告訴我們什麼
nǐ rènwéi Hánfēi tòuguò zhège gùshì ， xiǎng gàosù wǒmenshénme

道理呢？
dàolǐ ne ？

(二)選擇題

_____ 1. 下面 哪個 選項 最符合這篇 文章 的主旨？
xiàmiàn nǎge xuǎnxiàng zuì fúhé zhèpiān wénzhāng dezhǔzhǐ ？

(A)鞋子與白布對於養家活口沒有幫助

(B)不管做什麼決定之前，都須仔細地思考其影響

(C)越國人與魯國人的生活方式有很大的差異

(D)實踐夢想前，最好能得到大家的祝福

_____ 2. 本文 中 ， 沒有 運用到 哪種 感官 的 描寫
běnwén zhōng ， méiyǒu yùnyòngdào nǎzhǒng gǎnguān de miáoxiě

技巧？
jìqiǎo ？

(A)視覺

(B)聽覺

(C)嗅覺

(D)觸覺

3. 下面 哪個 選項 不適合填入「不論」?
xiàmiàn nǎge xuǎnxiàng búshìhé tiánrù「búlùn」?

(A)○○生了重病,她依然堅持要到校上課

(B)○○颱風下雨,郵差叔叔依舊準時把信送到

(C)○○經歷多少風雨,他還是撐了過來

(D)○○大家再怎麼誤會他,他還是笑臉迎人

4. 下面 哪個 選項 的 量詞 搭配 錯誤?
xiàmiàn nǎge xuǎnxiàng de liàngcí dāpèi cuòwù?

(A)一「則」故事

(B)二「雙」草鞋

(C)三「道」白布

(D)四「筆」積蓄

5. 下列哪個 選項 符合鄰居歎氣的 原因 ?
xiàliè nǎge xuǎnxiàng fúhé línjū tànqì de yuányīn?

(A)因為鄰居的子女住在越國,所以非常想念他們

(B)因為鄰居年紀大了,羨慕年輕夫妻的勇敢

(C)因為不能天天見到年輕夫妻了,覺得可惜

(D)因為年輕夫妻對於未來沒有謹慎的規劃

6. 中文 裡, 常常 有「動詞＋一＋動詞」的
Zhōngwén lǐ, chángcháng yǒu「dòngcí＋yī＋dòngcí」de

用法 ,例如: 闖一闖 ,下列哪個 選項 ,最
yòngfǎ, lìrú:chuǎngyìchuǎng, xiàliè nǎge xuǎnxiàng, zuì

貼近「動詞＋一＋動詞」的意思?
tiējìn「dòngcí＋yī＋dòngcí」de yìsi?

(A)表示嘗試

(B)表示習慣

(C)表示過去

(D)表示完成

(三)思考題

1. 請問，當初你們選擇要來台灣念書，是抱著什麼樣的理想來的呢？
2. 你認為那位鄰居的想法有道理嗎？你有不同的看法嗎？
3. 你是否曾經有過滿懷理想，卻遭到旁人潑冷水的情況呢？這時，你通常會怎麼處理？放棄原本的理想？調整一部分的想法？還是堅持完成理想呢？
4. 如果你是那對魯國夫妻，聽了鄰居的話，你會怎麼做？

(四)名詞解釋

	生詞	漢語拼音	意思
1	傳達	chuándá	convey
2	藉此	jiècǐ	thereby
3	說服	shuìfú	convince
4	意涵	yìhán	implication
5	手藝	shǒuyì	craftsmanship
6	精巧	jīngqiǎo	exquisite
7	擅長	shàncháng	be good at
8	牢固	láogù	firm
9	泥濘	nínìng	muddiness
10	崎嶇	qíqū	rugged
11	絲綢	sīchóu	silk fabric
12	質感	zhígǎn	texture
13	簡樸	jiǎnpú	simple and unadornedplain

14	浪費	làngfèi	squander
15	商量	shāngliáng	consult
16	舒適圈	shūshìquān	comfort zone
17	闖	chuǎng	rush
18	構想	gòuxiǎng	concept, proposition
19	風土民情	fēngtǔmínqíng	Local customs
20	赤腳	chìjiǎo	barefoot
21	坐吃山空	zuòchīshānkōng	sit idle and eat, and in time your whole fortune will be used up
22	積蓄	jīxù	save

(五) 原文

魯人 身善 織屨 ，妻善 織縞 ，而欲 徙於 越 。
Lǔrén shēnshàn zhījù ， qī shàn zhīgǎo ， ér yù xǐyú Yuè 。

或 謂之曰：「子必 窮 矣。」魯人曰：「何也？」
huò wèizhī yuē ：「 zǐ bì qióng yǐ 。」 Lǔrén yuē ：「 héyě ？」

曰：「屨為 履之也，而越人 跣行 ；縞為 冠之也，
yuē ：「 jù wéi lǚ zhī yě ， ér Yuèrén xiǎnxíng ； gǎowéiguan zhīyě ，

而越人 被髮 。以子之 所長 ， 遊於不用之國 ， 欲使
ér Yuèrén pīfà 。 yǐ zǐzhī suǒcháng ， yóuyú búyòng zhīguó ， yùshǐ

無窮 ，其可得乎？」
wúqióng ， qí kědé hū ？」

三十五、誰是偷錢的人

(一)文章

　　從前　，有個叫陳述古的人，個性既正直又
　　cóngqián， yǒuge jiào Chénshùgǔ de rén， gèxing jì zhèngzhíyòu

公　正，他在建州擔任法官時，判過的案子都
gōngzhèng， tā zài Jiànzhōu dānrèn fǎguān shí， pànguò de ànzi dōu

讓大家心服口服。
ràng dàjiā xīnfúkǒufú 。

有一天，住在 城東 的林大嬸突然跑來
yǒuyìtiān ， zhùzài chéngdōng de Lín dàshěn túrán pǎolái

報案，她説 早上 到 市場 買菜時，一不注意，
bàoàn ， tā shuō zǎoshàng dào shìchǎng mǎicài shí ， yíbúzhùyì ，

和一個 年輕人 擦撞 了一下，當時 她不以爲意
hàn yíge niánqīngrén cāzhuàng le yíxià ， dāngshí tā bùyǐwéiyì

就走了。結果，買完肉要付錢的時候，她翻遍
jiù zǒule 。 jiéguǒ ， mǎiwán ròu yào fùqián de shíhòu ， tā fānbiàn

所有的口袋，就是找不到錢包！這時，她才 想起
suǒyǒu de kǒudài ， jiùshì zhǎobúdàoqiánbāo ！ zhèshí ， tā cái xiǎngqǐ

早上 的 碰撞 ，心想，錢包可能是被那個
zǎoshàng de pèngzhuàng ， xīnxiǎng ， qiánbāo kěnéng shì bèi nàge

年輕人 扒走了！
niánqīngrén pázǒu le ！

　　陳述古 根據林大嬸 描述 的 特徵，找來了
Chénshùgǔ gēnjù Lín dàshěn miáoshù de tèzhēng ， zhǎolái le

五個嫌疑犯，可是林大嬸看來看去，也很難
wǔge xiányífàn ， kěshì Lín dàshěn kànláikànqù ， yě hěnnán

確定 誰才是 真正 的小偷；審問 那五個人，
quèdìng shéi cáishì zhēnzhèng de xiǎotōu ； shěnwèn nà wǔge rén ，

也沒有人 承認 偷了錢包。見了這樣的 情形，
yě méiyǒurén chéngrèn tōu le qiánbāo 。 jiànle zhèyàng de qíngxíng ，

陳述古 左思右想， 整整 想了一個 晚上 ，
Chénshùgǔ zuǒsīyòuxiǎng ， zhěngzhěng xiǎngle yíge wǎnshàng ，

終於 想到 一個好法子！
zhōngyú xiǎngdào yíge hǎo fázi ！

　　第二天，他派部下搬來一口 大鐘 ，並 將
dìèrtiān ， tā pài bùxià bānlái yìkǒu dàzhōng ， bìng jiāng

鐘 放在 官署 後院 ， 隆重 地舉行了祭祀
zhōng fàngzài guānshǔ hòuyuàn ， lóngzhòng de jǔxíng le jìsì

儀式。祭祀完後，便對那五個嫌疑犯說：
yíshì 。 jìsìwán hòu ， biàn duì nà wǔge xiányífàn shuō：

「這是一口 神鐘 ，它能 辨別誰是小偷，誰是
「 zhèshì yìkǒu shénzhōng ， tā néng biànbié shuí shì xiǎotōu ， shuí shì

清白的，屢試不爽！如果是清白的，那麼即便
qīngbái de ， lǚshìbùshuǎng ！ rúguǒ shì qīngbái de ， nàme jíbiàn

是用力地摸大鐘 ，大鐘也不會發出 聲音 ；
shì yònglì de mō dàzhōng ， dàzhōng yě búhuì fāchū shēngyīn ；

但是如果是小偷，只要 輕輕 地摸一下， 鐘就
dànshì rúguǒ shì xiǎotōu ， zhǐyào qīngqīng de mō yíxià ， zhōng jiù

會發出 聲響 。」 說完後， 就讓人用帷幕把
huì fāchū shēngxiǎng 。」 shuōwán hòu ， jiù ràng rén yòng wéimù bǎ

大鐘 圍了起來，同時叫人將墨汁塗滿了 大鐘
dàzhōng wéile qǐlái ， tóngshí jiào rén jiāng mòzhī túmǎn le dàzhōng

的 表面 ， 塗好後，再引導嫌疑犯一一進入帷幕
de biǎomiàn ， túhǎo hòu ， zài yǐndǎo xiányífàn yīyī jìnrù wéimù

裡摸 鐘 。半小時後，所有的人都摸過了 鐘 ，
lǐ mō zhōng 。 bànxiǎoshí hòu ， suǒyǒu de rén dōu mōguò le zhōng ，

這時，陳述古 請那五個人把 雙手 伸出來，
zhèshí ， Chénshùgǔ qǐng nà wǔgerén bǎ shuāngshǒu shēnchūlái ，

親自一個個檢查，結果發現只有 王平 一個人的
qīnzì yígege jiǎnchá ， jiéguǒ fāxiàn zhǐyǒu Wángpíng yígerén de

手上 沒有墨汁。見此， 陳述古 心中 已有了
shǒushàng méiyǒu mòzhī 。 jiàn cǐ ， Chénshùgǔ xīnzhōng yǐ yǒule

答案，便問 王平 ，錢是不是他偷的， 王平
dáàn ， biàn wèn Wángpíng ， qián shìbúshì tā tōu de ， Wángpíng

驚慌 地否認錢是自己偷的。陳述古再接著問：
jīnghuāng de fǒurèn qián shì zìjǐ tōu de 。 Chénshùgǔ zài jiēzhe wèn：

「如果真的摸了 鐘 ， 手上 爲什麼沒有墨汁？
「 rúguǒ zhēnde mō le zhōng ， shǒushàng wèishénme méiyǒu mòzhī ？

沒有墨汁表示沒摸鐘，如果是清白的，那為
méiyǒu mòzhī biǎoshì méi mō zhōng ， rúguǒ shì qīngbái de ， nà wèi

什麼不敢摸鐘呢？」在陳述古再三追問下，
shénme bùgǎn mō zhōng ne ？」 zài Chénshùgǔ zàisān zhuīwèn xià ，

王平 支支吾吾說不清楚，最後終於 坦承
Wángpíng zhīzhīwúwú shuō bù qīngchǔ ， zuìhòu zhōngyú tǎnchéng

錢包是自己偷的。
qiánbāo shì zìjǐ tōu de 。

陳述古 解決這件案子後，建州 的人民就
Chénshùgǔ jiějué zhèjiàn ànzi hòu ， Jiànzhōu de rénmín jiù

更加 稱讚 他的辦案能力了！
gèngjiā chēngzàn tā de bànàn nénglì le ！

(二)選擇題

_____ 1. 根據 文章 ，「心服口服」是 什麼 意思？
gēnjù wénzhāng ，「xīnfúkǒufú」 shì shénme yìsi ？

(A)心裡覺得舒服

(B)打從心底佩服

(C)很需要被說服

(D)完全不能說服

_____ 2. 陳述古 為什麼 要 舉行 祭祀儀式？
Chénshùgǔ wèishénme yàojǔxíng jìsì yíshì ？

(A)這是辦案的傳統

(B)因為他很迷信

(C)讓人相信大鐘有神力

(D)才能顯示對神的尊敬

_____ 3. 大鐘 的實際 功能 是？
dàzhōng de shíjì gōngnéng shì？

　　(A)分辨誰是真正的小偷

　　(B)用來限制犯人的行動

　　(C)協助陳述古辦案的工具

　　(D)辦案人員祭祀的對象

_____ 4. 我們 可以怎麼 形容 陳述古 的辦案 能力？
wǒmen kěyǐ zěnme xíngróng Chénshùgǔ de bànàn nénglì？

　　(A)馬馬虎虎

　　(B)非常拙劣

　　(C)十分普通

　　(D)相當傑出

_____ 5. 王平 被 當成 小偷 的 反應 依序是？
Wángpíng bèi dāngchéng xiǎotōu de fǎnyìng yīxù shì？

　　(A)否認→說不出原因→承認

　　(B)說不出原因→否認→承認

　　(C)承認→說不出原因→否認

　　(D)否認→承認→說不出原因

_____ 6. 陳述古 是一個 怎麼樣 的人？
Chénshùgǔ shì yíge zěnmeyàng de rén？

　　(A)奸詐狡猾

　　(B)思路敏捷

　　(C)面惡心善

　　(D)粗心大意

(三)思考題

1. 你覺得陳述古的方法好不好？爲什麼？

2. 你認爲還有什麼方法可以找出小偷呢？請想想看。

3. 這個故事衍生出來成語「作賊心虛」，指做了不好的事，人會不由自主感到不安。請說出一個可以用到這個成語的情況。

4. 如果大家都摸了鐘，你覺得還可以怎樣判斷誰是小偷呢？

(四)名詞解釋

	生詞	漢語拼音	解釋
1	正直	zhèngzhí	upright, upstanding
2	公正	gōngzhèng	righteous, just
3	特徵	tèzhēng	trait, characteristic
4	嫌疑犯	xiányífàn	a suspect
5	審問	shěnwèn	to interrogate
6	承認	chéngrèn	to admit
7	隆重	lóngzhòng	prosperous, ceremonious
8	儀式	yíshì	ceremony
9	辨別	biànbié	distinguish, discriminate
10	清白	qīngbái	innocent
11	屢試不爽	lǔshìbùshuǎng	to have proved effective every time
12	帷幕	wéimù	curtain
13	墨汁	mòzhī	ink
14	驚慌	jīnghuāng	scared
15	否認	fǒurèn	deny
16	傳統	chuántǒng	tradition
17	尊敬	zūnjìng	respect
18	協助	xiézhù	assist

19	工具	gōngjù	tool
20	馬馬虎虎	mǎmǎhūhū	not so bad, so-so
21	拙劣	zhuóliè	botched, clumsy
22	傑出	jiéchū	outstanding
23	敏捷	mǐnjié	nimble, shrewd

(五)原文

陳述古 密直知 建州 浦城縣 日，有人失物，
Chénshùgǔ mìzhí zhī Jiànzhōu Pǔchéngxiàn rì, yǒurén shīwù,

捕得莫知的為盜者。述古乃紿之曰：「某廟有
bǔdé mòzhīdì wéi dào zhě。 Shùgǔ nǎi dài zhī yuē: 「mǒu miào yǒu

一鐘，能辨盜，至靈。」使人迎置後閣祠之，引
yìzhōng, néng biàn dào, zhìlíng。」 shǐ rén yíng zhì hòu gé cí zhī, yǐn

群囚立 鐘 前，自陳：「不為盜者，摸之則 無聲；
qúnqiú lì zhōngqián, zì chén: 「bùwéi dàozhě, mō zhī zé wúshēng;

為盜者，摸之則 有聲。」述古自率 同職， 禱鐘
wéi dàozhě, mō zhī zé yǒushēng。」 Shùgǔ zì shuài tóngzhí, dǎozhōng

甚肅。祭訖，以帷圍之，乃陰使人以墨塗 鐘。
shènsù。 jì qì, yǐ wéi wéi zhī, nǎi yīn shǐ rén yǐ mò tú zhōng。

良久，引囚逐一令引手入帷摸之，出乃驗其手，
liángjiǔ, yǐn qiú zhúyī lìng yǐn shǒu rù wéi mō zhī, chū nǎi yàn qí shǒu,

皆有墨，唯有一囚無墨，訊之，遂 承 為盜。蓋 恐
jiē yǒu mò, wéiyǒu yìqiú wú mò, xùn zhī, suí chéng wéidào。 gài kǒng

鐘 有聲，不敢摸也。
zhōng yǒushēng, bùgǎn mō yě。

三十六、養蜜蜂的方式

㈠文章

　　在 靈丘 這個 地方 ， 住著 一位 很會 養 蜜蜂
　　zài Língqiū zhège dìfāng ， zhù zhe yíwèi hěn huì yǎng mìfēng

的 老人 ， 由於 他 總是 把 蜜蜂 照顧 得 很好 ， 所以
de lǎorén ， yóuyú tā zǒngshì bǎ mìfēng zhàogù de hěnhǎo ， suǒyǐ

每年 蜂蜜 的 收成 都 有 好幾百 公升 。 他 僅
měinián fēngmì de shōuchéng dōu yǒu hǎojǐbǎi gōngshēng 。 tā jǐn

靠著 養蜜蜂 ， 生活 竟 可 富裕 得 和 貴族的 生活
kàozhe yǎng mìfēng ， shēnghuó jìng kě fùyù de hàn guìzú de shēnghuó

差不多 。
chābùduō 。

　　但是 ， 好景不常 ， 老人 因爲 年紀 漸漸 大
　　dànshì ， hǎojǐngbùcháng ， lǎorén yīnwèi niánjì jiànjiàn dà

了 ， 體力 大不如前 ， 加上 前些 日子 生 了 場
le ， tǐlì dàbùrúqián ， jiāshàng qiánxiē rìzi shēng le chǎng

重病 ， 所以 無法 像 以前 一樣 每天 細心 地
zhòngbìng ， suǒyǐ wúfǎ xiàng yǐqián yíyàng měitiān xìxīn de

照料 蜜蜂 ， 所以 蜂蜜 的 產量 便 慢慢 減少
zhàoliào mìfēng ， suǒyǐ fēngmì de chǎnliàng biàn mànmàn jiǎnshǎo

了 。 後來 ， 老人 去世 以後 ， 蜂蜜 的 事業 就 由 他 的
le 。 hòulái ， lǎorén qùshì yǐhòu ， fēngmì de shìyè jiù yóu tā de

兒子 繼承 ， 可是 這個 兒子 啊 ， 好吃懶做 ， 根本
érzi jìchéng ， kěshì zhège érzi a ， hàochīlǎnzuò ， gēnběn

不 認眞 照顧 蜜蜂 ； 因此 不到 一年 ， 將近 一半
bú rènzhēn zhàogù mìfēng ； yīncǐ búdào yìnián ， jiāngjìn yíbàn

的 蜜蜂 就 飛走 了 。 但是 他 絲毫 沒 警覺 到 事情 的
de mìfēng jiù fēizǒu le 。 dànshì tā sīháo méi jǐngjué dào shìqing de

嚴重性，仍然成天玩樂，結果又過了一年，
yánzhòngxìng， réngrán chéngtiān wánlè， jiéguǒ yòuguò le yìnián，

蜂巢裡已見不到半隻蜜蜂，全都飛走了。沒了
fēngcháo lǐ yǐ jiànbúdào bànzhī mìfēng， quándōu fēi zǒu le。 méi le

蜜蜂，這個家也就窮困了。
mìfēng， zhège jiā yě jiù qióngkùn le。

有一天，一個叫陶朱公的商人經過這
yǒuyìtiān， yíge jiào Táozhūgōng de shāngrén jīngguò zhè

地方，覺得很奇怪，以前明明相當地熱鬧，
dìfāng， juéde hěn qíguài， yǐqián míngmíng xiāngdāng de rènào，

怎麼現在如此荒涼！於是，陶朱公便好奇地
zěnme xiànzài rúcǐ huāngliáng！ yúshì， Táozhūgōng biàn hàoqí de

問了一旁的鄰居。鄰居很感慨地說：「以前啊，
wèn le yìpáng de línjū。 línjū hěn gǎnkài de shuō：「 yǐqián a，

老人還在的時候，蜜蜂都養在專門的養蜂房
lǎorén háizài de shíhòu， mìfēng dōu yǎng zài zhuānmén de yǎngfēngfáng

裡，每間蜂房都有專人照料，不但每天定期
lǐ， měijiān fēngfáng dōu yǒu zhuānrén zhàoliào， búdàn měitiān dìngqí

清理，就連窗戶開的方向也有一定的規則。
qīnglǐ， jiù lián chuānghù kāi de fāngxiàng yě yǒu yídìng de guīzé。

老人總是不斷地來回關心，不論是蜂房的
lǎorén zǒngshì búduàn de láihuí guānxīn， búlùn shì fēngfáng de

溫度、結構、蜜蜂數量等等，都時時留心。他
wēndù、 jiégòu、 mìfēng shùliàng děngděng， dōu shíshí liúxīn。 tā

還會注意蜜蜂之間的關係，絕不會讓一個蜂房
hái huì zhùyì mìfēng zhījiān de guānxì， jué búhuì ràng yíge fēngfáng

出現兩隻蜂后。除此之外，收蜂蜜時，老人
chūxiàn liǎngzhī fēnghòu。 chúcǐzhīwài， shōu fēngmì shí， lǎorén

不會全部取走，一定會留下一些給辛苦的蜜蜂。
búhuì quánbù qǔzǒu， yídìng huì liúxià yìxiē gěi xīnkǔ de mìfēng。

正　因爲他如此用心，所以每年都有很不錯的
zhèng yīnwèi tā rúcǐ yòngxīn， suǒyǐ měinián dōu yǒu hěn búcuò de

收入。然而，老人去世後，他兒子的照顧方法
shōurù。 ránér， lǎorén qùshì hòu， tā érzi de zhàogù fāngfǎ

就不一樣了！他既不想花錢請人照顧，自己又
jiù bùyíyàng le！ tā jì bùxiǎng huāqián qǐngrén zhàogù， zìjǐ yòu

不願意每天檢視，因此蜂房的　狀況　愈來愈
búyuànyì měitiān jiǎnshì， yīncǐ fēngfáng de zhuàngkuàng yùláiyù

差，有的會漏水，有的東破西破，久而久之，
chā， yǒude huì lòushuǐ， yǒude dōng pò xī pò， jiǔérjiǔzhī，

蜜蜂只好另覓新窩，一隻隻飛走了。蜜蜂少了，
mìfēng zhǐhǎo lìng mì xīnwō， yìzhīzhī fēizǒu le。 mìfēng shǎo le，

其他的　昆蟲　卻多了，一些奇奇怪怪的　蟲　都
qítā de kūnchóng què duō le， yìxiē qíqíguàiguài de chóng dōu

跑進去住，有時甚至還會出現偷吃蜂蜜的狐狸或
pǎojìnqù zhù， yǒushí shènzhì hái huì chūxiàn tōuchī fēngmì de húlí huò

小鳥，你說誇不誇張？可悲的是，即使　狀
xiǎoniǎo， nǐ shuō kuā bù kuāzhāng？ kěbēi de shì， jíshǐ zhuàng

況　如此糟了，老人的兒子還是我行我素，一點也
kuàng rúcǐ zāo le， lǎorén de érzi hái shì wǒxíngwǒsù， yìdiǎn yě

沒有　想　改善的意思。最後就成了你現在看到的
méiyǒu xiǎng gǎishàn de yìsi。 zuìhòu jiù chéngle nǐ xiànzài kàndào de

樣子了！」
yàngzi le！」

　　陶朱公　聽了，感觸萬千地說：「啊！那些
　　Táozhūgōng tīng le， gǎnchù wànqiān de shuō：「 a！ nàxiē

治理國家、擁有百姓的　官員們　，如果他們
zhìlǐ guójiā、 yǒngyǒu bǎixìng de guānyuánmen， rúguǒ tāmen

願意，是可以從這件事情學到教訓的。」
yuànyì， shì kěyǐ cóng zhèjiàn shìqíng xuédào jiàoxùn de。」

(二)選擇題

_____ 1.「好幾百」 公升 的 範圍 是 什麼 ？
「hǎojǐbǎi」 gōngshēng de fànwéi shì shénme ？

(A)1～99公升

(B)99～1000公升

(C)100～999公升

(D)1000～2000公升

_____ 2. 根據 文章 ，「 好景不常 」的意思是 ？
gēnjù wénzhāng ，「 hǎojǐngbùcháng 」 de yìsi shì ？

(A)漂亮的風景很短暫

(B)不好的情況很短暫

(C)好的情況不能繼續

(D)壞的情況不再出現

_____ 3. 蜂房 荒涼 掉 的 原因 是 什麼 ？
fēngfáng huāngliáng diào de yuányīn shì shénme ？

(A)兒子懶惰不照料蜜蜂

(B)天氣變化太大，蜜蜂死掉

(C)老人不想繼續照顧蜜蜂

(D)其他昆蟲把蜜蜂吃掉了

_____ 4. 可以 怎麼 說明 兒子的 行為 ？
kěyǐ zěnme shuōmíng érzi de xíngwéi ？

(A)勤奮努力

(B)認真踏實

(C)平淡無奇

(D)荒唐度日

—————— 5. 根據　文章　，「我行我素」的意思是？
gēnjù wénzhāng，「wǒxíngwǒsù」de yìsi shì？

(A)反省自己的行為再更改

(B)只照著自己的想法走

(C)只聽別人的意見

(D)融合大家想法再行動

—————— 6. 陶朱公　說　官員　可以　從　這件　事　學習，
Táozhūgōng shuō guānyuán kěyǐ cóng zhèjiàn shì xuéxí，

代表　？
dàibiǎo？

(A)人民像蜜蜂，需要老人的細心照顧

(B)人民像老人，要好好工作賺錢

(C)官員像蜜蜂，要努力為人民負責

(D)官員像兒子，不必管人民的事

(三)思考題

1. 為什麼陶朱公說治理國家的人可以從這件事學到教訓呢？

2. 我們雖然不是治理國家的大人物，但是否也能從中得到領悟呢？

3. 如果你是台北市市長，你會怎樣照顧你的市民呢？

4. 有句俗語叫做「富不過三代」，請問你的文化中，是否也有形容類似情況的俗語呢？請與大家分享。

四 名詞解釋

	生詞	漢語拼音	解釋
1	蜜蜂	mìfēng	bee
2	收成	shōuchéng	harvest
3	富裕	fùyù	wealthy
4	貴族	guìzú	nobility
5	細心	xìxīn	careful
6	產量	chǎnliàng	productivity
7	繼承	jìchéng	inherit
8	熱鬧	rènào	lively
9	荒涼	huāngliáng	desolate
10	感慨	gǎnkài	lament
11	專門	zhuānmén	specialized
12	定期	dìngqí	periodical
13	結構	jiégòu	construction
14	漏水	lòushuǐ	leak
15	破	pò	broken
16	改善	gǎishàn	improve
17	感觸	gǎnchù	feeling
18	治理	zhìlǐ	govern
19	短暫	duǎnzhàn	brief, short
20	經營	jīngyíng	operate
21	踏實	tàshí	down-to-earth
22	荒唐	huāngtáng	absurd

(五)原文

靈丘之丈人 善 養 蜂，歲 收 蜜 數百斛， 蠟
Língqiū zhī zhàngrén shàn yǎng fēng ， suì shōu mì shùbǎi hú ， là

稱 之，於是其富比封君焉。 丈人卒， 其子繼之。
chèng zhī， yúshì qí fù bǐ fēngjūn yān。 zhàngrén zú， qí zǐ jì zhī。

未暮月， 蜂有舉族去者，弗恤也。歲餘， 去且半。
wèi jīyuè， fēng yǒu jǔzú qù zhě， fú xù yě。 suì yú， qù qiě bàn。

又歲餘， 盡去， 其家遂貧。
yòu suì yú， jìn qù， qí jiā suì pín。

陶朱公 之齊， 過而問焉，曰：「是何昔者之
Táozhūgōng zhī Qí， guò ér wèn yān， yuē：「 shì hé xízhě zhī

熇熇， 而今日之 涼涼 也？」 其鄰之叟對曰：「以
hèhè， ér jīnrì zhī liángliáng yě ？」 qí lín zhī sǒu duì yuē：「 yǐ

蜂 。」 請問其故，對曰：「 昔者 丈 人 之 養蜂
fēng 。」 qǐngwèn qí gù， duì yuē：「 xízhě zhàngrén zhī yǎngfēng

也， 園有廬，廬有守。 刳木以為蜂之宮，不蘲
yě， yuán yǒu lú， lú yǒu shǒu。 kū mù yǐwéi fēng zhī gōng， bú xià

不庮。 其置也，疏密有行，新舊有次，坐有方，
bù yǒu。 qí zhì yě， shūmì yǒu háng， xīnjiù yǒu cì， zuò yǒu fāng，

牖有向，五五為伍，一人司之。視其生息，調其
yǒu yǒu xiàng， wǔwǔ wéi wǔ， yīrén sī zhī。 shì qí shēngxí， tiáo qí

暄寒， 鞏其構架，時其墐發。蕃則從之析之，寡
xuānhán， gǒng qí gòujià， shí qí jǐn fā。 fán zé cóng zhī xī zhī， guǎ

則與之哀之，不使有二王也。去其蛛蝥、蚍蜉，
zé yǔ zhī póu zhī， bù shǐ yǒu èrwáng yě。 qù qí zhū máo、 pífú，

彌其土蜂蠅豹。夏不烈日， 冬不凝澌。 飄風 吹而
mí qí tǔfēng yíngbào。 xià bú lièrì， dōng bù níngsī。 piāofēng chuī ér

不搖，淋雨沃而不漬。其取蜜也，分其贏而已矣，
bùyáo， línyǔ wò ér búzì。 qí qǔ mì yě， fēn qí yíng éryǐ yǐ，

不竭其力也。於是故者安， 新者息， 丈人 不出戶而
bùjié qí lì yě。 yúshì gùzhě ān， xīnzhě xí， zhàngrén bù chūhù ér

收 其利。
shōu qí lì 。

今其子則不然矣。園廬不葺，污穢不治，燥濕
jīn qí zǐ zé bùrán yǐ 。 yuánlú búqì ， wūhuì búzhì ， zàoshī

不調，啓閉無節，居處齪脆，出入障礙，而蜂不樂
bùtiáo ， qǐbì wújié ， jū chǔ nièwù ， chūrù zhàngài ， ér fēng búlè

其居矣。及其久也，蛅蟴同其房而不知，螻蟻鑽其
qí jū yǐ 。 jí qí jiǔ yě ， zhānsī tóng qí fáng ér bùzhī ， lóuyǐ zuān qí

室而不禁；鷯鷸掠之於白日，狐狸竊之於昏夜，莫之
shì ér bújìn ； liáoyù luè zhī yú báirì ， húlí qiè zhī yú hūnyè ， mò zhī

察也。取蜜而已，又焉得不 涼涼 也哉！」
chá yě 。 qǔ mì éryǐ ， yòuyān dé bù liángliáng yě zāi ！ 」

　　陶朱公 曰：「噫！二三子識之，爲國有民者，
　　Táozhūgōngyuē ： 「 yī ！ èrsān zǐ shì zhī ， wéiguóyǒumínzhě ，

可以鑑矣。」
kěyǐ jiàn yǐ 。 」

三十七、學法術的王生

㈠文章

在 一 個 小 鎮 裡 ， 有 個 叫 王生 的
zài yíge xiǎozhèn lǐ ， yǒu ge jiào Wángshēng de

富家子弟， 非常 喜歡 和 神仙 、 法術 相關 的
fùjiāzǐdì ， fēicháng xǐhuān hàn shénxiān 、 fǎshù xiāngguān de

事情，他 最大 的 願望 就是學會 長生不老 之
shìqíng ， tā zuìdà de yuànwàng jiù shì xuéhuì chángshēngbùlǎo zhī

術！因此，他收拾行李，出發前往勞山，想
shù！ yīncǐ， tā shōushí xínglǐ， chūfā qiánwǎng Láoshān， xiǎng

找一位道士學習法術。他走啊走，爬過許多山，
zhǎo yíwèi dàoshì xuéxí fǎshù。 tā zǒu a zǒu， páguò xǔduō shān，

好不容易才在山頭上看見一間道觀，門口正
hǎobùróngyì cái zài shāntóushàngkànjiàn yìjiān dàoguàn， ménkǒuzhèng

坐著一位留著白鬍子的道士，神情平靜，給人
zuòzhe yíwèi liúzhe báihúzi de dàoshì， shénqíng píngjìng， gěi rén

深不可測的感覺。王生急忙要求道士收他當
shēnbùkěcè de gǎnjué。 Wángshēng jímáng yāoqiú dàoshì shōu tā dāng

徒弟，但是道士提醒他：「你恐怕太嬌慣了，
túdì， dànshì dàoshì tíxǐng tā：「 nǐ kǒngpà tài jiāoguàn le，

不能適應勞苦的生活。」王生信心滿滿地
bùnéng shìyìng láokǔ de shēnghuó。」 Wángshēng xìnxīnmǎnmǎn de

保證他絕對可以勝任，所以道士就讓他留下來
bǎozhèng tā juéduì kěyǐ shēngrèn， suǒyǐ dàoshì jiù ràng tā liú xiàlái

了，讓他跟其他徒弟一起學習。
le， ràng tā gēn qítā túdì yìqǐ xuéxí。

　　可是，日子一天一天地過，道士除了叫他
kěshì， rìzi yìtiān yìtiān de guò， dàoshì chúle jiào tā

上山砍柴、打掃庭園之外，並沒有教他
shàngshān kǎnchái、 dǎsǎo tíngyuán zhīwài， bìngméiyǒu jiāo tā

任何法術。就這樣過了一個多月，王生開始
rènhé fǎshù。 jiù zhèyàng guòle yíge duōyuè， Wángshēng kāishǐ

不耐煩，心想，自己在家是少爺，茶來張口，
búnàifán， xīnxiǎng， zìjǐ zàijiā shì shàoyé， chálái zhāngkǒu，

飯來伸手，生活愜意；到這來真是活受罪，
fànlái shēnshǒu， shēnghuó qièyì； dào zhè lái zhēnshì huóshòuzuì，

手上都長滿繭了，真是苦啊！不知道士何時
shǒushàngdōuzhǎngmǎnjiǎn le， zhēnshì kǔ a！ bùzhī dàoshì héshí

才會開始教法術，如果師父再不教，乾脆回家
cái huì kāishǐ jiāo fǎshù ， rúguǒ shīfù zài bùjiāo ， gāncuì huíjiā

好了。
hǎole 。

有一天晚上，王生砍完柴回到道觀，
yǒuyìtiān wǎnshàng ， Wángshēng kǎnwán chái huídào dàoguàn ，

看見師父和兩個客人一起飲酒，其中一位客人
kànjiàn shīfù hàn liǎngge kèrén yìqǐ yǐnjiǔ ， qízhōng yíwèi kèrén

說：「啊，讓你的徒弟們也一起來喝吧！大家
shuō ：「 a ， ràng nǐ de túdìmen yě yìqǐ lái hē ba ！ dàjiā

有樂同享。」於是徒弟們全都圍了過來，準備
yǒulètóngxiǎng 。」 yúshì túdìmen quándōu wéile guòlái ， zhǔnbèi

喝酒。這時，王生看著桌上只有小小一壺
hējiǔ 。 zhèshí ， wángshēng kànzhe zhuōshàng zhǐyǒu xiǎoxiǎo yìhú

酒，心想，這怎麼夠七八個人分呢？但奇怪
jiǔ ， xīnxiǎng ， zhè zěnme gòu qī bā ge rén fēn ne ？ dàn qíguài

的是，大家來來回回倒了十幾次，酒壺裡的
de shì ， dàjiā láiláihuíhuí dàole shíjǐcì ， jiǔhú lǐ de

酒依舊滿滿的，好像沒人碰過一樣。大家
jiǔ yījiù mǎnmǎn de ， hǎoxiàng méirén pèngguò yíyàng 。 dàjiā

喝了一陣子後，道士拿起了一根筷子，往地上
hēle yízhènzi hòu ， dàoshì náqǐ le yìgēn kuàizi ， wǎng dìshàng

一扔，竟然變出了一位大美女，那佳人穿著
yìrēng ， jìngrán biànchū le yíwèi dàměinǚ ， nà jiārén chuānzhe

輕飄飄的衣服，走到大家面前，便開始跳起
qīngpiāopiāo de yīfú ， zǒudào dàjiā miànqián ， biàn kāishǐ tiào qǐ

舞來，一邊跳還一邊唱著歌娛樂大家！歌唱完
wǔ lái ， yìbiān tiào hái yìbiān chàngzhe gē yúlè dàjiā ！ gē chàngwán

後，一個轉身，跳上桌子，又變回一根
hòu ， yíge zhuǎnshēn ， tiàoshàng zhuōzi ， yòu biànhuí yìgēn

筷子。　王生　看了羨慕極了，原本不耐煩的
kuàizi 。　Wángshēng kànle xiànmù jí le ，yuánběn búnàifán de

心情一掃而空，就連回家的想法都打消了。
xīnqíng yìsǎoérkōng ，jiù lián huíjiā de xiǎngfǎ dōu dǎxiāo le 。

　　於是，他耐著性子又等了一個月，一心
　　yúshì ，tā nàizhe xìngzi yòu děngle yíge yuè ，yìxīn

希望道士能教他法術。但師父卻依然沒有任何
xīwàng dàoshì néngjiāo tā fǎshù 。dàn shīfù què yīrán méiyǒu rènhé

動靜，每天還是像　往常　一樣，吩咐他們
dòngjìng ，měitiān háishì xiàng wǎngcháng yíyàng ，fēnfù tāmen

上山　砍柴，洗衣煮飯。　王生　受不了了，
shàngshān kǎnchái ，xǐyī zhǔfàn 。 Wángshēng shòubùliǎo le ，

跑去跟道士說：「弟子不遠千里來向您學習
pǎoqù gēn dàoshì shuō ：「 dìzǐ bùyuǎnqiānlǐ lái xiàng nín xuéxí

法術，您卻一直都不肯教我！其實，我不求您
fǎshù ，nín què yìzhí dōu bùkěn jiāo wǒ ！ qíshí ，wǒ bù qiú nín

教我　長生之術　，您只要教我一些小法術，
jiāo wǒ chángshēngzhīshù ，nín zhǐyào jiāo wǒ yìxiē xiǎo fǎshù ，

我就心滿意足了。但這幾個月來，我就只是
wǒ jiù xīnmǎnyìzú le 。 dàn zhèjǐge yuè lái ，wǒ jiù zhǐshì

砍柴、打掃、煮飯，這樣的日子，我真的是過
kǎnchái 、 dǎsǎo 、 zhǔfàn ，zhèyàng de rìzi ，wǒ zhēnde shì guò

不下去了。」道士微微一笑，回答：「我之前就
bú xiàqù le 。」 dàoshì wéiwéiyíxiào ，huídá ：「 wǒ zhīqián jiù

說過 你可能會不習慣道士的 生活，現在果然
shuōguò nǐ kěnéng huì bùxíguàn dàoshì de shēnghuó ，xiànzài guǒrán

如此。好吧！看你待了兩個多月，我就滿足你
rúcǐ 。 hǎoba ！ kàn nǐ dāile liǎngge duō yuè ，wǒ jiù mǎnzú nǐ

的 願望，教你一點小法術吧！你想學什麼
de yuànwàng ，jiāo nǐ yìdiǎn xiǎofǎshù ba ！ nǐ xiǎng xué shénme

呢？」 王生 抓緊機會，要求學習 穿牆之術 ，
ne？」 Wángshēng zhuājǐn jīhuì ， yāoqiú xuéxí chuānqiángzhīshù，

道士也答應了，教他幾句咒語，要他練習。可是
dàoshì yě dāyìng le， jiāo tā jǐjù zhòuyǔ，yào tā liànxí。 kěshì

每當 王生 走到 牆 前，就 莫名 地害怕，進
měi dāng Wángshēng zǒudào qiáng qián， jiù mòmíng de hàipà ， jìn

也不是，退也不是。道士要他什麼都別 想，再
yěbúshì， tuì yěbúshì。 dàoshì yào tā shénme dōu bié xiǎng， zài

試一次，沒想到，他真的就 穿過 牆了！ 王
shì yícì， méixiǎngdào， tā zhēnde jiù chuānguò qiáng le！ Wáng

生 開心極了，連忙 走回來向 道士致謝，並 向
shēng kāixīn jí le， liánmáng zǒuhuílái xiàng dàoshì zhìxiè， bìngxiàng

道士告別。臨走前，道士只提醒他：「回去後要
dàoshì gàobié。 línzǒu qián， dàoshì zhǐ tíxǐng tā ： 「 huíqù hòuyào

心靈純潔，嚴肅看待法術，不然就不靈了。」
xīnlíngchúnjié， yánsù kàndài fǎshù， bùrán jiù bùlíng le。」

王 生 到家後， 向 妻子吹噓自己 遇到了
Wáng shēng dàojiā hòu， xiàng qīzǐ chuīxū zìjǐ yùdào le

神仙 ，即使 堅硬 的 牆壁都 不能 阻止 他前進。
shénxiān， jíshǐ jiānyìng de qiángbì dōu bùnéng zǔzhǐ tā qiánjìn。

妻子不相信， 王生 便唸了咒語，朝 牆壁 奔跑
qīzǐ bùxiāngxìn， Wángshēngbiàn niànle zhòuyǔ， cháo qiángbì bēnpǎo

過去，結果頭一 碰到 牆，扣的一聲， 重重
guòqù， jiéguǒ tóu yí pèngdào qiáng， kòu de yìshēng， zhòngzhòng

跌倒在地！妻子把他扶起一看， 王生 頭上
diédǎo zàidì！ qīzǐ bǎ tā fúqǐ yíkàn， Wángshēng tóushàng

腫了 個 像 雞蛋一樣 大的 包，忍不住哈哈大笑，
zhǒngle ge xiàng jīdàn yíyàng dà de bāo， rěnbúzhù hāhādàxiào，

讓 他又羞又氣，大聲 地罵道士不存好心。
ràng tā yòuxiūyòu qì， dàshēng de mà dàoshì bù cúnhǎoxīn。

(二) 選擇題

_____ 1.　王生　為什麼　要　收拾　行李　離開家？
　　　　　Wángshēng wèishénme yào shōushí xínglǐ líkāi jiā？

　　　(A)他被老婆趕出來

　　　(B)他不想待在家裡

　　　(C)他準備要搬家

　　　(D)他想找一個道士拜師

_____ 2.　道士　說　王生　太　嬌慣　是　什麼　意思？
　　　　　dàoshì shuō Wángshēng tài jiāoguàn shì shénme yìsi？

　　　(A)王生很驕傲

　　　(B)王生很膽小

　　　(C)王生不能吃苦

　　　(D)王生不能失敗

_____ 3.　王生　對　當　徒弟的　生活　覺得如何？
　　　　　Wángshēng duì dāng túdì de shēnghuó juéde rúhé？

　　　(A)很委屈

　　　(B)很開心

　　　(C)很滿足

　　　(D)很興奮

_____ 4.　王生　看完　美女的　表演　後，決定？
　　　　　Wángshēng kànwán měinǚ de biǎoyǎn hòu，juédìng？

　　　(A)馬上收拾行李回家

　　　(B)立刻要求學法術

　　　(C)繼續留在道觀

　　　(D)盡快逃離道觀

_____ 5.「進也不是，退也不是」代表　王生　？
「jìn yěbúshì，tuì yěbúshì」dàibiǎoWángshēng ？

(A)很有經驗

(B)心裡很不安

(C)相當自信

(D)無法成功

_____ 6.根據　文章　，「不存 好心」是 什麼 意思？
gēnjù wénzhāng，「bùcúnhǎoxīn」shìshénme yìsi ？

(A)心地不善良

(B)心地很善良

(C)心腸很好

(D)心腸很軟

(三)思考題

1. 如果真的有法術，你最想學什麼呢？為什麼？

2. 你覺得為什麼道士一直要徒弟砍柴？

3. 請問，為什麼最後王生的法術不靈了？

4. 你覺得為什麼王生想要學穿牆之術，而不是其他的法術呢？

(四)名詞解釋

	生詞	漢語拼音	解釋
1	富家子弟	fùjiāzǐdì	people who have a wealthy background
2	法術	fǎshù	magic
3	長生不老	chángshēngbùlǎo	live forever and won't be old

4	道士	dàoshì	Taoist priest
5	道觀	dàoguàn	Taoist temple
6	神情	shénqíng	look, expression
7	深不可測	shēnbùkěcè	unfathomable
8	徒弟	túdì	apprentice, disciple
9	嬌慣	jiāoguàn	pampered and spoiled
10	勝任	shēngrèn	qualified
11	砍柴	kǎnchái	firewood
12	不耐煩	búnàifán	impatient
13	愜意	qièyì	comfortable and pleased
14	娛樂	yúlè	entertain
15	一掃而空	yìsǎoérkōng	sweep away
16	吩咐	fēnfù	instruct
17	莫名	mòmíng	indescribable, unexplainable
18	看待	kàndài	treat, regard
19	吹噓	chuīxū	boast
20	堅硬	jiānyìng	hard
21	腫	zhǒng	swell

(五)原文

邑有　王生　，行七，故家子。少慕道，聞
yì yǒu Wángshēng ，　háng qī ，　gùjiāzǐ 。 shào mùdào ， wén

勞山　多仙人，負笈　往遊。登一頂，有觀宇，
Láoshān duō xiānrén ，　fù jí wǎng yóu 。 dēng yìdǐng ， yǒu guànyǔ ，

甚　幽。一道士坐蒲團　上，　素髮　垂領，而　神光
shèn yōu 。　yídàoshì zuò pútuán shàng ，　sùfà chuílǐng ，　ér shénguāng

爽邁。叩而與語，理甚玄妙。請師之，道士
shuǎngmài。kòu ér yǔ yǔ，lǐ shèn xuánmiào。qǐng shī zhī，dàoshì

曰：「恐嬌情不能作苦。」答言：「能之。」
yuē：「kǒng jiāoqíng bùnéng zuòkǔ。」dá yán：「néng zhī。」

其門人甚眾，薄暮畢集，王俱與稽首，遂留觀
qí ménrén shèn zhòng，bómù bìjí，Wáng jù yǔ jīshǒu，suì liú guàn

中。凌晨，道士呼王去，授一斧，使隨眾採
zhōng。língchén，dàoshì hū Wáng qù，shòu yì fǔ，shǐ suí zhòng cǎi

樵。王謹受教。過月餘，手足重繭，不堪其
qiáo。Wáng jǐn shòujiào。guò yuè yú，shǒu zú chóng jiǎn，bùkān qí

苦，陰有歸志。
kǔ，yīn yǒu guīzhì。

一夕歸，見二人與師共酌，日已暮，尚無
yí xì guī，jiàn èrrén yǔ shī gòngzhuó，rì yǐ mù，shàng wú

燈燭。師乃剪紙如鏡，粘壁間。俄頃，月明輝
dēngzhú。shī nǎi jiǎnzhǐ rú jìng，nián bìjiān。éqǐng，yuè míng huī

室，光鑑毫芒。諸門人環聽奔走。一客曰：
shì，guāng jiàn háománg。zhū ménrén huán tīng bēnzǒu。yí kè yuē：

「良宵勝樂，不可不同。」乃於案上取壺酒，
「liángxiāo shèng lè，bùkě bùtóng。」nǎi yú àn shàng qǔ hú jiǔ，

分賚諸徒，且囑盡醉。王自思：七八人，壺酒何
fènlài zhū tú，qiě zhǔ jìn zuì。Wáng zì sī：qī bā rén，hú jiǔ hé

能遍給？遂各覓盎盂，競飲先釂，惟恐樽盡，而
néng biàn jǐ？suì gè mì àngyú，jìng yǐn xiānjiào，wéikǒngzūn jìn，ér

往復挹注，竟不少減。心奇之。俄一客曰：「蒙
wǎngfù yìzhù，jìng bù shāojiǎn。xīn qí zhī。é yí kè yuē：「méng

賜月明之照，乃爾寂飲，何不呼嫦娥來？」乃以箸
cì yuèmíng zhī zhào，nǎi ěr jí yǐn，hébù hū Cháng é lái？」nǎi yǐ zhù

擲月中。見一美人自光中出，初不盈尺，至地
zhí yuèzhōng。jiàn yì měirén zì guāngzhōngchū，chū bù yíng chǐ，zhì dì

遂與人等。纖腰秀項，翩翩作〈霓裳舞〉。已而
suì yǔ rénděng。xiānyāoxiùxiàng，piānpiānzuò〈níshangwǔ〉。yǐér

歌曰：「仙仙乎！而還乎！而幽我於廣寒乎！」
gē yuē：「xiānxiān hū！ér huán hū！ér yōu wǒ yú Guǎnghán hū！」

其 聲 清越 ，烈 如 簫 管 。歌 畢 ， 盤 旋 而 起 ， 躍 登
qí shēng qīngyuè， liè rú xiāoguǎn。 gē bì， pánxuán ér qǐ， yuèdēng

几 上 ，驚 顧 之 間，已 復 爲 箸 。三人 大 笑 。又 一 客
jī shàng， jīng gù zhījiān， yǐ fù wéi zhù。 sānrén dàxiào。 yòu yí kè

曰 ：「今 宵 最 樂 ，然 不 勝 酒 力 矣 。其 餞 我 於 月 宮
yuē：「 jīnxiāo zuì lè， rán bùshēng jiǔlì yǐ。 qí jiàn wǒ yú yuègōng

可乎 ？」三人 移 席 ，漸 入 月 中 。 眾 視 三人 ， 坐
kě hū？」 sānrén yí xí， jiàn rù yuèzhōng。 zhòng shì sānrén， zuò

月 中 飲 ，鬚 眉 畢 見，如 影 之 在 鏡 中 。移 時 月 漸
yuèzhōng yǐn， xūméi bì jiàn， rú yǐng zhī zài jìngzhōng。 yíshí yuèjiàn

暗 ，門 人 燃 燭 來 ，則 道士 獨 坐 而 客 杳 矣。几 上 餚 核
àn， ménrén ránzhú lái， zé dàoshì dú zuò ér kè yǎo yǐ。 jī shàng yáohé

尚 存 ，壁 上 月 ，紙 圓 如 鏡 而 已 。道士 問 眾 ：
shàng cún， bì shàng yuè， zhǐ yuán rú jìng éryǐ。 dàoshì wèn zhòng：

「飲 足 乎 ？」曰 ：「足 矣 。」 「足 ， 宜 早 寢 ，勿 誤
「 yǐn zú hū？」 yuē：「 zú yǐ。」 「 zú， yí zǎo qǐn， wù wù

樵 蘇 。」 眾 諾 而 退 。 王 竊 欣 慕 ，歸 念 遂 息 。
qiáosū。」 zhòngnuò ér tuì。 Wáng qiè xīnmù， guīniàn suì xí。

又 一 月 ，苦 不 可 忍，而 道士 並 不 傳 教 一 術 。
yòu yíyuè， kǔ bù kě rěn， ér dàoshì bìng bù chuánjiào yíshù。

心 不 能 待，辭 曰：「弟子 數 百 里 受 業 仙 師 ， 縱 不 能
xīn bùnéng dài， cí yuē：「 dìzǐ shùbǎilǐ shòuyè xiānshī， zòngbùnéng

得 長 生 術 ，或 小 有 傳 習 ，亦 可 慰 求 教 之 心 。今
dé chángshēngshù， huò xiǎo yǒu chuánxí， yì kě wèi qiújiào zhī xīn。 jīn

閱 兩 三 月 ，不 過 早 樵 而 暮 歸 。弟子 在 家 ， 未 諳 此
yuè liǎngsānyuè， búguò zǎo qiáo ér mù guī。 dìzǐ zài jiā， wèi ān cǐ

苦 。」道士 笑 曰 ：「吾 固 謂 不 能 作 苦 ，今 果 然 。
kǔ。」 dàoshì xiào yuē：「 wú gù wèi bùnéng zuòkǔ， jīn guǒrán。

明 早 當 遣 汝 行 。」 王 曰 ：「弟子 操 作 多 日，師
míngzǎo dāngqiǎn rǔ xíng。」 Wáng yuē：「 dìzǐ cāozuò duōrì， shī

略 授 小 技 ，此 來 爲 不 負 也 。」道士 問 ：「何 術 之
luè shòu xiǎojì， cǐ lái wéi búfù yě。」 dàoshì wèn：「 héshù zhī

求 ？」 王 曰 ：「每 見 師 行 處 ， 牆 壁 所 不 能 隔 ，
qiú？」 Wáng yuē：「 měi jiàn shī xíng chù， qiángbì suǒ bùnéng gé，

但得此法足矣。」道士笑而允之。乃傳一訣，令
dàn dé cǐ fǎ zú yǐ。」 dàoshì xiào ér yǔn zhī。 nǎi chuán yì jué， lìng

自咒畢，呼曰：「入之！」王面牆不敢入。
zì zhòu bì， hū yuē：「 rù zhī！」 Wáng miàn qiáng bùgǎn rù。

又曰：「試入之。」王果從容入，及牆而阻。
yòu yuē：「 shì rù zhī。」 Wáng guǒ cōngróng rù， jí qiáng ér zǔ。

道士曰：「俯首輒入，勿逡巡！」王果去牆數步
dàoshì yuē：「 fǔshǒu zhé rù， wù qūnxún！」 Wáng guǒ qù qiáng shùbù

奔而入，及牆，虛若無物，回視，果在牆外矣。
bēn ér rù， jí qiáng， xū ruò wúwù， huí shì， guǒ zài qiángwài yǐ。

大喜，入謝。道士曰：「歸宜潔持，否則不驗。」遂
dà xǐ， rù xiè。 dàoshì yuē：「 guī yí jié chí， fǒuzé bú yàn。」 suì

助資斧遣歸。
zhù zīfǔ qiǎnguī。

抵家，自詡遇仙，堅壁所不能阻，妻不信。王
dǐ jiā， zìxǔ yù xiān， jiān bì suǒbùnéng zǔ， qī búxìn。 Wáng

效其作為，去牆數尺，奔而入；頭觸硬壁，驀然
xiào qí zuòwéi， qù qiáng shùchǐ， bēn ér rù； tóu chù yìngbì， mòrán

而踣。妻扶視之，額上墳起如巨卵焉。妻揶揄之。
ér bó。 qī fúshì zhī， é shàng fénqǐ rú jùluǎn yān。 qī yéyú zhī。

王漸忿，罵老道士之無良而已。
Wáng jiànfèn， mà lǎo dàoshì zhīwúliáng éryǐ。

三十八、幫助稻子長高的農夫

(一)文章

很久以前，有一位非常勤勞的農夫，不論是
hěnjiǔ yǐqián ， yǒu yíwèi fēicháng qínláo de nóngfū， búlùnshì

颱風或下雨，每天都會去田裡看看他種的
guāfēng huò xiàyǔ， měitiān dōu huì qù tiánlǐ kànkàn tā zhòng de

稻米，一定得確認它們都順利成長，他才能
dàomǐ， yídìngděi quèrèn tāmen dōu shùnlì chéngzhǎng， tā cáinéng

放心。農夫這麼認真是因為，他有父母、妻子和
fàngxīn。 nóngfū zhème rènzhēn shì yīnwèi， tā yǒu fùmǔ、 qīzi hàn

小孩要照顧，全家都依賴田裡的收成過活，
xiǎohái yào zhàogù， quánjiā dōu yīlài tiánlǐ de shōuchéng guòhuó，

所以他十分關心稻米的生長情況。其實，
suǒyǐ tā shífēn guānxīn dàomǐ de shēngzhǎng qíngkuàng。 qíshí，

農夫以前曾經吃過一次苦頭。有一次，半夜突然
nóngfū yǐqián céngjīng chīguò yícì kǔtóu。 yǒuyícì， bànyè túrán

下起大雨，農夫雖然被雨聲吵醒了，但心想
xiàqǐ dàyǔ， nóngfū suīrán bèi yǔshēng chǎoxǐng le， dàn xīnxiǎng

這雨應該很快就會停了，所以並沒有起身去搭
zhè yǔ yīnggāi hěnkuài jiù huì tíng le， suǒyǐ bìng méiyǒu qǐshēn qù dā

遮雨棚。結果，沒想到，那一次的雨一直下到
zhēyǔpéng。 jiéguǒ， méixiǎngdào， nà yícì de yǔ yìzhí xiàdào

天亮！等農夫到田裡去時，所有的稻子都被
tiānliàng！ děng nóngfū dào tiánlǐ qù shí， suǒyǒu de dàozǐ dōu bèi

打落在地上，全泡在水裡了。可想而知，那年的
dǎluò zài dìshàng， quánpào zài shuǐlǐ le。 kěxiǎngérzhī， nànián de

心血全白費了！
xīnxiě quán báifèi le ！

經過那一次教訓，他再也不敢大意，只要
jīngguò nà yícì jiàoxùn ， tā zài yě bùgǎn dàyì ， zhǐyào

天氣有任何變化，絕對馬上到田裡檢查！可是
tiānqì yǒu rènhé biànhuà ， juéduì mǎshàng dào tiánlǐ jiǎnchá ！ kěshì

每天 這樣 來來回回地視察，農夫 漸漸 感到
měitiān zhèyàng láiláihuíhuí de shìchá ， nóngfū jiànjiàn gǎndào

疲憊 ， 心裡忍不住 想 ：「如果稻子可以
píbèi ， xīnlǐ rěnbúzhù xiǎng ：「 rúguǒ dàozi kěyǐ

長 快一點就好了！稻子 長 快點，我也就不用
zhǎng kuàiyìdiǎn jiù hǎo le ！ dàozi zhǎngkuàidiǎn ， wǒ yě jiù búyòng

跑得那麼辛苦了！」於是，他開始 想， 怎麼樣
pǎo de nàme xīnkǔ le ！」 yúshì ， tā kāishǐ xiǎng ， zěnmeyàng

才能 讓稻子 長 快一點呢？想啊想，他 終於
cái néngràng dàozi zhǎng kuàiyìdiǎn ne ？ xiǎng a xiǎng ， tā zhōngyú

想到 了一個辦法，這時，只見農夫 高興 得跑進
xiǎngdào le yígè bànfǎ ， zhèshí ， zhǐ jiàn nóngfū gāoxìng de pǎojìn

田裡去！
tiánlǐ qù ！

農夫忙了一整天，回到家後，不但沒有喊
nóngfū mángle yìzhěngtiān ， huí dào jiā hòu ， búdàn méiyǒu hǎn

累，反而還眉開眼笑的。於是妻子就好奇地 問
lèi ， fǎnér hái méikāiyǎnxiào de 。 yúshì qīzǐ jiù hàoqí de wèn

他：「今天田裡的 工作 不累嗎？怎麼笑咪咪
tā ：「 jīntiān tiánlǐ de gōngzuò búlèi ma ？ zěnme xiàomīmī

的 ？」農夫回答：「我今天可忙囉！ 完成
de ？」 nóngfū huídá ：「 wǒ jīntiān kě máng luō ！ wánchéng

了一件大 工程 ！身體雖然很累，但心裡卻
le yíjiàn dà gōngchéng ！ shēntǐ suīrán hěnlèi ， dàn xīnlǐ què

很開心！因為我們家很快就可以 收成 了！」
hěnkāixīn ! yīnwèi wǒmenjiā hěnkuài jiù kěyǐ shōuchéng le ! 」

妻子覺得很奇怪，現在 明明 還沒秋天，怎麼
qīzǐ juéde hěnqíguài , xiànzài míngmíng háiméi qiūtiān , zěnme

可能快要 收成 了呢？她心裡很不安，便匆 匆
kěnéngkuàiyào shōuchéng le ne ? tā xīnlǐ hěnbùān , biàncōngcōng

忙 忙 地跑到田裡去看。這一看不得了！農夫
mángmáng de pǎodào tiánlǐ qù kàn。 zhè yí kàn bùdéliǎo ! nóngfū

的妻子看到稻穗全 都 垂了下來，一副奄奄一息
de qīzǐ kàndào dàosuì quándōu chuíle xiàlái , yífù yānyānyìxí

的 模樣。再 向前 細看，原來所有的稻米都
de móyàng。 zài xiàngqián xìkàn , yuánlái suǒyǒu de dàomǐ dōu

被拔高了，根都 快要露出來了！她嚇得 站 都
bèi bágāo le , gēn dōu kuàiyào lòuchūlái le ! tā xià de zhàn dōu

站不穩 ， 好不容易平復心情後，回家把農夫
zhànbùwěn , hǎobùróngyì píngfù xīnqíng hòu , huíjiā bǎ nóngfū

臭罵了一頓，因為這麼一來稻子肯定活不了，
chòumà le yídùn , yīnwèi zhème yìlái dàozi kěndìng huóbùliǎo ,

今年很可能沒 收成 了！
jīnnián hěnkěnéng méi shōuchéng le !

(二)選擇題

——— 1.「 全家 都 依賴田裡的 收成 過活 」的「依賴」
「 quánjiā dōu yīlài tiánlǐ de shōuchéng guòhuó 」 de 「 yīlài 」

可以 換成 ？
kěyǐ huànchéng ?

(A)陪伴

(B)伴隨

(C)等待

(D)仰賴

_____ 2. 農夫 的 教訓 是 什麼 ？
nóngfū de jiàoxùn shì shénme ？

(A)以後不要睡覺休息

(B)一定要好好照顧稻子

(C)不要種稻子，太麻煩了

(D)要先搭好遮雨棚

_____ 3. 「心血 全 白費了」是 什麼 意思 ？
「xīnxiě quán báifèi le 」shì shénme yìsi ？

(A)流了很多血

(B)花很少的時間

(C)浪費掉所有的努力

(D)花了很多錢

_____ 4. 妻子 為什麼 覺得 農夫 的回答 很 奇怪 ？
qīzi wèishénme juéde nóngfū de huídá hěnqíguài ？

(A)因為農夫跟平常不一樣

(B)因為農夫太開心了

(C)因為她不信任農夫

(D)因為收成的時候還沒到

_____ 5. 農夫 對 稻米 做了 什麼事 ？
nóngfū duì dàomǐ zuòle shénmeshì ？

(A)他把稻子都拉高了

(B)他把稻子都泡到水裡

(C)他把稻子都收割了

(D)他把稻子壓扁了

_____ 6. 我們 可以 怎麼 形容 農夫 ？
wǒmen kěyǐ zěnme xíngróng nóngfū ？

(A)聰明絕頂

(B)自作聰明

(C)冰雪聰明

(D)聰明伶俐

(三) 思考題

1. 如果你是農夫，你會怎麼做呢？

2. 這是成語「揠苗助長」的故事，你覺得現在社會上，有什麼事情很適合用這個成語來形容呢？

3. 這個故事形容人不要貪快，有時候欲速則不達，你認為它還有什麼意思呢？請說說看。

4. 你覺得故事還可以怎麼發展？他們改種小麥，或是不種田，改做生意？請想想看。

(四) 名詞解釋

	生詞	漢語拼音	解釋
1	勤勞	qínláo	hard-working, diligent
2	稻米	dàomǐ	rice, paddy
3	依賴	yīlài	rely on, count on
4	收成	shōuchéng	harvest
5	苦頭	kǔtóu	suffering
6	心血	xīnxiě	Painstaking effort
7	白費	báifèi	waste
8	教訓	jiàoxùn	lesson
9	大意	dàyì	careless
10	視察	shìchá	inspect
11	疲憊	píbèi	exhausted
12	眉開眼笑	méikāiyǎnxiào	brows raised in delight, eyes laughung; beaming with joy
13	笑咪咪	xiàomīmī	smile

14	工程	gōngchéng	engineering (here means a big thing)
15	匆匆忙忙	cōngcōngmángmáng	rush
16	稻穗	dàosuì	fruit of rice
17	奄奄一息	yānyānyìxí	dying
18	平復	píngfù	calm
19	浪費	làngfèi	waste
20	收割	shōugē	reap

(五)原文

宋人 有閔其苗之 不長 而 揠之者， 芒芒然
Sòngrén yǒu mǐn qímiáo zhī bùzhǎng ér yà zhī zhě， mángmángrán

歸，謂其人曰：「今日病矣！予助苗 長矣。」其
guī， wèi qí rényuē：「 jīnrì bìng yǐ！ yǔ zhù miáo zhǎng yǐ 。」 qí

子趨而 往 視之， 苗則槁矣。天下之不助苗 長者
zǐ qū ér wǎng shì zhī， miáo zé gǎo yǐ 。 tiānxià zhī búzhù miáo zhǎng zhě

寡矣。以爲無益而捨之者，不 耘苗 者也；助之 長
guǎ yǐ 。 yǐwéi wúyì ér shě zhī zhě， bù yúnmiáo zhě yě ； zhù zhī zhǎng

者，揠苗者也。非徒無益，而又害之。
zhě， yàmiáo zhě yě 。 fēi tú wúyì ， ér yòu hài zhī 。

三十九、聰明的曹操

(一)文章

　　中國　有幾個動盪不安的時代，三國就是
Zhōngguó yǒu　jǐge　dòngdàngbùān de shídài ，　Sānguó jiùshì

一個。那時，魏、蜀、吳三國鼎立，彼此
yíge 。 nàshí， Wèi、 Shǔ、 Wú sānguó dǐnglì， bǐcǐ

征戰　，相互攻擊，各國都想 成爲統一　中國
zhēngzhàn， xiānghù gōngjí， gèguó dōuxiǎngchéngwéi tǒngyī Zhōngguó

的霸主。一次，魏國的大將軍曹操帶領著一大群
de bàzhǔ。 yícì ，Wèiguó de dàjiāngjūn Cáocāo dàlǐng zhe yídàqún

戰士，浩浩蕩蕩地準備出征打仗。
zhànshì， hàohàodàngdàng de zhǔnbèi chūzhēng dǎzhàng。

當時的天氣非常炎熱，天空中一片雲朵
dāngshí de tiānqì fēicháng yánrè， tiānkōng zhōng yípiàn yúnduǒ

也沒有，太陽就像是一個巨大的火爐，讓穿著
yě méiyǒu，tàiyáng jiù xiàngshì yíge jùdà de huǒlú，ràngchuānzhe

厚重盔甲的士兵個個熱得受不了，汗如雨下。
hòuzhòng kuījiǎ de shìbīng gègè rè de shòubùliǎo， hànrúyǔxià。

在熱氣的烘烤下，士兵們只好不停地喝水，
zài rèqì de hōngkǎo xià， shìbīngmen zhǐhǎo bùtíngde hēshuǐ，

藉由水的滋潤，才能讓自己稍微覺得舒服
jièyóu shuǐ de zīrùn， cáinéng ràng zìjǐ shāowéi juéde shūfú

一些。但是前往戰場的路途實在太遙遠了，
yìxiē。dànshì qiánwǎng zhànchǎng de lùtú shízài tài yáoyuǎn le，

走沒幾天，魏國士兵攜帶的水竟然全喝光
zǒu méi jǐtiān， Wèiguó shìbīng xīdài de shuǐ jìngrán quán hēguāng

了！這下子沒了水，而太陽又持續發威，士兵
le！ zhèxiàzi méi le shuǐ， ér tàiyáng yòu chíxù fāwēi， shìbīng

真的受不了了，一個個悄悄地走到樹蔭下休息，
zhēndeshòubùliǎo le， yígege qiǎoqiǎo de zǒudào shùyìn xià xiūxí，

而那些不敢任意休息的士兵則熱到發昏中暑，
ér nàxiē bùgǎn rènyì xiūxí de shìbīng zé rèdào fāhūn zhòngshǔ，

整個部隊走走停停，實在很難繼續前進。
zhěngè bùduì zǒuzǒutíngtíng， shízài hěnnán jìxù qiánjìn。

曹操的隨從看到這樣的情形，十分擔心，
Cáocāo de suícóng kàndào zhèyàng de qíngxíng， shífēn dānxīn，

怕軍隊因無法準時到達戰場而延誤戰事，便
pà jūnduì yīn wúfǎ zhǔnshí dàodá zhànchǎng ér yánwù zhànshì， biàn

將 實情 清清楚楚 地告訴了曹操。曹操一聽到
jiāng shíqíng qīngqīngchǔchǔ de gàosù le Cáocāo 。 Cáocāo yì tīngdào

這件事，就派手下去尋找 水源，看看附近是否
zhèjiàn shì ， jiù pài shǒuxià qù xúnzhǎoshuǐyuán ， kànkàn fùjìn shìfǒu

有河流或是池塘。但是那一年的夏天實在是太熱
yǒu héliú huòshì chítáng 。 dànshì nàyìnián de xiàtiān shízài shì tàirè

了，河流和池塘裡的水早就蒸發掉了，曹操的
le ， héliú hàn chítáng lǐ de shuǐ zǎojiù zhēngfādiào le ， Cáocāo de

手下 只好返回軍隊，把這個壞消息告訴曹操。
shǒuxià zhǐhǎo fǎnhuí jūnduì ， bǎ zhège huàixiāoxí gàosù Cáocāo 。

聽到 找不到水的壞消息，曹操 非常 苦惱，
tīngdào zhǎobúdào shuǐ de huàixiāoxí ， Cáocāo fēicháng kǔnǎo ，

不知道該如何是好。突然間，他 想到 了一個
bùzhīdào gāi rúhéshìhǎo 。 túránjiān ， tā xiǎngdào le yíge

好主意。只見他快步地走到了士兵們 前面 ，
hǎozhǔyì 。 zhǐjiàn tā kuàibù de zǒudào le shìbīngmen qiánmiàn ，

大聲 地說：「各位弟兄們，剛才有消息回報
dàshēng de shuō ：「 gèwèi dìxiōngmen ， gāngcái yǒu xiāoxí hubào

說：在這座山的另一頭有一片很大的梅子林。
shuō ： zài zhèzuòshān de lìngyìtóu yǒu yípiàn hěndà de méizilín 。

樹上 的梅子都 成熟 了，結得又大又圓，吃
shùshàng de méizi dōu chéngshú le ， jiéde yòudàyòuyuán ， chī

起來又酸 又甜，好吃極了！」所有的士兵聽到
qǐlái yòusuān yòutián ， hǎochī jí le ！」 suǒyǒu de shìbīng tīngdào

了曹操的話後， 腦中 立刻浮現出 酸酸甜甜 的
le Cáocāo de huàhòu ， nǎozhōng lìkè fúxiàn chū suānsuāntiántián de

梅子，嘴巴竟然 像是 吃到梅子一樣，開始流 口水
méizi ， zuǐbā jìngránxiàngshì chīdào méizi yíyàng ， kāishǐ liú kǒushuǐ

了！原本 口渴的感覺就不知不覺消失了。
le ！ yuánběn kǒukě de gǎnjué jiù bùzhībùjué xiāoshī le 。

曹操 說完 後 ， 士兵們 心中 懷著一大片的
Cáocāo shuōwán hòu ， shìbīngmen xīnzhōng huáizhe yídàpiàn de

梅子林 ， 不但 嘴巴 不渴 了 ， 就連 士氣 也 大振 了 ，
méizilín ， búdàn zuǐbā bùkě le ， jiùlián shìqì yě dàzhèn le ，

個個 抬 起 頭 ， 挺 起 胸 ， 繼續 大步 地 朝 戰場
gègè tái qǐ tóu ， tǐng qǐ xiōng ， jìxù dàbù de cháo zhànchǎng

前進 。 走著 走著 ， 魏國 的 軍隊 走到 了 附近 的 小
qiánjìn 。 zǒuzhe zǒuzhe ， Wèiguó de jūnduì zǒudào le fùjìn de xiǎo

村 莊 ， 村子 裡 有 滿滿 的 井水 ， 所以 士兵們
cūnzhuāng ， cūnzi lǐ yǒu mǎnmǎn de jǐngshuǐ ， suǒyǐ shìbīngmen

雖然 沒 吃到 梅子 ， 但 都 順利 地 喝到 水 了 。 這 就是
suīrán méi chīdào méizi ， dàndōu shùnlì de hēdào shuǐ le 。 zhè jiùshì

「望梅止渴」 的 故事 。
「 wàngméizhǐkě 」 de gùshì 。

曹操 能 藉由 虛構 的 梅子林 來 幫 士兵們
Cáocāo néng jièyóu xūgòu de méizilín lái bāng shìbīngmen

解渴 ， 真是 個 聰明 的人 啊 ！
jiěkě ， zhēnshì ge cōngmíng de rén a ！

(二)選擇題

_____ 1. 下面 哪一個 選項 中 的 量詞 使用 錯誤 ？
xiàmiàn nǎyíge xuǎnxiàng zhōng de liàngcí shǐyòng cuòwù ？

　　(A)一「名」士兵

　　(B)一「顆」梅子

　　(C)一「條」河流

　　(D)一「群」村莊

_____ 2. 下面 哪一個 成語 描述 的季節與 文章 中
xiàmiàn nǎyíge chéngyǔ miáoshù de jìjié yǔ wénzhāng zhōng

描述 的季節 相同 ？
miáoshù de jìjié xiāngtóng ？

(A)冰天雪地

(B)滴水成冰

(C)炎炎夏日

(D)春暖花開

_____ 3. 下面 哪個敘述 錯誤 ？
xiàmiàn nǎge xùshù cuòwù ？

(A)魏國的軍隊在炎熱的夏天出征

(B)曹操發給士兵一人一粒酸梅，大家才繼續往下走

(C)士兵們因為缺乏水分，所以身體不舒服

(D)曹操的手下沒有成功找到可以讓士兵們喝的水

_____ 4. 下面 哪一個 句子 中 ， 不能 放進 「 竟然 」 ？
xiàmiàn nǎyíge jùzi zhōng ，bùnéng fàngjìn「jìngrán」？

(A)我這麼相信你，你○○欺騙我！

(B)姐姐平時努力念書，○○不負眾望考上律師。

(C)小明上課老是睡覺，○○在段考考了第一名。

(D)他○○說出這樣的話來傷母親的心，真是不孝。

_____ 5. 「 曹操 ○ 聽到 這件事 ， ● 派出 手下 去 尋找
「Cáocāo ○ tīngdào zhè jiàn shì ，● pài chū shǒuxià qù xúnzhǎo

水源 ， 看看 附近是否 有 河流 或是 池塘」 請問
shuǐyuán ，kànkàn fùjìn shìfǒuyǒu héliú huòshì chítáng」qǐngwèn

○、●可用 下面 哪個 選項 代替，才 能 使句意
○、● kěyòng xiàmiàn nǎge xuǎnxiàng dàitì ，cái néngshǐ jùyì

不 改變 ？
bù gǎibiàn ？

(A)雖然、但是

(B)不過、所以

(C)儘管、仍舊

(D)剛剛、立刻

―――― 6. 下面 哪個詞的語意與 憂心「 忡忡 」最接近？
xiàmiàn nǎge cí de yǔyì yǔyōuxīn「chōngchōng」zuìjiējìn？

(A)擔心

(B)開心

(C)生氣

(D)滿足

(三)思考題

1. 什麼樣的食物會讓你不由自主地流口水呢？

2. 如果你是曹操，在士兵們都很不舒服時，你會說哪些話來鼓勵他們呢？

3. 除了文章中形容夏天的方式之外，還有哪些詞彙可以用來形容夏天呢？

4. 你是否也有這種努力到一半，遇到困難的經驗？請說說看你是怎麼處理的。

(四)名詞解釋

	生詞	漢語拼音	解釋
1	動盪不安	dòngdàngbùān	turbulent
2	鼎立	dǐnglì	a situation with three contenders more or less equal in strength
3	攻擊	gōngjí	attack
4	統一	tǒngyī	unify

5	霸主	bàzhǔ	overlord
6	浩浩蕩蕩	hàohàodàngdàng	go forward with great strength and vigor
7	出征	chūzhēng	go to war
8	打仗	dǎzhàng	fight a war
9	炎熱	yánrè	burning hot
10	火爐	huǒlú	stove
11	厚重	hòuzhòng	thick and heavy
12	盔甲	kuījiǎ	a suit of armor
13	汗如雨下	hànrúyǔxià	The sweat runs down like raindrops
14	滋潤	zīrùn	moisten
15	攜帶	xīdài	carry
16	遙遠	yáoyuǎn	faraway
17	樹蔭	shùyìn	the shade of a tree
18	中暑	zhòngshǔ	get sunstroke
19	隨從	suícóng	retinue
20	憂心忡忡	yōuxīnchōngchōng	deeply worried
21	戰場	zhànchǎng	battlefield
22	延誤	yánwù	delay
23	實情	shíqíng	real situation
24	乾涸	gānhé	dry out
25	苦惱	kǔnǎo	worried
26	如何是好	rúhéshìhǎo	what to do
27	樹林	shùlín	woods
28	口渴	kǒukě	thirsty
29	順利	shùnlì	successfully
30	村莊	cūnzhuāng	village

魏武行役失道，三軍皆渴，乃令曰：「前有
Wèiwǔ xíngyì shīdào ， sānjūn jiēkě ， nǎi lìng yuē ：「 qián yǒu

大梅林，饒子甘酸，可以解渴。」士卒聞之，口皆
dàméilín ， ráozi gānsuān ， kěyǐ jiěkě 。」 shìzú wénzhī ， kǒu jiē

出水，乘此得及前源。
chūshuǐ ， chèngcǐ dé jí qiányuán 。

四十、顧此不成又失彼

(一)文章

兩千 兩百年前，燕國有一個叫做 壽陵
liǎngqiān liǎngbǎi nián qián， Yānguó yǒu yíge jiàozuò Shòulíng

的 小鎮，鎮 裡頭住著一位 整天 無所事事的
de xiǎozhèn， zhèn lǐtóu zhùzhe yíwèi zhěngtiān wúsuǒshìshì de

年輕人。他每天就只是四處和鄰人聊天， 東
niánqīngrén。 tā měitiān jiù zhǐshì sìchù hàn línrén liáotiān， dōng

逛 逛 西逛逛， 從沒 想過要好好工作 來
guàng guàng xīguàngguàng， cóngméi xiǎngguò yào hǎohǎo gōngzuò lái

養家活口。
yǎngjiāhuókǒu。

有一天，當他又在和朋友 說長道短 時，
yǒuyìtiān， dāng tā yòuzài hàn péngyǒu shuōchángdàoduǎn shí，

突然聽到 朋友 說，聽說 趙國 首都邯鄲 裡的
túrán tīngdào péngyǒu shuō， tīngshuō Zhàoguó shǒudū Hándān lǐ de

人， 走起路來 就像 在跳舞一樣， 好看極了。
rén， zǒuqǐlùlái jiùxiàng zài tiàowǔ yíyàng， hǎokànjíle。

沒想到 ， 朋友只是 隨口說說，他卻 當真 了！
méixiǎngdào， péngyǒu zhǐshì suíkǒushuōshuō， tā quèdāngzhēn le！

他不停地 幻想 邯鄲人走路的 美妙 姿態， 心想
tā bùtíng de huànxiǎng Hándānrén zǒulùde měimiào zītài， xīnxiǎng

若能 到邯鄲去學他們走路，不知該有多好。
ruònéngdào Hándān qù xué tāmen zǒulù， bùzhī gāiyǒuduōhǎo。

為了 完成 夢想， 年輕人竟然開始 工作
wèile wánchéng mèngxiǎng， niánqīngrén jìngrán kāishǐ gōngzuò

了，而且還 省吃儉用 ，努力存錢， 終於 在
le， érqiě hái shěngchījiǎnyòng， nǔlì cúnqián， zhōngyú zài

辛苦一年後， 成功 存了一點錢，可以去邯鄲
xīnkǔ yìniánhòu， chénggōng cúnle yìdiǎn qián， kěyǐ qù Hándān

了！於是他 向 親朋好友告別，準備出發。雖然
le！ yúshì tā xiàng qīnpénghǎoyǒu gàobié， zhǔnbèi chūfā。 suīrán

親友們 個個都勸他不要去，但是， 他還是固執地
qīnyǒumen gègè dōu quàntā búyào qù， dànshì， tā háishì gùzhí de

出發了。
chūfā le。

到了邯鄲之後，年輕人立刻睜大 眼睛 觀察
dàole Hándān zhīhòu， niánqīngrén like zhēngdà yǎnjīng guānchá

邯鄲人走路， 朋友說的沒錯， 邯鄲人 走路 眞是
Hándānrén zǒulù， péngyǒu shuōde méicuò， Hándānrén zǒulù zhēnshì

好看，他們的步伐 好像 都有 自己 的節奏一般，
hǎokàn， tāmen de bùfá hǎoxiàng dōuyǒu zìjǐ de jiézòu yìbān，

不疾不徐，既 從容 又優雅！看得 目不轉睛
bùjíbùxú， jì cōngróng yòu yōuyǎ！ kànde mùbùzhuǎnjīng

之餘，這位 年輕人 更是下定決心，非把邯鄲人
zhīyú， zhèwèi niánqīngrén gèngshì xiàdìngjuéxīn， fēi bǎ Hándānrén

走路的樣子學起來不可。
zǒulù de yàngzi xuéqǐlái bùkě。

於是 年輕人 相中 了一個年紀與自己 相近
yúshì niánqīngrén xiàngzhòng le yíge niánjì yǔ zìjǐ xiāngjìn

的男子，默默地走在他身後 ，仔細 觀察 對方
de nánzǐ， mòmò de zǒuzài tā shēnhòu， zǐxì guānchá duìfāng

走路的樣子，邯鄲男子跨出右腳， 年輕人也
zǒulùde yàngzi， Hándān nánzǐ kuàchū yòujiǎo， niánqīngrén yě

跟著跨出右腳；邯鄲男人提起左腳， 年輕人也
gēnzhe kuàchū yòujiǎo； Hándān nánrén tíqǐ zuǒjiǎo， niánqīngrén yě

跟著提起左腳，雖然已經一步步地模仿了，但他
gēnzhe tíqǐ zuǒjiǎo， suīrán yǐjīng yíbùbù de mófǎng le， dàn tā

卻總覺得自己的樣子不像那人那麼好看。由於
què zǒngjuéde zìjǐ de yàngzi búxiàng nàrén nàme hǎokàn。yóuyú

邊走邊懊惱，導致步伐一直踩不穩，不久，就因
biānzǒubiān àonǎo， dǎozhì bùfá yìzhí cǎibùwěn， bùjiǔ， jiù yīn

重心不穩 而跌倒了。
zhòngxīnbùwěn ér diédǎo le 。

大街上人來人往，大家看到年輕人 笨拙
dàjiē shàng rénláirénwǎng， dàjiā kàndào niánqīngrén bènzhuó

的走路樣子，都停下了腳步，對他指指點點，
de zǒulù yàngzi， dōu tíngxiàle jiǎobù， duì tā zhǐzhǐdiǎndiǎn，

議論紛紛。看到大家都在看自己，年輕人只好
yìlùnfēnfēn。kàndào dàjiā dōuzài kàn zìjǐ， niánqīngrén zhǐhǎo

拍拍 身上 的塵土，若無其事地趕快站起來，
pāipāi shēnshàng de chéntǔ， ruòwúqíshì de gǎnkuài zhànqǐlái，

然後快步走回旅館， 想說 先休息，明天 再
ránhòu kuàibù zǒuhuí lǚguǎn， xiǎngshuō xiān xiūxí， míngtiān zài

繼續學習如何走路。
jìxù xuéxí rúhé zǒulù。

隔天，年輕人一大早就 起床 了，梳洗完
gétiān， niánqīngrén yídàzǎo jiù qǐchuáng le， shūxǐwán

後，立刻上街繼續學習。這回，他特地選了
hòu， lìkè shàngjiē jìxù xuéxí。zhèhuí， tā tèdì xuǎnle

一個兩三歲的小孩子來模仿，因爲他想，既然
yíge liǎngsānsuì de xiǎoháizi lái mófǎng， yīnwèi tā xiǎng， jìrán

要學走路，就應該要從頭學起才行，而小孩子
yào xué zǒulù， jiù yīnggāi yào cóngtóuxuéqǐ cáixíng， ér xiǎoháizi

便是最好的老師。然而，兩三歲的孩子走路
biàn shì zuìhǎo de lǎoshī。 ránér， liǎngsānsuì de háizi zǒulù

搖搖晃晃 ，根本都還走不穩，但年輕人也
yáoyáohuànghuàng， gēnběn dōu hái zǒubùwěn， dàn niánqīngrén yě

沒多想，竟徹底模仿了起來，他深信，只要
méiduōxiǎng，jìng chèdǐ mófǎng le qǐlái，tā shēnxìn，zhǐyào

時間一久，他就能學會了。
shíjiānyìjiǔ，tā jiù néngxuéhuì le。

只是 沒想到 過了兩個星期，在 年輕人 連
zhǐshì méixiǎngdào guòle liǎngge xīngqí，zài niánqīngrén lián

孩子走路的樣子都還沒學起來的時候，錢就
háizi zǒulù de yàngzi dōu háiméi xuéqǐlái de shíhòu，qián jiù

用 光了；在沒錢又沒熟人的 情況下 ，他
yòng guāng le：zài méiqián yòu méishúrén de qíngkuàngxià，tā

只好整理行李回燕國去。在回去的路上，他
zhǐhǎo zhěnglǐ xínglǐ huí Yānguó qù。zài huíqù de lùshàng，tā

氣自己學得那麼慢，一點成績也沒有。於是就
qì zìjǐ xuéde name màn，yìdiǎn chéngjī yěméiyǒu。yúshì jiù

一邊走，一邊 回想 邯鄲男子走路的樣子，然後
yìbiānzǒu，yìbiān huíxiǎng Hándān nánzǐ zǒulù de yàngzi，ránhòu

又繼續練習孩子走路的樣子，結果，走著走著，
yòu jìxù liànxí háizi zǒulù de yàngzi，jiéguǒ，zǒuzhe zǒuzhe，

他亂了手腳，一時之間竟然忘了該如何走路了。
tā luànle shǒujiǎo，yìshízhījiān jìngránwàngle gāi rúhé zǒulù le。

最後，年輕人 像嬰兒一樣，手腳 並用 ，一路
zuìhòu，niánqīngrén xiàng yīngér yíyàng，shǒujiǎo bìngyòng，yílù

爬回燕國。
páhuí Yānguó。

啊！沒想到 去一趟邯鄲，不但 沒學成
a！méixiǎngdào qù yítàng Hándān，búdàn méixuéchéng

邯鄲人走路的樣子，就連自己原來走路的樣子也
Hándānrén zǒulùde yàngzi，jiùlián zìjǐ yuánlái zǒulùde yàngzi yě

都忘了。
dōuwàngle。

(二)選擇題

_____ 1. 下面 哪個 選項 最符合這篇 文章 的主旨？
xiàmiàn nǎge xuǎnxiàng zuì fúhé zhèpiān wénzhāng de zhǔzhǐ？

(A)學習新事物之前，必須準備足夠的金錢

(B)對於朋友隨口說說的話，我們不應該全部相信

(C)模仿他人的時候，應注意自己的安全，以及他人的眼
光

(D)人不應該盲目地模仿他人，而遺忘了自己的長處

_____ 2.「 東逛逛 ， 西逛逛 」是指四處 逛逛 ，
「dōngguàngguàng，xīguàngguàng」 shì zhǐ sìchù guàngguàng，

而非只 看看 東邊 與西邊， 請問 ，下列哪一個
érfēi zhǐ kànkàn dōngbiān yǔ xībiān， qǐngwèn，xiàliè nǎyíge

選 項 的 方位詞 用法 也 與「 東逛逛 ，
xuǎn xiàng de fāngwèicí yòngfǎ yě yǔ 「dōngguàngguàng

西逛逛 」 相同 ？
xīguàngguàng」 xiāngtóng？

(A)外圓内方

(B)東奔西跑

(C)前因後果

(D)後患無窮

_____ 3. 文中 提到了許多 形容 走路姿勢 優美 的詞，
wénzhōng tídàole xǔduō xíngróng zǒulù zīshì yōuměi de cí，

下列哪一個 選項 不適合 用來 形容 姿態 優美？
xiàliè nǎyíge xuǎnxiàng búshìhé yònglái xíngróng zītài yōuměi？

(A)毛手毛腳

(B)風情萬種

(C)搖曳生姿

(D)玉樹臨風

_____ 4. 下面 哪個「子」的發音與其他 三者 不同 ？
xiàmiàn nǎge 「 」 de fāyīn yǔ qítā sānzhě bùtóng ？

(A)桌「子」

(B)烏魚「子」

(C)孔「子」

(D)男「子」

_____ 5. 下面 哪個 選項 最接近「非把 邯鄲人 走路的
xiàmiàn nǎge xuǎnxiàng zuì jiējìn 「 fēi bǎ Hándānrén zǒulù de

樣子 學起來不可」的意思 ？
yàngzi xuéqǐlái bùkě」 de yìsi ？

(A)把邯鄲人走路的方式學起來行不通的

(B)一定要學起來邯鄲人走路的方式

(C)不可以把邯鄲人走路的方式學起來

(D)沒有可以學習邯鄲人走路的方法

_____ 6.「導致」是 用來 連接 有 因果關係 的 兩件事 ，
「dǎozhì」 shì yònglái liánjiē yǒu yīnguǒguānxì de liǎngjiànshì ，

下列哪個 選項 不能 填入「導致」？
xiàliè nǎge xuǎnxiàng bùnéng tiánrù「dǎozhì」 ？

(A)人類破壞環境的行為，○○大自然失去了原本美麗的

樣貌

(B)連日不斷的大雨，○○農田變成了池塘

(C)這件事一定會圓滿落幕的，○○大家團結一心的話

(D)接踵而來的壓力，○○他病了好幾個月

(三)思考題

1. 你可有因爲羨慕而模仿他人的經驗？如果有的話，請問，當時你是模仿對方什麼呢？
2. 請問，現代人大多喜歡模仿誰呢？爲什麼喜歡模仿他們，他們有什麼特質？人們模仿他們什麼呢？
3. 請問，你身邊的朋友會不會相互模仿？如果會的話，那該如何維持自己的特色呢？
4. 你覺得模仿是好？是壞？請說明原因。

(四)名詞解釋

	生詞	漢語拼音	意思
1	無所事事	wúsuǒshìshì	be occupied with nothing
2	說長道短	shuōchángdàoduǎn	gossip
3	隨口說說	suíkǒushuōshuō	speak thoughtlessly
4	幻想	huànxiǎng	have vision of
5	省吃儉用	shěngchījiǎnyòng	frugal
6	告別	gàobié	bid farewell
7	勸	quàn	persuade
8	固執	gùzhí	obstinate
9	節奏	jiézòu	rhythm
10	不疾不徐	bùjíbùxú	Unhurried
11	從容	cōngróng	calm
12	優雅	yōuyǎ	elegant
13	目不轉睛	mùbùzhuǎnjīng	gaze steadily

14	徹底	chèdǐ	thoroughgoing
15	懊惱	àonǎo	feel remorseful and angry
16	導致	dǎozhì	lead to
17	重心	zhòngxīn	barycentre
18	跌倒	diédǎo	fall down
19	笨拙	bènzhuó	clumsy
20	指指點點	zhǐzhǐdiǎndiǎn	gesticulating
21	若無其事	ruòwúqíshì	as if nothing had happened
22	熟人	shúrén	acquaintance

(五)原文

且子獨不聞夫 壽陵 餘子之學行於邯鄲歟？未得
qiě zǐ dúbùwén fú Shòulíng yúzǐzhī xuéxíngyú Hándānyú ？ wèidé

國能 ，又失其故行矣，直匍匐而歸耳。
guónéng ， yòu shī qígùxíngyǐ ， zhí púfú ér guīěr 。

解　答

一、人可怕還是鬼可怕

　　1.D　　2.B　　3.C　　4.A　　5.B　　6.D

二、人生就像一場夢

　　1.C　　2.D　　3.A　　4.D　　5.B　　6.C

三、下錢了

　　1.B　　2.B　　3.A　　4.D　　5.D　　6.C

四、千里馬長怎樣

　　1.A　　2.C　　3.B　　4.D　　5.B　　6.C

五、大鵬鳥與小麻雀

　　1.D　　2.A　　3.B　　4.B　　5.C　　6.C

六、小青蛙的天堂

　　1.D　　2.C　　3.B　　4.C　　5.A　　6.B

七、不吵不相識

　　1.C　　2.B　　3.D　　4.A　　5.A　　6.B

八、不知變通的鄭國人

　　1.C　　2.C　　3.A　　4.B　　5.C　　6.D

九、天才長大之後……

　　1.B　　2.C　　3.A　　4.D　　5.A　　6.B

十、可怕的謠言

　　1.D　　2.C　　3.B　　4.D　　5.A　　6.C

十一、失信的商人

　　1.B　2.C　3.D　4.A　5.C　6.D

十二、用與無用之間

　　1.A　2.A　3.C　4.A　5.D　6.A

十三、如何展現大智慧？

　　1.D　2.B　3.D　4.B　5.B　6.D

十四、老鼠的天堂與地獄

　　1.B　2.D　3.B　4.C　5.B　6.B

十五、弄巧成拙的商人

　　1.C　2.A　3.C　4.B　5.A　6.D

十六、改過向善的惡霸

　　1.D　2.C　3.A　4.B　5.C　6.C

十七、孟子與他的媽媽

　　1.D　2.B　3.D　4.A　5.C　6.B

十八、杯子裡有蛇

　　1.B　2.A　3.C　4.A　5.C　6.B

十九、怎麼做車輪

　　1.C　2.C　3.A　4.B　5.A　6.D

二十、美女與昏庸的皇帝

　　1.D　2.A　3.D　4.B　5.B　6.D

二十一、背負重物的小蟲

　　1.D　2.B　3.D　4.A　5.C　6.B

二十二、要不要救狼

　　1.B　2.D　3.C　4.C　5.D　6.B

二十三、哪一把琴最好

　　1.A　2.D　3.C　4.A　5.C　6.D

二十四、送什麼給朋友才對

　　1.D　2.A　3.B　4.B　5.A　6.C

二十五、塞翁失馬

　　1.C　2.B　3.A　4.C　5.D　6.A

二十六、蛇有沒有腳

　　1.A　2.B　3.C　4.C　5.A　6.B

二十七、惡魔藏在細節裡

　　1.B　2.D　3.B　4.A　5.C　6.C

二十八、愚公移山

　　1.C　2.D　3.B　4.C　5.D　6.B

二十九、誤闖仙境的漁夫

　　1.C　2.D　3.A　4.A　5.B　6.D

三十、遠水救不了近火

　　1.C　2.A　3.A　4.C　5.C　6.D

三十一、廚師的技巧

　　1.B　2.B　3.A　4.A　5.D　6.D

三十二、潛移默化的力量

　　1.D　2.D　3.C　4.D　5.A　6.C

三十三、蝸牛角上爭何事

　　　1.B　2.C　3.D　4.B　5.D　6.D

三十四、魯國夫妻的苦惱

　　　1.B　2.C　3.A　4.C　5.D　6.A

三十五、誰是偷錢的人

　　　1.B　2.C　3.C　4.D　5.A　6.B

三十六、養蜜蜂的方式

　　　1.C　2.C　3.A　4.D　5.B　6.A

三十七、學法術的王生

　　　1.D　2.C　3.A　4.C　5.B　6.A

三十八、幫助稻子長高的農夫

　　　1.D　2.B　3.C　4.D　5.A　6.B

三十九、聰明的曹操

　　　1.D　2.C　3.B　4.B　5.D　6.A

四十、顧此不成又失彼

　　　1.D　2.B　3.A　4.A　5.B　6.C

Note

國家圖書館出版品預行編目資料

寓言／楊琇惠. ─ 初版. ─ 臺北市：五南，
2015.08
　　　面；　　公分.
ISBN 978-957-11-8220-9（平裝）

856.8　　　　　　　　　　104013139

1X7N　華語系列

寓言

編 著 者 ─ 楊琇惠

編輯助理 ─ 郭蕢萱、郭羿霖

發 行 人 ─ 楊榮川

總 編 輯 ─ 王翠華

主　　編 ─ 黃惠娟

責任編輯 ─ 蔡佳伶　高珮筑

封面設計 ─ 童安安

出 版 者 ─ 五南圖書出版股份有限公司

地　　址：106台北市大安區和平東路二段339號4樓

電　　話：(02)2705-5066　　傳　　真：(02)2706-6100

網　　址：http://www.wunan.com.tw

電子郵件：wunan@wunan.com.tw

劃撥帳號：01068953

戶　　名：五南圖書出版股份有限公司

法律顧問　林勝安律師事務所　林勝安律師

出版日期　2015年9月初版一刷

定　　價　新臺幣420元